Brandon Sanderson

布蘭登・山德森

Brandon Sanderson

布蘭登・山德森

BEST 嚴選

奇幻基地出版

# 審判者傳奇3
# 禍星
# （完結篇）

Calamity

布蘭登・山德森 著
李鐳 譯

Brandon Sanderson

# BEST嚴選

## 緣起

在繁花似錦的奇幻文學花園裡，你或許還在門外徘徊，不知該如何抉擇進入的途徑；也或許你已經置身其中，卻因種類繁多，或曾經讀過不合口味的作品，而卻步、遲疑。

BEST嚴選，正如其名，我們期許能透過奇幻基地對奇幻文學的瞭解，以及對讀者的理解，站在出版者與讀者的雙重角度，為您精選好作家與好作品。

他們是名家，您不可不讀：幻想文學裡的巨擘，領域裡的耀眼新星。

它們最暢銷，您怎可錯過：銷售量驚人的大作，排行榜上的常勝軍。

這些是經典，您務必一讀：百聞不如一見的作品，極具代表的佳作。

奇幻嚴選，嚴選奇幻。請相信我們的眼光，跟隨我們的腳步，文學的盛宴、幻想世界的冒險，就要展開。

excellent bestseller classic

# 序幕

我曾見過恐怖的深淵。

當時我人在巴比拉，也就是新巴比倫，曾經的紐約城。我注視著那顆被稱爲禍星、熊熊燃燒的紅色星星，確定無疑地知道，在我體內的某種東西改變了。

那個深淵想要佔據我，讓我成爲它們的一員。儘管我迫使它們退卻，但還是暗中承受了那份創傷。

它們堅稱，它們會再次擁有我。

# 第一部

# 第一章

太陽從地平線上竄起，就像是一隻具有放射線的巨型海牛般探出了頭。我蜷縮身體，藏在一棵樹裡面。我差不多已經忘記樹木的氣味有多奇怪了。

「還好嗎？」我佔用頻道悄聲說。我們沒有使用手機，而是將老式的無線電和耳機結合在一起，因此我說話的時候，耳機中總是會傳出劈劈啪啪的靜電爆裂聲。真的是很古早的科技，不過卻完全適用於眼前的任務。

「等一下，」梅根說，「柯迪，就位了嗎？」

「當然。」靜電爆裂的聲音中傳來回答，音調平靜，帶著南方人那種慢呑呑的口吻，「如果有人想要溜到妳背後，小妞，我就讓他的鼻子吃一顆子彈。」

「嗯。」線上傳來蜜茲的聲音。

「我們五分鐘後行動。」我從藏身之地發出命令。柯迪稱呼我使用的裝置爲「樹架」，實際上那是一張漂亮的露營椅，被綁在一棵榆樹樹幹上，距離地面大約三十呎。從前的獵人們利用這種方式藏匿自己，以免被獵物發現。

我把我的哥特沙克爾抵在肩頭，向樹叢中瞄過去。這是一把線條流暢、表面光滑的軍用突擊步槍——通常在這樣的位置上，我能順利地瞄準一名異能者，也就是那種具有超級能力、爲害人間的傢伙。

我是一名審判者，和我的團隊一起致力於消滅那些危險的異能者。

不幸的是，審判者們的生涯在兩個月前突然失去了意義。我們的領袖——教授——本人就是一名異能者。他的對手之一，王權，爲了尋找繼承人而策劃了一個精密詭詐的陰謀，使得教授深陷其中，被他自己的力量所呑噬，隨後便離開了王權在巴比拉所建立的帝國，還帶走了她的電腦硬碟，其中包括王權所有筆記和祕密。

我們決定阻止他，因此才會來到這裡——這座巨大的城堡。

這的的確確是一座城堡。我曾經以爲這種建築只存在於老電影裡和外國。但這座城堡就隱藏在西維吉尼亞的叢林中，儘管裝備了現代風格的鋼鐵大門和高科技保全系統，這個地方看上去仍然彷彿處在天空中出現禍星之前、那個非常久遠的時代。青苔覆蓋了石雕花紋，扭轉纏結的藤蔓爬滿了飽受風雨侵蝕的牆壁。

生活在禍星之前的人們一定有著很怪異的品味。沒錯，這是座宏偉而令人敬畏的城堡，但還是讓人覺得很詭異。

我從瞄準鏡後抬起頭，朝亞伯拉罕瞥了一眼。他藏身在附近的樹上，我能夠看見他只是因爲我知道要向哪裡看，而他的深褐色外套和清晨時分的斑駁陰影完美融合。根據我們得到的資訊，這一刻正是對此地發動襲擊的最佳時機。設布倫特堡，也被稱爲騎士鷹鑄造廠，是這個世界上異能者科技的主要原產地。我們曾經使用過他們的武器和科技與鋼鐵心以及王權作戰。

現在，我們要狠狠搶劫他們一把。

「所有人都關掉手機了吧？」我佔用頻道詢問，「電池也拿出來了？」

「這個問題你已經問了三遍，大衛。」梅根回答。

「再檢查一下。」

大家全都向我做了確認後，我深吸一口氣。就我們所知，我們是審判者最後一個小組了。整整兩個月裡，我們一直沒有得到蒂雅的訊號，這意味著她可能已經死了。於是審判者的領袖變成了我——事實上，我擔負起這個責任全都是因為大家的退讓。我問過亞伯拉罕和柯迪是否願意負責管理團隊，他們只給了我一陣笑聲。蜜茲聽到我的問題，立刻僵硬得像是一塊木板，甚至有些呼吸過度。

現在，我們開始實行我的計畫。我那瘋狂、有勇無謀、令人難以置信的計畫。

說實話，我很害怕。

我的手錶發出震動。時間到了。

「梅根，」我對著我的耳機說，「上。」

「收到。」

我又將步槍抵在肩頭，透過樹叢望向梅根會發動突擊的地方，立刻覺得自己變成了瞎子。如果能使用手機，我就能切入梅根的視野，跟隨她一同進攻，或者至少能夠調出現場地圖，而我的團隊成員都會被顯示在地圖上，讓我能即時看到他們的行動。但我們的手機都是由騎士鷹製作和發售的，騎士鷹還負責維護和運作溝通這些手機的安全網路。使用這樣的手機協調一場對騎士鷹大本營的進攻，似乎並不比用牙膏充當沙拉醬更聰明。

「開始了。」梅根說。很快的，兩聲爆炸震動了空氣。我透過瞄準鏡向遠處掃視，找到筆直升上天際的煙柱，卻看不見梅根。她在城堡的另一邊。她的任務是發動正面突擊，那些爆炸正是她擲向城堡大門的手榴彈。

當然，攻擊騎士鷹鑄造廠絕對是一場自殺行動。我們對此心知肚明，但已經別無選擇。我們的資源儲備瀕臨匱乏，而喬納森·斐德烈斯（教授）本人正在追殺我們，騎士鷹又拒絕和我們交易，對於我們提出的請求保持了徹底的沉默。

要不就赤手空拳與教授一戰，要不就來這裡看看我們能偷到什麼——這兩個選項中，後者似乎更好一點。

「柯迪？」我問。

「她幹得不錯，小子。」柯迪在劈啪作響的耳機中說，「這裡看上去就像影片中一樣。這場爆炸之後，無人機應該就會被放出來了。」

「有什麼就拿什麼，」我說。

「收到。」

「蜜茲？」我說，「妳上。」

「帥呆。」

我猶豫了一下，「帥呆？這是某種暗語嗎？」

「你竟然不知道……星火啊，大衛，你有時候可真是個老古板。」蜜茲的聲音被另一陣爆炸聲打斷。這次的爆炸聲音更大，讓我所在的大樹也開始在衝擊波中來回搖晃。

我不需要瞄準鏡就能看到煙塵從我右側的城堡牆邊升起。爆炸剛過去不久，一群籃球大小的無人機就從城堡的窗口中飛出來，向硝煙升起的地方撲去。這些飛行機器人表面光滑，閃爍著金屬色澤，由頭頂上的螺旋槳帶動；另一些更大的機器人從城堡地面上被陰影遮住的門洞中魚貫而出，它們大約和人類等高，頂部裝備一根槍臂，在軌道上移動，而不是使用輪足。

我透過瞄準鏡看著這些武裝機器人。它們開始朝樹林中射擊，被掃射的正是蜜茲布置在那裡的幾桶閃光彈。那些閃光彈被擊中之後，釋放出了大量的熱源訊號，而蜜茲布置的遙控機關槍進一步加強了我們刻意營造的假象——一支大規模的攻擊部隊就隱藏在那裡。那些遙控機槍其實只是對空開火，因爲我們不想讓亞伯拉罕在行動時陷入交叉火力之中。

騎士鷹的防禦行動完全按照我們所得到的情報展開。從沒有人成功地突破這個地方，但有很多人曾經嘗試過。一支來自於納什維爾、凶悍的準軍事部隊，在攻擊這裡的時候曾進行了錄影，我們得到他們的影片拷貝。根據我們的猜測，那些無人機在大部分時間裡都只會在城堡內部的走廊中巡邏，但現在，它們全部被引到城堡外作戰了。

希望這能爲我們製造出一個攻堡的空隙。

「好了，亞伯拉罕，」我上線說，「該你了。我會掩護你。」

「我上了。」亞伯拉罕輕聲說。這個作風謹慎的黑皮膚男人藉由一根纜繩從樹上墜下，悄悄溜過森林地面。雖然生得虎背熊腰，但亞伯拉罕卻以令人驚訝的敏捷身手迅速潛入，直達城堡牆邊。一片黎明的晨光中，那裡卻還被籠罩在陰影裡。只要吸熱腰帶能夠正常運作，他的緊身潛行服就能遮蔽他身體散發的熱源。

他的任務是潛入鑄造廠，偷竊一切他能夠找到的武器和科技，並且在十五分鐘內離開。根據我們得到的情報地圖顯示，城堡底層的實驗室和工廠中堆滿了唾手可得的好物。

我透過瞄準鏡，緊張地看著亞伯拉罕，確認沒有無人機發現他。爲了避免步槍走火擊中他，我已經將準星撥到右邊特命。

無人機沒有發現他。亞伯拉罕用一根彈射纜繩攀上了矮牆頂端，又上到城堡頂端，藏到一個垛口旁邊，開始準備下一步行動。

「你的右側有一個開口，亞伯拉罕，」我使用無線電說，「一架無人機從你在的那座塔樓窗戶下面的洞中出來了。」

「帥呆。」亞伯拉罕說。但這個詞被他用那種流暢的法語口音說出來顯得非常奇怪。

「請告訴我，這不是一個眞正的單字。」我一邊說一邊舉起槍，讓視線跟著他向那個開口移動。

「爲什麼不是？」蜜茲問。

「它聽起來好怪。」

「我們說的很多東西不都很怪嗎？比如『星火』啊、『愣仔』啊。」

「那些都還算正常吧。」我說，「一點也不怪。」

一架無人機從我的身旁飛過。幸好我的衣服能夠遮蔽我散發的熱源。正因爲如此，我們才願意穿上這種像潛水服一樣的衣服，它們實在是太不舒服了。亞伯拉罕比我更慘，他的潛行服還要戴上面具和其他一些零碎的配件。對無人機而言，我只是一個很小的熱源訊號，大概就像是一隻松鼠或者類似的小動物——一隻隱祕又非常、非常致命的松鼠。

亞伯拉罕找到了我指給他的那個洞口。星火啊，那個傢伙眞的很善於潛行。我的注意力剛一離開，就找不到他的人了，費了很大力氣才重新發現了他。他一定接受過某種特別訓練。

「很不幸的，這個出口有一扇門擋著。」亞伯拉罕在那個洞口裡面說，「一定是那些機器人通過之後，這道門一定就會自動閉闔。我會試試用『熱線』方式進去。」

「很好。」我說，「梅根，妳那裡如何？」

「還活著，」梅根氣喘吁吁地說，「暫時沒死。」

「妳能看見多少架無人機？」我問，「它們有沒有用那些大傢伙對付妳？妳能……」

「不說了，有一點忙，阿膝。」梅根斷然說。

我只好閉上嘴，焦急地傾聽著遠處傳來的槍聲和爆炸聲。我想要衝進戰團之中、開火、戰鬥，但這樣做不會有任何意義。我沒辦法像亞伯拉罕那樣悄無聲息地潛入敵方陣營，也沒辦法……嗯，像梅根那樣永生不死。有像梅根這樣的異能者在我們的團隊裡，實在是我們的一大優勢。亞伯拉罕和梅根都能夠獨自完成他們的任務，而我的任務就是身為這支團隊的領袖，留在後方、做出判斷、發出指令。

這實在太遜了。

教授在監督我們完成任務的時候，會不會也有這樣的感覺？他經常只是在幕後等待，指揮我們戰鬥，我從不曾想過這樣做的感覺有多艱難。好吧，如果說我在巴比拉學會了一件事，那就是我需要控制住自己容易發熱的頭腦。我只需要……半個發熱的頭腦？跟一個活絡發熱的下巴？

於是我在亞伯拉罕衝鋒陷陣的時候，只能在後方等待。如果他沒辦法很快進入城堡內部，我就必須取消任務。在這裡耽擱的時間越長，那些操控鑄造廠的神祕人物就越有可能發現我們的「軍隊」只有五個人。

「報告狀況，亞伯拉罕？」我說。

「我覺得我能把這個打開，」他說，「只要一會兒工夫。」

「我不會……」我打住話頭，「等等，那是什麼？」

一陣低沉的隆隆聲在離我不遠的地方響起。我向下方掃了一眼，驚訝地看到滿是落葉的林地在往上膨脹，枯葉和苔蘚紛紛向四周推開，露出了一道金屬門。另一群無人機從裡面飛出來，帶著機械呼嘯聲掠過我所在的大樹。

「蜜茲，」我對著耳機說，「有新的無人機出現。它們要包抄妳。」

「混帳，」蜜茲遲疑了一下，轉而問我，「你……？」

「是的，我知道這個詞。妳需要執行下一步計畫了。」我低頭瞥了一眼那道地上的門，它正在隆隆聲中關閉，「做好準備，看樣子鑄造廠有著通向這片森林的隧道。他們能夠從我們料想不到的地方派遣無人機。」

下方的金屬門停住了，保持著半關閉的狀態。我皺眉，從樹上俯下身，想要看得更清楚一些。看上去，似乎是這道門的開闔機關被落進去的泥土和石塊堵住了。我心想，把自動門藏在森林裡，就是會遇到這種狀況。

「亞伯拉罕。」我興奮地對著耳機說，「我這邊有一個無人機的出入口卡住了。你可以從這裡進去。」

「我覺得不太可能。」亞伯拉罕說。我抬頭向他那裡看了一眼，發現兩架無人機在一連串爆炸之後從蜜茲那裡退了下來，現在正盤旋在距離亞伯拉罕不遠的地方。

「星火啊。」我悄聲嘟囔了一句，舉起步槍，兩下幹掉了那兩個機器人，讓它們掉下來。我們早已準備好能夠破壞電子設備的子彈，任何依靠電子線路運作的東西一旦被它們碰到，都會徹底癱瘓。我不知道它們是如何生效的，只知道它們基本上耗光了我們能夠用來交易的一切物資，包括柯迪和亞伯拉罕離開新芝加哥時駕駛的直升機——畢竟那個大傢伙實在太顯眼了。

「感謝幫忙。」亞伯拉罕在無人機掉下去的時候說。

在我腳下，金屬門的開關裝置還在吱吱嘎嘎地響著，努力想要把門板閉闔。門板又向下移動了一吋。

「這個入口隨時都會關閉，」我說，「快過來。」

「潛行沒辦法快，大衛。」亞伯拉罕說。

我向那個開口瞥了一眼。

我們已經失去了新芝加哥，教授發動攻擊並洗劫了我們在那裡的所有安全室。我們差一點就來不及將艾蒙德——我們的另外一位異能者盟友——轉移到安全的藏身之地。

新芝加哥人都很害怕。巴比拉的情況稍稍好一點，那裡沒有多少資源，王權的舊爪牙正在盯著那個地方，只是現在他們都聽命於教授。

如果這次搶劫計畫失敗，我們就完了。我們將不得不逃到這張地圖顯示不到的地方，嘗試在之後的一年裡重建起來，但這會讓教授更加肆無忌憚地暴行。我不確定他到底想做什麼，爲什麼這麼快離開巴比拉，這其中一定隱藏著陰謀或計畫。喬納森·斐德烈斯已經被他的異能力量吞噬，不可能只滿足於在一座城市裡施行統治。他會有更大的野心。

他會成爲這個世界上最危險的異能者。想到這裡，我覺得自己的胃被狠狠地擰了一下。不能再耽擱下去了。

「柯迪。」我說，「你能看到並且掩護亞伯拉罕嗎？」

「等一下。」他說，「是的，我找到他了。」

「很好，」我說，「我現在要進去了。你掩護好他。」

# 第二章

我沿著自己的繩索滑下去，落到地上，踩碎了不少乾樹葉。眼前，曾經飛出無人機的金屬門又開始關閉了。我驚呼一聲，朝金屬門全速衝去，縱身一躍，跳進了最後的門縫。向下滑了一段不遠的距離後，我落在一條窄坡道上，而金屬門伴隨著一陣刺耳的摩擦聲，在我的頭頂完全關閉。

我進來了。不過，也很有可能是被困住了。

那麼……應不應該歡呼一下？

昏暗的緊急照明燈光沿著牆壁向前而去，顯示出一條傾斜的拱形隧道，就像是一個巨人的喉嚨。地面的坡度不算很陡，我站起身，繼續將步槍抵在肩頭，開始沿著坡道向下走。我把腰間的無線電切至另一個頻道——無論是誰進入鑄造廠，都要轉成這個頻道。這樣我既可以集中精神應對狀況，其他人也曉得如何聯繫我。

這個陰暗的地方讓我很想打開手機，它還有手電筒的功能，但我壓下了這個衝動。誰知道騎士鷹鑄造廠會在他們製造的手機安插什麼外掛功能？事實上，誰知道這些手機到底能做些什麼？他們一定使用了某種異能者科技，否則怎麼會有能夠在任何環境下都有訊號的手機？我算是在新芝加哥的地底深處長大的，但就算是我，也明白這件事有多麼不可思議。

我到達斜坡底部，打開我的瞄準鏡夜視功能和熱感設置。*星火啊，這眞是一把厲害的槍。*

寂靜的隧道在我面前向遠處延伸，從地面到天花板全都是光滑的金屬。從長度判斷，這條隧道一定穿過了鑄造廠圍牆，進入到其內部深處。也許這正是一條理想的康莊大道。

鑄造廠內部的走私照片顯示出分布在這裡各處工作台上的引擎和科技裝備，這才促使我們制定了這個押上一切賭注的計畫：搶到就跑，希望我們能夠摸到一些有用的東西。

從某種角度來說，這裡的科技完全構建在異能者的軀體之上。在我發現教授擁有異能之前，也早該體悟我們對於異能者有多麼強烈的依賴。我卻一直夢想著審判者是某種純粹、屬於人類的自由力量——使普通人能與非同尋常的敵人戰鬥。

但事實並非如此，不是嗎？希臘神話的柏修斯有他的魔法飛馬；阿拉丁有他的神燈；《舊約聖經》裡的大衛得到了耶和華的賜福。你想要和神作戰嗎？那麼你最好有個神站在你這一邊。

我們的作法就是把神切成碎片，再把這些碎片封在盒子裡，然後透過這些盒子使用他們的力量。有許多這種手段都發源於此，騎士鷹鑄造廠，將異能者的屍體製成武器的祕密供應商。

耳機裡響起靜電爆裂聲，把我嚇了一跳。

「大衛？」是梅根的聲音。她使用私人頻道和我通話，「你在幹什麼？」

我打了個哆嗦，悄聲說：「我在森林裡找到一個無人機出入的地道，就溜了進來。」

線上的另一端先是一片寂靜，然後是一句：「愣仔。」

「什麼？因爲這樣做很魯莽嗎？」

「星火啊，不是。因爲你沒有帶上我。」

她身邊傳來爆炸引起的震動聲。

「聽起來妳似乎有不少樂子。」我一直向前走著，平舉步槍，眼睛透過瞄準鏡尋找著無人機的蹤跡。

「是的，當然。」梅根說，「我正在用我的臉攔截小型飛彈，樂子可多著呢。」

我微微一笑。光是聽到她的聲音就讓我禁不住想笑。天哪，和其他人的讚美相比，我更願意聽梅根對我大吼大叫，而且，她既然在和我閒聊，就表示她並沒有眞的用她的臉攔截什麼小型飛彈。她是不死的，就算是死了也能重生。但除此之外，她也像其他人一樣脆弱。因爲新近產生的一些顧慮，她盡量限制使用自己的力量。

基本上她只會用老辦法來完成任務——鑽進樹木之間、投擲手榴彈、開槍射擊，柯迪和蜜茲則會掩護她。我想像著她看到無人機經過眼前的時候輕聲咒罵、冷汗直冒的樣子。她的槍法很準，她的臉……

……唔，對了，也許我應該集中一下精神。

「我會把它們的注意力牽制在這裡，」梅根說，「但一定要小心，大衛。你並沒有完備的潛行裝置，那些無人機如果足夠靠近，就能發現你的熱源訊號。」

「帥呆。」我悄聲說。管它什麼意思。

前方的隧道變得亮了一點，於是我關閉了瞄準鏡的夜視功能，放慢腳步，再緩步向前行進一段路，停了下來。隧道來到盡頭，一條白色的寬大走廊出現在我面前，朝左右兩端延伸。這裡的燈光很亮，地面上鋪著地磚，牆壁依舊是金屬。放眼望去，走廊空無一人，就像是甜甜圈免費贈送日裡的辦公室。

我從口袋中掏出地圖查看。這些地圖的照片上並沒有多少線索，不過有一張照片看起來很像是這條走廊。嗯，我必須在這裡找到一些有用的東西，偷到它，然後逃走。

教授或是蒂雅一定能制定一個更好的計畫。但他們不在這裡。所以我隨便選了一個方向就闖了過去。幾分鐘後，令人緊張的寂靜被打破，一個迅速向我靠近的聲音迴盪在走廊中，這反而讓我鬆了一口氣。

我跑向那個聲音，並非是因爲我很想和它會一會，而是因爲我看到前方走廊裡有一道門。我及時衝過去，將門拉開——謝天謝地它沒有被鎖上。

我溜進一個黑暗的房間裡，背靠著門板，聽到一隊無人機在機械的尖嘯聲中從外面經過。轉過身，我透過門板上的小窗戶看到那些嗡嗡作響的機器人沿著白色走廊一直向前，然後拐進了我剛才走過的那條隧道中。

它們沒有發現我。我將無線電調整到公共頻道，悄聲說：「有更多無人機要從我剛剛進來的地洞出去了。柯迪，報告狀況？」

「我們還留著幾手沒用呢。」柯迪說，「不過外面的情況已經有點瘋狂。好消息是亞伯拉罕也從屋頂進去了，你們兩個找到什麼就拿什麼，然後儘快出來。」

「收到。」亞伯拉罕在無線電回應。

「收到。」我一邊說，一邊掃視了一圈自己所在的房間。這裡一片漆黑，但從一股消毒水的氣味判斷，應該是某種實驗室。我打開了瞄準鏡的夜視功能，快速地再次環顧了整個房間。

發現我正被屍體包圍著。

# 第三章

我用力忍下一聲驚呼，用肩頭抵著槍，再一次搜索整個房間，同時感覺心臟砰砰直跳。這個房裡擺滿了金屬長桌和水槽，其中還有幾座大缸，牆壁從上到下都安裝了架子，擺放著許多各種尺寸的罐子。我向前探身，仔細審視了一下身旁罐子裡的東西：是身體器官，手指、肺葉、腦子。根據上面的標籤，應該全都是人類的。這一定是個分解屍體的實驗室。

我將噁心的感覺推到一旁，集中注意力。他們會將特種引擎保存在這樣的房間裡嗎？我發現，任何異能者科技裝備都需要一個引擎。如果不能找到儲存這種引擎的地方，我們這次的行動將毫無收穫。

我開始尋找那些引擎——它們應該都是些金屬小盒子，尺寸和手機電池差不多。星火啊，透過夜視瞄準鏡看這裡，一切都被籠罩了一層陰森的綠色。在我瞄準鏡的小視窗中，這個地方又添加了一層怪誕的色彩。

「呦，」蜜茲的聲音從線上傳來，我又被嚇了一跳，「大衛，你在嗎？」

「是的。」我悄聲說。

「剛剛和我對打的機器人跑到梅根那裡去了，所以我能喘口氣。」蜜茲說，「柯迪要我看看你是否需要幫助。」

我不確定她在那麼遠的地方能幫我做些什麼，但聽到同伴的聲音讓我很高興。「我進了一個實驗室，」我回答，「這裡的架子上堆滿裝有各種身體器官的罐子，還有……」我調轉槍口，從瞄準鏡中看到不遠處的大缸，不由得又感到一陣作嘔。每一座大缸都有玻璃蓋子，裡面裝得滿滿的，我在窒息中瑟縮了一下，「……有一些大液罐裡面漂浮著屍塊，就像是為一群食人族準備好的蘋果。應該說，是亞當的蘋果（注）。」

我伸手打開一個櫥櫃，在那裡找到了整整一架子的心臟標本。繼續向前邁步的時候，我的腳碰到了某種溼軟的東西。我急忙向後退，用槍指著那裡，發現那只是一塊溼布。

「蜜茲，」我悄聲說，「這個地方眞是超級詭異。妳覺得我在這裡打開燈會安全嗎？」

「噢，那一定——很聰明。那些有著超高級堡壘和飛行戰鬥用無人機的傢伙，肯定不會在他們的實驗室裡安裝小攝影機的。不會，絕不會的。」

「……我明白了。」

「或者他們已經發現了你，一隊死亡飛行機器人正朝你撲去。但既然你還沒有被抓住和執行死刑，我建議你還是再小心一些。」

她的語氣還是那樣樂觀，幾乎可以說是興奮。蜜茲總是這樣，甚至比吃了咖啡因的小狗們還亢進。通常她的情緒會讓人感到振奮，但通常我也不會溜進一個堆滿殘缺屍體的房間，心裡還怕得要死。

我跪下，碰碰地上那塊溼布。它的潮溼也許意味著昨晚一直有人在這裡工作。也許這裡的工作是被我們的攻擊打斷了。

「有什麼收穫嗎？」蜜茲問。

注：Adam's apple，指的是喉結。

「沒有，除非妳想給自己縫一個新男友。」

「呃。好吧，看看你能找到什麼，然後趕快出來。我們已經超時了。」

「好。」我一邊說，一邊繼續打開另一個櫥櫃，裡面全都是外科手術器具。「我在快了。這裡……等等。」

我停下動作，仔細傾聽。我是不是聽到什麼？

是的，一種細碎的聲音。我竭力不去想像屍體突然從那些大缸中站起來的樣子。這聲音是從我剛剛進來的門口旁傳出的，一點光亮也在靠近門口的方向開始閃爍。

我皺起眉頭，朝那裡慢慢挪了過去。那裡有一架小無人機，形體扁圓，底面有個旋轉的刷子。它是從門旁的一個小翻門進來的——有點像是貓門。進來之後，它就開始刷掃地板。

我放鬆下來，在線上說：「只是一個清潔機器人。」

機器人立刻沒了聲音。蜜茲剛要回答，我卻來不及再和她說話——這個小清潔機器人已經重新啟動，飛快地向門口竄去。我撲倒在地，伸出一隻手，終於在那個小機器人衝出鉸鏈翻門之前抓住了它。

「大衛？」蜜茲焦急地問，「出了什麼事？」

「我真是個白癡。」我說著又抖了一下，撲倒時手肘撞到了地面，「那個機器人發現情況不正常，就改變了行動方式。我在它就要逃出去之前抓住它，但它也許已經發出警告了。」

「有可能。」蜜茲說，「它可能和這個地方的保全系統同步。」

「我會加快速度。」我爬起身，將清潔機器人翻過來放到一個架子上。那個架子上還放著一個附帶玻璃門的小型低溫櫃，裡面掛著許多血袋，還有幾個袋子被放在低溫櫃外面。

有夠噁的。

「也許這些屍塊有一部分是來自於異能者。」我說，「我可以把它們拿走，然後我們就有了DNA樣品。我們能利用這些樣品嗎？」

「怎麼利用？」

「不知道。」我說，「用它們製造武器？」

「好啊，」蜜茲的聲音中充滿了懷疑，「我可以在我的槍上綁一隻腳，希望它能夠射出鐳射光或者其他什麼東西。」

我在黑暗中臉色一紅，不過還是覺得蜜茲沒有必要這樣嘲弄我。如果我偷到一些有價值的DNA，我們就可以用來交換各種物資了，不是嗎？但我仍得承認，這些屍塊也許不會讓我如願以償。異能者DNA中重要的部分消亡得很快，如果我真的想拿走一些可以出售的東西，那首先就要找到一套冷凍設備。

冰箱。我能在哪裡找到冰箱？我掀起一座大缸的蓋子，檢查了一下裡面的液體。液體很涼，但不到凍結。我放下蓋子，掃視整個房間。房間後面正對走廊門的地方有另一扇門。

「知道嗎？」我一邊走向那扇門，一邊對蜜茲說，「這個地方就和我想像的一樣。」

「你會想像一個滿是屍體的房間？」

「是的，差不多。」我說，「我的意思是，一個瘋狂科學家用死掉的異能者製造武器的地方會是什麼樣子？爲什麼他們不會有一個裝滿了屍體的房間？」

「我不知道你說這個是什麼意思，大衛。你要把我嚇跑嗎？」

「等一下。」我來到那扇門前。門被鎖住了。

我踹了兩下，把門踹開。我不太擔心這樣做會發出太大的聲音——如果附近有人的話，我和那個小無人機搏鬥的時候他們就應該聽到動靜了。這扇門後是一條黑暗的走廊，比我來的那條走廊要窄小。我仔細傾聽，什麼都沒有聽到，於是決定看看這條走廊會通往何處。

「不管怎樣，」我繼續說，「我一直都很好奇，他們是如何用異能者製造武器的？」

「不知道。」蜜茲說，「我能修理這種裝備，但對於引擎根本一竅不通。」

「一名異能者死去之後，他的身體細胞會立刻開始瓦解，」我說，「這是所有人都知道的。」

「所有呆子都知道。」

「我不是……」

「好啦，夥計，」蜜茲說，「擁抱你的本性吧！堅強起來，做好你自己。基本上來說，我們全都是呆子，只是呆的方面不同。柯迪除外，我覺得他是個怪咖或者是……我想不起來那個詞了。大概是和吃雞頭有關？」

我嘆了口氣。「一名異能者死亡時，如果你的速度夠快，就能從他的細胞中獲取樣本。其中被認爲最重要的是粒腺體。你必須冷凍這些細胞，這樣才能在黑市上出售它們。使用某種方法，這種樣本會成爲可供利用的科技。但是，滅除曾讓王權在他身上動了外科手術，我看過他的傷疤，他們透過這種手段使用滅除的力量。」

「那麼……」

「那麼，爲什麼要進行外科手術？」我問，「滅除本來只需要給出一份血液樣本，不是嗎？爲什麼王權要找外科醫生來？」

蜜茲陷入了沉默，最後她只說了一聲：「嗯。」

「是的。」我曾經以為異能者只有死掉才能讓人們取得他們的力量，王權和滅除證明了我是錯的。如果能夠從活著的異能者身上取得力量，為什麼鋼鐵心不製造一個無敵的戰士軍團？也許他太過狂妄，不屑於做這種事，但他肯定能夠創造出數以百計的艾蒙德，讓他的城市擁有許多像艾蒙德一樣的能量來源。

我來到黑暗走廊中的一個轉角。利用瞄準鏡的紅外線觀測系統，我向轉角的另一邊窺看，尋找任何危險。夜視鏡頭中顯示出一個小房間，整間被幾個大冷凍櫃塞滿。我沒有發現任何熱源訊號，但瞄準鏡儀錶上的計時器警告我現在應該回去了。只是，如果我走了，亞伯拉罕也沒有任何收穫，我們就徹底失敗了。我必須找到一些東西。

我蹲下身，為飛快流逝的時間而擔憂，也為我所見到的一切而煩惱。除了不明白活體異能者為何也可以製造引擎之外，在這裡的所見所聞還讓我想到另一個問題。當人們談論異能者科技的時候，大家都預設所有這種設備產生效能的原理大致相同。但這怎麼可能？攻擊性武器和識別異能者的占卜儀就完全不同，而它們又與曾經讓我能夠利用噴射水流飛翔的諜眼，有著巨大的差別。

我不是呆子，我知道這些技術牽涉到了截然不同的科學領域。一名研究沙鼠的專家對一匹馬肯定是無可奈何，而在異能者科技中，彷彿一門科技就足以創造出種類不同的許多物品。

我要對自己承認一個事實：這些問題才是我們來到騎士鷹的眞正原因。教授對於這件事一直三緘其口，就算是在他屈服於自己的力量之前也不曾向我透露過分毫。我覺得在這件事上，任何人都不曾對我坦誠過。

我想要答案。而答案可能就在這裡的某個地方。

也許我能在那一群戰鬥機器人背後找到我想要的答案，但現在它們正從冷凍櫃後面向我伸出槍臂。

呃噢……

# 第四章

那些無人機的照明燈同時亮起，一下子讓我什麼都看不見。它們齊齊開火。幸好我早一步發現它們，能夠及時退到轉角後面，沒有被它們的子彈擊中。

我回身就逃，沿走廊迅速撤退。槍聲淹沒了蜜茲在我耳邊的喊話聲，戰鬥用無人機緊追在我身後。它們都有一個方形底盤，底盤上安裝了全向輪，上面是一個細長的身軀，頂部架著突擊步槍，在鑄造廠內部的房間和走廊中，它們具有完美的機動能力。但星火啊，從它們面前逃走眞是讓人感到羞恥——它們看上去更像是衣帽架，而不是什麼戰爭機器。

我跑到了那個堆滿屍體的實驗室門口，衝了進去，又迅速一轉身，後背貼到了門旁的牆壁上。我按下哥特沙克爾步槍身上的一個按鈕，瞄準鏡中的畫面被轉移到步槍側面的一個小螢幕上，這樣我就能向門外開火，而不必冒著被敵人擊中的危險。

那些機器人撲了過來，像是一群裝在輪子上的掃帚。如果是我製造出外形這麼愚蠢的機器人，一定會羞愧得無地自容。我沒有怎麼瞄準，直接用連擊模式還以顏色。這條走廊很窄，不會有什麼射偏的可能。幾個機器人應聲倒下，其他機器人爲了從報廢的同伴中間擠過來也減慢了速度，又有幾個機器人被打倒之後，它們開始撤退，利用通向那個冰箱房間的走廊轉角做爲掩護。

「大衛？」蜜茲狂亂的聲音終於引起我的注意，「出了什麼事？」

「我沒事，」我說，「但它們偵測到我。」

「快出來。」

我猶豫著。

「大衛？」

「那裡有些東西，蜜茲。一個被嚴加看管的房間，有不少無人機守在那裡……我打賭，我們一開始進攻，那些無人機就被部署到那裡了，要不然就是那個房間一直被重兵守衛著。也就是說……」

「噢，禍星啊，你又要成爲你了，對不對？」

「妳剛才都提醒我了，還記得嗎？『擁抱我的本性』。」我看到走廊另一端有些動靜，又來了一次掃射，「通知亞伯拉罕和其他人，我已經被發現了。讓所有人離開鑄造廠，準備撤退。」

「你呢？」

「我要去看看那個房間裡到底有些什麼。」我猶豫了一下，「我可能需要中一下槍。」

「什麼？」

「我會暫時保持無線電靜默。抱歉。」

我丟下無線電和耳機，按下槍身側面的一個按鈕。一個小三腳架從步槍底部伸出來，我把槍在地面上放好，讓槍口以一定的角度指向走廊，希望子彈能夠在金屬牆壁上反彈之後射向那些機器人。不過我只希望對它們造成干擾。這支槍能夠遠程遙控開火，我又在槍身上按了一下，讓那枚有一小部分熔化掉的遙控器從槍身側面的凹洞中彈了出來。

我疾步跑過房間，一邊觸發遙控器進行短促的點射，僞裝出我還在和那些無人機交火的樣子。它們的照明燈光線很強，反射在這個房間的玻璃和金屬上，給了我足夠的光亮，讓我能在這裡行動自如。我從架子上抓下那個小清潔機器人，它的輪子還在瘋狂地轉動著。然後我又抓起架子上的一袋血袋，跟我剛才在抽屜中看見的一卷手術膠帶。

我扯下一段膠帶，把血袋固定在機器人上面，又用我的匕首刺穿了血袋，再跑到我最初進入這個房間的門後，撞開門板，把清潔機器人放到外面。小機器人沿著白色走廊飛速向前跑去，留下一道很寬的血跡，醒目得就像是單人饒舌說唱秀中間，突然出現了一段低音小號獨奏。

漂亮。現在就希望我能完美地僞裝出中槍這一部分了。我抓起另一個血袋，把它刺破，然後深吸一口氣，跑到房間對面門前。無人機們還在這裡向我的哥特沙克爾射擊。

這些機器人正一步步朝我逼近，將它們倒下的同伴推到一旁，義無反顧地發起衝鋒。我在它們開始齊射的時候向後一閃，發出尖叫聲，把一些血潑到牆上，緊接著跑到一只大缸前，又將一股血噴到了門口。

沒有了瞄準鏡，我看不太清楚缸裡有些什麼，不過我還是掀起缸蓋，一咬牙，爬了進去——我碰到一些又軟又滑的東西，相信那一定是一些肝臟之類的東西。當我讓身體沉進冰冷的液體中時，才深刻地體會到這一切有多麼可怕。幸好我已經習慣了被自己的計畫羞辱是什麼滋味。至少這次我這麼做是有目的的。所以，嘿，來吧！

我竭力保持身體一動不動，希望這只大缸的冷卻系統能夠讓我躲過那些機器人可能使用的紅外線掃描。不幸的是，爲了讓自己能眞正隱身，我不得不關上缸蓋，閉住呼吸。躺在這些來回晃動的人體器官中間，看著燈光在頭頂上方晃動，那些頂著照明燈的機器人已經走進了這間實驗室。透過水面和玻璃缸蓋，我看不清太多東西，卻禁不住想像起那些機器人聚集到這只大缸周圍看著我，被我愚蠢的詭計逗笑的樣子。

因爲不能呼吸，我開始覺得自己的肺要爆炸了。我的臉暴露在潛行服之外，就要被冷卻液體凍住。謝天謝地，燈光終於消失。我又努力堅持了一點時間，才推開缸蓋，哆嗦著向實驗室中掃視了一圈。只有一片漆黑。

那些機器人顯然中計了。我抹掉眼睛上的液體，從缸裡爬出來。星火啊，與爬進一缸肝臟裡躲避致命的機器人相比，剛才這個地方眞是一點都不可怕。我搖搖頭，走過去拿起我的無線電和槍，戴上耳機。但剛才我把血潑到了耳機上，它似乎是出了毛病。

看來只能用老方法使用無線電了。我將無線電貼到臉上，輕聲對裡面說：「我回來了。」

「大衛，你瘋了。」一個聲音立刻做出回應。

我微微一笑，「妳好，梅根。」我溜進狹窄的走廊，慢步跑過那些壞掉的機器人，「所有人都撤出了嗎？」

「所有聰明人都撤了。」

「我也愛妳。」我說。我在第一次遭遇那些機器人衛兵的走廊轉角停下，探過頭瞄了一眼。前面的房間很黑，就像剛才一樣。我將槍帶越過肩頭，用瞄準鏡尋找留在這裡的機器人，「我就要準備離開了。再給我幾分鐘。」

「收到。」

我將無線電調到只能發送的狀態，以免他們的說話聲驚動附近的敵人。不幸的是，我沒時間做更加周詳的準備，那個僞裝中槍的騙局很快就會被揭穿。遠處的一陣爆炸彷彿是在向我強調這裡的危險，瞬間震撼了整座建築物。

我在牆上摸索了一下，找到燈的開關，把燈打開，然後走過房間，來到一個高大的直立冷凍櫃前。這個櫃子的不鏽鋼表面映照出我的臉。現在這張臉大概要用兩個星期的時間才能洗乾淨，我覺得它看上去很糟糕。梅根一定會笑我。

我在劇烈的心跳聲中將這座櫃子打開，一下子拉開櫃門，釋放出一股強烈的冷氣。櫃子裡是一排排被冷凍的小玻璃瓶，瓶蓋有許多種顏色。這不是我在尋找的引擎，但非常有可能是異能者的ＤＮＡ樣品。

「嗯，」我悄聲說，「至少不是冷凍大餐。」

「不是，」一個聲音回答我，「冷凍食物放在另一個櫃子裡。」

# 第五章

我一動不動地站在原地，一股寒意沿著我的脊椎向上竄起。我轉過身，小心地不做出任何突兀的動作。然後我發現，非常不幸的，有一個機器人躲在房間深處的陰影裡，成功地躲過了我的偵測。它細長的身體很難讓人感到危險，但安裝在它頂部的那桿加強型法瑪斯G3突擊步槍就完全是另一回事了。

我考慮是否應該給它一槍。但我的身體轉錯方向，現在我必須讓我的槍繞過肩頭，才能向這個機器人射擊，而這個機器人顯然也會開槍。我的機會看起來不是很大。

「我的確在另一個冰櫃裡放了食物。」那個聲音繼續從這個機器人身上傳出來，是一個男人的聲音，高亢，柔和。他一定是控制這座鑄造廠的神祕人物之一。這些無人機大部分應該是自動機器人，但它們的主人能夠透過它們看到一切——每一支槍上都有微型攝影機。「不過不是冷凍大餐，只是牛排。精選肋眼肉，還是從美好的古早日子裡留下來的。那是我最想念的時光了。」

「你是誰？」我問。

「你們想要搶劫的人。你是怎麼轉移我的無人機的注意力？」

我咬了一下嘴唇。爲了判斷面前這支槍的反應速度，我向一旁稍爲挪動，立刻看到槍口隨我一起轉動。星火啊，這個機器人的追蹤裝置太靈敏了，它的槍一直瞄準了我。機器人的擴音器中甚至傳出了一下機槍扣動的警示聲。我立刻僵在原地。

但它的全方位機動性眞的也那麼好？未必吧……

「強大的喬納森·斐德烈斯也變成這種樣子了。」那個聲音說，「派了一支隊伍來，想要從我這裡偷東西。」

教授？當然了，騎士鷹鑄造廠的人以爲教授還和我們在一起。我們並沒有四處宣揚教授已經因爲他的力量而墮落了，甚至大多數人根本不知道他是一名異能者。

「我們只是不得不來這裡。」我說，「因爲你拒絕和我們交易。」

「多高貴的理由。『把我們想要的賣給我們，否則我們就直接搶走。』我本以爲殺過來的將不只是喬納森的一支特遣隊，你們只有區區……」那個聲音消失了片刻，然後又響起來，只是變小了很多，「你說還有一個人是什麼意思？他們偷走了什麼？他們怎麼會知道那些東西的位置？該死的！」

有一個模糊的聲音做出了回應。我試著退到一旁，但那個機器人又發出扣動機槍的聲音，這一次的聲音更大了。

「你，」那個聲音將注意力轉回我身上，「召喚你的朋友，讓他們把另一個人偷走的東西還回來，否則我就殺死你。你有三秒鐘的時間。」

「嗯……」

「兩秒鐘。」

「夥計們！」

我右側的牆壁被劇烈的高溫熔化，露出牆後的一個身影。

我向前一撲——和我本能的衝動相反，我朝向那個機器人滾了過去。機器人立刻就開槍射擊，但就像我希望的那樣，因爲我太過靠近它，它的槍口無法向下傾斜足夠大的角度攻擊我。

這意味著我只被射中了一槍。

子彈在我滾動的時候擊中我的腿。我不知道具體的情形是怎樣，但星火啊，那可眞痛。

機器人試圖後退，但我抓住了它。我必須忽視腿部的灼痛。上一次我被槍打中的時候，一開始根本沒有感覺到自己受傷，但這一次，我很難在這種劇痛中作戰。不過我總算沒讓機器人再次向我開槍。我抬起手，解開了把槍固定在這台機器上的鎖釦，讓槍掉落在地上。

很不幸的，就在我戰鬥的時候，十二架無人機從天花板上掉落下來——它們一直僞裝成嵌板的樣子，現在全都伸出螺旋槳，懸浮在我的頭頂上。看來這裡遠比我想的更危險。不過現在它們的注意力都集中在那個走過熔化牆壁的人身上。那是一個完全由火焰組成的人，他的身軀就像是深紅色的熔岩。熾焰到了。眞可惜他不是眞的。

我抓住受傷的大腿，在房間裡尋找梅根。她就躲在通向那個屍體實驗室的走廊轉角處。熾焰並非是完全眞實的存在，但他也不是一個幻影。他是來自於另一個地方的影子——來自於另一個我們的平行世界。其實，他的出現也並非是爲了救我。梅根只是將我們的世界和那個世界中的一道漣漪疊加在一起，讓他彷彿是出現在這裡。

但足以愚弄這些無人機——我完全能感覺到從熔化牆壁上散發出來的熱量，能夠聞到空氣中的煙味。無人機開始狂亂地開火，我則伸手到打開的冷凍櫃中抓了一把小瓶子，隨後便一瘸一拐地跑過房間，來到梅根身邊。她發覺我中彈之後就立刻向我跑來。

「愣仔，」她氣呼呼地說著，把我的手繞上她的脖子，架著我向走廊轉角跑過去，一邊將我搶出來的小瓶子塞進她的口袋，「我才離開你五分鐘，你就挨子彈了。」

「至少我帶了禮物給妳。」我背靠在走廊轉角後面的牆壁上，她開始迅速地爲我包紮傷口。

「禮物？這些瓶子？」

「我找了一把新槍給妳。」這時梅根拉緊了繃帶，突然襲來的疼痛讓我咬緊牙關。

「你說的是你丟在地上的那把法瑪斯？」

「沒錯。」

「你知不知道，我在外面和上百架無人機拚殺，它們的腦袋上都有這樣一支槍。我們可以用那些槍裝備一個要塞了。」

「呃，等妳用那些槍裝備好一個要塞之後，妳還會需要一支用來射擊。所以，歡迎使用！要知道，這裡的人就算是……」我又因爲疼痛而一抖，「就算是在自己的房間裡，也都塞滿了要命的機器人。好像還有一些牛排。不知道他提到牛排的時候有沒有說謊。」

梅根的身後，熾焰正漠然地看著眼前的一切。子彈還沒有碰到他就熔化了，但我們這裡卻感覺不到什麼熱氣——就好像他的火焰距離我們非常遙遠，我們甚至還感到一絲微風從他那裡吹過來。

我們還不是很明白梅根的力量到底是如何運作。被熾焰熔化的那些無人機並沒有眞的死掉，那堵牆壁也沒有眞的被打破。另一個世界對這裡的影響不是固定的。當這兩個世界交融在一起的時候，我們全都陷入了扭曲的事實之中，但用不了多少時間，這種混亂就會恢復正常狀態。

「我沒事，」我說，「我們必須動起來了。」

梅根什麼都沒說，只是又架起了我的手臂。她的沉默和她在激戰之中首先爲我處理傷口的行動都告訴我：我中了槍，流了很多血。

我們在走廊中拖著腳步向實驗室跑去。我回頭瞥了一眼，確認沒有無人機追趕我們。的確沒有，但我卻看到了令人膽寒的一幕：熾焰正在看著我，又是這樣。透過扭曲的火焰，那對黑色的眼睛正直視著我的雙眼。梅根發誓說他看不見我們的世界，但他向我抬起了一隻手。

我們很快就離開了他的視野。當我們踉踉蹌蹌地跑進屍體實驗室時，震耳的槍聲也追了過來，我們忐忑不安地躲到門後。另一隊無人機這時從走廊的另一個方向殺來，但它們甚至沒有多看我們一眼。現在它們的敵人是一名異能者。

我們跑過房間，進入到外面那條明亮的走廊中，這次我在地上留下了一道真正的血跡。

「這是什麼地方？」梅根說，「罐子裡的那些東西是心臟嗎？」

「是的，」我說，「天哪，我的腿好痛……」

「柯迪，」梅根的聲音顯得很驚慌，「亞伯拉罕出去了嗎……好的，很好。發動吉普車，準備好急救包。大衛中槍了。」

她陷入一陣沉默。

「我不知道我們要怎麼做，蜜茲。希望我們能像計畫中那樣引開他們的注意力。做好準備。」

我只能集中精神抵抗腿部的劇痛。我們已經來到那個通向林中出口的隧道裡，在我們身後，槍聲突然停了。

這不是好兆頭。熾焰消失了。

「你不能讓他跟著我們嗎？」我問。

「我需要喘口氣，」梅根皺起了眉頭，緊緊咬住了牙根，「原先這樣做已經很難了。那時我還不在意它對我的影響。」

「妳是說——」我說。

「我的頭很痛。」梅根回答，「就像昨天那樣，但更糟糕。就好像是……嗯，好像是有什麼東西在撞擊我的顱骨，想要衝進去。讓如此大規模的紊亂變成現實已經是我的極限，所以我們現在只能希望——」

她閉上嘴。一群無人機正聚集在我們前方的隧道中，封鎖了我們進入森林的通路，遠處的隧道出口變成了一個對我的嘲諷。它就在幾百步以外，我能看到它已經被炸開，有陽光從外面灑進來。梅根肯定是炸開那裡才進來的，但現在，有這群無人機擋路，那裡對我們的距離就像澳洲一樣遙遠。

這時，我們頭頂的天花板毫無預警地崩塌。巨大的金屬塊掉落在我們周圍，隧道劇烈地晃動著，彷彿完全被炸開。但我知道這次變故和爆炸無關。讓我做出這種判斷的也許是因爲這些鋼鐵塊沒有被炸得足夠粉碎，也許是因爲走廊這樣的晃動不可能是爆炸造成，或者也許是因爲大塊的鋼鐵直接掉在我們正前方，擋住那些無人機。無人機已經在開火，但沒有一塊彈片碰到梅根和我。

這是另一個次元的幻象，但它還是猛烈到足以將我震倒在地上。我重重摔倒，痛哼了一聲，想要側翻過來保護我受傷的腿。整個空間都在轉動。片刻之間，我覺得自己就像是一隻被綁在旋轉飛盤上的蚱蜢。

當我的視野從劇烈的震動稍稍恢復平穩的時候，發現自己正蜷縮在一塊落在地上的大金屬塊旁邊。我對於「現在」的感覺非常眞實。在這裡，在這個被梅根混合了兩個世界所創造出來的空間中，這個「幻象」是眞實的。

我的血已經浸透了腿上臨時包紮的繃帶，並且沾污了這裡的地面，就像有人用一塊髒布在這裡抹了幾下。梅根跪倒在我身邊，低垂著頭，發出一陣陣嘶啞的呼吸聲。

「梅根？」我在無人機的槍聲中問。星火啊……無論有多少金屬塊在擋著它們，它們很快就要殺過來了。

梅根瞪大了眼睛，微張著嘴，露出緊緊咬合的牙齒，汗滴不斷從她的額頭滾落。無論她最近在使用力量的時候要對抗些什麼，那種東西此刻正全力襲擊著她。

# 第六章

這不應該發生的。

我們已經發現了那個祕密，找到讓異能者不會受到自身力量反噬的方法：如果你正視自己內心中最深層的恐懼，就能夠迫使黑暗退卻。

梅根受到的侵蝕應該一去不返了。她爲了救我衝進一棟燃燒的建築物裡，與她最害怕的東西——火焰——正面抗衡。她應該已經自由了。但現在她狠狠咬住的牙齒和緊鎖住的眉頭無一不顯示出她狂亂的內心活動。她轉向我，眼睛眨也不眨一下地低聲說：「我能感覺到他，大衛。他想要進來。」

「誰？」

梅根沒有回答。但我知道她說的是誰。禍星。禍星，天空上的那個紅點，那顆預告了異能者到來的新星……它本身就是一個異能者。機緣巧合之下，我知道禍星在發覺異能者的恐懼和他們的弱點有關連之後極端震怒，而我們才由此發現了克制梅根受侵蝕的方法。

無人機的射擊停止了。

「這次塌陷是某種幻覺，對不對？」剛才那個聲音又響了起來，迴盪在走廊中，「你們殺死了哪個異能者才得到這樣的科技？是誰給了你們製造引擎的方法？」

至少他和我們打交道的方式又變成了說話，而不是子彈。

「梅根，」我握住她的手臂，「梅根，看著我。」

梅根專注地看著我，這對她似乎有一些幫助，但那份狂野依舊留在她的眼睛裡。我很想向後退，讓她將這股力量發洩出來。也許這樣能拯救我們。

但這也會毀了她。當教授屈服於自身力量所帶來的黑暗時，他不眨眼地殺死了自己的朋友。他畢生都致力於保護其他人，現在卻完全成了自己力量的傀儡。

我不會讓同樣的事情發生在梅根身上。我伸手到大腿上的口袋裡——因爲移動到傷腿，我又抖了一下——從裡面掏出我的打火機，舉到梅根面前，點出一團火苗。

梅根稍稍向後退避，然後噴出一口氣，伸手抓住那團火苗，讓火焰燒灼她的皮膚。被我們當做掩護的大金屬塊開始晃動，隨後便不復存在，天花板完好如初。火焰依舊是梅根的弱點，即使曾經正視自己的恐懼，這種弱點還是會消除她的力量。也許一直都會如此。

值得慶幸的是，只要梅根還願意面對這個弱點，她顯然就能將黑暗驅走。剛才那種緊繃的神情從她的臉上消失了。她嘆息一聲，坐倒在地上，喃喃地說：「太好了，現在我的頭以及我的手都很痛了。」

我虛弱地一笑，讓我的槍落在地上，也像梅根一樣坐下去，朝包圍我們的無人機舉起雙手。它們大多是舉著突擊步槍的地面型機器人，不過也有幾架飛在半空中。我很走運——它們沒有再開火。

一個輪足機器人向我們靠近，它從底部向我們翻起一個小螢幕，螢幕中出現了一個背景模糊的身影。「剛才那個幻象是新芝加哥的熾焰，對不對？它完全矇騙住了我的感測器。」那個聲音說，「普通的幻象不可能有這種效果。你們使用的是什麼科技？」

「我會告訴你，」梅根說，「只要別開槍。行行好。」她站起身。當她這樣做的時候，也迅速用腳跟將一樣東西向後踢了過來。

她的耳機。還側臥在地上的我立刻將它握在手中，一翻身，假裝抱緊流血的腿，掩飾自己的動作。我相信無人機沒有發現我們的小動作。

「是嗎？」那個聲音說，「洗耳恭聽。」

「次元影像。」梅根說，「它們不是幻影，而是來自於另一個眞實的漣漪。」她面對著騎士鷹的機器人軍隊，讓自己擋在戰鬥機器和我之間。現在那些機器人的槍口全都對準了她，如果它們殺死她，她就會轉生。

我很感激她的保護，但星火啊，轉生會對她產生難以預料的影響，更何況近來她在使用力量時一直都有異常反應。自從我們經歷過巴比拉的事情之後，她還沒有轉生過。我希望她能夠一直都不必轉生。

我需要做些什麼。我蜷起身，依然抓著我的腿。這種疼痛是眞實的，我只能希望我的顫抖和失血能夠讓無人機不會注意我。我將頭放在耳機上，悄悄地對著話筒。

「蜜茲？在嗎？柯迪？亞伯拉罕？」

沒有回答。

「不可能，」那個人對梅根說，「我曾經多次嘗試過用引擎捕捉這種力量。我做不到的事情，這個世界上怎麼可能有誰能做到。次元裂隙太過複雜、太過強大，不可能……」

我抬頭瞥了梅根一眼，她高傲地站在強大的機器人軍隊面前。其實我知道，她的頭一定痛得彷彿要裂開一樣。她說得輕描淡寫，但表情卻和她的描述全然不同。她在拒絕墮落、拒絕曲膝，拒絕向任何人或力量低頭，因而爲此付出了巨大的代價。

「妳是一名異能者，對不對？」那個聲音的語調變得嚴厲，「沒有什麼科技、沒有引擎。喬納森在招募異能者？也就是說，他已經轉變了？」

我無法壓抑自己的驚呼。他怎麼會知道教授的底細？我想要答案，但沒有能力求取答案。我將頭枕在地板上，突然感到昏昏欲睡。星火啊，我到底流了多少血？

當我的頭再一次碰到耳機的時候，耳機中傳來劈劈啪啪的聲音，然後是蜜茲的喊話：「梅根？星火啊，和我說話！妳——」

「是我，蜜茲。」我悄聲說。

「大衛？終於聯絡到你了！聽著，我已經放置了炸彈要炸塌那條隧道。你們能從那裡出來嗎？我可以在你們通過之後把隧道炸掉。」

梅根的幻象……

炸藥。我向包圍我們的無人機瞥了一眼。

「現在就引爆，蜜茲。」我悄聲說。

「你確定？」

「是的。」

然後，我打起了精神。

爆炸聲在我們頭頂響起。可能因爲那是我正在期待的，以至於它聽起來要比剛才更響亮。大塊的金屬掉落下來，正正落在剛才的位置上，砸在距離我只有幾吋遠的地面——但我毫髮無傷，梅根也一樣。

而那些機器人就像是一場小孩子的幻夢，被鐵塊壓個粉碎。

梅根立刻回到我身邊，一手從大腿上的槍套裡拔出短槍，開始向殘存的無人機射擊。我從小腿的刀鞘裡拔出匕首，舉到面前。梅根向我瞥了一眼，「你是認眞的？」

「至少這不是一把愚蠢的武士刀。」我嘟囔著，背靠著掉落的金屬塊站起身。隨著落下的塵埃逐漸減少，梅根也幹掉了最後一架無人機，讓它轉著圈倒在地上。

我也站穩了腳跟──當然，一隻腳跟，然後單腿跳過廢墟，去撿我的槍。

「這又是從哪裡來的？」梅根指著破開的天花板問。蜜茲的炸藥沒有完全將隧道炸塌。事實上，根據我的觀察，這次塌陷和梅根製造出的那場幻象廢墟完全一樣。

「蜜茲說她可以在我們逃走之後把這個地方炸掉。」

「而你讓她把這些大鐵塊都砸到我們的腦袋上？」梅根說著拿起我的槍，遞給我，又抓住了她的步槍。

「我一直在想，妳的幻象來自於另外一個現實次元，對不對？而那個現實和我們的距離越近，妳把它拉過來的時候就越容易？妳那時已經很累了──」

「現在也很累。」

「──我認爲妳所使用的現實一定和我們的世界非常接近。上方的爆炸，蜜茲已經放好了炸藥，所以我猜她的爆炸會以同樣的方式發生。」

梅根再次鑽到我的手臂下面，幫我一瘸一拐地繞過那些廢墟。一架無人機努力想要從掉落的金屬塊下面掙脫出來，又被她一槍放倒。「這樣做也許不會成功，」她低聲說，「其他眞實次元中發生的事不一定會一絲不差地出現。你有可能把自己壓成肉餅，大衛。」

「不管怎麼說，我沒有變成肉餅。」我說，「至少我們暫時是安全了……」

我的聲音低了下去。另一些聲音開始在走廊中迴盪，從我們身後很遠的地方傳來，是金屬的聲音。螺旋槳聲，還有金屬的踏步聲。

梅根看著我，然後又看看前方的森林出口。那裡距離我們還有一百呎。

「我們快一點。」我說著向前蹣跚過去。

但梅根從肩膀上取下我的手臂，把我的手按在牆上，讓我能一個人站穩。「你需要多一些時間。」她對我說。

「所以我們應該快一點。」

梅根從肩頭拿下步槍，轉身面對走廊。

「梅根！」

「那些掉下來的鐵塊能夠充當盾牌。」她說，「我可以擋住它們很長一段時間。快走。」

「但——」

「大衛，拜託，走啊。」

我抓住她的肩膀，把她拉到面前，用力親吻她。這舉動扭到了我的腿，讓疼痛如同火焰般燒灼我的半個身子。但這些都沒有關係。梅根的一個吻值得我這樣做。

我放開她，然後我走了，依照她的指示。

我覺得自己很懦弱，但身爲團隊的一員，我必須明白其他人在某些任務上比我做得更好。而身爲一個男人，我也應該知道，有時英雄只能讓自己不死的女朋友去當。

但我一定會回來找她，無論生還是死。而且我很快就會回來。我不會讓她的屍體被放進我看見的那些大缸裡。我踉蹌著爬上那段坡道，竭力不去想梅根會有怎樣的遭遇。一旦那些無人機撲上來，她就必須給自己一槍。她不能冒險被生擒。

在我身後，梅根開火了。步槍射擊的聲音迴盪在鋼鐵走廊裡，無人機不斷衝過來，倒在地上，自動武器正連續不停地開火。

我就要到達出口了。但我在外面的陽光裡看到了黑影，我已經對那些無人機十分反感，當我抽出短槍的時候，身子歪了一下。幸運的是，那個影子變成一個身材健壯的黑人，穿著黑色的緊身衣，額頭上又戴著夜視鏡，兩隻手端著一桿非常、非常大的槍。亞伯拉罕在看到我的時候罵了一聲，語調裡還帶著一點他的法國口音。

「怎麼樣？」他一邊說一邊跑下斜坡，「梅根呢？」

「她掩護我撤退，」我說，「她想讓我們先走。」

亞伯拉罕看著我的眼睛，然後點點頭，轉過身打算陪我走最後一段斜坡。「你被發現之後，外面的無人機就全都後撤到城堡裡面去了。」他說，「其他人都在吉普車裡。」

看來我們有機會。

「她是異能者。」

我嚇了一跳，急忙環視周圍。這聲音是從前面傳來的，有一架無人機找到我們了？不是。隧道牆壁上的一塊螢幕亮了起來，剛才那個站在模糊背景前的身影出現在螢幕上，正面對著我們。

「大衛？」亞伯拉罕站在出口中的陽光下對我說，「我們走。」

「她是異能者。」我卻對著那塊螢幕開了口。這個身影……是不是有些熟悉？

螢幕中的一盞燈忽然亮起來，掃去裡面的陰影，露出一名身材矮胖的老者。他的圓腦袋上只剩下不多的幾縷白髮，立在頭頂上幾乎就像是一頂王冠。我曾經看過他。看過一次。在教授的一張許多年前的老照片裡。

「我今天見到了一件難以置信的事情，」那個人說，「它讓我很好奇。你就是那個被他們稱作鋼鐵殺手的人，對不對？是的……那個從新芝加哥來的孩子。你不是一直在殺害異能者嗎？」

「我只殺該殺的人。」我回答。

「喬納森・斐德烈斯呢？」

「喬納森・斐德烈斯已經不存在了。」亞伯拉罕輕聲說，「只有異能者綠光留下來。我們要做好必須做的事。」

我什麼都沒說。並非是我不同意亞伯拉罕，但這樣的話實在太難以說出口。

那個人審視著我們。突然間，我們身後的槍聲平息了。「我已經召回了我的機器。我們需要好好談一談。」

我用暈倒回答了他。

# 第七章

「如果你願意和我們交易，我們就不會有這些麻煩了。」是梅根的聲音。唔……我躺在黑暗中，享受著這個聲音。而當另一個聲音響起時，我不由得感到一陣氣惱。

「我又能怎麼做？」正是那個人的聲音，那個騎士鷹的人，「首先我得到訊息，斐德烈斯轉變了，然後你們立刻就和我聯絡，要求得到武器！我當然不想和你們扯上關係。」

「你應該猜得到我們會反抗他。」亞伯拉罕說，「審判者不會因為一個暴君曾經是我們的領袖就屈從於他。」

「你誤會我的意思了。」那個人說，「我拒絕你們不是因為我以為你們與他合作，我拒絕你們是因為我不是個星火的白癡。斐德烈斯太瞭解我了，我可不打算去招惹他，更不想出賣他。我根本不想和你們這夥人有任何關係。」

「那你為什麼又邀請我們來這裡？」梅根問。

我呻吟一聲，強迫自己把眼睛睜開。我的腿超痛，但比我預想的還是要好一些。當我挪動它的時候，只感覺到皮肉的疼痛。但星火啊，我真是累斃了。

我眨眨眼，努力集中起雙眼的聚焦。片刻之後，梅根的臉出現在我眼前，金髮垂掛在她的面頰上。「大衛？」她問，「你感覺如何？」

「就像是搖滾派對上的一片麵包。」

她明顯放鬆下來，轉過頭說：「他沒事。」

「一片什麼？」那個騎士鷹的傢伙問。

「一片麵包。」我說著，有些艱難地坐起來，「搖滾派對上的一片麵包。知道嗎？在搖滾派對上沒人想要麵包。人們都是來看超酷搖滾秀的，所以大家都會把麵包扔到地上，用腳亂踩它們。」

「這是我聽過最蠢的笑話。」

「抱歉。」我咕噥了一聲，「通常我在中槍之後，口才都會變得更好的。」

我正在一個擺著許多沙發的昏暗房間裡，就躺在其中一張沙發上。在我對面的牆壁前放著一張又大又軟的黑色長沙發，那張沙發前面的矮桌上擺滿了一排監視器和其他電腦設備，還有一小疊髒盤子。那個騎士鷹的人坐在靠近我的另一張沙發上，附近一張小茶几上堆著花生殼和兩個空掉的大塑膠杯，他身旁還坐著一個完整的假人模特兒。

那個，的確沒錯，一個假人模特兒，就是那種老百貨中常見用來展示衣服的模型。它的木頭臉上完全沒有五官，頭戴一頂寬緣帽，身穿細直條紋的套裝，就像那些新芝加哥的菁英一樣。它被擺成休閒的坐姿，翹著二郎腿，雙手握在一起。

不錯嘛……

亞伯拉罕站在那張沙發前，雙臂抱胸，仍然穿著他的黑色潛行服。他的面具掛到了腰帶上，那桿令人矚目的P328反重力小型機炮仍然被綁在他的背上。我的團隊中只有我、梅根和他在這個房間裡。

「這裡不錯。」我說，「我相信你把全部的裝修費都花在那個變態實驗室上了？」

那個人哼了一聲，「因爲工作關係，我的實驗室需要保持清潔。我已經邀請你走進了我的家，年輕人，這可是稀有的光榮。」

「那我要爲了沒有準備一份隆重的舊披薩餅邊皮當禮物而抱歉了。」我朝對面桌上的那些髒盤子點點頭，同時從沙發上爬起來，又搖晃了一下。不過我用一隻手抓住沙發扶手，總算是站直了身子。我的腿還在一陣陣抽動，低下頭看到我的長褲在處理傷口時被剪開了。

但傷口上已經生出疤痕。看上去，它已經被治療了幾個星期，甚至是幾個月。

「嗯，」那個人說，「抱歉你的傷口還沒有完全癒合。我的設備不像另一個人的設備那樣強大。」

我向梅根點點頭，表明我一切都好。梅根沒有伸手攙扶我，不應該在敵人面前這樣做，但她一直靠在我身邊。

「我們在哪裡？」我問。

「我的鑄造廠下方。」那個人說。

「你是？」

「騎士鷹院長。」

我眨眨眼。「說眞的？這就是你的名字？」

「不，」那個人說，「只是我的名字太蠢了，所以我用這個代替。」

好吧，至少他還算坦誠。但想到他竟然拋棄了自己的眞名，我就有些起雞皮疙瘩。我從不喜歡人們給我的綽號——鋼鐵殺手。大衛．查爾斯頓就很好了，這是我父親給我的名字。現在這是他留給我的唯一一樣東西。

我在巴比拉的時候肯定從教授的相片裡看過這個騎士鷹。現在這個人顯得蒼老許多，頭髮更少，肚子也更大，脖子上掛起了雙下巴，就像是在微波爐中融化、從一片麵包上流下來的乳酪。

他和教授顯然曾經是朋友，而他早就知道教授是異能者——很早以前就知道。

「你是教授第一支團隊的成員，」我猜測，「那時你們的團隊裡還有王權和幽暗森林。你們全都變成了異能者。」

「不，」騎士鷹說，「我不是，但我的妻子是。」

這就沒錯了。我記得教授說過他們曾經有四個人。一個名叫……亞瑪拉的女人？她一定有一些非常重要的地方，只是我記不起來那是什麼。

「我是一名非常有興致的觀察者，」騎士鷹說，「一個科學家，可不是喬納森那種『嗨，孩子們，我今天要用液態氮替你們凍結一串葡萄』的科學家。我是一名眞正的科學家。」

「也是一名眞正的商人。」亞伯拉罕說，「你在死人的屍體上建立了一個帝國。」

騎士鷹身邊的那個假人模特兒攤開雙臂，兩隻手放到身旁，彷彿是說：「沒錯。」我嚇了一跳，朝梅根瞥了一眼。

「是的，」梅根悄聲說，「它動了。我還沒看出來它是怎麼動的。」

「蜜茲和柯迪呢？」我悄聲問。

「留在外面，提防這是一個陷阱。」

「是我首先研發出了引擎科技，」騎士鷹對亞伯拉罕說，「是的，我從中牟利。你們也一樣，所以我們就不要互相譴責了，德雅爾丹先生。」

亞伯拉罕維持著平靜的面孔，但聽到騎士鷹用姓氏稱呼他，似乎不太高興。我不明就裡，但我們向來很少談論自己的過去。

「這很好，」我一邊說，一邊走過亞伯拉罕身邊，笨拙地坐到騎士鷹對面的沙發上，看著他和那個令人毛骨悚然的假人模特兒，「那我再問一遍，爲什麼你會邀請我們到這裡？」

「那個異能者，」騎士鷹說著，他的假人模特兒指了一下梅根，「就是熾焰，對不對？她一直都是次元控制者，對不對？」

騎士鷹說得一點也沒錯。當梅根提起熾焰的時候，她說的永遠是另外一個人——一個她能夠暫時從另一個次元中拉到我們面前的人。她從不認爲自己是熾焰，儘管外人很難從她的言詞中聽出這一點區別。

「是的。」梅根回答。她走上前，考慮一下後，坐到我的身邊，抬起手臂倚在沙發靠背上，露出腋下的槍套，讓自己很容易就能抽出槍來。「我的能力還不止這些，但基本上……是的。我就像你所說的一樣。」

我伸手按在她的肩膀上。梅根有時會變得冷如冰霜——部分原因是她的天性，部分是她想要保持和別人的距離，因爲……的確，瞭解異能者永遠都是危險的。我能看出她注視騎士鷹的目光有多麼緊張，她的拇指撥弄著一把想像中的左輪手槍。她的手上有一個紅色的大水泡，那是她握住火焰時留下的。

我們知道該如何抵擋黑暗的侵蝕，但這場戰爭還沒有贏。她正爲不久之前發生在她身上的事情感到擔憂。坦白說，我也是。

騎士鷹的假人向前俯身，擺出一個若有所思的姿勢，用手指將寬緣帽向上掀起一點，將它的木臉露出了更多一些。騎士鷹說：「年輕人，妳在實驗室中做的事情愚弄了我的所有感測器、攝影機和軟體程式。妳並不只是普通的次元控制者，妳很強大。我的機器人報告說牆壁上留下了破壞的痕跡，我的一些無人機被摧毀了——眞正地摧毀了。我以前從沒有見過這樣的事。」

「你不會得到我的DNA。」梅根回答。

「嗯？」騎士鷹說，「噢，那個我已經有了。在你們兩個逃進外出隧道之前，我已經蒐集了十幾個樣品。既然妳來這裡的時候沒有穿上無菌室套裝，那麼妳在逃走的時候怎麼可能不被我得到一些皮膚細胞？不過妳不必擔心，我還遠遠無法製造出一部能夠模仿妳的引擎。製造這種引擎的條件遠超過……一般人的認知。」

騎士鷹說話的時候，那個假人繼續做著各種動作。但騎士鷹一動也沒有動，我注意到這一點，那些鼓脹的軟墊讓他彷彿是嵌進了座位裡。騎士鷹院長的身體至少有部分癱瘓了。他能夠說話——每一個字都出自於他的口中，但他能移動的只有他的頭。

他怎麼可能是癱瘓的？他的科技足以讓我的傷口迅速癒合。爲什麼不治療自己？

「不，」騎士鷹依然看著梅根說，「我的確想要瞭解妳的力量，但我現在對於探索妳沒有興趣。妳剛才所做的事情很驚人，令人不可思議。但對於眞實的操縱不應該被如此輕視，年輕的女士。」

「這個我從沒有多想。」梅根冷冷地說，「你到底想說什麼？」

「妳那時打算犧牲自己，」騎士鷹說，「妳留下來斷後，讓其他人能夠逃走。」

「是嗎？」梅根說，「這算不上什麼。我可沒有那麼容易就被幹掉。」

「也就是說……妳是一名高等異能者？」騎士鷹的假人稍稍坐起身，「看來我沒有猜錯。」

梅根的雙唇抿成了一條線。

「說重點，騎士鷹。」我說。

「重點是，」他的假人向我們擺擺手，「我們能進行這次談話的原因。不久之前這個女人曾經爆發式地使用過她的力量，這本來應該讓她變得孤僻、憤怒、對任何靠近她的人都極端憎恨。喬納森是我知道極少數幾個能夠控制自己黑暗面的異能者之一，但在每次使用過異能之後，他經常會離群索居數日，直到恢復了對自己的控制，他才會與其他人聯絡。但這位年輕的女士在使用自己的力量之後，卻完全不會被黑暗污染——她之前願意為團隊犧牲自己生命的舉動就是證明。」

那個假人再向前俯身。

「那麼，」騎士鷹繼續說，「這部分到底有什麼祕密？」

我向亞伯拉罕看過去，後者極輕微地聳了聳肩。他不知道我們是否應該將這個情報與騎士鷹分享。至今為止，我們對於異能者逐退黑暗的方法一直保持著極為謹慎的態度，很少向別人提及。這個情報有可能會讓我們在無意中顛覆破碎合眾國的權力架構——因為這個戰勝黑暗的祕密，也包含著發現異能者弱點的祕密。

我很想將這件事廣為傳播。如果異能者發現了彼此的弱點，說不定他們就會相互殘殺。不幸的是，事實也許會比我的期待更殘酷。權力會發生更迭，某些異能者會崛起，另一些則會垮台，最終的結果很有可能是一隊異能者統治整個大陸。他們將不得不形成一個有組織、強盛的政權，而不再相互爭鬥，並因此宰制相對弱小的獨立城市。

但我們還是希望或早或晚能夠將這個情報傳出去，至少讓世界各地的學究們知道它，看看他們是否能夠讓異能者脫離黑暗面。不過我們首先要對已有的發現進行測試，確認我們真的能讓這種辦法在其他異能者身上生效。

我有一個宏大的計畫，一個改變世界的計畫。所有這些全都要從一個陷阱開始。準備重要的一擊，也許是審判者們有史以來最有力的一擊。

「我會告訴你如何讓異能者免於瘋狂的祕密，騎士鷹，」我做出決定，「但我希望你承諾暫時對此保守祕密。另外，我想要你提供裝備給我們。把我們所需要的全給我們。」

「你要去打倒他，對不對？」騎士鷹說，「喬納森·斐德烈斯，或者是他們現在所說的『綠光』。你們要去殺死教授。」

「不，」我看著他的眼睛輕聲說，「我們要去做一件更加艱難的事。我們要把他帶回來。」

# 第八章

騎士鷹讓假人托著他前進。

走在這個假人身邊，我現在能更仔細地觀察它了。它其實不是那種能夠隨便在日常商店中看到的模特兒。它有著關節靈巧的木製手指和一個比我想像中更堅固的軀體，更像是一個很大的牽線木偶，只是上面沒有一根線。

它很強壯，托起騎士鷹的時候非常輕鬆。它將手臂穿進騎士鷹身上的某種套環，看上去就好像是從背後把騎士鷹抱起，兩隻手臂分別橫在騎士鷹的肚子和胸前。騎士鷹保持著直立的姿態，由皮帶固定，雙腳垂在距離地面幾吋的地方。

這個姿勢看起來很不舒服，也不正常。不過騎士鷹一路上還是神態自若地閒聊著，彷彿一名四肢癱瘓的病人被一個高大的木頭傀儡抱著走路，是一件再平常不過的事。

「所以基本上就是這樣，」我對他說。現在我們正走在一條看不出有什麼特徵的走廊裡，我只知道我們的目標是騎士鷹工廠，「弱點和恐懼緊密聯繫在一起。如果一名異能者可以正視自己的恐懼，將它驅逐，那麼他就能趕走侵蝕自己的黑暗力量。」

「大致上是這樣。」梅根在我們身後說。亞伯拉罕已經上去找蜜茲和柯迪了。我們決定不管怎樣，只能信任騎士鷹。我們也沒有別的選擇。

騎士鷹哼了一聲。「恐懼。聽起來倒是很簡單。」

「是，也不是。」我說，「我不認爲會有多少被自身力量吞噬的異能者喜歡考慮自己的弱點，他們只會逃避這種事，而這正是問題所在。」

「我還是覺得很奇怪，爲什麼沒有別人將這兩件事連在一起。」騎士鷹的語氣顯得有些懷疑。

「我們都會考慮這件事。」梅根輕聲說，「我保證，每一名異能者都有這樣的想法。但我們只會朝錯誤的方向去思考——我們會將我們的恐懼和弱點聯繫在一起，但我們的聯繫卻完全與事實相悖。

「這是我們的噩夢，會逼迫我們發瘋。它們會讓你從床上驚醒，吃力地喘息、滿身汗水、鼻腔裡淨是血腥氣味。它們是關於你的弱點的噩夢。失去力量、變回成普通人，愚鈍的普通人，只要一個簡單的意外就足以置你於死地。我們當然會害怕能殺死我們的東西，所以從某種角度來說，這樣的噩夢似乎也是正常的。但我們從不曾意識到弱點便來自於我們的恐懼——先出現恐懼，弱點隨之出現。我們所想像的恰恰相反。」

騎士鷹和我在走廊中停下腳步，回過頭看著她。梅根和我們對視，像以往一樣桀驁不馴，但我能看到她心上的裂痕。星火啊……這就是她一直被迫要承受的。我們的發現對她很有幫助，但從另外一面來看，也將她心頭的裂縫撬得更寬。她一直竭力要藏在心底的祕密，完全被暴露了出來。

她在過去做過可怕的事，曾經爲鋼鐵心效勞，但我們從沒有談論過。當她滲透進入審判者的時候，因爲被迫無法使用自己的力量，才從那種罪惡的人生中逃脫出來。

「我們能做到，騎士鷹。」我說，「我們能夠發現教授的弱點，然後用他的弱點來對抗他。只不過我們不會殺死他，而是設下陷阱，讓他面對自己的恐懼。我們會帶他回來，證明除了殺戮之外，還有另一種解決異能者問題的方式。」

「這不會成功的，」騎士鷹說，「他瞭解你們，也瞭解審判者的策略。禍星啊，審判者的策略不正是他制定的嗎？他一定會做好萬全準備對付你們。」

「你得明白，問題的關鍵就在這裡。」我說，「是的，他瞭解我們，但我們也瞭解他。尋找他的弱點對我們而言，比尋找其他異能者的容易得多。除此之外，我們還知道一件非常重要的事。」

「什麼事？」騎士鷹問。

「在內心深處，」我說，「教授希望我們能贏。他會做好死亡的準備，所以當我們其實是要拯救他時，就一定會大大出乎他的意料。」

騎士鷹注視著我。「你有一種奇怪的說服人的能力，年輕人。」

「你才知道。」梅根嘟囔著。

「但我們需要科技的支援才能戰勝他。」我說，「所以我很想看看你有些什麼。」

「說實話，我的確能借你們幾樣東西。」騎士鷹說著，繼續沿走廊前行，「但和人們想像的相反，這個地方並不是收藏了大量科技的寶藏窟。我幾乎是每搞出一樣有用的東西就會立刻賣掉它。知道嗎？那些無人機絕對不便宜，我不得不從德國訂購它們，而且裝備它們也是非常痛苦的事。說到這個，我打算統計一下被你們破壞的機器人，再給你們一份帳單。」

「我們是來你這裡乞討的，騎士鷹，」我一邊說一邊追上了他，「你怎麼會以爲我們有錢給你？」

「最重要的一點——你是一個足智多謀的孩子，一定能想出辦法。其實一袋冷凍的喬納森血液樣品就夠了。我想，如果你的瘋狂計畫失敗了，那麼你們只能殺死他。」

「我們的計畫不會失敗。」

「是嗎？看看審判者的歷史吧。如果你們的計畫不打算留下幾具屍體，那我絕對不會賭你們贏。不過，咱們就走著瞧吧。」他的假人向梅根點了點頭。

那個假人……身上有某種東西觸動了我。我思考片刻，那東西倏地在我的思維中靈光乍現，就像是一隻揮舞巨鉗的甲蟲，狠狠在我的意識上敲了一記。

「木靈！」我說，「你搞到了她的DNA？」

原本向前走的騎士鷹轉過頭看著我。「天哪，你到底是怎麼……」

「很容易推測，關鍵是要能想到。世界上並沒有太多操縱木偶的異能者。」

「她可是居住在偏遠的印度旁遮普鄉村裡！」騎士鷹說，「而且她死了差不多有十年了。」

「大衛對於異能者頗有研究。」梅根在我身後說，「我總說他是走火入魔，但是這樣也沒辦法完全描述他那股癡迷。」

「不是這樣，」我說，「我就像是……」

「別說了。」騎士鷹說。

「我說得沒錯啊。我就像是……」

「不，眞的別說了，」騎士鷹打斷我，「沒有人想聽你說這個，孩子。」

我低下頭。地面上，一個小型清潔機器人挪了過來，它似乎是有些惡狠狠地撞了一下我的腳，然後就馬上跑開了。

騎士鷹的假人指了指我。因爲它的手臂還穿在提起騎士鷹的吊環裡，所以這樣做必須先朝我側過身。「癡迷於異能者並不健康。你要小心一些。」

「一個一直在利用異能者的能力，甚至將自己全部的人生事業都建立在這上面的人，竟然會說出這樣的話，不是很諷刺？你就連站立都要利用他們的力量。」

「那你又怎麼會以爲我不是像你一樣癡迷呢？所以我才能用我的經驗來教訓你。異能者兼具怪異、神奇和恐怖於一身，別讓自己沉溺，這會將你引至……危難之地。」

他的聲音中的某種東西讓我想起了那個實驗室。人類的屍骸那樣隨意地漂浮在各種容器裡，這個人的心智大概不是很健全。

「我會記住的。」我說。

我們繼續沿走廊前進，經過一個敞開的門口。我禁不住朝裡面望了一眼。門後的小房間非常乾淨，只是在正中央有一個大金屬匣，看上去有點像棺材，而那個房間晦暗的燈光和冰冷的無菌室氣味更增添了它的陰森氣息。棺材後面有一個巨大的木製展示架，就像是被分成許多格子的書架。每一個格子裡都有一些小東西，其中許多看上去似乎是衣物——帽子、襯衫，還有一些小盒子。

這些格子都有著各自的標籤。我認得出的沒幾個：演樣、抽象人、爆炸編織……都是異能者的名字。也許他們的DNA都被凍在騎士鷹的冰櫃裡，而這裡則是騎士鷹存留戰利品的地方。讓我好奇的是，其中一個最大的格子沒有標籤，裡面只有一件汗衫和看上去好像是一雙手套的東西。它們被擺放在很顯眼的位置，還特意被聚光燈照亮。

「你在那裡找不到引擎。」騎士鷹說，「只是……一些紀念品。」

「那我該怎樣找到引擎？」我看著騎士鷹問，「它們實際上又是些什麼，騎士鷹？」

騎士鷹微微一笑，「你根本想不到，想要阻止人們探求這個答案有多麼困難，孩子。問題是，我需要外面的人爲我蒐集材料，但我又不想讓人們知道他們的引擎是怎樣製造出來的。那就意味著要提供假情報，或者半眞半假的內容。」

「能製造這種東西的並非只有你一家，騎士鷹。」梅根追上我們，「羅梅羅企業，還有倫敦的ＩＴＣ都有引擎出產。這不算是什麼大祕密。」

「噢，這的確是個大祕密。」騎士鷹說，「你們應該明白，其他公司都知道保守這個祕密有多麼重要。我相信就連喬納森在這件事上也沒有掌握全部的事實。」他全身癱軟地掛在假人的手臂上，只有臉部露出微笑。我已經開始厭倦他的這種詭異笑容了。

假人轉了個身，朝另一道門走去。

「等等。」我追上了他，「我們不去那個有紀念品的房間嗎？」

「不，」騎士鷹說，「那裡沒有食物。」他的假人推開了第二個房間的門，讓我看到房裡有烹調用的廚具和一個冰箱。只是這裡的油漆地面和房中央的平板桌，讓這個房間更像是我在工廠時的餐廳，而不是一間廚房。

我向梅根瞥了一眼。她和我並肩站在這個門外。假人走進房間，將騎士鷹放在桌子旁、一把鋪了厚墊子的安樂椅中。然後它走到冰箱前，開始在裡面翻找。從我這裡看不出它在找些什麼。

「我倒是不介意吃點東西。」梅根說。

「妳不覺得這裡有點變態嗎？」我低聲問。「我們正談論關於用妳這樣的人的屍體製造的機器啊，梅根。」

「我又不是什麼異類。我還是一個人。」

「但妳有不同的ＤＮＡ。」

「我還是人。不要總想著搞清楚這種東西，會把你逼瘋的。」

這是一種很常見的論調：試圖用科學方式解釋異能者無論如何都是在發瘋。當美國通過了投降法案，宣布異能者可以不受聯邦法律制裁時，一名參議員說我們不應該期待人類的法律能夠約束他們，畢竟他們首先就不服從物理法則。

但就算叫我傻瓜也好，我還是想要搞清楚。我需要讓這件事變得合乎邏輯。

我看著梅根。「我不在乎妳是什麼，只要妳是妳就好，梅根。但我不喜歡這樣利用屍體，卻不理解我們在用它們做什麼、它們到底是如何產生效果。」

「那我們就把答案從他的嘴裡挖出來，」她靠近我，悄聲說：「你是對的，引擎也許很重要，但它們到底是怎樣運作的？是否與異能者的弱點有關？與恐懼有關？」

我點點頭。

有些聲音從這個廚房傳出來。爆米花？我朝廚房內望去，驚訝地看到騎士鷹慵懶地坐在他的安樂椅中，他的假人正站在微波爐旁邊，爲他弄爆米花。

「爆米花？」我對他說，「早餐？」

「天啓在十年前降臨在我們頭上，孩子。」他回應，「我們生活在文明的邊緣，一片廢土之中。」

「所以就只能把日子過成這樣？」

「無聊的生活規矩早已死亡，被埋葬了。」他說，「這種擺脫是好事。星火啊，早餐我想吃什麼就吃什麼。」

我邁步向廚房走去，但梅根抓住了我的肩膀，貼到我身旁。她的身上有一股煙味，就像是用過的子彈匣中的火藥味、森林大火中燃燒的枯木味。這是一種奇妙的、令人興奮的氣息，比任何香水都更好聞。

「你剛才想說什麼？」她問，「當你要說你自己的時候，騎士鷹打斷了你，沒有讓你說完。」

「沒什麼，只不過是我又在耍笨。」

梅根沒有說話，只是看著我的眼睛，等待著。

我嘆了口氣，「妳那時說我著了魔。並不是這樣。我就像是……嗯，我就像是一個房子般大小，用蒸汽推動的剪指甲機。」

梅根挑起一道眉。

「基本上，我只能做一件事，」我解釋說，「但該死的，我會要把這一件事做得非常、非常好。」

梅根露出微笑。眞美。然後她爲了某種原因吻我。「我愛你，大衛．查爾斯頓。」

我笑了起來，「妳確定自己會愛上一個巨型剪指甲機？」

「你就是你，無論你是什麼。」她說，「這才是重要的。」她停頓一下，又說，「但請不要變成房子那麼大，太笨重了。」

她放開我。我們走進廚房，準備一邊吃爆米花，一邊討論世界的命運。

# 第九章

我們坐到那張大桌子旁。這張桌子有一副漂亮的玻璃桌面，露出下面的黑色石板，帶有一種莊嚴肅穆的感覺，與這個房間牆壁和地上剝落褪色的油漆很不協調。騎士鷹的假人拘謹地坐在大安樂椅旁邊的一張凳子上，開始一次一粒地餵他爆米花。

這個假僕人是騎士鷹盜取木靈的力量做成的，對於那名異能者，我只有一些很模糊的情報。她應該能夠用意念控制木偶，也就是說，騎士鷹身邊的這個木偶並非是自動機器人，而更像是騎士鷹肢體的延伸。騎士鷹很可能穿戴著某種引擎，讓他能夠隨心所欲地控制這個假人。

屋外響起了聲音，表明有其他人到來。一架小無人機貼著地面疾行過來——騎士鷹曾派它去替亞伯拉罕領路。也許是爲了提防亞伯拉罕窺探這個不屬於他的地方。那個加拿大人隨後就走進來，向我們點點頭。

我的另外兩名隊員也跟在他身後。首先出現的是柯迪，他是一個身材瘦長，將近四十歲的男人，穿戴迷彩狩獵外衣和帽子，這並不是專門爲這次行動準備的衣服，他平時就愛穿迷彩服。他已經有幾天沒刮鬍子，對此他的解釋是「眞正的蘇格蘭高地傳統作戰準備」。

「爆米花嗎？」他的話語中有著濃重的南方人那種慢吞吞的口音。他走過來，從假人手中的碗裡抓了一把，「太棒了！亞伯拉罕小子，你果然沒開玩笑，這個木頭機器人眞是夠怪的。」

蜜茲在他身後跳了進來。這個黑皮膚的女孩身材纖細，將一頭濃密的卷髮束在腦後，讓它們變成非常蓬鬆的一團，就好像是一朵大蕈狀雲。她在桌邊距離梅根最遠的地方坐下，給了我一個鼓勵的微笑。

我竭力不去想那些不在團隊中的隊員。瓦珥和艾克賽爾，他們都死在教授的手中。蒂雅失蹤，可能也死了，但我們通常不會提起這件事。亞伯拉罕向我透露，他知道另外兩個審判者小組，並且在逃離新芝加哥以後嘗試和他們聯絡過，但兩個小組都沒有回音。看樣子，教授先對他們下了手。

柯迪嚼著他手中的爆米花，「一個人還能奢求些什麼？不知道你是不是能理解，我們實在是度過了筋疲力竭的一天。」

「是的，」騎士鷹說，「一個筋疲力竭的早晨，攻擊我的家、妄圖搶劫我。」

「好了，好了，」柯迪說，「別生氣了。說實話，在老時候的鄉下，在臉上招呼一拳可是一種自我介紹的禮貌。如果你不揮揮拳頭，那別人根本不會認爲你是認眞的。」

「我斗膽問一下……」騎士鷹說，「你嘴裡的『老時候的鄉下』是在哪裡？」

「他認爲他是蘇格蘭人。」亞伯拉罕說。

「我就是蘇格蘭人，別總是一臉不相信。」柯迪一邊說，一邊從椅子裡爬起來。他顯然是要自己爆些米花，因爲沒有別人會爲他做這件事。

「說一個蘇格蘭城市的名字，」亞伯拉罕說，「除了愛丁堡以外。」

「好啊，比如愛丁堡，」柯迪說，「他們在那裡埋葬了老亞當和夏娃，當然，他們都是蘇格蘭人。」

「當然，」亞伯拉罕說，「城市的名字，請。」

「很容易。我能說出一大堆城市的名字：倫敦、巴黎、都柏林。」

「那些——」

「——完全都是蘇格蘭城市。」柯迪說，「知道嗎？是我們建立了它們，然後其他人才跑過來，從我們手中偷走了它們。你需要好好學一學歷史（注）。想來些爆米花嗎？」

「不，謝謝。」亞伯拉罕一邊說，一邊給了我一個困惑的微笑。

我向騎士鷹俯過身，「你承諾過會和我們分享異能者科技。」

「承諾是一個很重的詞，孩子。」

「我想要那個醫療設備。」亞伯拉罕說。

「急救星？沒門。我沒有備份。」

「你也這樣稱呼它？」梅根皺起眉問。

「一個喬納森的老玩笑。」騎士鷹回答，他的假人聳了聳肩，「其實沒什麼好笑的。不過，我的急救星不像喬納森的治療能力那樣有效。但我只有這個了，不能給你們。我有另外兩個有趣的小東西能借給你們，一個……」

「等等，」蜜茲說，「你有治療機器，爲什麼還要讓那個微笑的嚇人大叔幫你走路？爲什麼你不先醫好自己的腿？」

騎士鷹面無表情地看了她一眼。他的假人搖了搖頭，彷彿蜜茲詢問他的殘疾是打破了某種

注：柯迪的話有一定的道理，在羅馬帝國崛起之前，凱爾特人廣泛居住在西歐的法國和英國地區，直到被凱撒征服，才逐漸退縮到蘇格蘭和愛爾蘭等偏遠區域。

禁忌。

「你對於異能者的治療知道多少，年輕的女士？」騎士鷹問。

「嗯——」蜜茲說，「我們殺死的異能者都死得很徹底，所以我並不經常看到他們治療。」

「異能者的治療，」騎士鷹說，「不會改變你的DNA或者你的免疫系統，它只能修復細胞的傷損。我現在的狀態並非是因爲某種突然的損傷。如果只是脊髓斷裂，那麼我當然能被治好，但問題來自更深層的原因。每一次我感覺治療讓我的肢體有了一些恢復，它們很快又會失去能力，所以我使用了曼尼。」

「這是……你給它的名字？」亞伯拉罕問。

「當然。爲什麼不行？好了，我已經開始覺得你們並不想要我的科技了。」

「我們想要，」我說，「請繼續。」

他翻翻白眼，然後又從他的木偶手中吃下一粒爆米花。「幾個月以前，一名異能者死在西伯利亞，肇因於兩名獨裁者的爭鬥，其中頗有些戲劇性。當時那個區域正好有個有魄力的商人，他收穫了那名異能者的——」

「拉提蚩？」我的聲調一下子高亢起來，「你模仿了拉提蚩？」

「孩子，你知道的實在是太多了，這對你可沒好處。」

我沒有理會這個評價。拉提蚩，這個名字的發音有些像是「r'teech」——她是一名強大的異能者。我一直在尋找某種能讓我們與教授旗鼓相當的力量。我們需要一種優勢，一種教授料想不到的——

梅根用手肘頂了一下我的肚子。「怎麼？不說一說嗎？」

「噢！」我注意到騎士鷹已經停住了話頭，「嗯，拉提蚩是一名俄羅斯異能者，有一些非比尋常的能力。從技術上來說，她不是高等異能者，但她非常強大。我們要談論她全部的能力嗎，騎士鷹？」

「每一個引擎只能提供一種能力。」騎士鷹說。

「嗯，」我站起身說，「如果是這樣，我認爲你模仿了她的水銀球。爲什麼我們還坐在這裡？去看看那個引擎吧！我很想試試它。」

「嘿，蘇格蘭人，」騎士鷹說，「你起來的時候能從冰箱裡拿瓶可樂給我嗎？」

「當然，」柯迪一邊說，一邊將新鮮的爆米花倒進碗裡，然後伸手到冰箱中拿出一瓶可樂，正是蒂雅喜歡的那個牌子。

「噢，」騎士鷹又說，「還有那碗馬鈴薯沙拉。」

「馬鈴薯沙拉和爆米花？」柯迪問，「如果你不介意的話，我眞想說——你是個奇怪的傢伙。」他走過去，將那個半透明的免洗碗滑過桌面，上面一起放著可樂。然後他坐回蜜茲身旁，舉起穿著工作靴的兩隻腳，放到桌面上，背靠在椅子裡，大口咬起碗裡的爆米花，就好像他的房子曾被一群玉米暴徒燒毀那般。

我依舊站在桌邊，希望其他人也能和我一樣急切。現在我完全沒心思坐下來討論異能者的力量，我想要使用它們。騎士鷹要給予我們的這種特殊能力，一定會像諜眼一樣令人興奮，而且完全不需要水。我對水沒什麼好感。爲了救我的朋友，我也許會願意讓深淵將我吞沒，但這並不表示我和水會彼此喜歡，我們還是處在休戰狀態比較好。

「如何？」我催促。

騎士鷹的假人打開了那碗馬鈴薯沙拉，中間有一個黑色的小盒子。「就在這裡。」

「你就這麼收藏無價的超能裝備，」梅根冷冷地說，「放在馬鈴薯沙拉裡？」

「妳知不知道人們有多少次衝進來搶劫我？」騎士鷹問。

「但從沒成功過，」我說，「所有人都知道這個地方不可能被攻破。」

騎士鷹哼了一聲。「孩子，在我們的這個世界裡，人們能夠眞正地穿牆而行，沒有任何地方是不可能被攻破的，我只是很擅長說謊而已。不是嗎？就連你們這幫人都能從我的手心裡偷走一些東西。不過你們會發現，亞伯拉罕搶走的東西基本上沒什麼用，其中一個能發出狗叫聲，另一個能讓指甲生長得更快，但不會變得更強韌——異能者的能力總是出人意表。不過我還是想把那兩個引擎收回來，它們能夠成爲很好的誘餌。」

「誘餌？」亞伯拉罕驚訝地問。

「當然，」騎士鷹說，「我總是需要在顯眼的地方放一些東西，讓人們覺得他們的力氣沒有白費。我已經開始用一套制式的方法來應付你們這些搶匪了：顯示出怒不可遏的樣子，發誓一定要復仇，還有一些諸如此類的反應。通常這都能夠讓那幫人遠遠地逃走，他們也會因爲搶到了東西而高興半天。這裡至今爲止發生的闖入案件也有幾十起，你們猜一猜，有多少人想到要朝馬鈴薯沙拉的免洗碗裡看一眼？」

他的假人將那個小盒子拿出來，放在桌子上。盒子被包裹在密封袋裡，我在椅子裡坐直身子，仔細觀察它，想像著各種可能性。

「你是如何把那些小妖精放進這麼小的盒子裡？」柯迪指著桌上的設備問，「難道不會壓碎它們的小翅膀嗎？」

我們全都裝作沒聽見柯迪的話。

「你提到另一個引擎？」亞伯拉罕問。

「是的，」騎士鷹說，「我有一個舊晶體生長器，就在這裡的某個地方。把它貼在一個純晶體晶格上，你就能在數秒鐘之內增殖出新的晶格。也許這會有些用處。」

「唔，」蜜茲舉手發言，「爲什麼我們需要這樣的東西？聽起來很酷，但……晶體？」

「嗯，要知道，」騎士鷹說，「鹽就是一種晶體。」

我們全都驚愕地看著他。

「你們要追蹤喬納森，對不對？」騎士鷹說，「你們知道他在亞特蘭大嗎？」

亞特蘭大。我坐回椅子裡。亞特蘭大是巫師會的管轄範圍，那是一個異能者的鬆散聯盟，基本上這個聯盟的成員承諾彼此之間不會互相打擾。偶爾他們也會相互幫忙，比如爲某個成員殺掉想要偷竊他的城市的競爭對手，這個組織大概就像是異能者的親友會。

也許我對於異能者有一些瞭解，但我對他們的世界依然只是管中窺豹，巴比拉發光的水果和超現實主義的塗鴉就曾經讓我大吃一驚。直到幾個月之前，我還是一個從沒有離開過家鄉的宅男。

「亞特蘭大，」亞伯拉罕輕聲說，「或者是現在的伊爾迪希亞。如今它的具體位置在哪裡？」

「堪薩斯東部某處。」騎士鷹說。

*堪薩斯？我心想。騎士鷹的話刺激了我的記憶。沒錯，伊爾迪希亞會不斷移動。但那麼遠？*

我曾經讀過關於這座移動城市的描述，那些描述都認爲它還是會停留在一個大致的範圍內。

「爲什麼他會去那裡？」亞伯拉罕問，「喬納森．斐德烈斯去那座鹽之城幹什麼？」

「我怎麼知道？」騎士鷹說，「我正竭盡全力避免被那個傢伙注意。我要知道他去了哪裡只是爲了自保。但禍星啊，我可不打算伸出棒子去戳他。」

騎士鷹的假人放下爆米花的碗。「我已經吃完爆米花了，也就是說，現在我要根據我的小禮物提些條件。你們可以拿走這個拉提蚩和晶體生長器，離開此地。但你們不得再聯絡我、不許向喬納森提起我、甚至不能和別人談論我，以免被喬納森聽到。他喜歡把事情辦得萬無一失，如果他到這裡來找我，就會讓這裡只剩下一個燒焦的大坑。」

我向梅根看了一眼。她正直勾勾地盯著騎士鷹，嘴唇向下噘著。「你早就知道我們掌握了那個祕密，」她輕聲對騎士鷹說，「你知道我們已經非常接近答案了——一個眞正的解決辦法。」

「正因爲如此，我才會幫助你們。」

「你這個半途而廢的傢伙。」梅根指責他，「你願意向房間裡扔一顆手榴彈，卻不想去看看它是否能發揮作用。你知道這個世界需要改變，但你不想和它一起改變。你眞是個懶惰無用的儒夫。」

「我是個現實主義者。」騎士鷹說。他的假人站起來。「我接受現實世界，盡全力在這個世界中活下來。況且即使是只爲你們提供這兩個設備，我也會讓自己陷入危險。喬納森會認出我的手藝，希望他會以爲你們是從軍火商的手裡拿到它們。」

假人走到冰箱旁邊，將裡面的幾樣東西挪出來，放進一個袋子裡，然後把一件物品放到我們面前的桌上，看上去像是一罐蛋黃醬。假人掀起罐子蓋，露出黏稠調味料中埋著的另一個小引擎。假人將那個袋子掛到自己的手臂上，然後走到騎士鷹背後，把他抱起來。

「我還有其他問題。」我一邊起身一邊說。

「眞不幸。」騎士鷹回答。

「你還有其他科技可以給我們。」亞伯拉罕指著那個袋子說。「你給我們的只是你認爲不會惹來教授、讓你有太多麻煩的東西。」

「猜得很對。」騎士鷹回答，「出去吧。我會讓無人機把帳單送給你們。如果你們活下來的話，期待你們能付清。」

「你知道的，我們在努力拯救這個世界。」蜜茲說，「這也包括了你。」

騎士鷹哼了一聲。「你們知道半數來找我的人都在努力拯救這個世界嗎？天哪，我以前就和審判者合作過，你們一直都在努力拯救這個世界。在我看來，這個世界至今都沒有得到救贖。事實上，在喬納森墮落之後，我覺得這個世界又糟糕了不少。

「如果我一直免費提供裝備，早在幾年前就破產了。那樣的話，你們甚至沒有機會來搶劫我，所以少站在道德的制高點上向我噴這種陳腔濫調的口水了。」

他一說完，假人就轉過身向屋外走去。我站在自己的椅子前，感覺很氣餒，回過頭看了其他人一眼，「你們覺得就這樣離開會不會很突兀？」

「你難道忘記他其實是個多麼奇怪的傢伙？」柯迪一邊問，一邊用腳推推那碗馬鈴薯沙拉。

「至少我們還是有收穫。」亞伯拉罕在手中把玩著那兩個小盒子其中之一，「這已經讓我們比最開始的時候有了很大的優勢。除此之外，我們還知道喬納森在哪裡設立基地。」

「是的。」我在應聲時向梅根瞥了一眼。她似乎顯得很困擾，看來她也察覺到了。當然我們得到了一些武器，但我們錯過一個得到答案的機會。

「把東西收好。」我說，「柯迪，在冰箱裡再找一找，然後我們就離開。」

眾人紛紛服從命令。我發現自己走出門口，來到走廊，腦子裡還是塞滿了問號。

「那麼……」梅根在我身邊開口，「你想讓我帶其他人先出去嗎？」

「嗯？」我問她。

「還記得你是如何追趕教授和我們，一路跑進新芝加哥的地下街的？那時我們已經清楚地告訴你，如果你不滾開，就要挨上一槍。」

我露出微笑。「是的。那時我認爲被審判者射一槍肯定會是超酷的事。想想看，我可以向朋友們展示子彈留下的傷疤，告訴他們這是喬納森．斐德烈斯親自射的。」

「你眞是個愣仔。我要說的是，你打算去追騎士鷹嗎？」

「我當然要去追他。」我說，「確保所有人都安全離開，然後，如果情況惡化，試著把我從我的愚蠢中拯救出來。」我迅速給她一個吻，然後抓住亞伯拉罕扔給我的步槍，追上騎士鷹。

# 第十章

我並沒有找太久。

走廊中空無一人，但我在我們剛才經過、擺放著紀念品的房間門前向裡望了一眼，看到騎士鷹就坐在房間深處的安樂椅上，一點也不感到吃驚。他身旁的一座煤氣暖爐中跳動著火焰，他的假人躺在暖爐旁邊的地上，身上那些看不見的絲線彷彿都被剪斷。

一開始，這一幕讓我感到擔憂。騎士鷹還好嗎？

然後我看到了他的眼睛。那雙眼睛閃耀著躍動的火光，正盯著房間中央那個看起來很像棺材的銀色盒子。當一滴淚水從騎士鷹的面頰上滾落時，我意識到這個人也許想要獨處一段時間，就連假人安靜的注視也是多餘的。

「教授殺死了她，對不對？」我悄聲說，「你的妻子。她變得邪惡，教授不得不殺死了她。」

我終於回憶起幾個星期以前，在巴比拉城外和教授談話的一些細節。那時我們在一間小地下室裡，教授正在那裡做科學實驗。他和我談起了他的隊友，他們每個人都是異能者：他、王權、幽暗森林，還有亞瑪拉。或早或晚，他們三個都變得邪惡了。

星火啊。四個人，如果包括教授的話。

這沒有用，大衛。他那時說，它在摧毀我……

「你沒有聽清楚我的命令，是不是，孩子？」騎士鷹問。

我輕手輕腳地走進房間，來到棺材前。棺材蓋子有一部分是透明的，我能看到一位面容姣好的女性，神態安詳地躺在裡面，一頭金髮披散在身後。

「她曾經那樣努力地抵抗它。」騎士鷹說，「有天早上，我醒來時……她已經不見了。她留下了六個空咖啡杯，所以她應該整晚都沒有睡。她一直都很害怕睡著。」

「噩夢。」我悄聲說著，將手放在玻璃棺材蓋上。

「我認爲整晚無法睡眠的壓力最終讓她垮掉了，我親愛的亞瑪拉。喬納森幫了我們兩個一個忙，殺死她——我只能如此看待這件事。你也應該拋棄那個拯救喬納森的愚蠢想法。了結他，孩子。這是爲了他好，也是爲了我們所有人好。」

我從棺材上抬起頭，看著騎士鷹。他沒有抹去臉上的淚水。他做不到。

「你還保有希望。」我說，「否則你就不會邀請我們進來。你看到了梅根的行動，你的第一個想法是我們找到方法趕走了黑暗。」

「也許我只是可憐你。」騎士鷹說，「可憐一個明顯愛上了異能者的人。就像我以前那樣、像蒂雅以前那樣。也許我邀請你進來是爲了給你一個警告：做好準備，孩子。有一天早上，當你醒來的時候，她就會不見了。」

我走過房間，肩頭扛著步槍，向騎士鷹伸出手。騎士鷹的假人快得完全出乎我的想像，它跳起來，不等我的手按在騎士鷹的肩膀上就已經抓住了我的手臂。

騎士鷹的目光朝我的手閃動了一下，顯然判斷我無意傷害他。假人放開我。星火啊，這個假人的力氣可眞大。

我的手落在騎士鷹的肩膀上，接著蹲到他的椅子前。「我要戰勝它，騎士鷹，但我需要的答案只有你能給我。關於引擎，它們到底是如何運作的？」

「愚蠢。」他說。

「你冷凍了亞瑪拉，爲什麼？」

「因爲我也很愚蠢。我找到她的時候，她的胸口上有一個和喬納森的拳頭一樣大的洞。她死了。任何虛飾都是愚蠢。」

「但你還是治癒了她的身體，」我說，「並妥善地保存著她。」

「你看到那些了？」騎士鷹朝房間的牆壁上點點頭，那裡有死去異能者留下的紀念物。

「那些力量都無法帶她回來。每一份都是一個擁有醫療能力的異能者，我用他們每一個人的力量製作引擎。但沒有用。沒有答案、沒有祕密。我們只能接受這個世界。」

「禍星就是一個異能者。」我悄聲說。

騎士鷹睜大了眼睛，將目光從牆上轉回來，再次聚焦到我身上。「什麼？」

「禍星，」我重複了一遍，「是異能者。一個……人。王權發現了這個事實，甚至還和那個人有過對話。毀掉我們生活的並不是一股自然力量，不是一顆星星或者彗星……而是一個人。」我深吸一口氣，「我要殺死禍星。」

「天哪，孩子。」騎士鷹說。

「拯救教授是第一步，」我說，「我們需要他的能力來實現最終目標。教授得救之後，我就要上去摧毀那個怪物。我們要讓世界回到禍星升起之前的樣子。」

「你絕對是瘋了。」

「其實，我殺死鋼鐵心之後就有些茫然，不知道該做什麼。」我說，「我需要一個新的人生目標，我覺得我應該找一個更高的目標。」

騎士鷹盯著我，然後一揚頭，大笑起來。「我從沒想過會遇到一個比喬納森更有野心的人，孩子。殺死禍星！爲什麼不呢？聽起來好簡單！」

我望向那個假人。它正捧著肚子前撲後仰，彷彿樂不可支。

「那麼，」我說，「你打算幫助我？」

「你對於生下來就是一模一樣的雙胞胎異能者有什麼瞭解？」騎士鷹問話的時候，他的假人伸出手揩揩他的面頰。騎士鷹笑出來的眼淚和他爲妻子哀悼的淚水匯聚在一起。

「據我所知，只有一對這樣的雙胞胎：人生男孩，漢加爾和瘋圍欄，他們都在巫師會裡。最近他們出現在……查爾斯頓，對不對？」

「很好，」騎士鷹回答，「你的確很熟悉你的工作。要不要坐下？你看上去很不舒服。」

假人爲我拖過一張凳子，我坐了下去。

「那兩個傢伙的歷史可以一直追溯到……」騎士鷹開始詳細解說，「……禍星出現的一年之後。就是在那個時候，教授和其他一些人獲得了力量，你們的學究稱之爲『第一波』。他們的出現開始讓我們之中的一些人思考超能力的機制，他們曾經——」

「——擁有完全一樣的能力。」我說。「空氣壓力控制、操縱痛苦、預知。」

「沒錯。」騎士鷹說，「你應該知道，他們並非唯一的雙胞胎異能者。他們只是唯一不曾相互殺戮的一對。」

「不可能，」我說，「否則我一定會聽說還有別的雙胞胎。」

「我的話沒有錯。我的同伴和我確保了沒有人知道其他雙胞胎的存在，因爲他們身上有一個祕密。」

「每一對雙胞胎都有同樣的超能力。」我猜測，「雙胞胎會分享同樣的力量。」

騎士鷹點點頭。

「所以，從某種角度來看，超能力是遺傳的。」

「是，也不是。」騎士鷹說，「我們在異能者的身上找不到遺傳基因能夠表達出與其超能力有關的線索。那些關於粒腺體的胡說八道？都是我們編造的。看上去很有道理，因爲異能者的DNA很快就會消亡。你聽到關於引擎的其他一切裝模作樣的技術分析也都是騙人的，我們只是用它們來迷惑那些想方設法和我們競爭的人。」

「那超能力是怎樣？」

「你應該明白，如果我將這個告訴你，那我就打破了和其他公司達成的協議。」

「我會感激不盡。」

他向我挑起眉毛，他的假人則將雙臂抱在胸前。

「如果我是對的，哪怕只有最小的一點機會，」我說，「我都能永遠阻止異能者。這不值得冒險一試嗎？」

「是的，」騎士鷹說，「但我還是想要得到你的承諾，孩子。答應我你不會把這個祕密告訴別人。」

「你保守這個祕密就是個錯誤。」我說，「如果這個世界的各國政府得到這個情報，也許他們就能戰勝異能者。」

「太晚了。」騎士鷹說，「給我承諾。」

我搖搖頭。「好吧，我會告訴我的團隊，但我也會讓他們發誓保守這個祕密。我們不會告訴其他任何人。」

騎士鷹對我的話思考片刻，然後嘆了口氣。「細胞培養。」

「細胞……什麼？」

「細胞培養。」他說，「知道嗎？只要你取得一份細胞樣品，讓它們在實驗室生長。這就是答案。得到異能者的細胞，把它們放入試管，加上營養品，替它們通電。砰！你就能模仿那個異能者的能力了。」

「你在開玩笑。」我說。

「沒有。」

「不可能那麼容易。」

「這一點也不容易，」騎士鷹說，「電壓決定了你能得到什麼能力。你必須施加正確的電壓，否則你就會把自己炸飛……天哪，可能把一整個州炸到月球上去。我們大部分實驗的全部設備，都是爲了駕馭那些來自於細胞的能力而設計的。」

「嗯，」我說，「所以你的意思是，禍星不能區分一個眞正的人和一堆細胞？」對於一個能製造出種種奇跡的智慧體而言，這眞是一個奇怪的錯誤。

「呃，」騎士鷹說，「更像是他不在乎。我的意思是，如果禍星是一個異能者的話。也許他和引擎還有著一些我們不理解的交互作用。事實是，就算在最好的情況下，那些東西也有可能是非常危險的。有時一種能力會對某一個人起不了作用。其他人都能使用這種能力，但就是有一個人無法操縱這個設備。

「這樣的事情在異能者身上更經常發生。喬納森證明了異能者能夠使用引擎，但偶爾我們也會遇到他無法操縱某個引擎的情況。當同一個人使用兩個不同的引擎時，也會發生這種狀況。有時候，兩個引擎會相互干擾，其中一個會報廢。」

我坐回到凳子上，陷入思考。「細胞培養。嗯，我覺得有些道理，但它竟然是……這麼簡單。」

「最大的祕密經常都是最簡單的。」騎士鷹說，「但它也只是在回顧時顯得簡單。你是否知道，在禍星之前的日子裡，科學家們用了多長時間才找到辦法培養人類細胞？這是一個非常困難的過程，更何況要讓它引擎化也同樣困難。我們經過巨大的努力才製造出第一批引擎，被你們稱作『引擎』的東西實際上是一個小培養皿，它能夠爲細胞提供營養、調節溫度、排出廢物。一個好的引擎能夠持續使用數十年，如果構造正確的話。」

「王權知道你的祕密，」我說，「她用滅除的細胞製造了一顆炸彈。」

騎士鷹陷入沉默。當我看著他的時候，他的假人靠在牆上，雙手背在身後，低著頭，彷彿無法確定我所說的是眞是假。

「如何？」我問。

「用還活著的異能者製造引擎很危險。」

「對異能者有危險？」

「星火啊，不，是對你們。他們能感覺到自己的力量被別人使用，這會讓他們極爲痛苦。他們還能感覺到痛苦的源頭所在，所以他們當然會找到那個痛苦源頭，摧毀它。」

「這就是雙胞胎的問題，」我說，「你說過……」

「幾乎總是一個殺死另一個。」騎士鷹說，「每當雙胞胎中之一使用他們的能力時，另一個就會陷入痛苦。所以我不會用活著的異能者製造引擎，這是一個非常、非常糟糕的主意。」

「是的，嗯，根據我對滅除的瞭解，他也許會享受痛苦。他就像一隻貓。」

「一隻……貓？」

「是的，一隻捉摸不定、喜歡把一切搞得一團糟、還總是引經據典、超愛受苦的貓。」我側過頭，「或者？你認為他更像一隻鼬鼠？可以想見。但是王權對滅除施行了外科手術，難道她不是需要一份血液樣本就可以嗎？」

騎士鷹的假人不以為然地擺擺手。「那是一種老辦法。在我決定停止使用活體異能者製造引擎之前也曾經用過的辦法，我可不想讓他們知道這件事有多簡單。不管怎樣，你已經得到了這個祕密。也許這能幫助你，我不知道。不過，你是否可以別再打擾我的哀悼了？」

我站起身，忽然覺得很累。也許是因為我之前接受的治療。「你知道教授的弱點嗎？」

騎士鷹搖搖頭。「不知道。」

「你在說謊嗎？」

騎士鷹哼了一聲。「我沒有。他從不曾讓我知道他的弱點，而我做出的所有猜測都是錯的。問問蒂雅吧，也許教授和她說過。」

「我相信蒂雅已經死了。」

「該死的。」騎士鷹又陷入沉默，他的目光似乎落在了很遙遠的地方。我希望關於引擎的祕密能讓我推測出教授和他將自身力量給予其他人的原理。對於異能者為何能夠以那種方式避開黑暗，我還是沒有答案。

者。

除非他們其實根本無法避開，我心想。我需要和艾蒙德談談，那位被稱為「匯流」的異能者。

我向門口走去，經過棺材裡的那名死亡異能者，暗自希望騎士鷹永遠也找不到辦法帶這個女人回來。我很懷疑他能夠從這樣的重聚中得到什麼。

「鋼鐵殺手。」騎士鷹在我身後喊著。

我轉過身，那個假人走過來，手中捧著一個小設備。它看上去就像是一個圓柱形電池，是那種我在工廠晚餐後放映的玩具廣告中的古早電池。我們小孩子都很喜歡那些廣告，和被它們所隔斷的那些影片相比，它們看上去更真實——更像是異能者到來之前世界的樣子。

噢，生活在一個孩子們能在早餐時吃到五顏六色穀物，能夠向父母討要玩具的世界裡，會是什麼樣子？

「這是什麼？」我一邊問，一邊從假人手中拿起這個小東西。

「樣品培養皿。」騎士鷹說，「它能夠讓細胞足夠保持長時間的新鮮度，這樣你們就能把細胞寄回給我。等到你們失敗、不得不殺死喬納森的時候，弄一份他的DNA樣品回來。」

「這樣你就能做出一個設備，用他的細胞來致富了？」

「據我所知，喬納森．斐德烈斯擁有異能者中最強的治療能力。」騎士鷹說。他的假人向我做了一個粗魯的手勢，「用他能夠製造出最厲害的急救星，比我至今為止測試過的任何急救星都強大得多。這樣也許……能對亞瑪拉起作用。我已有超過一年時間不曾對她試過新的辦法了，但可能……我不知道。不管怎樣，你們都應該讓喬納森在死後繼續治療傷患。你們知道這正是他想要的。」

我沒有答應他。但我接受了這個培養皿。

你永遠不會知道可能遭遇什麼樣的狀況。

# 第二部

# 第十一章

我在一個又黑又冷的地方。

我的世界裡只有聲音，而且每一種聲音都很可怕，一場攻擊，一陣尖叫。我在滿天子彈前蜷起身體，但那些強光也在攻擊我。耀眼、恐怖、殘暴。我恨它們，但沒有用。我在哭泣，我被徹底嚇壞了。我的身體背叛我，從內部向我發動攻擊，和外來的進攻正相呼應。

它們一起形成了攀到巔峰的轟鳴、閃光、燃燒、碰撞、尖嘯、恐怖的爆炸，直到——

我醒過來。

我笨拙地縮在一輛吉普車後座裡。我們正在殘破的高速公路上連夜趕路，車子不斷顛簸晃動，全速駛向亞特蘭大。

我眨眨惺忪的睡眼，想要搞清楚自己做了一個什麼樣的夢。一個噩夢？我的心臟肯定跳得很快。我能夠回憶起自己被那些噪音和混亂嚇壞的感覺，但這和我體驗過的其他噩夢都不一樣。

沒有水。我依稀回憶起自己在巴比拉做的幾個噩夢，它們都和溺水有關。我躺回位子裡，陷入沉思。在發現異能者的祕密之後，我再也無法忽略任何噩夢。但我在那個夢中到底身處何方？每個人都會做噩夢，我又該如何區分哪一個夢是重要的，或者只不過是個普通的夢而已？

不管怎樣，我不是異能者。所以也許這並不重要。

我伸了個懶腰，打著哈欠問：「現在情況如何？」

「今晚很好，」亞伯拉罕在前排座位上說，「這裡路面上的碎石比較少。」

我們盡可能在夜晚行軍，分別坐在兩輛吉普車上，關掉車頭大燈，只用夜視鏡探路。亞伯拉罕建議我們每過幾個小時，便更換一次坐在車上的成員，他說這樣有助於讓車中的人們有新鮮話題可聊，讓駕車的人不容易打盹。除了我以外，每個人都輪流駕車。根本不公平，只不過是因爲我那次撞上一個郵筒，那已經是很久以前的事情了，說眞的，有誰還會記得那件事？

現在，和我待在同一輛吉普車裡的還有蜜茲和亞伯拉罕，梅根和柯迪在另一輛車上。我將放在腳邊的步槍拉過來，拆下瞄準鏡，用瞄準鏡上的夜視系統和熱顯像系統查看車外的狀況。

亞伯拉罕是對的。這條高速公路雖然不時會有斷裂之處，整體狀況還是比我們從新芝加哥前往巴比拉的那一條好。路邊有不少被拋棄的車輛，我們經過的村鎭都看不到燈光，或者是它們被荒棄了，或者是其中的居民不想引起異能者的注意。我認爲前者的可能性更大。人們都會受到大城市的吸引，雖然異能者統治著那裡，但那裡也更容易得到民生必需品。

即使是像新芝加哥那樣可怕的地方，還是會供給人們一個相對穩定的生活。那裡的工廠能夠出產包裝食物、淨水和電能；那裡沒有五顏六色的水果，但也沒有潮溼的困擾。而且對異能者來說，居住在城市裡的你就像是一大群魚中的一條——太不起眼，不值得注意。你只要祈望不會因爲他們隨興而起的怒火被殺掉就好。

我終於看到一塊陳舊的道路指示牌，標明我們距離堪薩斯已經不遠。我們要繞過那裡。那裡是數名異能者的地盤，其中最著名的是硬核。幸好亞特蘭大當前的位置距離那裡不算遠，坐在這樣的車裡可不是一件舒服的事。星火啊，這個國家在四分五裂之前還眞大。

我拿出了我的手機，能夠再用上這個小東西的感覺眞好。只是我需要調低它的螢幕亮度，以免暴露我們的行跡。我向梅根發了一個訊息。

吻。

一秒鐘之後，手機的螢幕亮了，我看了一下回訊。

閉嘴。

我皺起眉頭，直到我注意到這並不是梅根發來的，而是來自於一個我不認識的號碼。

騎士鷹？我猜測著發了回訊。

嗯，從技術上來說，是曼尼，我的假人。不過，是的……也是我。我正在監視你的通訊。你最好要接受這點。

你應該知道，所有人都說你的手機是絕對安全的。我寫著。

那麼所有人都是白癡，他回答，我當然能看到你們發了些什麼。

如果教授殺死我，拿走這支手機呢？我問他，難道你不擔心他會注意到我的訊息？

做爲回應，他發來的文字和我的答覆都消失了。星火啊，他能夠進入我的手機記憶體？

記住我們的交易，一段新的文字出現了，我想要他的細胞。

我並沒有就此和他達成協議，但現在提起這個沒有意義。我在一張紙上記下他的號碼，然後看著來自於他的最後這段話消失。片刻之後，梅根發來了回應。

也親你，阿膝。

一切都好嗎？我問。

如果你的「都好」是指我聽著柯迪編造一個又一個故事快要發瘋的話，那麼是的。

我發了一個微笑給她。

你知道嗎？他自稱參加過奧運，她又寫，但有一個小妖精偷走了他的獎牌。

他還會說個俏皮話，我發訊息給她，在他故事的結尾通常都會有一句很糟糕的俏皮話。

下一段我要和亞伯拉罕同行，她說，我是認眞的，我覺得我已經克服了暴力的念頭，不再想要掐死這支團隊的一些成員了。不過我想要以最凶狠野蠻的方式殺死柯迪的欲望和那種黑暗無關，這完全出於我的本心。

嗯，我回覆她，我們也許應該測試一下，看看嘮叨的柯迪是否會對妳的心靈造成特別的衝擊。有這種可能，雖然可能性很小，如果正視妳的恐懼能夠逼退黑暗，另一種環境刺激也許反而會激發它。

隨後是一段時間的沉默。

愣仔，她終於給了回音。

我只是在嘗試考慮所有的可能性。

眞是的，她對我說，爲什麼我就不能和一個癡迷於「有用」東西的男人約會？

我微微一笑。比如什麼？

愛情小說？護膚技巧？男朋友應該會的東西。也許那樣你就能好好誇一誇我，而不是只會說什麼我的槍法很準啊之類的。

抱歉，我對她說，我在這方面沒有多少經驗。

你不需要告訴我這個。她在回訊裡說，不過認眞地說，大衛，你眞的有一個很漂亮的屁股。

妳知道騎士鷹也許會監視我們的談話吧，我警告她。

是嗎，他的屁股眞是醜爆了。她立刻發來訊息，既然這樣，我爲什麼要在乎他？我們撞上了路面的一塊缺損，吉普車跳了起來。蜜茲放慢車速，繞過那一片路面。妳想念新芝加哥嗎？我發現自己這樣問梅根，我有時候會想念那裡。很奇怪，對不對？

當然不奇怪，她寫著，那裡是你長大的地方，是你的家人居住的地方。我有時候會想念波特蘭，那是我度過最後一段普通人生活的地方。那時我甚至還有一個布娃娃，愛思美拉達。我不得不離開她。

我側過頭。梅根很少會提起以前的生活。

如果我眞的被治癒了。她又寫給我，我就能去找他們。只要我能確定自己眞的沒事。

妳的家人？我寫下，妳知道他們在哪座城市嗎？

如果我知道得沒錯，他們並不在城市裡，梅根寫著，居住在這片黑暗中的人們比你想像的更多。他們能夠在這裡活下來，我打賭他們的數量比城市裡的人多得多。只是你看不見他們而已。

對此我表示懷疑。我是說，眞的有那麼多人能隱形匿蹤嗎？如果他們之中的一個人變成了異能者，那又該怎麼辦？新的異能者總是會在獲得超能力的時候失去對自己的控制，結果經常……慘不忍睹。

你知道最讓我感到氣恨的事情是什麼？梅根繼續向我發訊息，就是我的蠢父親是對的。他總是像瘋子一樣談論末日天啓，訓練他的女兒射擊，爲最可怕的未來做準備……他是對的。他認爲帶來末日的會是原子彈，不過也很接近了。

沒有更多的訊息發來，我讓她沉浸在自己的思緒中。片刻之後，蜜茲放慢了車速。「我需要休息一下。」她說，「想要換手一下嗎？亞伯？」

「如果妳想要的話。」亞伯拉罕說。

「我很想。這段路一定也很想。」

看樣子我們要停下來更換駕駛了。我發簡訊給梅根，路牌是……32。

我們在你們前面幾哩，梅根回應說，我會讓柯迪慢一些，等你們追上來。我們就要到城市邊緣了。

我們在一輛拖吊卡車後面停好吉普車。這輛卡車的駕駛室裡一片漆黑，我用瞄準鏡對它進行了一番探查，注意到駕駛室裡久遠以前的火焚痕跡。

「我需要伸伸腿，」亞伯拉罕說，「大衛，掩護我？」

「沒問題。」我說著端起了步槍。他小步向前走去，我站上敞開頂蓋的吉普車，這樣能眺望到更遠的地方。讓我最警惕的是路邊又高又密的草叢，那裡很容易就能藏著人或者別的東西。蜜茲在副駕駛座上躺下來，斜倚在椅背上，滿意地嘆了口氣。

「你對這個計畫有信心嗎，大衛？」蜜茲問。

「沒有，但這是我們最好的計畫了。」

「除了直接殺死教授。」她輕聲說。

「妳也這麼想？」我說，「騎士鷹說過，我們應該殺死他。」

「你知道這是他要的，大衛。我是說，他一定會板著一張臉說：『不要試圖救我。做你們該做的事。』」片刻之間，這個黑人女孩陷入了沉默，「他殺死了瓦珥，大衛。他殺害了瓦珥和艾克賽爾。」

「這不是他的錯。」我立刻說，「我們已經討論過這件事。」

「是——啊，我知道。但只是……你絕不會給鋼鐵心第二次機會，對不對？太危險了。那時你需要拯救那座城市、需要復仇。那麼這次又有什麼區別？」

我將瞄準鏡轉向一叢微微晃動的野草。一隻野貓鑽出來，很快就跑掉了。

「妳眞正要和我說的並不是教授，對不對？」我問蜜茲。

「也許不是。」黑人女孩承認，「我知道這一次的情況不一樣。我們知道了弱點的祕密之類的東西，但我還是會想……爲什麼你能復仇，而我不能？我的心情呢？我的憤怒呢？」她的後腦杓在座椅靠背軟墊上一撞，讓頭彈了兩下，「咕嚕咕嚕——那個聲音一直在我耳邊響著：『嘿，大衛，我很想殺掉你的女朋友。爲什麼你不讓我殺呢？』抱歉。」

「我明白妳的心情，蜜茲。」我說，「我眞的明白。我也要告訴妳，這麼長的時間裡，我一直都在殺異能者，這也讓我心裡很大一塊地方充滿罪惡感，直到我在梅根面前停下手。有誰能想到，愛和恨會如此相似，妳明白嗎？」

「誰能想到？」蜜茲說，「很可能每一個哲學家都想到了吧。」

「什麼，眞的？」

「是——的，還有一大堆搖滾歌手也是這麼唱的。」

「噢。」

「知道嗎？你是在一家槍械工廠接受教育，這一點有時就會顯現出來，大衛。」

亞伯拉罕做完他的事，回身向吉普車走來。我覺得我應該給蜜茲更多一些答案，但我又能說些什麼？「我們這樣做不僅僅因爲我們喜歡教授，或者因爲我對梅根有感情。」我輕聲說著，爬下來回到我的座位裡，「我們這樣做——去伊爾迪希亞救教授——是因爲我們失去了很多，蜜茲。審判者是唯一反抗異能者的人，而現在，我們已經不再是原先的審判者了。

「如果我們不認眞想個辦法扭轉眼前的局勢、阻止異能者，那麼人類就完了。我們不能只是不斷地殺死異能者，蜜茲。這樣做速度太慢，而我們太脆弱。我們必須能夠開始轉變他們。

「我們拯救教授不僅是因爲這個人本身。星火啊，如果我們成功了，他也許會恨我們，因爲他無法改變自己曾經做過的事，只能背負著那些罪責活下去。他也許更願意死掉。但我們還是要這樣做，因爲我們需要他的力量。我們需要證明這樣做是可行的。」

蜜茲緩慢地點點頭，亞伯拉罕這時進到了車裡，我把槍放下。

「我猜我只能繼續在肚子裡抱著對復仇的渴望，」蜜茲說，「一點一點讓它熄滅下去。」

「不。」我說。

蜜茲轉過頭看著我。

「讓這股火焰燃燒起來，蜜茲，」我向車頂上一指，「但讓它指向正確的目標。那個眞正殺死了妳的朋友們的罪魁禍首。」

禍星高懸在天際。那蒼穹之上一點耀眼的紅色，就如同瞄準鏡裡的靶心，夜夜都是那樣清晰奪目。

蜜茲點點頭。

亞伯拉罕發動了汽車，沒有問我們在聊什麼。我們上路的時候，我的手機閃動了一下。我坐回位子裡，期待著梅根再次發來戲謔的訊息。

但她的文字很簡短，而且令人心中一寒。

快點。我們決定靠近城市看一看。那裡有事情發生。

什麼？我急忙回訊問她。

堪薩斯城，不見了。

# 第十二章

我竭力想爲自己雙腳不斷踩碎的熔渣找一個恰當的比喻。就像是……就像是冰塊在……不。

我正走過一片寬闊的熔岩平原，這裡曾經是堪薩斯城。一時之間，我不知道該說些什麼才好。我能想到的唯一準確的描述就是……哀傷。

今天以前，這裡曾經是地圖上許多標記爲文明地帶的光點之一——地圖上除了這些光點以外的地方都是暗色的。是的，這裡曾經是一個被異能者統治的地方，但它畢竟是一個有生命、文化和社群的地方。人群。數萬人，也許是數十萬人都生活在這裡。

全都沒有了。

我蹲下身，手指撫過光滑的地面。地面還有溫度，也許它已經冷卻了幾天。爆炸熔化了岩石，在一瞬間將建築物變成熔融的鋼鐵山峰，地面上覆蓋著一道道不到一吋高的小玻璃尖脊，就像是凍結的海浪。它們是從毀滅的中心點釋放出來的強勁衝擊波留下的痕跡。

這裡所有的人，都不見了。我向上帝，或者無論是哪個能聽見的傢伙祈禱，希望有一些人能在爆炸之前離開。這時我聽見了梅根的腳步聲，初升的太陽照亮了她。

「我們就要死絕了，梅根。」我的聲音有些顫抖，「我們願意屈服在異能者腳下，但我們還是要被徹底滅絕。他們的戰爭會毀掉這顆行星上的全部生命。」

梅根將一隻手放在我的肩頭。我仍然蹲在原地，觸摸著曾經是人類的玻璃。

「是滅除幹的？」梅根問。

「這跟他在其他城市中所做的很像。」我說。「我不知道還有什麼人有足夠的力量做出這種事。」

「那個瘋子……」

「那個人有很嚴重的問題，梅根。當他摧毀一座城市的時候，他認爲那是一種憐憫。他似乎認爲……讓這個世界徹底擺脫異能者的辦法，就是殺死每一個有可能變成異能者的人。」

黑暗給予滅除一種特別的瘋狂，一個和審判者相同的目標，爲這個世界除掉異能者——但卻是建立在一種扭曲的基礎之上。

無論以何種代價。

我的手機亮了起來。我將它從我通常收納它的位置上拿出來，它總是被綁在我的外衣肩頭。

看到了嗎？是騎士鷹。他的訊息還帶著一個附件。我打開附件，那是一張大規模爆炸的照片。我相信這張照片的拍攝位置就在堪薩斯城，只不過距離城市區域很遠。

人們正在四處傳播這張照片，騎士鷹發來訊息，你們不是正在朝那裡去嗎？

你知道我們的確切位置，我回給他，你一直在追蹤我的手機。

我只是出於禮貌，他回在訊中說，給我一些那座城市中心的照片。滅除要成爲一個問題了。

要成爲？我問他。

是的，好了，看看這個。

下一張照片是一個留著一綹山羊鬍、身材瘦長的人正走過擁擠的街道。他的長外衣飄揚在身後，腰側佩著長劍。我立刻認出那是滅除。

堪薩斯？我問，在爆炸之前？

是的，騎士鷹回答。

我明白了騎士鷹的意思，於是慌張地按下騎士鷹的號碼，將手機舉到耳邊。他在一秒之後接起電話。

「他沒有發光，」我迫不及待地說，「這表示——」

「你在幹什麼？」騎士鷹質問我，「白癡！」

他掛斷電話。

我盯著電話，感到一陣困惑，直到另一個訊息出現在我眼前。我有說過你能打電話給我嗎，男孩？

但……我回應他。你一整天都在跟我傳訊息。

完全不同，他寫著，未經一個人的允許就打電話給對方，是對隱私的迪吉裡度入侵(注)。

「迪吉裡度？」梅根越過我的肩膀，對訊息提問。

「髒話在我的手機裡會被過濾。」我說。

「你使用了髒話過濾程式？你在什麼地方？幼稚園嗎？」

「不是，」我說，「這只是一個玩笑，讓人們顯得很愚蠢。」

---

注：這是一個很生僻而拗口的詞，意思是澳大利亞土著吹奏的一種低音長管樂器。

又一段騎士鷹的文字傳過來。你說過，王權用滅除的肉體製造了一個引擎。你想不想打賭，她做了不只一個？看看這些圖片。

他又發給我一連串滅除在堪薩斯城的照片，裡頭的滅除正在擺弄一個發光的物體。這些照片上都是一片強光，但能夠看出發光的是那樣東西，而不是滅除本人。

最後一張照片顯示的拍攝時間，就在這個地方被蒸發前不久，騎士鷹傳來訊息。他用一種設備摧毀了堪薩斯城。但爲什麼他要用這種東西，而不使用他自己的能力？

這樣更隱祕，我回傳，如果他像在德克薩斯時那樣坐到城市中央，全身發出強光，直到這個地方炸毀，那將無異於用最矚目的方式警告這裡的人們趕快逃走。

眞可惡啊，騎士鷹寫著。

你能透過其他手機找到他嗎？

這需要篩選大量資料，孩子，騎士鷹說。

你還有更重要的事情要做嗎？

是的，也許。我不是審判者。

是的，但你「是」人類。拜託，盡你最大的力量。如果你在另一座城市中找到他，不管他是否發光，都給我消息。我們也許能向那裡的人發出警告。

那我們看看吧。他回答。

梅根看著我的手機。「他到底對這些手機有多大的控制度？我是不是應該打個冷顫？」

她和我一起拍攝了一些原先是鬧區的照片，並把它們傳給騎士鷹。我和騎士鷹的對話完全從我的手機裡消失了。我把這個給梅根看，但她顯得有些心煩意亂，只是眺望著這一片玻璃化的岩石和鋼鐵的山丘曠野，這座已經不復存在的城市。

「它本來會殺死我，」她輕聲說，「火焰。永恆的終結。」

「它已經殺死了這裡大多數的異能者，」我說，「甚至是一些高等異能者。」所謂的不死異能也有破解之道，比如用核爆徹底湮滅他們。這是一種恐怖的手段，一些國家早已發現了這一點——但核彈最終也會徹底毀滅你的城市，不留下任何可以保護的東西。

梅根靠在我的身上，我伸手摟住她的肩頭。為了救我，她曾經衝進一棟燃燒的建築物，直接面對可能殺死她的力量。這並不表示她的恐懼消失了。只是透過她極度的努力，恐懼受到了控制。

我們加入其他審判者之中。他們在靠近爆炸中心的位置上紮營——亞伯拉罕測試了本地的輻射，確認這裡是安全的。

「我們要採取行動，大衛。」亞伯拉罕朝著向他走過去的我說。

「同意，」我回答，「但拯救教授還是放在第一位。大家對此有異議嗎？」

我環顧團隊，眾人都在點頭。亞伯拉罕和柯迪從一開始就與我和梅根是一隊的，他們都願意嘗試將教授帶回來，而不是殺死他。看樣子，我和蜜茲在車中的那番對話也說服了她，她有力地點了點頭。

「有人擔憂為什麼教授會來亞特蘭大嗎？」柯迪問，「我是說，他原本可以留在巴比拉，讓各種異能者對他俯首聽命，但他卻一路來到了這裡。」

「他一定有一個計畫。」我說。

「他擁有王權的全部情報，」亞伯拉罕說，「我相信王權比任何人都更瞭解異能者，清楚他們的力量，還有禍星。這讓我很好奇，教授到底在她的資料中發現了什麼。」

我若有所思地點點頭，「王權說過，她想要一個繼承人。我們知道她的觸角延伸範圍遠比一座城市更大。她曾經與禍星有聯絡，曾經試圖調查禍星的力量。也許教授繼續了她的工作，無論她在癌症惡化之前策劃了怎樣的陰謀。」

「有可能，」蜜茲說，「但她到底想幹什麼？她有什麼計畫——或者說，教授在計劃些什麼？」

「我不知道，」我說，「但我很擔心。教授是我遇到過的最有效率、最聰明的一個人。他顯然不會只做一名異能者、只統治一座城市。他肯定有更加宏大的想法，無論他有什麼樣的目標，那個目標肯定非常大。」

我們離開堪薩斯城的時候，隊伍中的氣氛變得嚴肅許多。現在我們的隊形也更加緊密，兩輛吉普車沿著同一條路線前進。在經過了一段漫長到快反胃的時間之後，我們終於不再被熔化的建築物和瘢痕累累的地面包圍。一行人繼續前進，太陽已經高升，亞伯拉罕認爲我們正在接近目的地，頂多再幾個小時就能到了。

我決定讓自己不再去想恐怖的堪薩斯城，而要實現這個願望最好的辦法莫過於做一些有創造性的事。我拿出騎士鷹給我們的一個小盒子，蜜茲在她的位子上轉過身，越過椅背好奇地看著我，亞伯拉罕也從後視鏡中瞥了我一眼，但什麼都沒說。我看不明白他的表情。我知道，就算是一堆子彈的表情也會比亞伯拉罕的更豐富。那個傢伙有時候就像是一個坐禪的和尚，只不過身上會掛著一門小型機炮。

我掀起蓋子，將盒子轉了個角度，讓蜜茲也能看到裡面。其中有兩隻手套和一罐裝滿銀色液體的罐子。

「水銀？」蜜茲問。

「是的。」我一邊回答，一邊拿出一隻手套，將它翻轉。

「這東西，會不會讓你覺得，很……糟糕？」

「還不確定。」我承認。

「它會讓人發瘋，」亞伯拉罕說。過了一會兒他又說，「不過這輛車裡的人大概都已經瘋了。」

「呵呵。」蜜茲說。

「水銀具有很強的毒性，」亞伯拉罕說，「能夠迅速滲入皮膚，甚至能變成更加危險的蒸汽。一定要小心，大衛。」

「我不會打開這個罐子，直到我知道自己在做什麼。我只想看看水銀在這個罐子裡會不會動。」

我迫不及待地戴上手套，發光的紫色線條立刻沿著手指匯聚到我手掌中心。這種微弱的光芒讓我想到了碎震器，我覺得這種相似一定有原因。教授曾經以這種模式類比異能者科技，他也許使用了騎士鷹的設計。

「一定會讓人喘不過氣來。」我想像著資料上描述的拉提茧能力，將手掌懸浮在水銀罐上，但我又停下來。我能將這種力量精準使用到何種程度？諜眼一開始很容易上手，但實際上很難控制，而碎震器更是讓我花了不少時間才逐漸掌握。

我試著給出精神指令，拿出我在使用碎震器時掌握的技巧，但什麼都沒發生。

「它現在就會讓我喘不過氣來嗎？」蜜茲問，「還是會在路上的某個時候？我想先做好準備。」

「我根本不知道這要怎麼用。」我說著揮了揮手，再試一次。

「也許它有說明書？」亞伯拉罕問。

「哪種讓人超級吃驚的異能者科技會有一份說明書？」那感覺上太平凡了。不過我還是朝盒子裡看了看。什麼都沒有。

「這樣最好。」亞伯拉罕說，「我們應該等到了一個更有把握的環境再嘗試——或者至少等我們沒有在破掉一半的道路上行車的時候吧。」

我嘆了一口氣，脫下手套，拿起那一大罐水銀，盯住它。這個東西可真奇怪。我曾經想像液態的金屬會是什麼樣子，但它和我的一些想像都不一樣。它的流動速度很快，顯得十分輕盈，更是光亮得不可思議，就像是有人融化了一面鏡子。

我在亞伯拉罕的催促聲中收起那個罐子，將盒子放到我的腳旁。不管怎樣，我還是向騎士鷹發出一個索求說明的訊息。不久之後，梅根的車就在我們前面放慢速度，亞伯拉罕的手機發出了震動。

「喂？」亞伯拉罕點開手機，又將耳機按緊了一些，「哦？奇怪，我們現在就停車。」他放慢吉普車的車速，回頭瞥了我一眼，「柯迪發現前面有東西。」

「那座城市？」我問。

「很接近。是城市的痕跡。兩點鐘方向。」

我拿出槍，打開吉普車的頂蓋，站起身。從這個角度，我能看到公路以外非常有趣的一幕場景：一片被壓扁枯草形成的平原，一直延伸到很遠的地方。

「那座城市一定曾經從這裡經過。」亞伯拉罕在車裡說，「無法確定它是從哪裡來的。但這肯定只是非常寬闊的枯草平原的一部分。伊爾迪希亞在經過此地時留下的，就像是一隻巨型蛞蝓的痕跡。」

「太棒了，」我一邊說一邊打了個哈欠，「我們就沿著這個去追他吧。」

「同意，」亞伯拉罕說，「但我們要注意觀察。柯迪說他發現有人在上面走動。」

我又看了一眼，確實有幾個很小的人群在這條寬闊的大道上迤邐前行。「唔，」我說，「他們正在遠離那座城市。我們認爲那座城市正在向北移動，對不對？」

「是的，」亞伯拉罕說，「這也讓柯迪和梅根感到困惑。你想進行調查嗎？」

「沒錯，」我說著坐回吉普車裡，「我可以讓他們兩個去看看。」

我們下了公路，向那一大片倒伏的枯草移動。我向梅根傳訊。看看你們能從那些流浪者身上問到些什麼，但不要冒任何風險。

他們是難民，梅根回了訊息，我們要冒什麼樣的險？遇到壞人？

柯迪和梅根走在前面，我們跟隨在後。我想要打個盹，但吉普車的座位太不舒服了，而且——儘管並沒有什麼眞正値得擔憂的理由，我還是爲梅根擔心。

終於，她發來了訊息。他們「是」難民。他們知道教授，但他們稱他爲綠光。他在這裡已經有兩、三個星期了，有另一些異能者正在抵抗他，其中主要包括那座城市的管理者，一個名叫竊賊的傢伙。

這些人逃出城市是因爲他們打算在外面待上一、兩個星期，再回去看看最終是誰控制了城市。

他們有沒有說那座城市還有多遠？我問。

他們已經走了幾個小時。梅根回答，所以……也許吉普車再走一、兩個小時就到了？他們說我們在路上會遇到前往伊爾迪希亞的難民。那是來自堪薩斯城的人。

也就是說，至少有一些居民逃出來了，得知這個讓我感覺到一絲寬慰。

我將這段訊息給蜜茲和亞伯拉罕看。

「關於伊爾迪希亞的紀錄表明那裡的政治狀況一直都很好。」亞伯拉罕說，「這表示教授暫時無法在那座城市中建立穩定的統治，他不會有資源監視我們。」

「我們能進去嗎？」蜜茲問，「同時又不受懷疑？」

「我們可以混在堪薩斯城的難民裡。」我說。

「甚至不需要如此。」亞伯拉罕說，「竊賊無條件地允許人們進出伊爾迪希亞，我們可以裝成希望在那裡找到工作的人，他們會接納我們的。」

我緩慢地點點頭，發出繼續離開公路行駛的命令，同時也叮囑大家要和這片枯草痕跡保持一段安全距離。我們這兩輛還能行駛的吉普車——它們已被改裝成用能量電池爲動力——在這個世界大部分地方都是極爲少見的貨色。如果我們太過靠近這些陷入絕境的人們，誰保證其中不會有一些足夠愚蠢和勇猛的傢伙？

梅根跟柯迪與我們會合，我們一起在崎嶇不平的地面上行駛大約一個小時後，我透過瞄準鏡第一次看到伊爾迪希亞：農田分布在城市周圍，不是在枯草地上，而是在它的旁邊。我早就應該想到，亞特蘭大以它的農業出產而著稱。

看到農田之後不久，我注意到另一些東西從我們前方的地平線上探出頭來。一個由摩天大樓組成的天際線，極不協調地從一片龐大、沒有其他任何特色的地面正中央升起。我們找到了亞特蘭大，或者伊爾迪希亞——它當代的名字。鹽之城。

# 第十三章

我坐在吉普車的車頂上，正在用瞄準鏡研究這座城市。我們將兩輛車停在距離伊爾迪希亞一、兩哩外的一片小樹林裡。伊爾迪希亞脫胎於舊亞特蘭大——鬧區、中心區，還有周圍的一些郊區都保留了下來。根據亞伯拉罕的描述，方圓大約有七哩。

它的摩天大廈讓我想起新芝加哥——無可否認的是，一直生活在那座城市中的我，並沒能好好體會新芝加哥的天際線是什麼樣子。這裡的建築物看起來間距更大、頂部更尖，它們全都是由鹽築成的。

當我聽說有一座用鹽築成的城市時，曾經想像那是一座透明的水晶城。事實上，我大錯特錯了。這些建築物絕大部分都是不透明的，只有陽光射過的一些邊角才顯示出透明的樣子。它們很像石頭，根本不像是那種被碾成粉末調味料的結晶體。

這些摩天大廈呈現出令人驚嘆的繽紛色彩，其中佔據主場地位的是粉色和灰色。瞄準鏡的放大功能讓我能夠辨別出白色、黑色甚至是綠色的脈絡，在它們的牆壁上遊走。說實話，那種景象非常美麗。

它們的色彩還會不斷變幻。我們是從背面靠近亞特蘭大的——這座城市明顯是有「背面」和「正面」之分。它背後的區域正在緩慢地破碎，就像是雨中的一道土牆溶解、剝落。在我眼前，一座摩天大樓的一面崩塌，整幢大樓傾倒下來，沉重的撞擊聲甚至連身在遠方的我也能聽見。

那些倒塌的樓宇變成大堆鹽塊。沿著城市前進的痕跡，距離城市越遠的地方，鹽堆就越小。這並不奇怪，絕大多數異能者所創造的物體都無法永恆存在。倒塌的鹽塊建築最終會溶化消失、蒸發乾淨，只剩下我們一路上見到的乾枯平坦地面。

根據我的理解，在這座城市的另外一面，新的建築物會生長出來。亞伯拉罕解釋說這就像晶體生長。伊爾迪希亞在移動，但不是依靠腿或者輪子，它就像是一片黴菌在被丟棄的麵包上爬行。

「噢，」我放下步槍說，「眞是難以置信。」

「是的，」亞伯拉罕在我身邊的吉普車裡說，「而且居住在裡面很痛苦。要知道，這座城市每個星期都會經歷一次完整的新陳代謝。這些建築物在這邊的背面腐壞掉，再從前面重新生長出來。」

「很酷。」

「很痛苦。」亞伯拉罕重複了一遍，「想像一下，你的家每七天都會崩塌一次；你必須經過整座城市，進入一個新家。不過，這裡的異能者並不比其他地方的更殘忍，而且這座城市也有一些便利的地方。」

「水？」我問，「電能？」

「他們的水源來自於蒐集雨水，因爲當地的異能者之故，這裡經常下雨。」

「風暴。」我說著點了點頭，「但這樣——」

「又怎麼讓鹽不溶化？」亞伯拉罕不等我問出口便說，「是的，但那並沒有太大關係。背面的建築物在崩塌的時候的確會受到雨水侵蝕，城中的房屋也許還會漏雨，但這些都是可控制的。更大的問題在於如何蒐集到不會很鹹、可以飲用的水。」

「也就是說，這裡沒有管道系統。」我說。審判者在巴比拉的隱匿處有一個特別的水箱，那實在是一種奢侈的享受。

「富人享有電能，」亞伯拉罕說，「這座城市用食物換取能量電池。」

梅根走過來，用一隻手遮住刺眼的陽光，眺望那座城市。「你確定你的計畫能夠讓我們順利進城，亞伯拉罕？」

「噢，當然，」亞伯拉罕說，「進入伊爾迪希亞絕對不是問題。」

我們再一次擠進吉普車，然後小心地繞過這座城市，保持著和它的距離，以防萬一。最後，我們將吉普車藏進一幢舊農舍中。不過我們都知道，當我們回來的時候，它們很可能已經不在這裡了——不管有沒有神祕的審判者鎖頭將它們鎖住。我們還將身上的衣服換成了破爛的牛仔褲、滿是灰塵的外衣，還有側面插著舊水瓶的雙肩背包，希望自己看上去就像是一群只能獨自求生的流浪漢。

隨後的徒步行程讓我開始思念起那輛顛簸的吉普車。當我們靠近伊爾迪希亞的邊緣時，也踏進了它的農田。我讀過它的文字紀錄、聽說過它的樣子，但在今天之前從沒有真正見過它。

破碎合眾國各城市之間的聯繫比我曾經想像的更加緊密。也許異能者們不需要任何公眾設施就能活下來，但他們都想要有臣民來統治。如果沒有平民供你偶爾屠殺一下，那麼擁有強大的毀滅力量又有什麼意思？不幸的是，平民必須吃東西，否則他們就會逃走，或者在你有機會殺死他們之前就先死掉。

這意味著異能者必須在他們的城市裡建立起某種功能架構，找到某種能夠交易的產品。能夠生產出多餘食物的城市，可以用食品交換能量電池、武器和奢侈品，這個發現讓我感到滿意。當異能者第一次出現的時候，他們只是肆意妄爲搞破壞，瘋狂摧毀國家的公眾設施。現在，他們不得不重新建立起秩序，成爲管理者。

生命眞是不公平。你不可能既破壞周圍的一切，又像一位國王一樣活著。

因此，這裡出現了農田。我注意到城市道路兩旁的農田已被收割，這些田地中的玉米都成熟了。許多人都在田地裡工作，儘管現在還是早春時節，他們卻正在收割。

「又是風暴？」我悄聲問亞伯拉罕。他走在我身邊。

「是的，」亞伯拉罕說，「她的雨讓城市周圍的植物飛快生長，他們每十天就能有一次新的收穫。這裡的人們週期性地跟隨她先到達城市前方，提前幾天種下作物，然後等她降下雨水。工人們總是走在前面去管理農田，等到城市到達時再回到城中。噢，你也許應該把頭低下一些。」

我垂下目光，恢復成過去那種很熟悉的姿勢，臉上也沒有了表情，生活在異能者統治之下的人就是這樣。亞伯拉罕不得不用手肘頂了一下梅根——她正挑釁地和我們經過的一名衛兵對視。那是一個肩上扛著步槍的女人，嘴唇邊漾起一絲冷笑。

「向城裡走，」那個女人一邊說，一邊用槍指了一下伊爾迪希亞，「沒有許可，你們敢碰一下玉米，我就打死你們。想要食物，就和監督去說。」

我們靠近城市的時候，發現了一些腰帶上掛著短棍的男人。在他們的注視下，我覺得很不舒服，但我一直低著頭，這讓我能夠清楚地看到這座城市地面的變化。首先是地上很薄的一層鹽殼，越靠近城市，這層鹽殼就越厚，不斷在我們的腳下發出咯吱咯吱的碎裂聲。最後，我們終於踩在眞正的鹽岩上。

接近城市的地方，我們經過了一個個鹽堆，它們應該是正開始生長的建築物。在這裡，灰白色的鹽交織成數十層不同色彩的緞帶，就像是凍結的煙霧。我能看見的鹽岩都有一種紋理，讓我很想用手指摩挲這些岩石，感覺一下它們的構造。

這個地方的氣味很奇特，我猜是鹽味，而且非常乾燥。周圍的農田很溼潤，更加凸顯這座城市中乾燥的空氣。我們加入一支不算很長的隊伍，他們都是想要進入這座城市的人。在我們面前，就是一片片已經生長成形的房屋。

這裡還有一個讓我感到熟悉的地方：整齊一致的岩石紋理，即使色彩多樣多種，它們還是讓我想起鋼鐵的新芝加哥。這個地方對於其他人也許顯得很新奇——一切都從鹽塊中生長出來，但對於我卻是平常事，感覺就像是回到了家。這對我又是一種反諷：直覺性的舒適來自於異能者的造物。

我們被指明了前進的房屋。對我們說話的人得知我們不是堪薩斯城的難民之後有些吃驚，但他的話語依舊快速而直接。食物是屬於竊賊的，如果想得到食物，就要爲其工作。這座城市沒有員警維持治安，所以他說我們也許應該加入這裡的某個幫派，不過首先要找到一個願意接納新成員的幫派。異能者想做什麼都可以，所以別惹他們。

這裡看起來缺乏新芝加哥的秩序架構。鋼鐵心在新芝加哥營建起一個明確的非異能者上層機構，並利用一支強大的部隊確保民眾對他俯首稱臣。不過做爲回報的是，我們在新芝加哥能夠使用電力、手機，甚至能看到影片。

這讓我感到困擾。我並不想發現鋼鐵心是一名比其他異能者更有效率的統治者，但我心裡早已清楚這一點。見鬼了，我第一次加入這支團隊的時候，梅根就這樣對我說過。

引導結束後，我們還要接受搜身——亞伯拉罕曾經警告過我們這一點。梅根已經做好準備，利用她的能力非常小心地藏起幾個袋子，其中包括一些工具，比如我們的能量電池和先進武器，這些都被她變成了幾樣很破爛的東西。她沒有掩飾一把還不錯的手槍，任由衛兵們將它「沒收」，充爲己用，算是確保我們順利進城的一種賄賂。衛兵們讓我們保留破爛的武器，亞伯拉罕已經料到他們會這樣，在這座城市中持有武器並不違法。

搜身結束，我們被放行。那個引導我們的人說：「你們可以佔據任何無人的建築物，但如果我是你們，在隨後的幾個星期裡會一直低著頭做人。」

「爲什麼？」我一邊將背包越過肩頭一邊問。

他看著我，「異能者之間的麻煩，那可不是我們惹得起的，還是低調一點好。這段日子裡，食物供應可能要減少了。」他搖搖頭，朝城市邊界外面的一堆箱子一指。「實話和你們說吧，」他對我們和另外幾個新來的人說，「今天早晨，我剛剛失去我的工作隊，這幫星火的傻瓜逃走了。你們幫我把這堆箱子搬進去，我就給你們一整天的糧食供應，算是你們從早上開始就在這裡工作了。」

我看向其他人，他們都聳聳肩。如果我們眞的是來這裡找工作討生活的人，那麼不可能錯過這樣的機會。沒幾分鐘，我們都開始搬起了箱子。這些木箱上面都打著「UTC」的烙印。他們是一群由術語統率的遊牧貿易者，術語是一名有操控時間能力的異能者。看來很不幸，我錯過她的來訪。我一直都想見見她本人。

這份工作非常辛苦，但它也讓我有機會看到這座城市的一部分。伊爾迪希亞有眾多的人口，雖然許多人在農田工作，這裡的街道還是顯得非常忙碌。這裡沒有汽車，路邊只有一些鹽凝結成的汽車模型，它們是這座城市最初被轉化時的殘餘痕跡。很明顯，隨著這座城市每個星期的重生，這些汽車也會被重新複製一遍；它們當然也無法開動，不過這裡有著數量眾多的腳踏車。

被洗淨的衣服一排排掛在窗外，孩子們在路邊玩著塑膠車，他們的膝蓋上還掛著從路面蹭下來的鹽粒，人們帶著從市場購買的物品往來。經過幾番往返，我得知這座城市的這一條街道——它從城市邊緣一直延伸到城中的一座庫房，單程走來大約要半個小時路程。

在我邁著疲憊的步伐，將一個又一個箱子搬進倉庫的時候，清楚地感覺到這些建築物的生長。城市的邊界內部，一堆堆鹽塊逐步形成房屋地基飽受風蝕的模樣，就像在風雨中站立了幾個世紀的石塊。這些基石的後面，許多房屋已經開始完全成形，牆壁向上延伸，磚塊結構顯現出來。一切都像是風蝕效果的反轉。

這個過程並不完美。我們偶爾會在建築物之間看到一些不成形的鹽堆，就像是鹽塊長出的腫瘤。我問身邊一個扛箱子的人這是什麼狀況，他聳聳肩，告訴我每個星期都會有這種不規律的結晶體出現，它們會在城市的下一次週期中消失，但又會有新的不規則體生長出來。

我覺得這種變化很迷人，因此駐足良久，看著一排公寓以漩渦的模式從藍黑色鹽堆中生長出來。我幾乎能看到這些建築物在長高，儘管速度是這麼緩慢，就好像……屋簷下一點一點滴出來的冰錐。

這裡也有樹——這一點和新芝加哥不同。在新芝加哥，有機物都沒有被轉化為鋼鐵。就像建築物一樣，這裡的樹木從鹽中生長出一段段精緻的結構。在周邊還只能看到樹樁，但城市內部已經到處都能看到完整的樹木。

「不要發呆太久，新人。」一個女人說，她正從我身邊走過，不停地拍打著戴著手套的手，「這裡現在是英克姆的地盤。」她是來自田地裡的一名工人，被叫來和我們一起搬箱子。

「英克姆？」我一邊問一邊追上她，同時向經過身邊的亞伯拉罕點點頭。亞伯拉罕正搬來另一個箱子。

「就是旁邊的那幢房子，」高眺女人說，「大門緊閉的那一幢。他們不接納新成員，他們的房子在城市背面消失了，所以通常會住到那幢公寓裡，直到他們的家重新出現。英克姆搬走以後，巴爾欽就會住進來，你可別想和巴爾欽那幫人打交道，那是一群下流胚子。他們倒是會接納所有找上他們的人，但是會先搶走你一半的食物配給，而且只會讓你睡在兩棟房子之間的空隙裡，直到你跟了他們一年。」

「感謝妳的提醒。」我一邊說，一邊回頭看了一眼那些高大的建築物，「這個地方很大，看上去有很多空地方，爲什麼我們還是要加入那些幫派？」

「尋求保護。」高個子女人說，「當然，你可以在空屋子裡建立自己的勢力，這裡的空屋可不少，但沒有一個夠強大的組織在你背後撐腰，你會被劫掠一空，或者更糟。」

「明白了，」我說著打了個哆嗦，「還有什麼我應該知道的嗎？這裡有沒有需要擔心的新異能者？」

「綠光？」她說，「是的，我會遠遠躲開他。當然，我會躲開所有異能者，但對於他，我會格外小心。綠光現在已經控制這裡大部分的地方，不過還是有人和他作對——風暴、竊賊。戰爭就要爆發了。不管怎樣，異能者喜歡那些摩天大樓，一般不會到下城區來。現在下城區正是第五天。」

「……第五天？」

「從它生長出來之後的第五天。」女人說，「再過兩天，整棟摩天大樓都要崩塌了，通常這是一個星期裡最難熬的時候。當下城區中比較高的建築也都倒下時，異能者們就會感到煩躁，會來找樂子。有些人會去市中心，另一些人會四處逛逛。再過一天，他們的寓所會重新生長出來，他們的僕人會把他們的東西都搬過去，我們才能恢復安全。不知道這一次他們的權力鬥爭到那時候會發生怎樣的變化。」

我們來到城市邊緣的箱子堆前，我抱起一口箱子。我的背包還在背上，即使它會增加我每次往返的負擔，我還是不打算把它放下來。我想再問問這個女人另一些問題。

「你和你的朋友們都是很好的工人，」那個女人也抱起一口箱子，「也許我們能在我的鄰戶找一個位置給你們。這個我無法作主，要由道格來決定。但我們很公平，只拿走你們四分之一的配給，我們要用它們養活老人和病人。」

「聽起來很有吸引力。」我說。實際上我一點也不喜歡。我們會在這座城中布置自己的祕密基地，「我要如何申請加入？」

「不必申請，」她說，「只需要早上來城市的這一邊做些苦力。我們會看著。不要試圖來找我們，對你們沒什麼好處。」

她扛起箱子大步走開。我調整一下自己的箱子，看著她，注意到她身體的輪廓。在她背部的夾克下面很可能藏了一支槍。

「真是殘酷的城市。」蜜茲嘟囔著，抓起一個箱子從我身邊走過去。

「是的。」我說。但我的這句話也是違心之言。

我用肩膀扛著箱子，走在大路上。當這一切開始的時候，我還很小，只有八歲，是一個在街邊流浪的孤兒，靠自己的力量活了一年才被收容。我記得成年人在低聲談論崩壞的社會中呈現的種種恐怖，比如食人風潮、燒毀一切的暴徒、破碎的家庭——每個人都只能為自己活著。

但社群並沒有因此而消失。人類依然是人類，無論發生什麼事，他們都會結成群體，努力恢復正常的秩序。即使在異能者統治一切的時候，我們之中大部分的人也只是想要過自己的生活。那個女人的話很殘酷，但也很有希望。儘管這個世界已經陷入瘋狂，只要你努力工作，就能在這個世界上找到你的位置。光這一點就足夠讓人鼓起勇氣。

我露出微笑。就在此時，我發覺街道空了。我停下腳步，皺眉。孩子們都不見了，路面上沒有了腳踏車，窗簾被拉下來。我轉過身，看到另外幾名工人正鑽進附近的建築物中。那個和我談話的女人從我身邊跑過，她的箱子不知被丟在了什麼地方。

「異能者。」她嘶聲說，跑向一道敞開的大門。那座建築以前應該是一間街邊商店。還有另外兩個人也跟隨她跑了進去。

我急忙拋下我的箱子，鑽過門口的布簾跟到她身邊。在昏暗的光線中，我看見一家人簇擁在一起。一個在我們之前進來的男人拿出手槍，滿臉警惕地看著我們，不過他的槍口沒有指向我們。他的暗示很清楚：我們只能停留到異能者離去。

門口的布簾微微晃動著。這裡的人也許像我們在新芝加哥一樣，難以替門框裝上活動門板。我相信一扇用鹽做成的門是無法使用的，所以他們敲掉了門板，用布簾來替代。這樣很難保證室內的安全，所以你在這裡必須有槍。

這家商店的前窗是由比較薄的鹽形成的，幾乎就像是玻璃窗，不過十分模糊，沒辦法讓我看清楚外面的情況。它們只能向房間穿透一些陽光，我看見一道影子從街道的另一邊走過。只有一個人，身後跟隨著一團球形光暈。

我認得這個影子。綠光。

噢，不，我心想。

我得去看看。我無法阻止自己。當我向門口走去時，其他人都在悄聲向我說話，但我還是透過抖動的布簾向外面的街道窺望過去。

是教授。

# 第十四章

我曾經以爲，自己能夠用眼睛識別出異能者。但事實是，我在審判者之中生活的最初幾個星期裡，有兩個異能者證明了我是錯的。

有一種說法，擁有強大力量的異能者也有著與眾不同的外表。他們高高在上，微笑中充滿自信。他們是那樣非同尋常，就像是一個虔誠唸誦悼詞的人突然打出的一個嗝。

教授還是我最後見到他的模樣，身上穿著黑色的實驗室外套，兩隻手閃爍著微弱的綠光，一頭灰髮和他強壯的體格很不相襯。教授非常強健魁梧，就像是一堵石牆，或者是一部推土機。你肯定不會將這樣的人和優雅連在一起，而且絕對不會想擋這個人的路。

他大步行走在灰白色的街道上，一個圓球形力場跟隨在後，裡面困住了一個人。黑色長髮遮住那個人的臉，她的身上穿著中式旗袍。是風暴，帶來雨水、讓莊稼飛速生長的異能者。剛才和我交談的那個女人說她在反抗教授的統治。

看來現在的情況發生了變化。教授停在我藏身的商店門外，轉過身，朝街邊建築物的窗戶裡望進來。我向後退，心臟飛快地跳動。他似乎正在尋找某種東西。

星火啊！該怎麼辦？逃走？我的步槍還在背包裡，被拆成零件，但我的腰帶裡還有一把手槍，就在我的襯衫下。外面的衛兵完全不管我身上是否有槍，就像亞伯拉罕說的那樣。他們顯然不在乎城中的人有沒有武裝，似乎還期待我們有武器。

是的，槍對教授沒什麼用處。他是高等異能者，更有兩種基礎無敵能力。他的力場能夠保護他免受傷害，就算受傷，也能迅速治療自己。

不過我還是從腰帶上拔出手槍。房間裡的其他人都擠到一起，一聲不響。如果這裡還有別的出路，他們可能早就逃走了——不過也不一定。有許多人在異能者到來時，寧可藏起來也不願意逃走。他們認為唯一安全的方式就是把腦袋鑽進沙子裡，一直等到異能者離開。

我再次向門外窺望，心臟發出雷鳴般的跳動聲。教授沒有移動，但他已經從我們的房子面前轉過身，開始調查對街的建築。我急忙抹了一把額頭上的汗水，以免它們流進眼睛，然後從口袋中拿出耳機，戴在頭上。

「有人見到大衛嗎？」柯迪正在說話。

「我在最後一趟的時候從他身邊走過去。」亞伯拉罕說，「我覺得他應該在靠近倉庫的地方。離教授很遠。」

「是的，我看到他了。」我悄聲說。

「大衛！」是梅根的聲音，「你在哪裡？快躲起來。教授正在街上走動。」

「我看得到，」我說，「他似乎在尋找什麼。大家的位置？」

「我有一個很好的觀察點，」柯迪說，「距離目標大約五十碼，在一棟房子的二樓，有一扇敞開的窗戶。現在我正盯著他呢。」

「梅根逮住我，」亞伯拉罕說，「把我拖到了一個角落裡。我們在往東的另一條街上，正在看著柯迪向我們手機裡發送的畫面。」

「待在原位，」我悄聲說，「蜜茲？」

「還沒有她的回音。」亞伯拉罕回答。

「我在這裡。」蜜茲說，很明顯在喘氣，「天哪，我差一點撞上他，夥計們。」

「妳在哪裡？」我問。

「逃走了。我這條街和我們搬東西那條街垂直，我待在一個市場裡，或者類似的房子吧。大家都在這裡，眞的很擠。」

「留在原位，」我悄聲說，「接收柯迪的畫面。這也許和我們無關，他顯然是要讓所有人都看到他抓住了風暴，還有……星火啊。」

「什麼？」蜜茲問。

教授在發光。淺綠色的光芒從他的身上向四周擴展。他在街道上緩緩地轉動著，高聲吼叫：「你要出來嗎？我知道你就在這裡！出來！」

我痛恨聽到教授的聲音這麼……像一個異能者。他的聲線一直都很渾厚，但現在不一樣。他的語調顯得如此專横、威勢迫人、怒不可遏。我握住手槍的手開始流汗。在我的身後，一個孩子哭泣了起來。

「我要把他引開。」我悄聲說。

「什麼！」梅根問。

「沒時間了，」我挺直身子，「如果他爲了尋找我而開始撕碎這裡，他會殺死很多人。我必須引開他的注意力。」

「大衛，不，」梅根說，「我要去你那裡，只要……」

教授向前伸出手臂，指向他眼前的建築物——那不是我所在的房子，而是對街的一座公寓。它大約有八層樓高，完全由粉色和灰色的鹽塊組成。

隨著教授一擺手，它便蒸發了。

在新芝加哥，我看見過他用自身的力量做出不可思議的事。他曾經與執法隊對峙，毀掉了他們的武器、子彈和護甲。但那些完全無法和他的這麼一下相比。只是一眨眼，一棟高大的建築物就變成了粉末。

教授力量摧毀的不僅是鹽塊建築，還有其內部的一切結構、布置，讓裡頭的人都直直摔在地面上，人體落地的可怕撞擊聲和痛苦的哀嚎聲交織成一片。只有一個人除外，他飄浮在大約二十呎高的空中，平舉兩把烏茲衝鋒槍，開始向教授射擊。

子彈當然沒有效。轉瞬之間，半空中那個人就被閃光的綠色力場包裹住。他丟下衝鋒槍，慌亂地用雙手摸索這個將自己困住的牢獄。

教授一攥拳，力場球收縮成一個籃球大小，把裡面的異能者壓成肉醬。

我轉過頭，突然覺得一陣噁心。這……這就是他對艾克賽爾和瓦珥做的事。

「假警報，」柯迪上線說，明顯是鬆了口氣，「他不是在找我們。他在獵殺依然追隨竊賊的異能者。」

教授釋放力場球，將那個死亡的異能者丟在地上，變成作嘔的一灘血肉。在我旁邊的一間商店裡，另一個人走到大街上。那是一個年輕人，還不到二十歲，鬆鬆地繫著一條領帶，戴著帽子。他和教授對視片刻，然後單膝跪倒，低下頭。

一個光球出現在他的身周，這個年輕人惶恐地抬起頭。教授伸出一隻手掌，彷彿在掂量這個新的追隨者，然後他將手向旁邊一擺，光球消失了。

「記住這種感覺，小異能者。」教授說，「我相信你就是被他們稱作發電機的那個人。我接受你的效忠，儘管慢了點。你的主人在哪裡？」

年輕人吞口口水才說：「我以前的主人？」他的聲音很不穩定，「他是個懦夫，大人，他逃走了。」

「他今天早些時候還和你在一起，」教授說，「他去什麼地方？」

那個年輕人的手發抖地沿街一指。「在隔一條街的地方有個密室，他禁止我們跟隨他。我可以為您帶路。」

教授一揮手。那個年輕人邁著兩條還有些打晃的腿，從他身邊跑了過去。教授將雙手背在身後，不緊不慢地跟著，卻又突然停下腳步。

我的呼吸停在喉嚨裡。出了什麼問題？

教授朝我的方向走了幾步，然後低下頭，看著我丟下的箱子。那只箱子的側面撞破了，他用腳踢了一下箱子裡的東西，似乎在思考什麼。

「大人？」那個年輕人問。

教授從箱子前轉過身，大步跟上年輕人。他的實驗室外套隨著他的動作飄飛起來，裹挾住風暴的力場球像一個順從的寵物跟隨著他，裡頭的女子一直沒有抬起頭。

我放鬆，背靠在牆，垂下手中的槍。「蜜茲，」我上線悄聲說，「他朝妳的方向去了。」

「聽起來他是在尋找竊賊。」梅根上線說，「我們恰巧撞上他對這座城市統治者的最後攻擊。我們的運氣可真好啊。」

「我會用我的瞄準鏡跟蹤他。」柯迪說，「但等他走上另一條街，我就看不到他了。小子，你想讓我繼續監視他還是留在原位？」

「這麼靠近他很危險，」亞伯拉罕說，「只要他瞄到我們一眼……」

「是的，」柯迪說，「但在我們決定把他打倒之前，我非常想知道他有怎樣的能力。他對那個建築物做的……讓碎震器看起來像是小孩子的玩具。」

「很好的比喻。」我心不在焉地說，「我們需要知道他和竊賊正面交戰的結果，如果那樣的事情發生的話。柯迪，看看你能不能找到合適的位置。蜜茲，我非常希望妳離開那裡。」

「努力中，」蜜茲哼唧著說，「我被掛在一個許多人的房間裡，而且……呃。我不知道我還有多久能出去，夥計們……」

好吧，我們的成員之一有危險，我們不能躲在後面。「梅根準備好吸引教授的注意力。亞伯拉罕和梅根待在一起。」

我深吸一口氣，「我要去跟蹤教授了。」

沒有人反對。他們相信我。我背起背包，來到門邊——沒有時間組裝我的哥特沙克爾了——再次透過飄擺的布簾向外窺探。在鑽出去之前，我又向房間裡的其他人瞥了一眼。所有人——帶著孩子的男人，曾經和我說話的女人——他們都目瞪口呆地盯著我。

「你說你要去跟蹤那個異能者？」那個男人問，「你瘋啦？」

「不。」那個女人輕聲說，「你是他們之中的一員，對不對？那些還在堅持戰鬥的人。我聽說你們全都在紐約被殺死了。」

「請不要告訴任何人妳見過我。」我說完舉起槍，向他們敬禮，然後悄然走到了空曠的街道上。

我在被教授注意到的箱子前停下腳步，推動它。

這只被我丟下的箱子裡面裝滿了食物，那種來自於還有工廠的城市，能夠通過貿易獲得的包裝食物：豆子、罐裝雞肉、碳酸汽水。我點點頭，然後快步朝教授離開的方向而去。

# 第十五章

「一切正常。」我說著，在一條巷子裡的牆壁邊停下來，用兩隻手攥住手槍，擺在身前，「我們要非常、非常小心地玩這一局。我們的主要目標是確認蜜茲安全撤離，次要目標是蒐集情報。」

一連串的「收到」從線上傳來。我將手機螢幕轉換到柯迪的視角，我們的耳機上都有微型攝影機，能夠讓我們看到團隊中的其他人在做什麼。

柯迪正在一條昏暗的巷子中移動，一道模糊的光線穿透他右側的牆壁，就像是一支手電筒照亮一個人的口腔。他來到一個還有鹽門的房間，推動那扇門，門動了，讓我吃了一驚。他溜進門內，悄然走到一扇窗戶前，用槍托打破那裡的鹽，比我想像的更困難；然後他把槍伸了出去，當他將畫面從耳機攝影機切換到瞄準鏡後，我們就得到了一個位於數層樓之上的良好視角。

那座商場很容易找到。原先應該是一座舊停車庫，五顏六色的布簾點綴在它的側面，雨棚從它的邊緣一直伸展到周圍的街面。

「是的，」蜜茲在柯迪調整好聚焦的時候說，「我就在這裡，被人群擠到下層去了。我正在盡力上樓梯。這裡還是藏了好多好多人。」

教授正向這個市場走去，他的力場放射出的綠光照亮了街道。我沿著旁邊的一條小街和他平行前進，最後躲到了一些粉色灌木鹽叢裡面。

這些灌木還在生長。我盯著它們，片刻之間被這些如同水晶般從纖細的樹枝上萌生出來的小鹽晶葉片迷住。我曾經以爲生長現象只在這座城市的邊緣才有，當鹽塊與亞特蘭大曾經的樣子相符後，生長就會停止，隨後保持靜態。看樣子，城市內裡的這一部分還在發展之中。

「大衛？」一個聲音悄然響起。我轉過身，看見梅根和亞伯拉罕弓著身子來到我旁邊。對了，對了，我的朋友兼導師正陷入殺戮的暴怒之中，我應該保持精神集中。

「梅根，」我說，「也許我需要一點掩護。」

她點點頭。一眨眼的工夫，我們面前的灌木叢變得更加茂密。這是一個幻象，一個從其他世界中拉來的影子。在那個世界裡，這些灌木的確更加濃密，所以這個幻象非常完美。

「謝謝。」我說著拿起我的背包，迅速組裝起我的槍。

教授大步走到距離我們不遠的街面上。我剛才看到的那名年輕異能者還在爲他帶路，一邊走一邊打著手勢。囚禁風暴的力場球在一個巷口和他們分開，被留在那裡，飄浮在半空中。

那名投降了教授的年輕異能者……發電機？我不確定他有什麼樣的力量。在一座這種規模的城市中會有數十名低級異能者，我不可能記住所有人。

發電機朝地面一指，又指了指那個市場。教授點點頭，但我和他們距離太遠，聽不清他們在說些什麼。

「一個地下室，」亞伯拉罕悄聲說，「那一定是保險室——也許是一個與那座車庫連在一起的辦公室？」

「這座城市能有地下室嗎？」我問。

「不太深就行。」亞伯拉罕說著用腳板拍拍地面，「要看地理位置。在某些地方，伊爾迪希亞地下還會有幾層樓高的大塊鹽岩，整座城市就在上面生長。它複製了原來亞特蘭大的地貌，其中充滿了各種高低錯落的洞穴；而在另一些地方，伊爾迪希亞的地基只有幾呎厚。這裡的地基應該相當厚實。你有沒有注意到我們走向倉庫時的斜坡？」

我沒有。「蜜茲，」我說，「他也許正要去妳那裡。報告位置？」

「被困住了。」蜜茲悄聲說，「樓梯上全是人，所有人和他們的狗都想要藏在這裡。我是認眞的，這裡有四隻狗。我找不到出去的路。」

教授並沒有跟隨年輕異能者向那座停車庫走去。他沿著街道又往前走了一段，將雙手向前一揮。

街道崩解，鹽變成粉末，教授讓兩個凹陷的力場相互對撞，鼓起強風吹走這些粉末。車庫剩餘的部分變成一個向下的空穴，其中出現了一道階梯，教授不停步地走了過去。

太吃驚了。我研究過異能者，按照我的認知對他們進行過系統性的分類。我承認，我對此有一點癡迷，就像是上百萬個學齡前的孩子們同時不斷地提出問題，也許這的確有些煩人。教授的力量是獨一無二的。他不只摧毀物體，還能夠對物體進行塑造，這是一種美麗的毀滅。我發現我很羨慕他。我曾經也擁有這樣的力量，那是他給我的禮物。在鋼鐵心死後，教授沒有再給過我那麼多力量，我也有了諜眼可以駕馭，但我能看出來，就算是在他以前顯示出最強力量的時候，他還是對我們多有保留。

一切都是從他在執法隊面前救我的時候開始的，我意識到，那是所有問題的開端。

我盯著他沿那道階梯走下去。我知道我不能承擔所有罪責——不管我是否加入審判者，王權轉變教授的陰謀都有可能實現，但我無法否認自己的責任。

「蜜茲，」我上線說，「堅持住。妳在那裡也許才是最安全的。」

教授走進那個被他挖出的房間，但柯迪在高樓上布置的監視哨還是能讓我們從手機中看到他。教授沒有向下走很遠，就回身向上。現在他的手中拉著一個人的衣領回到了街上，他將那個人扔到一旁。那個人軟綿綿地落地，脖子彎成一個不自然的角度。

「一個誘餌，」教授吼著，他的聲音在整片方形空地上迴盪，「我明白了，竊賊是個懦夫。」

「誘餌？」梅根從我手中拿過步槍，透過瞄準鏡細看躺在地上的那具屍體。

「噢噢噢，」我興奮地悄聲說，「竊賊吸收了死降。我一直很好奇他是否會這樣做。」

「像正常人那樣說話，阿滕，」梅根說，「死降？」

「一個曾經居住在這座城市裡的異能者。他能夠複製自己——有些像另一個異能者有絲分裂，但死降一次只能把自己複製幾個。我想，應該是三個？不過那些複製品都有他其餘的能力。而且，嗯，你們知道竊賊能夠……」

我身邊的兩個人都茫然地看著我。

「他是一名篡奪者……難道你們不知道篡奪者？」

「當然知道，」柯迪上無線電說，「貪得無厭、總是搶你的東西。我最恨這種人。」

我嘆了口氣，「做爲一支專門被訓練來獵殺異能者的隊伍，你們知道得實在是太少了。」

「記錄異能者和他們的力量是蒂雅的工作。」亞伯拉罕說，「現在是你的。我們自己的事情也不少。」

我原本打算先在這座城市中潛伏幾天，調查一下誰在這裡，誰又不在，再詳細向他們解說需要注意的異能者。也許我應該早些讓他們對竊賊有所瞭解，我們的注意力太過集中在教授身上了。

「一名篡奪者，」我說，「與賦予者正好相反。竊賊從其他異能者那裡偷竊力量──這是他的本體能力之一。他十分強大，一般來說，大多數篡奪者只能『借走』力量，然而竊賊能夠永遠奪取另一名異能者的能力，而且他想掌握多少能力都可以。他的確獲取了大量能力。如果教授發現一個複製體，就表示竊賊已經奪取死降的能力──創造自己的複製品，向它灌輸自己的意志和能力，如果這個複製品受到威脅，那些意志和能力都會退回到他的眞身去。」

我從梅根那裡拿回槍，仔細審視那具複製品的屍體。它正在迅速腐爛，皮膚消融，就像棉花糖從掛住它的細棍上脫落。毫無疑問，教授正是憑藉這一點發現他沒有獵殺到眞正的竊賊。

「竊賊讓其他異能者非常不安。」我解釋說，「他們不喜歡知道有人能夠拿走他們的能力。對他們而言，幸運的是竊賊並沒有很大的野心，一直都滿足於待在伊爾迪希亞。巫師會全都仰仗他──或者是他的授意──才能阻擋其他異能者進入他們的地盤……」

梅根和亞伯拉罕向我翻了白眼。

「什麼？」我問。

「你現在的樣子就好像是剛剛找到一塊舊硬碟，」梅根說，「裡面裝滿了你喜歡的禍星之前的樂團老歌。」

「這樣就太好了。」我嘟囔著，視線轉向教授。他似乎非常不喜歡自己在那個地洞中的發現。如今他陷入沉思，盯著那個市場。從我這裡也能看到，那座市場就像蜜茲說的一樣擠滿了人們。

「我不喜歡他臉上的表情。」亞伯拉罕說。

「夥計們，」蜜茲說，「我覺得我和外面只隔著一堵牆。如果我瞇起眼睛，就能看到從牆那邊透過來的陽光。也許我們可以從這裡把我弄出去。」

亞伯拉罕看看梅根。「妳能從另一個次元中製造通道出來嗎？讓那面牆消失？」

梅根露出懷疑的神情，「我不知道。我能做到的事大多都很短暫，除非我最近剛剛轉生。我能將一個人困在另一個世界裡一段時間，只要那個世界和我們的世界非常相似——或者將那個世界拉進我們的世界。但它們都只是一些影子，有時候，那些影子消失之後事情又會重新來過。」

教授開始行動。他大步走向市場，打了個響指，發電機急忙跟上他。片刻之後，當教授說話時，他的聲音在整個區域內炸響，就好像被擴音器增強過。

「我要摧毀這座建築，」教授指著市場說，「還有附近的所有建築。」

啊，沒錯，一部分的我在想，發電機，他有操縱聲音的能力。

我其餘的部分都在害怕。

「所有想要活下來的人，」教授繼續說，「必須從這裡走出來，站到這片空地上。逃走的人都會死，留在裡面的人也會死。你們有五分鐘時間。」

「噢，天哪，」柯迪上線說，「你們想要我給他一槍嗎？分散一下他的注意力？」

「不，」我說，「那樣他會去殺你。我們只是將一個問題換成另一個。」我看著梅根。

她點點頭。如果她吸引了教授的注意，至少她還可以轉生。星火啊。我痛恨自己將她死亡的能力當作某種可以使用的資源。

希望我們不需要走到那一步。

「亞伯拉罕，撤退，去支援柯迪。」我說，「如果出了狀況，你們兩個要繼續我們的計畫，在這座城市建立一個祕密基地。確保他不會發現你們。」

「收到，」亞伯拉罕說，「你們兩個呢？」

「我們要去找蜜茲，」我說，「梅根，妳能爲我們換一張臉嗎？」

「沒問題。」梅根集中精神。改變立刻發生——她的眼睛改變了顏色、面孔變得很圓、頭髮也從金色變成黑色，我相信自己也發生了類似的變化。我深吸一口氣，將我的槍交給亞伯拉罕。雖然我見到不少伊爾迪希亞人都拿著槍，但我的槍實在太先進了，肯定會吸引不少人的注意。

「我們走。」我從樹叢中溜出來，加入人群。這些人都膽怯地離開了市場和周圍的建築物，站在了教授面前。

# 第十六章

蜜茲在街道另一邊的停車庫，這又是一個難題。「妳需要距離她多近，才能給她一張假臉？」我悄聲問梅根。

「越近越好。」梅根也悄聲回答，我們此時正在人群中移動，「否則我就有可能讓更多的人陷入兩個世界交疊的漣漪之中。」

所以我們必須在教授面前走過街道，同時又不能引起教授的注意。他正釋放出他的全部力量，所以也處在最極端的唯我獨尊，絕不會有任何同情心。無論我們是誰，看起來是什麼樣子，只要讓他稍感不悅，他就會輕易殺死我們，就像是一個人拍死蚊子那般。

我垮下肩膀，眼睛盯住地面。這個動作仍像是我的第二本能，它從工廠時期起就鑽入我的骨髓。我現在就是利用這種本能變得默默無聞，悄然離開人群，走過街道向東移動。我的目標很明確，同時小心地縮起身體，擺出一副恭順的樣子。

我悄悄回頭瞥了一眼，看看梅根是否跟上來。她就在我身旁，但她太矚目了，就像是生日蛋糕上的一把錘子。她將兩隻手插在口袋裡，想擺出一副天然無害的樣子，但她的頭抬得太高、顯得太無所畏懼。星火啊，教授肯定會看見她。我握住她的手，悄聲對她說：「妳要顯得更頹廢一些，梅根。裝作妳的脖子上掛著一尊鉛鑄的佛像。」

「一個……什麼？」

「反正是非常重的東西，」我說，「這是我在工廠學會的技巧。」

梅根對我歪歪頭，不過總算是把頭低了下來。這樣好多了。我緊緊抱住她，裝作她很害怕的樣子，把她的頭按得更低，我們就這樣手挽著手繼續向前走。我拖著腳步，顯得膽小如鼠，不斷躲避太過靠近我們的人。我們已經走到街道中央，但這裡的人群實在是太密了。

「跪下！」教授向我們大吼，「向你們的新主人跪拜。」

人們如同波濤一般跪倒在地，我不得不扯著梅根和我一起跪下。我們以前從沒有出現過這樣大的分歧。是的，她擁有異能者力量，而我沒有——但此時此刻，這一點並不重要。真正關鍵的問題在於，她顯然對於該如何正確地表現怯懦完全沒有概念。

我很強壯，我不懈地戰鬥，我不會接受異能者的統治。但禍星啊……我依舊是一個人類。當異能者說話的時候，我會受到驚嚇。儘管我怒火中燒，但異能者命令我跪下的時候，我還是會跪下。

人群顯得無比安靜，更多人從停車庫中魚貫而出，塞滿街道，跪倒在地。我低頭，幾乎看不到周圍的情況。「蜜茲？」我悄聲說，「妳出來了嗎？」

「在人群靠後的地方，」她也悄聲上無線電說，「在一根燈柱的旁邊，燈柱上繫著藍色的緞帶。我該跑嗎？」

「不，」我說，「他正在盯著逃跑的人。」

我抬頭向教授瞥了一眼。教授不可一世地站在我們面前，新的異能者僕人陪侍在他身邊，風暴飄浮在遠處的牢獄中。教授掃視人群，突然轉向附近一座正有人走出的建築物，那個走出建築物的人立刻飛奔起來。

教授沒有用力場球囚禁逃走的人，而是在身體兩側抬起雙手。兩根由光形成、幾乎完全透明的長矛出現在他的手心裡，朝逃跑的女子射去，將她射穿，再頹然倒在地上。

我吞了一口口水，眉頭滲出汗水。教授向前邁步，一道光芒從他的腳下射出，那是一個淺綠色的力場，在他的腳下形成一條道路，他的專屬大道。這條路位於我們頭頂上方三、四呎，這樣他就不必碰到簇擁在他身下的人們。

我們將身子伏得更低。我從耳朵裡摘下耳機。儘管耳機並非只有我們會用，但我還是害怕會讓他想到審判者。梅根也照做。

「伊爾迪希亞的戰鬥已經結束，」教授說，他的聲音仍然被發電機放大，「你們都能看到，你們最強大的異能者主人——風暴已經是我的手下敗將了。你們曾經的領袖像懦夫一樣躲藏起來。我現在是你們的神。我的到來將產生新的秩序。這對你們來說才更好，歷史早已證明，人類不能照顧自己。」

他在那條發光的大道停下腳步，距離我很近，讓我十分不安。我低垂目光，全身汗水涔涔。星火啊，我能聽到他在發出每一句宣告之前的呼吸聲，一伸手就能碰到他的腳。

一個我曾經敬愛和仰慕的人，一個我用了半生時間進行研究、渴求效仿的人。一個如果知道我在這裡，就會不假思索立刻殺死我的人。

「我會照料你們，」教授說，「只要你們不忤逆我。你們是我的孩子，我是你們的父親。」

還是他，我想，不是嗎？儘管這些話出自於他扭曲的心智，但還是讓我想到了我所熟知的那個教授。

「我認得你。」一個聲音在我身邊悄聲說。

我吃了一驚，急忙轉過頭，發現熾焰就跪在我身旁。他並沒有像在鑄造廠時那樣全身烈火。現在，他看起來只是一個普通人，穿著一身商業套裝，打著非常窄的領帶。他跪在地上，沒有半分膽怯的樣子。

「你是大衛．查爾斯頓，對不對？」熾焰問。

「我……」我打了個哆嗦，「是的，你怎麼會在這裡？我們是在你的世界裡，還是在我的世界？」

「我不知道，」熾焰說，「看樣子應該是你們的。所以在這個世界裡，你還活著。他知道嗎？」

「他？」

沒等到回答，熾焰已經消失了。我發現自己正盯著一個頭髮又直又硬，臉上只有畏懼的年輕人。他似乎很困惑我爲什麼要和他說話。

什麼？他用唇形說。

什麼什麼？我也用唇形問他。

你的意思是什麼？

教授繼續走過人群，閃光的力場出現在他的腳前，他踏了上去。道路轉彎，他從我的另一邊繞回來。「我需要忠誠的士兵，」他宣布，「你們之中誰願意侍奉我，統治比你們低賤的同類？」

大約二十多個投機份子從人群中站了起來。直接侍奉異能者是危險的——有時光是出現在他們面前就會喪命——但在這樣的世界中，依舊不失是一個出人頭地的辦法。看到那些迫不及待站起來的人，我感到一陣作噁。不過絕大部分人群還是跪在地上，他們太害怕了——或者足夠明智——所以不敢在一名新的異能者尙未完全建立起統治基礎時就投身在他的腳下。

等有時間的時候，我必須再仔細問問梅根關於熾焰的事。現在，我有了一個計畫。應該算是一個計畫。

我深吸一口氣，站起身。梅根向我瞥了一眼，然後也站起身。*我們要幹什麼？*她用唇形對我說。

*這樣我們才能在人群中移動，*我用唇形回答她，*這是我們找到蜜茲的唯一辦法。*

教授站在他發光的大道上，雙手背在身後，審視人群，逐一打量站起來的人。他轉過身，目光射在我們身上。我緊張地吞了一口口水。教授也可能在用這種方法剔除太容易改變忠誠的人，他的下一個動作有可能是把站起來的人都殺死。

不。我瞭解教授。他十分清楚，如果殺死那些最願意侍奉他的人，將來也會很難找到僕人，他是一位領袖、一名建造者。即使是異能者，他也不會丟棄有用的資源，除非他認爲自己受到威脅。

我的判斷對嗎？

「很好，」教授說，「很好。我有個任務要交給你們所有人。」他伸出雙手，我覺得自己感覺到某種振動。一種曾經讓我們很熟悉的感覺。那是數月以前，當時我還戴著被教授灌注了力量的手套時的感覺。

我將梅根拉到一旁。教授這時越過人群頭頂施放出一波能量。空氣被扭曲，我們身後的停車庫完全爆成了鹽末，有不少人尖叫著、隨著從天空散落的粉末跌到地面上。

「去，」教授說著，向停車庫消失的地方一揮手，「處決那些不服從我的意志、像懦夫一樣躲起來的人。」

我們大約二十多個人立刻開始行動。儘管剛才的跌落一定讓停車庫頂樓兩層的人受了重傷，或者直接摔死，但肯定還有一些人沒有跌得很重或藏身在車庫的地下部分。

教授轉過身，繼續觀察身邊的人群，這給了梅根和我一個機會。我們轉頭向蜜茲剛剛告訴我們的那根燈柱跑去。她就在那裡，蜷伏在地上，用兜帽罩住頭。我不知道她在哪裡找到了這頂兜帽。她向我們瞥了一眼，我朝她豎了一下大拇指。

蜜茲絲毫沒有猶豫，立刻跳起腳，加入我們。只是一眨眼的工夫，梅根已經將蜜茲的面容改變成讓我感到熟悉，卻又全然認不出來的模樣。

「梅根？」我問。

「看到那堵牆了嗎？」梅根說，「就是那道通向車庫的斜坡旁邊的那堵牆？到了那裡後，我會製造出我們三個的影子。他們一出現，我們就從牆邊跳下去。」

「明白。」我說，蜜茲也點點頭。

我們很快就跑到梅根所說的地方——我們左側的鹽塊斜坡突然中斷了，另外三個我們正在跑上斜坡。那些複製品穿著我們的衣服，有著我們一樣的假臉。他們是三個生活在另一個現實中的人，就居住在伊爾迪希亞。有時我會思考這是怎麼樣發生的，但只會讓我覺得頭痛。梅根讓那些面孔覆蓋了我們……是否意味著這三個人做了和我們相同的事？他們是另外的三個我們，還是完全不同的三個人，只不過生活軌跡和我們非常相似？

此時我們三個——真正的我們——跳下牆頭，借助牆壁的掩護，手腳並用地朝一條巷子爬去。我們的那三個影子則跑到坡道的盡頭，跳了下去。牆壁讓教授和人群都無法看見我們，但我還是心驚膽戰。

一陣強風裹挾著灰塵吹過我們，擊打著我的臉。我嘗到刺激的鹹苦味。我還是不習慣這座城市的乾燥，喉嚨只因爲呼吸就感到刺痛。

我們平安無事進入巷子裡，而我們的影子消失在被摧毀的停車庫留下的深坑中。我抹去皮膚上的灰塵，蜜茲做了個鬼臉，伸出舌頭，「呸。」

梅根坐在牆邊的地上，看起來累壞了。我跪到她身邊，她抓住我的手臂，閉起眼睛，低聲說：「我沒事。」

她需要時間休息，所以我沒有著急開始下一步行動。我看到她在搓揉太陽穴，竭力想要抹去那裡的疼痛。我跪在靠近巷口的地方，警戒外面的狀況，以確保我們的安全。教授還在人群中走動，經過蜜茲剛剛躲藏的地方。他偶爾會讓某個人抬起頭，看著他的眼睛。

他一定有一份描述異能者的名單。我心想，或者就是這座城中其他反抗人員的名單。

他來這裡必有目的。我不相信教授是隨意選中伊爾迪希亞做爲他的統治王國，而且我越來越懷疑他做這些事的原因，是在他成爲王權繼承人之後，從王權遺物中找到的東西。

我引誘喬納森到這裡不是爲了殺死他，孩子，王權的聲音迴盪在我的腦海，我這樣做是因爲我需要一個繼承人。

伊爾迪希亞到底隱藏著什麼，讓教授如此關注？

在我身後，蜜茲正在向亞伯拉罕和柯迪報告情況。我一直注視著教授。他看上去和鋼鐵心有幾分相似。鋼鐵心比他更高、肌肉也更發達，但兩人那種專橫跋扈的站姿完全一樣。

在那片方形廣場上，一個嬰兒開始哭泣。

我屏住呼吸。我看見那個抱著孩子的女人，她距離教授並不遠，正慌亂地撫慰自己的孩子。

教授向她抬起手，臉上顯示出氣惱的神情。嬰兒的哭聲打破了他的沉思。他的嘴角帶著冷笑，朝哭聲響起的地方望過去。

不……

你對於這樣的事情會學得很快：不要打擾異能者、不要吸引他們的注意、不要惹惱他們。他們會因爲最簡單的原因而殺人。

求你……

我不敢呼吸。片刻之間，我到了另一個地方。另一個正在哭泣的孩子。一個安靜的房間。

我注視教授的臉。儘管隔著很遠一段距離，我還是相信，我在他的臉上看到了什麼。一種掙扎。

他轉身走開，丟下了那個女人和她的孩子，開始大聲向他的新異能者僕人吼叫。囚禁風暴的力場球跟隨在他身後，那一大群困惑不解的人全都被他丟下。

「我們要走了嗎？」梅根站起身問。

我點點頭，長長地、寬慰地舒了一口氣。

喬納森·斐德烈斯的心中，仍然有一些屬於人的東西。

# 第十七章

「我眞的看到了，梅根。」我一邊說，一邊拉開背包的拉鍊。「我告訴妳，熾焰就在人群裡。」

「我並不是懷疑你。」梅根靠在我們新祕密基地的粉色鹽牆上。

「其實，」我說，「我相信這是妳做的。」

「我只是說，我沒有把他拉過來。」

「那又會是誰幹的？」

她聳聳肩。

「妳能確定他不會自己溜過來？」我從背包中拿出幾件替換的衣服，跪到將成爲我唯一一件傢俱的櫃子旁邊，把衣服塞進去，又看著她。

「有時候，當我將一個影子從另一個世界中拉過來時，它的邊緣也會滲透進來。」梅根承認，「這樣的事情通常只會發生在我轉生的時候，那時我的力量也是最強的。」

「當妳承受壓力或感到疲憊的時候呢？」

「以前從沒有過。」梅根說，「但……嗯，有很多事情都是我還沒有嘗試過的。」

我抬起頭看著她，「爲什麼不試一試？」

「有原因。」

「什麼原因？妳有著驚人的力量，能夠挑戰現實，梅根！爲什麼不嘗試一下？」

「要知道，大衛，」她說，「你有時候眞的很笨。你瞭解許多種超能力，但你根本不知道身爲一名異能者是什麼樣子。」

「這是什麼意思？」

她嘆了口氣，坐到我身邊的地板上。這個房間沒有床——我們的新藏身之地完全無法和巴比拉的華麗寓所相比，不過我們已經儘量讓它更安全了。在過去幾天裡，我們把它建造出來，又把它僞裝成那種在伊爾迪希亞隨處可見、不正常生長的「腫瘤」鹽塊。

在這以前，我必須給梅根一些恢復的時間。我不想在熾焰的事情上一直逼她。她在過分使用自己的力量之後，經常要在隨後的幾天中儘量回避和超能力有關的事情，彷彿只要想到那些事就會讓她頭痛欲裂。

「大多數異能者和鋼鐵心或者王權不同，」梅根向我解釋，「有很多異能者都只是三流地痞——一些有能力危害他人的男人和女人，他們只喜歡作惡、散播黑暗，根本不在乎傷害的是誰。

「他們不喜歡我。嗯，基本上異能者不喜歡任何人。但他們尤其不喜歡我，我的能力讓他們感到害怕。其他的眞實？其他世界中的他們？他們無法確定我到底能做什麼、我的限度在哪裡，這讓他們異常忿恨。我的能力無法保護我，至少是不能主動保護我，所以……」

「所以？」我輕輕地來到她身邊，伸出手環抱住她。

「所以他們殺死我。」她聳聳肩，「但我沒有因此而完蛋，反倒對我的能力有了更細緻的瞭解。在鋼鐵心收留我之前，我完全沒有安全可言。是鋼鐵心看到了我的用處，而不是我的威脅。

「不管怎樣，就像我告訴過你的，我爸爸教過我和我妹妹如何用槍。我學得很好，成爲這方面的專家。我學會了用槍來掩飾自己無法傷害任何人的超能力，我隱瞞自己眞正的能力，成爲鋼鐵心的間諜，但我不會用自己的力量做實驗。我不想讓人們知道我都能做些什麼，甚至不想讓他知道我的能力範圍。生命已經教會我，如果別人對我瞭解太多，我將必死無疑。」

「然後再轉生。」我竭力讓自己的語氣更鼓舞人心一些。

「是的。或者回來的不是我，而是來自於另一個次元的我的複製品——和我很像，但並不相同。大衛……如果你眞正愛上的那個人已經死在了新芝加哥呢？我會不會只是一個冒充她的人？」

我將她拉進懷中，不知道該說些什麼。

「我一直在想，」她悄聲說，「下一次會不會就是那個時刻？我回來，卻又和原先完全不同的那個時刻？我的頭髮會不會變成另一種顏色？一開口會發出另一種聲音？或者突然開始厭惡這樣的食物，或其他什麼？那你是不是就會知道，你愛的那個人已經永遠地死去了？」

「妳，」我用指尖撐起她的下巴，看著她的眼睛，「是日出。」

她側頭，「……日出？」

「沒錯。」

「不是馬鈴薯了？」

「現在不是。」

「也不是河馬？」

「不，而且……等等，我什麼時候說妳是河馬了？」

「上個星期。你打瞌睡的時候。」

星火啊，我根本不記得有那麼一回事。「不，」我堅定地說，「妳就是日出。我有十年時間沒有見過太陽升起，但我一直都記得它的樣子。在我們失去家園前，那時我爸爸還有工作，他的一個朋友讓我們在黎明時分登上一棟摩天大樓的觀景台。那時的城市和湖泊眞是漂亮極了，我們一直看著朝陽初升。」

我露出微笑。那是一段美好的回憶，我和我的父親吃著貝果麵包，享受著早晨的清涼，他總是說著同一個笑話。昨天，兒子，我想要看看日出，但我可沒想到……

有些日子裡，他只能在早晨和我說上兩句話，但他從沒有錯過。為此，他要比工作所需再提前一個小時起床，而他的工作要做到半夜。這全都是為了我。

「所以，我才聽到了這麼一個輝煌的比喻？」梅根說，「我是充滿希望的晨曦。」

「聽著，妳要知道，」我說，「我看著太陽升起的時候，總是希望能捕捉到這個瞬間，但我從沒有做到過。照相也沒用——初升的太陽在照片上從來無法那麼壯觀。最後，我明白了，日出並不是一個瞬間。它是一件事。你不能捕捉到日出，因為它不斷在改變——在你眨眼的時候，太陽不停地移動，雲朵在周圍盤旋。它永遠都是新的。

「我們不是某一個瞬間，梅根。妳和我，我們是一件事。妳說妳也許不會再是一年以前的那個人？那麼，又有誰會是？我肯定不是了。我們在改變，就像盤旋的雲朵和升起的太陽。我們身上的細胞在死亡，新的細胞生長出來。我的意識在改變。我不會再像以前那樣，殺死異能者的時候感到全身戰慄。我不是那個大衛了。但我還是他。」

我看著梅根的眼睛，聳聳肩，「我很高興妳不再是那個梅根。我不希望妳總是一樣。我的梅根是日出，一直在改變，但永遠都美麗。」

梅根離開了我的手。「你……」她吸了一口氣，「噢，你不是應該很不擅長說這樣的話嗎？」

「嗯，妳知道人們怎麼說嗎？」我笑著對她說，「就算是一個跑得太快的鐘，每天也能走對兩次呢。」

「其實……你知道的，沒關係，謝謝你。」

她吻了我，唔……

一段時間之後，我搖搖晃晃地從我的房裡走出來，伸手抓了抓蓬亂的頭髮，想要找些東西喝。柯迪正在走廊的另一邊，用騎士鷹給我們的水晶生長設備，完成我們藏身之地的屋頂。那個設備看上去有些像是刮抹水泥或者泥灰用的泥鏟，把它在鹽上刮抹，晶體結構就會延伸出去，產生出一片新鹽；再利用那套設備中的手套，你就能在短時間內把新生的鹽體按照你的想法進行塑造，隨後它會變硬，形狀也隨之固定下來。

我們叫這套設備「赫爾曼」，其實是我取了這個名字，也沒人想出更好的。連續兩個晚上的時間，我們用它在一條巷子裡製造出一整幢房子。這幢房子的基礎是一大塊已經生長在這裡的鹽，位於城市的北部邊緣，是城市中仍然在生長的一部分，所以這樣半完工的建築看起來不會很奇怪。

這座將近完成的基地很高也很窄，有細窄的三層樓，有些地方我伸出手就能同時摸到兩邊的牆壁。我們讓它的外觀像是大塊的岩石，和周圍正在生長的城市大致相似。總而言之，我們認為需要一個足夠安全的藏身之地，由我們自己建造，而不是這裡已有的某座房子。

我走下陡峭的粉色晶體台階，來到廚房——或者至少是我們放了一個電熱盤和水壺的地方，這裡還有另外幾樣小設備，都由一輛吉普車能量電池提供動力。

「行李都放好了？」蜜茲一邊問我，一邊在咖啡壺旁邊逛來逛去。

我在台階底下停住腳步。「嗯……」其實，我還沒有把行李放好。

「忙著親嘴來著？」蜜茲問，「你們應該知道吧？既然沒有門，我們什麼聲音都能聽到。」

「嗯……」

「是——啦，我早就希望能有一個規定，禁止團隊成員嗯嗯啊啊，但教授從沒有訂過這條規矩。不過你想，他和蒂雅就是一串兒。」

「一串兒？」

「也許你不應該說這個詞。」她一邊說，一邊遞給我一杯咖啡，「亞伯拉罕要找你。」

我將咖啡放到一旁，替自己倒了一杯水。我永遠都不明白爲什麼人們會喝咖啡，這種東西的味道就像是土在泥巴裡煮，再加上一撮灰塵。

「妳還有我的舊手機嗎？」我問正準備上樓的蜜茲，「滅除打壞的那個？」

「有啊，但它破得實在是太厲害，只剩下一些零件了。」

「能把它裝好給我嗎？」

她點點頭。我下到一樓。這一層有兩個房間，我們的物資大部分都儲藏在這裡。亞伯拉罕正跪在一個房間裡，整個房間的光源只有他的手機——上面兩層樓有隱祕的天窗和窗戶，但陽光透射不到這麼深的地方。我們用鹽爲他在這裡建造一個工作平台，他正逐一檢查並清潔大家的武器。

我們大多都願意自己做這件事，不過……嗯，如果亞伯拉罕對你的槍表達認可，那會讓人更安心。而且我的哥特沙克爾並不是一把簡單的獵槍，它有電子壓縮彈匣、極先進的瞄準鏡，還有能夠與我的手機直接連通的電子系統。而我只能做一些最基本的保養。這其中的區別就像是把番茄醬擠在熱狗上和裝飾奶油蛋糕，後者最好還是讓專家來處理。

亞伯拉罕向我點點頭，然後朝他放在附近地上的背包一揮。那個背包裡的東西還沒有完全拿出來。「我回吉普車的時候替你拿了些東西。」

我好奇地走過去，在那個背包裡找了找，取出一顆骷髏頭來。

這顆骷髏頭完全是鋼製的，怪誕光滑的表面反射著手機的光亮。它沒有下巴。那場殺死這個人的爆炸將它的下巴炸飛了，這顆骷髏頭的主人曾經稱自己爲鋼鐵心。

我盯著這顆骷髏的一對黑眼窩。如果我那時知道異能者有可能得到解放，是否還會執意要殺死他？即使是現在，我手中的這顆骷髏頭還是會讓我想起我的父親——那樣充滿希望，那樣堅信異能者會成爲人類的救星，而不是世界的毀滅者。鋼鐵心，當他殺害我的父親時，也毀了我父親的希望。

「嗯，我把這個忘了。」亞伯拉罕說，「我是在最後一分鐘才把它塞進背包的，因爲還有點空間。」

我皺了皺眉，把骷髏頭放到頭頂上方的鹽架子上，又在背包中繼續搜索，找出一個沉重的金屬盒子。「星火啊，亞伯拉罕，你把這麼重的東西都帶來了？」

「我做了僞裝。」他一邊說，一邊將扳機環零件裝在我的步槍上，「我在背包底部放了抗重力墊。」

我哼了一聲，吃力地拿出盒子。我認得這東西。「一台顯像儀。」

「我覺得你也許會想要一台。」亞伯拉罕說，「來制定計畫，就像我們以前那樣。」教授經常會將團隊召集到一個房間裡，研討我們的計畫，他會用這樣的設備將各種設想和畫面投影到牆壁上。

我似乎沒那麼有組織性，不過還是打開了顯像儀，把它插在亞伯拉罕正在使用的能量電池上。光線從顯像儀中散射出來，照亮房間。它沒有調整好焦距，所以一些畫面顯得模糊變形。它顯示出教授的筆記。一行行潦草的文字彷彿是用粉筆寫在黑色背景上。我走到牆邊，用手指觸摸那些字跡。它們如同眞的字跡一樣被我的手塗抹得模糊了，我的手在牆上沒有映出影子。這台顯像儀和普通的投影機並不相同。

我細看這些筆記，但它們和我們現在的情況沒什麼關連，這些都是我們和鋼鐵心戰鬥時的筆記。其中只有一句話觸動了我：這是對的嗎？五個單獨的字孤立在角落裡。其餘的字句都擠在一起，字和字之間相互爭鬥，搶奪著有限的空間，就像是太多魚被放進一罐小水瓶裡。只有這句獨享著一片空白。

我回頭看著鋼鐵心的骷髏頭。顯像儀將它當作這個房間的一部分，把一些文字投射在它的表面上。

「計畫如何？」亞伯拉罕問，「我認爲你一定有些想法了吧？」

「想到了一些事，」我說，「不過都是些胡思亂想。」

「我希望不止是這樣。」亞伯拉罕說。他的唇邊浮現出一絲笑意，這時他正替哥特沙克爾裝上槍托。「我是否應該把大家叫到房間裡來討論一下？」

「當然，」我說，「把他們都叫來，但不要在房間裡。」

亞伯拉罕帶著疑問的神情看著我。

我跪下，關上顯像儀。「也許我們以後會用到它。現在，我想要出去走走。」

# 第十八章

蜜茲在安全室外面的街道上與我們會合，把我的破手機丟給我。爲了讓我們的藏身之地不被發現，我們要從一個密門溜出來，進入毗鄰一幢被荒棄的公寓裡。這裡沒有幫派，只有一些找不到幫派加入的獨行俠。我們希望這些人對於像我們這樣的陌生人不會太注意。

「安全警戒設好了嗎？」我問蜜茲。

「好啦。如果有人想要進入這個地方，我們立刻就會知道。」

「亞伯拉罕？」我又問。

亞伯拉罕晃了晃他的背包，那裡面裝了我們的資料包、額外的能量電池，還有騎士鷹給我們的兩部異能者裝備。就算是有人洗劫了我們的藏身之地，他們也只能搶走幾支備用槍。

「不到五分鐘，」柯迪說，「還不錯。」

亞伯拉罕聳聳肩，不過看上去很高興。這個藏身地的安全性比我們使用過的其他安全室低得多，這意味著我們或者要一直留兩個人在這裡守衛，或者要在行動時設定好一個常規性的撤出計畫。我更喜歡第二個主意。它能夠讓我們在城市中安排更多行動成員，而不必擔憂後方的狀況。不過，我們還是讓蜜茲在門口設置了一些感測器，如果門被打開，警報訊號就會發送到我們的手機上。

我把步槍甩上肩——亞伯拉罕將它打磨過，並在局部塗抹裝飾，讓它看起來不僅更加耗損嚴重，還像個次級品。這應該有助於我在人群中隱藏自己，如今我們每個人都有一張梅根給的新面孔。現在的時間剛過中午，街上的行人多得讓我有些驚訝。有些人在晾曬洗淨的衣服，另一些人在市場中進進出出，有大量行人都扛著裝有自己財物的袋子，他們從城市朽壞的那一側被趕出來，正在尋找新的居所。這樣的事情在伊爾迪希亞不斷地進行著，無論何時都有人在搬家。

我沒有看到孤身的人，在空地上玩球的孩子們會被不少於四名成年男女看管，那些前去市場的人也都是三三兩兩。人們聚集在通向房屋的台階上，不少人身邊都有步槍。但人們的臉上全都帶著笑容，無論何處都能聽到笑聲。

眞是一種怪異的和平。這種氣氛彷彿是在表明，只要每一個人都專注在自己的事情上，所有人都會相安無事。但我也看到許多這樣的團體按照種族嚴格地被區分，讓我感到不安，因爲我們的團隊完全就是一個種族雜燴。

「那麼，小子，」柯迪走到我身邊，雙手插在他的迷彩長褲口袋裡，「爲什麼我們又要到街上來？今天下午我本來想要打個盹的。」

「我不喜歡關在屋子裡的感覺，」我說，「我們到這裡來是爲了拯救這座城市。我不想坐在一個冷冰冰的小房間裡制定計畫，遠離人群。」

「冷冰冰的小房間是安全的。」梅根在我身後說，她正和亞伯拉罕走在一起。蜜茲在我的右邊，自顧自地哼著歌。

我聳聳肩。我們在這裡一樣可以交談，不必擔心被人偷聽。街上的人們都在專心做自己的事。其他人向他們靠近的時候，他們會自動讓出路來。越小的團隊反而越會受到尊敬——當一個人單獨走過時，所有人都會悄然退到街道另一邊。獨行的男人或者女人也許會是異能者。

「這，」我一邊走一邊說，「就是這個時代爲人們提供生活的社會。每一個團體都有他們的地盤，都暗示著暴力的威脅。這不是一座城市，這是一千個暴力集團，他們之間的戰爭一觸即發。這卻是這個世界能給我們最好的生存環境。我們要改變這個世界，徹底改變——就從教授開始。我們該怎樣拯救他？」

「讓他面對他的弱點，」蜜茲說，「想辦法。」

「我們必須先找到他的弱點。」梅根提醒大家。

「我有一個計畫。」我說。

「什麼？眞的？」梅根一邊問一邊走上來，到了和柯迪並肩的位置，「怎麼做？」

我拿出那支壞掉的手機，晃了晃。

「夥計們，」柯迪說，「看樣子，這小子終於崩潰，徹底瘋了。我確信無疑。」

我拿出自己正在用的手機，寫了一段訊息給騎士鷹：嗨，我這裡有一支螢幕破掉的手機。不過還有電池。你還能追蹤到它嗎？

騎士鷹沒有立刻回答。

「讓我們假設，我可以找到教授的弱點，」我說，「然後我們要怎樣做？」

「很難講。」亞伯拉罕回答。他一邊走，一邊小心地看著街上的每一個人，「計畫通常都要根據弱點的特徵來制定，也許我們要花幾個月才能確認出完美的行動方案。」

「我強烈懷疑我們有幾個月的時間。」我說。

「我同意，」亞伯拉罕說，「教授有他自己的謀略。他在這裡已經幾個星期了，我們不知道他爲什麼來這裡，但肯定不想靜觀其變。我們必須迅速阻止他。」

「而且，」我又說，「等待的時間越久，教授注意到我們的可能性也就越大。」

「我認爲你想得南轅北轍了，小子。」柯迪搖了搖頭，「不知道弱點，我們想不出任何對策。」

「但也許——」亞伯拉罕說。

我看著他。

「——我們的確有一張王牌。」他說著，向梅根點了點頭，「我們有一個能夠讓一切成眞的隊員。也許我們能開始設計一個陷阱，無論他害怕什麼，梅根都能把那東西製造出來。」

「這眞是一個飛躍性的論點。」蜜茲說，「如果他害怕……我不知道，如果是一個有感情的玉米捲呢？」

「那個我也許沒問題。」梅根說。

「噢，好吧。如果他畏懼的是害怕呢？或者畏懼被證明自己錯了？或者是其他一些抽象的東西？難道不是好多人都害怕這種東西嗎？」

蜜茲是對的。我們全都陷入了沉默。我們的左手邊出現了一間舊日的速食店，形成它的鹽呈現出一種美麗的藍色。隨著我們信步前行，這片地區更多建築都慢慢融入這種色調中。我並沒有率領團隊朝著某個既定的目標前進，原本我們打算在今天稍晚時做些蒐集情報的工作，這是審判者在建立基地後的標準流程。現在，我只想離開房間，在城市中走動。行走、交談、思考。

我的手機響了。

*抱歉，騎士鷹說，剛才正在接收一隻無尾熊。你說什麼另一支手機？*

你說過，你能追蹤手機，我發訊給他，那麼，我這裡有一支壞掉的手機。你能對它定位嗎？

把它放在某個地方，他回答，然後離開。你們的訊號太近，都擠到一起了。

我照他的話做，把手機放在一個舊垃圾桶裡，然後帶著其他人向遠處走了一段路。

是的，這支手機還能發出訊號，他告訴我，怎麼了？

過一會兒我再和你說，我回了訊息，就跑回去拿起那支破手機，又帶領團隊左轉，走進一條更寬闊的街道中。儘管我們所在的區域是這座城市剛剛生長出來的部分，但一些本來掛在我們頭頂上方的鹽塊招牌已經破碎或者被打落了。

「好了，」我深吸一口氣，「在我們查清楚教授的弱點之前，無法詳細討論如何戰鬥，但還是有一些事情可以先進行。比如，我們需要想清楚該如何讓他面對自己的恐懼，而不是轉身逃走。」

「就我來說，」梅根將雙手插在她的夾克上衣的口袋裡，「我必須進入一個燃燒的房子去救你，大衛。這意味著我必須足夠有理智，遠離超能力夠久，而且想要救你。」

「這點資訊實在不多，」蜜茲說，「我不是要打擊士氣，但夥——計，難道你不認為我們太過依賴於一個人身上發生的事了嗎？」

我沒有說話。除了梅根，我沒有對任何人說過，我的身上也發生過類似的事情。我曾經……被王權賦予異能者的力量。這和禍星有關。王權和禍星的關係，讓她能夠將我變成一名異能者。

但異能者的力量沒能存留在我身上。就在我遭受轉變的時刻之前，我落入深水，又必須掙脫出來，拯救梅根和團隊。這其中有著某種關連。面對你的恐懼，然後……怎樣？對梅根而言，這表示能夠控制自己的黑暗面；對我而言，這讓超能力根本無法在我的身上立足。

「我們應該獲取更多情報，」我承認，「柯迪，我還想和艾蒙德談談。」

「你認爲他也經歷過同樣的事？」

「值得一問。」

「我們已經讓他藏在新芝加哥以外的一個安全室中。」柯迪說，「一個我們在你和教授離開之後建立的藏身地點。我會讓你和他取得聯絡。」

我點點頭，一行人繼續一言不發地向前走。就算沒有其他收穫，這次會議也幫助我確立了在伊爾迪希亞的目標。第一步，找到教授的弱點；第二步，利用他的弱點讓他失去超能力足夠長的時間，直到他恢復理智；第三步，設計一種方式，讓他不得不面對並克服自己的弱點。

我們又轉過一個街角，停住了腳步。我打算帶領大家轉個彎向城市外部前進，但面前的這條路被封住了。每個星期要搬運這些做爲路障的鐵鍊和長桿一定需要不少體力，從前方建築物上聚集的人群判斷——這些人的手中都拿著外觀粗陋的步槍——這個團體有足夠的人力。

既然我們在這座城市中是另外一個團體，不需要多說什麼，我們立即轉頭朝另一個方向走去。「是異能者的巢穴？」柯迪猜測著，「屬於某個已經臣服於教授的異能者？還是一個普通的幫派？」

「也許是漏洞的地盤，」亞伯拉罕若有所思地說，「她一直都是這座城市中最強大的異能者之一。」

「操控體積的能力，對嗎？」我問。

亞伯拉罕點點頭。「不知道她在教授和竊賊的衝突裡，扮演什麼樣的角色。」

「我們應該調查一下。」我對他說，不過又讓我想起了另一個問題，「我們也許應該制定一個對付竊賊的計畫。我不想把精力全部集中在教授身上，卻忘記了發生在伊爾迪希亞的戰爭。」

「嗯哼，」蜜茲說，「如果現在能有個知道異能者變態多事情的人，而且永遠都會把他知道的一切全告訴我們該有多好啊，最好是一直都有這樣一個人。」

「嗯，這就是我的一串兒。」

「我是怎麼跟你說這個詞的，大衛？」

我微微一笑。「竊賊，根據各種報告，他在禍星升起的時候還是一名少年——甚至可能是一個孩子。身爲最年輕的高等異能者之一，現在他也許剛剛二十歲出頭。他的個子很高，有著黑褐色的頭髮和淺色皮膚。回去以後，我會發送照片到你們的手機上，我的筆記裡有幾張關於他很不錯的照片。

「他偷竊超能力，並保存它們。只要他碰到某個人，就能取走他們的能力。他會特別危險的原因之一就是沒人確定他擁有哪些能力，有些能力他可能從沒有使用過。他的基礎無敵能力包括危險感知、鋼鐵皮膚、再生，現在他又擁有了將自身的意志和力量注入到複製品中的能力。」

柯迪吹了一聲又長又輕的口哨，「這……眞是不短的名單。」

「他還能飛行、將物體變化成鹽、操縱冷熱、隨意讓物體出現、碰觸就讓人進入睡眠。」

我又說，「但他最大的特點是不可思議的懶惰。他可能是還活著的異能者中最危險的——但他似乎完全不在意。他只是待在這裡，統治伊爾迪希亞，除非迫不得已，否則根本不理會其他事。」

「他的弱點呢？」梅根問。

「不知道。」我們這時已經走到了城市邊緣，「我對他的所知僅限於已經廣泛流傳的一些情報，但這些情報都不夠詳細。他很懶散，這一點我們可能可以加以利用。情報還表明他並不熱衷於偷竊新的能力，他發現讓侍奉他的異能者保有他們的能力，會讓他的生活更輕鬆，因爲困難的工作都可以交給別人去做。據說他已經有幾年時間不曾奪取過能力了，所以當我發現他吸收了死降的能力時才很驚訝。」

亞伯拉罕哼了一聲，「和這一點相比，我還是更想知道他的弱點。」

「同意，」我說，「我們應該進行一些情報蒐集工作。可能的話，就從今天開始。我希望能儘量避開竊賊，不與他作戰，但我還是會制定一個相應的計畫。」

我們繼續往前行，走過還在生長的建築物樁基。它們看上去有些像是牙齒，巨大笨重的牙齒。再向外走，我們看到了正在農田中勞作的人們；異能者在這座城市中的廝殺不會改變工人們的日常生活：收穫莊稼，將它們上繳給統治這裡的人，以此來避免餓肚子。

我停下腳步，開始查看手機。其他人都用困惑的目光看著我。

*你確定就是在今天？*我發訊息問。

*交付的時間？騎士鷹說，這是手機們說的，我想不出它們爲什麼要說謊。*

*沒錯，*一隊卡車很快就行駛了過來，車上裝滿了從UTC的貿易網路中訂購的貨物。我不確定術語本人是否也在這支車隊裡，我很想親眼看看她的能力，但無論怎樣不甘願，也許我還

是不應該去偷看那支車隊。這時我看到了幾天前那個和剛剛進入這座城市的我們打過交道的監督。

「好了，」我對團隊說，「我認為這是一個獲取情報的好地方。我們需要關於竊賊的情資，這樣才能推測他的弱點。去努力完成這個任務吧。」

「要我編造一些嗎？」柯迪揉搓著下巴問。

「你承認了！」蜜茲指著他說。

「我當然會承認，小妞。我有七個博士學位。把這麼多時間花在學習上會讓一個人很有自知之明。」說到這裡，他停頓了一下，「當然，全部七個學位都是蘇格蘭文學和文化，只不過我是在不同的大學取得的。知道嗎？一個人應該對他的學問無比精通。」

我搖搖頭，向那名監督走去。我們現在換成了不同的面孔，但那個人似乎根本不在意。他像上次一樣迅速為我們安排了工作——搬運UTC車隊運來的木板箱。我們分散在工作的人群中，細聽他們的閒聊。我讓自己得到了從一輛卡車上卸貨的任務。

「這眞是個蒐集情報的好地方，」亞伯拉罕上車來搬箱子時輕聲對我說，「但我還是覺得，你有一個祕密目的，大衛。你到底想做什麼？」

我微笑著將破手機從口袋裡拿出來，用一塊黑布把它裹住，然後我選了一個箱子，把這支小手機塞進靠近箱子角落的木板縫隙中。就像我希望的那樣，手機藏在那裡完全看不見。

我把那只箱子遞給亞伯拉罕，朝他眨眨眼，「把這個和其他箱子放在一起。」

亞伯拉罕朝我一揚眉，又向箱子裡看了一眼，立刻露出笑容，照我的話去做。

下午其餘的時間都是在工作中度過，我們搬運貨物、與其他工人交談。因為心裡一直想著我的計畫，所以我沒有問到太多訊息，但我看到亞伯拉罕和柯迪與工人們進行了不少輕鬆的閒聊，蜜茲似乎對這件事最擅長。

如果艾克賽爾在就好了。那個人魁梧得就像一艘船，變態得就像……唔……像一艘快沉沒的船，但他很善於和人們打交道，也很善於蒐集情報。

想到他，我心中不由得一陣難過。我曾經說服自己，教授不應該爲此承擔責任。但星火啊……我眞的很喜歡艾克賽爾。

我強迫自己與另一名工人說話。這是一個上了年紀的男人，他的口音讓我想起了我的祖母。我們一起向庫房走去的時候——這次的庫房和上次不同——他似乎對這座城市很熟悉。對於竊賊，他所知不多，只是抱怨說那名異能者對這座城市統治的手腕不夠強硬。

「在原先的國家裡，」這個人解釋說，「像竊賊這樣的人根本做不久，他讓城裡的那些異能者想幹什麼就幹什麼，就像是一個老祖父，完全不約束自己的孫子們。一位更強硬的統治者，那才是這裡所需要的。員警、法規、宵禁令，人們會抱怨這些手段，但正是因爲這些手段，我們才能得到秩序，這樣才是社會。」

我們從柯迪身邊走過，他正和另一名工人分享一支雪茄。柯迪看上去只是在無聊地打發時間，但如果仔細一聽，你就會發現他正小心地打探異能者們在這個城市佔據的勢力區域。如果你想知道誰在什麼地方，柯迪就是你應該去問的人。

又和幾名工人說過話之後，我發現自己有點享受這種交流，並且意識到待在這裡比在巴比拉來得輕鬆。雖然巴比拉人更加友好，那裡的生活也沒有那麼沉重壓抑，而我不喜歡伊爾迪希亞當前的狀態，不喜歡這裡的人們發自內心的恐慌、人群的割裂和生活的殘酷——但我習慣於這樣的生活。

最後，我們接受了糧食配給，返回藏身之地，並在一路上分享大家取得的情報。沒有人查到竊賊的弱點，不過我們也不期待普通人會知道這樣的事。現在的問題是，似乎根本沒有人見過竊賊。他一直都離群索居，關於他的傳聞也少得令人吃驚——其中大多數都是關於被他竊取力量的異能者，他們都變成了普通人。

我聽著隊員們的講述，越來越失望。等我們到家的時候，已是黃昏了。蜜茲用她的手機檢查了門上的保安感測器，然後我們逐次走進了像鉛筆盒一樣的藏身之地，各自散開。柯迪向亞伯拉罕要了拉提蚩，他想嘗試使用一下那套裝備。我還沒能完全掌握它，也許柯迪的運氣會比我好些。梅根回到了自己的房間，亞伯拉罕繼續去整修武器，蜜茲去做了一個三明治。

我背靠牆壁坐到一樓主屋的地面上。這裡唯一的光源就是我的手機，最後它也黯淡下來。我總是責備教授做事太慢，太過小心。但在伊爾迪希亞，我主持的計畫會議所得到的全部成果只有「是的，我們的確需要阻止教授，並找到竊賊的弱點。大家有什麼主意嗎？沒有？噢，好的，幹得好。」

回頭來看，和鋼鐵心打交道似乎更容易，我也為此準備了十年。這個計畫的細節真該讓教授和蒂雅來制定。

那麼我在這裡又要幹些什麼？

一道影子落在台階上，梅根來了。從上面廚房裡滲進來的光線照亮了她。「嗨，」她說，「大衛？為什麼坐在陰影裡？」

「只是在思考。」我說。

她走下來，坐到我身旁的地上，按亮了她的手機，放到我們面前照明。「我們打包了大約四十支槍帶進這座城市，」她喃喃地說，「卻沒有一個人想到要帶個星火的坐墊進來。」

「妳很驚訝？」我問

「一點也不。今天幹得很好。」

「幹得很好？」我說，「我們什麼收穫都沒有。」

「之前的會議更是沒有做出過任何決定，大衛。你爲大家指明正確的方向，讓他們都開始思考，這很重要。」

我聳聳肩。

「那個藏起來的手機也是一個很好的進展。」她又說。

「妳看見了？」

「在我檢查那個箱子之前，還是一頭霧水。你認爲這樣會有用？」

「值得一試，」我說，「我是說，如果……」掛在牆壁上的一個指示器閃動起微弱的光亮，我閉上了嘴。

有人走進了我們旁邊那幢公寓的門廳，而我們的假門正通向那個門廳，那是我們的安全威脅之一。柯迪用他從木箱貨堆拿到的一些舊木板遮住了那裡，木板外面是黑布襯底和很薄的一層鹽。從外面看來，它和那面牆壁的其餘部分沒什麼兩樣。他警告我們，如果有人進入公寓門廳，就有可能聽到從假門後面發出的聲音，所以只要一樓的指示器亮起來，就是在命令這一層的所有人保持安靜，因爲有人就在門外。

梅根用手臂抱住我，打了個哈欠。我們等著外面的人走過去。之後我們得在外面放一個壓力墊或者攝影機之類的東西，好知道外面的人什麼時候離開。

我們的手機閃動起來。密門外發出了敲打聲。

我眨眨眼，急忙爬起身。梅根的速度比我還快了一些。一秒鐘之後，我們兩個全都掏出手槍，舉平指向門口。亞伯拉罕在附近的房間裡發出咒罵聲，片刻之後，他衝了過來，手中已經舉起了M134迷你砲機槍。

假門搖晃幾下，滑落到一旁。「唔。」一個聲音從外面傳來。我想像教授衝進房間，他一定是早就在追蹤我們。突然間，我們的一切準備都顯得那麼粗糙和沒有意義。

我帶領團隊走向了毀滅。

門被徹底打開，從門外射進來的光線映出一個黑影。那不是教授，而是一個更年輕的人，身材高瘦，有著白皙的皮膚和黑色短髮。他看了我們一眼，儘管面對三個全副武裝的人，他卻顯得漫不經心。

「這扇門一點用處也沒有，」這個人說，「太容易看穿了。我還以為你們這幫人很有能力！」

「你是誰？」亞伯拉罕一邊問，一邊看了我一眼，等著我下達開火的命令。

我沒有說話。我認識這個人。我的文件夾裡有幾張他的照片。

竊賊，亞特蘭大的皇帝，親自來拜訪我們了。

# 第十九章

「噢，把那些東西放下，」竊賊走進我們的安全室，把門板又放回去，「子彈傷不到我，你們只會吸引別人的注意。」

很不幸，他是對的。這個人有多種能讓自己免受任何傷害的辦法，我們的槍在他面前和軟麵條差不多。

但我們都沒有放下武器。

「到底怎麼回事？」我問，「你爲什麼會來這裡？」

「難道你們沒有注意到嗎？」竊賊的聲音帶著一股出乎我意料的鼻音，「你們的朋友想要殺我。爲了找我，他把整座城市都撕開了！我的手下沒有半點用處，我的異能者都太懦弱了，他們會在一眨眼的工夫站到我的敵手那邊去。」

他向前走過來——把我們三個嚇了一跳——同時他還在說話：「我認爲，如果有人能躲過他，那就一定是你們了。這個地方看上去眞是不舒服得可怕，一個墊子都沒有，還有一股溼襪子的味道。」他明顯地抖了一下，然後探頭朝亞伯拉罕的工作間看了看。

我們聚集在房間內部的通道口。他轉回身來，向後一坐。一把大軟墊椅憑空出現，接住了他，讓他慵懶地躺在椅子裡說：「給我拿些喝的來。不要發出太大的聲音，我很累了。你們根本不知道像老鼠一樣被捕殺有多麼折磨人的神經。」

我們三個放下武器，對面前這個細瘦的異能者感到大惑不解。他躺在舒適的新椅子裡，閉著眼睛，開始低聲咕噥起來。

「呃……」我終於鼓起了勇氣，「如果我們不服從你呢？」

亞伯拉罕和梅根看著我，彷彿我發瘋了。但我有必要問清楚這件事。

竊賊猛地睜開眼睛，「嗯？」

「你會怎麼做，」我說，「如果我們不服從你？」

「你們必須服從我，我是異能者。」

「你也知道，」我緩緩地說，「我們是審判者。」

「是的。」

「那麼……我們一直都不服從異能者。我是說，如果我們聽了異能者的話，那我們肯定無法完成任務。」

「哦？」竊賊說，「難道你的整個職業人生，不都是嚴格按照一名異能者的話去做事的嗎？」

星火啊，難道所有人都知道了？不過我相信，既然教授已經來到這座城市，那審判者的祕密也就不難被猜到了。只不過還是讓人有些難以接受。我張嘴想要繼續反駁，但梅根拉著我的手臂把我拖出了那個房間。亞伯拉罕和我們一起退了出來，手中還笨拙地舉著他的槍。柯迪和蜜茲已經在下樓的台階上，滿臉關切。

我們聚集在二樓的廚房裡，圍坐在一張鹽塊窄桌周圍，開始悄聲商議。

「真的是他？」蜜茲問，「也就是說，真是那個大玩家？這個城市的國王？那個大名鼎鼎的傢伙？」

「他憑空變出一把椅子，」我說，「這是一種非常罕見的能力。那就是他。」

「星——火——啊——」蜜茲說，「你們想不想溜出去，炸掉這個地方？我已經準備好炸藥了。」

「傷不了他，」梅根說，「除非我們能找到他的弱點。」

「除此之外，這個人也許只是他的誘餌，」我說，「儘管我不確定這種可能性有多大，但竊賊的眞身也許還在別的地方，基本上處於某種失去知覺的恍惚狀態，能呼吸、心臟在跳動，但並不是眞正清醒。」

「看樣子是一場危險的賭博，」梅根說，「如果他這樣做，那就是在走鋼索。他眞的會把他的眞身丟下，讓自己失去保護？」

「誰知道。」我說。

「不管怎樣，我都非常懷疑，」亞伯拉罕說，「爲什麼他要來這裡？他說是來避難，但這只是表面的藉口，對不對？他是一名最強大的異能者，不需要……」

樓梯上傳來腳步聲，我們全都轉過頭，看見竊賊上到了二樓。「我的飲料在哪裡？」他問，「你們眞的連一個簡單的命令都記不住？我已經看出來，我實在是太高估你們有限的能力了。」

我的隊員們緊張地舉起武器，瞬間便組成了統一陣線，共同對抗這個怪物。一名高等異能者，肆無忌憚地在我們的基地中遊蕩。我們只是窗戶上的灰塵，他則是一個巨人，手中拿著噴霧清潔劑。

還是強效的，檸檬香型。

我小心地從座位上站起來。這裡的其他人身爲審判者的時間都比我長得多，他們接受過教授的系統訓練，懂得要謹慎、低調。他們現在想的是如何衝出去——先分散竊賊的注意力，然後逃走，另外建立一個基地。

但我看到了機會。「你想與我們合作。」我對竊賊說，「因爲我們有共同的敵人。我願意聽聽你能提供些什麼。」

竊賊哼了一聲。「我只是不想被殺掉。這一整座城市都在對抗我。一整座城市。我，保護他們的人，給他們食物和庇護，讓他們能夠生存在這個悲慘的世界上！人類眞是不知感恩的怪物。」

他的這句話讓梅根身子一僵。不，梅根不喜歡將人類和異能者區分成不同的種群。

「竊賊，」我說，「我的團隊不會成爲你的僕人。我可以讓你留在我們這裡，但有一定的條件——而且我們是施恩於你。」

我能夠聽到其他人喉嚨中窒息的聲音。向一名高等異能者提要求通常只會讓自己被炸成碎片，但竊賊至今爲止都沒有對我們造成任何傷害。有時候，這是唯一的選擇。或者變成玩火的人，讓火把一切燒光。

「我明白了，他讓你們變得傲慢，」竊賊說，「給了你們太多自由，讓你們和他平起平坐。如果你們眞的把他打敗了，那這也是他自己的錯。」

我一動不動地站著。終於，竊賊的膝蓋彎曲下來，一張凳子——帶著奢華蓬鬆的軟墊——出現在他的屁股下面，他坐了下去。「我能把你們都殺光。」

「你可以試試，老兄。」梅根喃喃地說。

我向前邁出一步，竊賊用銳利的眼神瞥了我一眼，然後瑟縮了一下。我從沒有見到他這種地位的異能者有過這樣的表現。他們就算是落進了陷阱，也會趾高氣昂地盯著我們，自信一定能安然無恙。唯一能讓他們感到不安的，似乎只有他們的弱點出現在他們面前的那個時刻。

我俯下身，盯住竊賊的眼睛。他看上去就像是個被嚇壞的孩子，其實他比我還要大上幾歲。他將雙臂抱在胸前，把頭轉向一邊。「我想，我沒有選擇了，否則他就會毀掉我。你們有什麼條件？」

我眨眨眼。說實話……我根本沒想到會這樣。我向其他人看了一眼，他們都聳了聳肩。

「呃，不能殺死我們之中的任何人？」蜜茲說。

「那個穿著一身蠢衣服的傢伙呢？」竊賊指著柯迪問。柯迪穿著他的迷彩服和舊運動T恤。

「即使是他也不行。」我說。蜜茲的條件是對的，異能者對於人際交往的概念……非常怪異，「第一條規矩就是，你不能傷害我們和其他被我們帶到這裡的任何人。你留在基地裡，不能用你的力量讓我們的生活變得困難。」

「好，」竊賊乾脆地回答，同時將身體抱得更緊，「但等你們完事之後，我得回我的城市，對不對？」

「我們以後再討論這個問題。」我說，「現在，我想要知道你是怎樣找到我們的？如果教授能夠做你做的事，那麼我們就要立刻撤離此地。」

「呸，你們沒事。我能嗅到異能者，他不能。」

「嗅到異能者？」我問。

「當然。就像是被煮好的食物，不是嗎？這讓我能夠找到異能者來……你知道的……」偷走他們的超能力。

所以他還是一名占卜者。我和梅根交換了一個眼神，她看起來很困擾。我們從沒有想過有人會依靠追蹤她的力量找到我們。幸運的是，占卜是一種非常罕見的能力，它竟然是竊賊的原始能力之一，怪不得他會如此厲害。

「占卜者，」我轉回頭看著他，「這座城市裡還有別的占卜者嗎？」

「沒有了，但那個曾經率領你們的怪物，有一種圓碟形的設備能做到這一點。」

那我們就是安全的。那些圓碟子就像我們在新芝加哥使用的一樣，只有直接碰觸才能起作用，而且梅根能夠用她的幻象愚弄那種設備。教授不可能憑那種東西找出我們。

「好了，」竊賊說，「看吧，我很合作。現在可以給我弄些喝的了嗎？」

「難道你不能直接讓飲料出現？」亞伯拉罕問。

「不能。」竊賊斷然地說，沒有給出更多解釋。不過我明白其中的原因。他只能產生出有限的物品，當他無法將精神集中在它們上面的時候，它們就會消失。他創造出的食物和飲料無法帶來緩解饑渴，因為它們最終都會不見。

「很好，」我說，「你可以留下來——但就像我們說的，不能傷害我們，也包括不能奪取這裡任何人的力量。」

「我已經承諾過了，白癡。」

我向柯迪點點頭，然後朝竊賊一指。

柯迪彈了一下帽緣表示贊同。「那麼，你想喝什麼？」他對竊賊說，「我們有溫水和熱水，嘗起來都是一股鹹味。不過從好的一面來講，我已經用老亞伯拉罕把它們都測試過了，有理由相信，它們不會讓你拉肚子。」

他會替竊賊拿杯水來，陪著竊賊，看看能夠從這個人身上發現些什麼。我趁柯迪纏住這名異能者的時候，示意另外三個人跟我一起下去。到了一樓，梅根抓住我的手臂悄聲說：「我不喜歡這樣。」

「我贊同梅根，」亞伯拉罕說，「高等異能者怪異又不值得信任，根本無法與人相處。」

「他身上有一些奇怪的地方，」我說著搖搖頭，又回頭朝樓梯上望了一眼。聽到柯迪的聲音傳出來，他正在向竊賊講述他的祖母在蘇格蘭的故事。聽起來，他的祖母是游泳去了丹麥？

「我已經感覺到了黑暗，大衛。」梅根說，「把他留在這裡就像是收藏了一顆炸彈，而你只是聽到它還在發出滴答滴答的聲音，就以爲它不會爆炸。」

「比喻得很好。」我心不在焉地說。

「謝謝。」

「但並不準確，」我說，「他並沒有依從普遍的模式，梅根。他很害怕，連最簡單的傲慢都做不到。我不認爲他是危險的。至少現在對我們沒有危險。」

「你願意用我們的生命打賭，來證明你的感覺是正確的嗎，大衛？」蜜茲問。

「我把你們帶到這裡來，就已經是在用你們的生命做賭注了。」這樣說讓我很不舒服，但卻是真的，「我以前就說過，在這場對抗異能者的戰爭裡，唯一贏得勝利的辦法就是利用其他異能者。當一名最強大的異能者看起來願意與我們合作的時候，我們眞的要拒絕他嗎？」

其他人陷入了沉默。在一片寂靜之中，我的手機嗡嗡地響了起來。我朝它瞥了一眼，猜測是柯迪想讓我知道他的歷史中又增添了一些內容。但發訊息來的人是騎士鷹。

你的箱子在移動，他寫著。

什麼，已經開始了？我急忙回覆。

是的。已經到了倉庫外面，正前往另外某個地方。那裡出了什麼事？是誰要那個箱子？

「我需要追蹤這條線索，」我抬起頭對大家說，「梅根，留在這裡。如果竊賊真的出了狀況，妳最有可能帶大家離開。小心不要碰到他，以免萬一。只要他不接觸到妳，並牢牢抓住妳三十秒，他就不可能奪取妳的力量——至少我得到的情報裡是這樣說的。我們必須小心，不要讓他和妳有任何直接接觸。」

「好，」梅根說，「這樣的事情不會發生，只要我看到他有一絲陷入黑暗的痕跡，我就會帶其他人一起逃出去。」

「就這樣，」我說，「亞伯拉罕，我需要你協助我完成這個任務。但這一次我們不會有梅根的偽裝了，所以可能會相當危險。」

「比留在這裡更危險嗎？」他抬起頭向樓上看了一眼。

「說實話，我不知道。這要看我們的目標的情緒有多糟。」

# 第二十章

從藏身之地溜出來以後，我讓亞伯拉罕看了我的手機。手機上顯示出一張伊爾迪希亞的地圖，騎士鷹發來的一個紅點標明了目標的位置。

「看它移動的速度，我們要用幾個小時才能追上。」亞伯拉罕嘟囔著說。

「那我們最好現在就出發，」我一邊說，一邊將手機收進口袋裡。

「大衛，我很喜歡你，也願意接受你的指揮，」亞伯拉罕說，「但今天你的計畫已經讓我精疲力竭了，現在你又想走過整座城市。Ç'a pas d'allure（這太瘋狂了）！我禁不住會想，你是不是覺得我變胖了該瘦身？你先等等。」他將他的大口袋塞進我的手裡——裡面裝著他的槍，它比我想像的更沉重。我還在努力站穩身子的時候，他已經大步穿過街道，向一個小遮雨棚下的商販走去。

你要告訴我這是怎麼回事嗎？騎士鷹在我等待的時候發來訊息。

你是一個聰明的人，我回覆他，猜猜看。

我是個懶人，痛恨猜謎。儘管這樣回答了我，他在片刻之後還是又發來一條訊息。和那些洞穴有關？可能是……你認爲竊賊也許就藏在那些洞穴裡，你想要追蹤到他？

這是一個聰明的猜想。洞穴？我問，什麼洞穴？

你知道的。聖約瑟夫？

那個宗教人物？

那座城市，白癡。騎士鷹說，那個來自於那座城市的人，你眞的不知道？

知道什麼？

噢。在談論異能者的時候，我已經開始認爲你是某種無所不知的超級呆瓜了。關於異能者的事情，我眞的知道一些你不知道的？我能感覺到滿滿的自大從手機螢幕上溢出來。

有一個聖約瑟夫城的異能者，我寫著，這就是你認爲我應該知道的？

雅各．範。

一無所知。

稍等一下，讓我享受享受這個時刻。

我抬頭向亞伯拉罕那裡看了一眼，很想開始行動，但那個加拿大人還在討價還價。

你叫他掘場。

我愣了一下，心中生出一陣令人戰慄的熟悉感。

創造出挖掘工的人，我寫下，還是在新芝加哥的時候。

是的，騎士鷹回答，在他爲了鋼鐵心把人們逼瘋之前，他來自於一個困頓的城市。那個州的那半邊都被瘋狂的隧道和洞穴包圍住，那些都是他的作品。如果你不知道這個，那麼你今天利用那支手機的小計謀，是不可能在那裡找到竊賊的。

掘場。新芝加哥地下那些怪異的迷宮也是他的作品。想到這裡的地面之下也會有類似的隧道，這種感覺非常奇怪。

不，我今天要做的不是找到竊賊，我告訴騎士鷹，我們不需要找到他。他已經來到我們門前了。

什麼？

抱歉，亞伯拉罕帶著我們的腳踏車回來了，稍後再和你說。

就讓騎士鷹去回味這個訊息吧，我把手機收回到口袋裡。亞伯拉罕回來了，還帶著兩輛生鏽的腳踏車，我懷疑地看著它們。「它們看上去比六十歲的老頭還老。」

亞伯拉罕一歪頭。

「怎麼了？」我問他。

「有時候，你的話還是會讓我感到驚訝。」他一邊說，一邊背起他的背包，「我買下這兩輛舊腳踏車是爲了不引起別人的懷疑，它們應該能帶我們到我們想去的地方。你……會騎腳踏車吧？」

「當然，」我說著騎上了一輛吱嘎作響的老車子，「至少我曾經會騎。我已經有好多年沒騎了，但騎這種東西和騎眞正的腳踏車沒什麼區別，對不對？」

「從技術上來說，是的。」

他帶著懷疑的神情看著我。我當然不會理睬他的無端猜疑。我騎到車上的時候猶豫了一下，並不是因爲我不會騎車，我很快就讓它動起來，動作也變得熟練。

腳踏車讓我想起了我的父親。

我查看了一下我的手機地圖——並迅速向騎士鷹發出解釋，以免他會因爲竊賊而發瘋——我們出發，加入街上的腳踏車行列中。在新芝加哥不會經常見到這樣的情景。新芝加哥的地面街道上，富人們會耀武揚威地駕駛著他們的汽車，而在地下街，路面往往太過曲折崎嶇，無法順利地騎乘腳踏車。

腳踏車非常適合伊爾迪希亞。在這裡，街道兩旁排列著鹽堆成的汽車，路面則相當寬闊，許多鹽車被挪到了路邊——它們不會像新芝加哥的鋼鐵那樣與路面融爲一體——寬敞的大路被清理出來。騎腳踏車在這裡很容易通行，即使偶爾要繞過交通阻塞也不是難事。沒有人會清理阻塞，它們每個星期都會重新生長出來。

最初一段時間，我很享受我們的騎行，但我禁不住回憶起從前的日子。我的父親教我騎車的時候，我已經七歲了，對學習騎車而言有些晚。我所有朋友們都已經學會了這項技能，並開始用這個開我玩笑。有時候，我眞希望自己能回到過去，搧自己一個耳光。我那時實在是太膽小，什麼事都不敢做。

在我七歲的時候，父親認爲我準備好了。儘管我一直哭哭啼啼地躲著腳踏車，他卻一直都沒有放棄過。也許教我騎車能夠讓他暫時忘記那些收房通知和一間過於空曠、只剩下兩名住客的公寓。

我彷彿又和他在一起，就在我們房子前面的街道上。那時的生活並不好過，我們處於危機之中，但我擁有他。我記得我騎在車上，他走在我身旁，手按在我的背上，然後他跑起來，放開我，讓我能夠第一次自己駕車。

我記得那種感覺，突然間，我就能騎車了。一種爆發的情緒吞沒了我，那幾乎和騎車沒有任何關係。我回過頭看到父親疲憊的笑容——幾個月以來，我第一次相信，一切都會好起來。

那一天，我找回了一些東西。媽媽的死讓我失去了那麼多，但我還擁有他。我知道我無所不能，只要我還有他。

亞伯拉罕忽然在街道轉角停下來，讓道給兩輛裝滿了收穫穀物的馬車。這兩輛大車旁邊還有手持步槍、騎在馬背上的衛兵。我停在他旁邊，低下頭。

「大衛？」亞伯拉罕問，「大衛，你在……哭嗎？」

「我沒事。」我有些惱怒地說著，看一下手機，「我們在這裡左轉。那只箱子已經不動了，我們很快就能追上它。」

亞伯拉罕沒有再追問，我繼續騎車前行。我一直都沒有意識到，那種痛苦依然如此靠近我心靈的水面，就像是一條總想要見到太陽的魚。也許最好還是不要去留戀那些回憶了。我開始努力享受運動的暢快和迎面而來的微風，騎腳踏車的感覺果然比走路要好得多。

我們又以很快的速度轉過一個街角，然後不得不再次放慢速度——前方有不少自行車都停了下來。我們停在它們後面，我的皮膚感到一陣刺麻，頭髮都豎了起來。和其他地方不同，這裡的人行道上空無一人，沒有人搬運他們的家當前往新家，也沒有人從破掉的窗戶中探出頭來。

路面上很安靜，除了偶爾會響起腳踏車空轉的噠噠聲，我只能聽到遠處街道上有個人在說話。

「等一下，只需要一分鐘。」說話的人有很重的英國口音，還有一種我不認識的腔調。我看到一個剃著光頭的男人穿了一件帶鉚釘的黑皮衣，一顆小光球懸浮在他的身側，不斷在紅綠之間改變著顏色。人們有時稱此爲「標籤」。一些能夠讓自己的超能力變成具體形象的異能者，會隨時向周圍的人炫耀他們的力量——用身周的一圈光暈，或者是幾片旋轉的葉子。就像是在說，是的，我就是他們之中的一員。所以別來惹我。

「大衛。」亞伯拉罕輕聲說。

「霓虹燈，」我悄聲說，「低等異能者，有操縱光的力量，無法隱形，但他能夠用影子進行遮蔽，也能用鐳射射穿你的腦袋。」弱點……我的筆記裡有關於他的弱點嗎？

他還在和前面的人說話。另一個穿長夾克衫的人走了過來，他的手中拿著一樣東西，看上去像是一面有螢幕的碟子。那是竊賊提到過的占卜儀。它和我在新芝加哥見到過的占卜儀完全一樣。

霓虹燈的隊伍開始檢查路上的每個人，然後揮手示意他們離開。教授在搜獵竊賊，我想，他沒辦法用這種裝置找到我們。他知道梅根能夠矇騙占卜儀。

霓虹燈的團隊示意我們過去。

「巨大的噪音，」我終於想起來，便悄聲說，「如果出了狀況，就大聲尖叫。這樣會壓制他的能力。」

亞伯拉罕點點頭，和我一起推著車走過去，現在他看起來更有信心了。教授有可能向他的部下描述過我們的樣貌——這要看他對審判者有多忌憚。當霓虹燈打了個哈欠，開始讓他的團隊檢查亞伯拉罕的時候，我放心了。他完全沒有認出我們。

占卜儀確認了亞伯拉罕的普通人身分，檢查人員揮揮手讓他過去。然後他們將占卜儀的皮帶綁在我的手臂上。

我們一言不發地站在街上。這段時間彷彿永遠都不會結束。霓虹站在我面前，神情中滿是惱恨。我開始出汗，暗中準備叫嚷。他是否會覺得我拖延了他的時間而憤怒，因此殺了我？他不是重要的異能者。低等異能者在殺人的時候會更加謹慎一些，如果他們耗損了一座城市的工作人口，高等異能者就沒有人可以驅使了。

終於，那台遲鈍的機器做出了反應。「哼，」霓虹燈說，「以前從沒花過這麼長的時間。我們搜查一下附近的建築物，也許那裡躲著什麼人，在干擾我們的機器。」他從我的手臂上摘下占卜儀，揮手讓我過去，「趕快離開這裡。」

我向前走去，經過占卜儀的時候，注意到上面給了我否認的讀數。當然應該是這樣，我不是異能者。

無論王權是怎麼說的。

騎著腳踏車經過剩下一段路時，我回想起在水中面對自己倒影的時刻，噁心不已。王權可怕的承諾言猶在耳。

*你因爲教授向團隊有所隱瞞而感到憤怒，一個聲音在我的腦海中悄然響起，難道你不也在做同樣的事？*

這太愚蠢了。我沒有什麼好隱瞞的。

我們到了箱子停止移動的地方：一條兩邊都是三或四層公寓的街道。在這座城市中生活了兩天以後，我已經很清楚這裡的強大幫派都會尋找這樣的地方做爲安身之所。這些位於城郊的樓房曾經是高收入階級的家園，現在已被整片遺棄。在一個異能者和暴力集團橫行的世界裡，生活空間的價值比起安全微不足道。

我們兩人停在街口。一隊年齡不比我大的年輕人正守在這裡，手中拿著各種老式武器，其中一名少年還拿著十字弩；一面大旗飄揚在一幢樓房頂部，旗子上畫著一條刺魟。

「我們不招募新人，」一個年輕人對我說，「快走開。」

「有人來找過你們，」我希望我的猜測是正確的，「一個外來的人。把我們的樣子告訴這個人。」

那些年輕人交換了幾個眼神，然後其中一個跑去做我吩咐的事情。沒過多久，我知道我的猜測從某種角度切入是對的，因爲許多年紀更長的男女拿著眞正的好槍出現在街道上，向我們走來。

「嗯……大衛？」亞伯拉罕問，「也許你還想說些什麼？我們……」

他的聲音消失了，因爲他在那群人中看到了一個人。那個人穿著連帽衫，手臂上掛著步槍。兜帽讓她的臉很難被看清，但她的紅色卷髮很醒目地垂落在下巴旁。

蒂雅。

# 第二十一章

亞伯拉罕什麼都沒說，我們兩個立刻被這些武裝人員包圍，簇擁著朝一幢公寓走去。亞伯拉罕向蒂雅友善地敬了一個禮——一根手指碰了一下眉心。他顯然想通了我們要來這裡幹什麼。

蒂雅的人將我們推進了一個沒有窗戶的房間，一排被點燃的蠟燭正在緩慢地熔化，將蠟油滴灑在一個舊廚房料理台上——既然這個家很快就會消融，大概準備燭台也是一件沒必要的事。不過這個房間還是被裝上了一道木門，這在這座城市裡非常罕見。這道門一定每個星期都要被運送到另一個地方去重新安裝。

一名武裝的伊爾迪希亞人取走了我們的武器，另一個人把我們推進兩把椅子裡。蒂雅站在人群最後面，雙臂抱在胸前，面孔依然被遮在兜帽裡。她的身材又瘦又小，我能在兜帽陰影中看到她的嘴唇緊緊抿在一起，似乎對我們的行動很不以爲然。她是審判者的副領袖，是我遇過最聰明的人之一。

「大衛，」她平靜地說，「在巴比拉，你在運送補給品之前，和我在祕密基地裡見過最後一面。告訴我，那時我們都討論了些什麼。」

「這有什麼關係？蒂雅！我們需要談談——」

「回答問題，大衛。」亞伯拉罕說，「她是在測試我們是不是我們。」

我吞了一口口水。當然，在教授的指揮下，異能者完全有可能僞裝成我們。我努力回憶那時候和她的談話。為什麼她不找一些更加不容易忘記的問題？比如我是什麼時候加入了異能者？

她要我說出教授不知道的事，我突然領悟。

我開始出汗，那時我出去上了潛艇，然後……星火啊，有這些舉著槍的人緊盯著我，思考變得非常困難，他們每個人都像是看到我吐了一後座的計程車司機。

「那天我遇到了教授，」我說，「我來基地報告，我們談論了巴比拉的其他異能者。」

「那時你做了什麼樣的……有趣比喻？」

「星火啊，妳覺得我還會記得那些？」

「我聽說有些事情很難忘記，」亞伯拉罕說，「無論過多久都不會忘。」

「你這麼說根本沒用，」我嘟囔著，「唔……嗯……噢！我說的是用牙膏做髮膠。不，等等。番茄醬。用番茄醬做髮膠，不過我想了想之後又覺得牙膏應該是一種更好的比喻。牙膏更結實，我覺得——」

「就是他，」蒂雅說，「把你們的槍放下。」

「你怎麼知道她在我們這裡，孩子？」一名伊爾迪希亞人發話。那是一個身材矮壯、頭髮稀疏的年長女性。

「你們的貨物。」我說。

「我們一個星期收兩次貨。」那個女人說，「這個城市中大部分具規模的幫派都這樣做。這怎麼會把你們引到這裡？」

「嗯……」我說。

蒂雅呻吟了一聲，伸手捂住了臉。「我的可樂？」

我點點頭。第一次見到教授的那一天，我在箱子中看到了那種可樂——不是普通的可樂，而是蒂雅喜歡的那種牌子，一種昂貴而獨特的可樂，值得賭上一把。

「我告訴過妳了，」另一名伊爾迪希亞人說。那是一個身材高大的男人，臉就像烤肉架一樣醜，「我早就告訴過妳，接受這個女人會引來麻煩。妳卻說我們不會有危險！」

「我從沒有這樣說過。」頭髮稀疏的女人回答，「我說的是我們需要幫助她。」

「情況可能比妳想的還要糟，卡拉。」蒂雅說，「大衛比他看上去聰明，但這不代表他發現的事情不會被別人發現。」

「唔……」我說。

他們全都轉頭看著我。

「既然妳提到了，」我說，「教授可能也認出了那個可樂。至少他那一天看到了那只箱子裡的某些東西。」

房間裡的人們聞言都僵住。然後，他們開始大呼小叫著派人去警告在外面值守的崗哨。蒂雅掀起兜帽，露出紅色的短髮，一隻手搓揉額頭。「我是個傻瓜，」在卡拉的高聲喝令中，她的聲音幾乎無法被聽到，「他們把物資訂單放到我眼前，問我是否需要什麼。我那時沒有多想一下，只是覺得幾瓶可樂應該還不錯……」

那個醜陋的伊爾迪希亞人已經扛著裝可樂的木箱走進來，在裡面搜尋一番，找到了我的破手機。「一支騎士鷹手機？」他說，「我還以爲這種手機無法被追蹤。」

「這只是一個外殼，」我急忙說，「好把追蹤器放進去，因爲手機裡有自帶的電池和天線。」我不能把一切都說出來。

那個人接受了我的解釋，將手機丟給卡拉。她除掉手機電池，然後和另外幾個人湊到房間一邊，低聲進行討論。我站起身，醜臉大漢瞪了我一眼，一隻手按在手槍上，於是我又坐了回去。

「蒂雅？」我問。現在她這種肩頭扛著步槍的樣子讓我覺得有些陌生，她一直都是在相對安全的地方負責為我們處理各種事務，我從沒有想過會見到她用槍。「為什麼妳不和我們聯絡？」

「怎麼聯絡你們，大衛？」她的聲音聽起來很疲憊，向我和亞伯拉罕靠近一步，「喬納森掌握著我們的手機網路，知道我們每一個藏匿點。我甚至不知道你們是不是還活著。」

「我們在巴比拉時試過聯絡妳。」我說。

「我藏起來了。他……」蒂雅嘆了口氣，坐到了我們身旁的桌邊，「他一直在追殺我，大衛。王權陰謀得逞之後，他直接到了我藏身的地方，把潛水艇從水裡拉出來，徹底碾碎。謝天謝地，那時候我不在潛水艇裡。但我聽到他在喊我，懇求我，乞求我幫助他使用黑暗的力量。」蒂雅閉起眼睛，「我們全都知道，如果這一天到來，我會比審判者中的其他人都更危險。」

「我……」我對此該說些什麼？我能夠明白聽著你愛的人高聲向你求助，同時又深知這是一個陷阱的感受。此時我不由得開始想像，蒂雅是如何掙扎著不去理會教授的呼喊，不屈服於自己的情感。

我還不夠強大。星火啊，就算是梅根說了她要殺死我，我還是會跑過這個國家去追她。

「我很難過，蒂雅。」我悄聲說。

她搖搖頭，「我對此已有準備。就像我說過的，喬和我談過這件事。我還可以幫他最後一個忙。」她睜開眼睛，「我知道你也有同樣的覺悟。」

「不……嚴格來說不是。」亞伯拉罕一邊說，一邊和我對視了一眼。

「蒂雅，」我說，「我們已經破解它了。」

「它？」

「那個祕密。」我的熱情上來了，「弱點、黑暗面——它們是被綁在一起的。異能者全都會做關於他們弱點的噩夢。」

「他們當然會，」蒂雅說，「弱點是唯一能讓他們感到無能爲力的事。」

「不僅如此，蒂雅。」我說，「情況遠比這個複雜！異能者的弱點通常都和他們在獲得超能力之前害怕的事情有關。這是一種恐懼症、一種眞正的夢魘。就像是……嗯，我這樣說也許還不夠，但就好像是你成爲異能者時，會讓你的恐懼變得更加可怕。不管怎樣，要阻止——或者至少是控制住黑暗面是有可能的。」

「你的意思是？」

「恐懼，」我壓低聲音，只讓她能聽到，「如果異能者能夠直接面對自己的恐懼，就能將黑暗擊退。」

「爲什麼？」

「呃……這重要嗎？」

「是你一直都在說所有事情必然有其合理性。如果弱點之後眞的存在邏輯，那麼難道黑暗面的存在不也該有合乎邏輯的理由嗎？」

「是的……是的，應該有。」我坐回到椅子裡，「梅根說——」

「梅根。你把她也帶來了？她是他們的一員，大衛！」

「正是因爲梅根，我們才知道有這種辦法。蒂雅，我們能拯救他。」

「不要給我這個希望。」

「但——」

「不要給我這個希望。」蒂雅瞪視著我，「別想做這種事，大衛・查爾斯頓。你不認爲這非常困難嗎？計劃著要殺死他，同時卻又想著也許我還能做得更多。他讓我向他承諾過，我會守住這個承諾，你這個該死的傢伙。」

「蒂雅。」亞伯拉罕輕聲說。

她轉頭看著亞伯拉罕，而我只是呆若木雞地坐在椅子裡，被她的怒氣嚇傻了。

「大衛是對的，蒂雅。」亞伯拉罕以慣有的平靜語調說，「我們必須試著把他帶回來。如果我們不能拯救喬納森・斐德烈斯，那麼我們也許就要放棄這場戰爭了。我們不可能把他們全部殺光。」

蒂雅搖搖頭。「經歷這麼多之後，你還是相信他找到了那個祕密？」

「我相信他有一個可行的理論。」亞伯拉罕說，「梅根已經學會了控制黑暗。如果我們不測試一下大衛的理論，我們就都是傻瓜。他是對的。我們不可能把他們全部殺死。我們一直在做同一件事情，已經太久了。現在該是改弦易轍的時候。」

我突然覺得，自己帶亞伯拉罕來的決定眞是非常、非常聰明。蒂雅在認眞聽他說話。見鬼，當亞伯拉罕說話的時候，就算是發瘋的吉娃娃也會停下來認真傾聽。

屋門被猛地推開，一個年輕女人慌亂地跑了進來。「長官！」她對卡拉說，「長頭南瓜的所有人，一共有三百多人，全都拿著槍朝這裡來了。他也在隊伍裡。」

「他？」卡拉問那個女人。

「那個新的異能者。長官，我們被包圍了。」

房間裡陷入寂靜。剛才和卡拉起了爭執的醜男人轉向了卡拉。他沒有說話，但陰暗的表情已經說明了一切。*妳把我們都毀了。*

亞伯拉罕站起身，吸引了所有人的目光。「我需要我的槍。」

「完了，」卡拉說，「這全都是你們造成的。」

「不，是我。」蒂雅站起身說，「大衛首先找到了這裡，這是我們的幸運。」

卡拉低吼一聲，很快就開始指揮眾人準備戰鬥。只是也許沒什麼用，教授一個人就能徹底毀掉這裡。

有人把亞伯拉罕的背包扔給他，不少人已經衝出了屋門。卡拉跟著他們，也許是要親眼看一看敵人。

「卡拉，」蒂雅說，「妳不能和他們作戰。」

「我懷疑他們會給我們選擇。」

「他們也許會給，只要妳把他們想要的給他們。」

卡拉看著她的同伴們，眾人紛紛點頭。他們全都在想著同一件事。

「不！」我站起身，「你們不能把她交出去。」

「妳有五分鐘準備，蒂雅，」卡拉說，「我會派傳令兵去和他們交涉，看看他們是否只是想要妳。我們可以裝作不認識妳是誰。」

隨後，卡拉就丟下我們，走出了這個沒有窗戶的盒子房間，並且顯然在門口安排了兩名衛兵。

「眞是無法相信——」我開口。

蒂雅打斷了我。「別孩子氣，大衛。刺魟家族願意收留我、聽取我的計畫，已經非常仁慈了。我們不能要求他們用生命來保護我。」

「但……」我看著她，感到無比痛苦，「蒂雅，他會殺了妳。」

「也許最後是會殺我，」蒂雅說，「但我可能還有一點時間。」

「他那時立刻就殺害了瓦珥和艾克賽爾。」

「是的，但他會想要先審訊我。」

「妳知道，對不對，」我低聲說，「他的弱點。」

蒂雅點點頭，「爲了找到我，他會撕碎這一整座城市。如果他沒有因爲不讓這個祕密洩露而殺死街上每一個人，那已經是我們的幸運。」

這讓我感到一陣噁心。鋼鐵心在很久以前的某一天也做過類似的事。那時我的父親和我見到了他流血。

蒂雅將一樣東西塞進我的手裡。是一塊資料晶片。「我的計畫，」她說，「消滅喬的計畫。多年以來，我構想了不同的應對方案，以防萬一。現在我已經針對這座城市和他在這裡的所作所爲又對計畫進行了特別修正。大衛，他身上還有著某個更大的事件。我曾經讓人在靠近他的範圍內進行過偵查。我相信王權一定給了他什麼特別的東西——某種和禍星有關的情報。我相信是王權派他來到這裡。」

「蒂雅，」我望向亞伯拉罕，尋求他的支持，「我也有同樣的懷疑，但妳不能跟教授走。我們需要妳。」

「那就阻止他，」蒂雅說，「在他殺死我以前。」

「但——」

她迅速走過房間，從桌上抓起那支破手機，「如果我把電池放回去，你就能跟蹤它？」

「是的。」我說。

「很好。用它來確認他帶我去了哪裡。我沒有告訴任何伊爾迪希亞人他的弱點，這個事實可以讓我白撐一段時間，他們也許還是安全的。如果他問起你們，我可以說，我在巴比拉的時候就和你們分開了。他會查出我的謊言，但我沒有說謊。」

「他最終還是會把妳壓垮，蒂雅。」亞伯拉罕說，「如果他不堅持查出真相，那他就完了。」

蒂雅點點頭，「是的，但他一開始還不會對我動手。我相信他會試著讓我降服於他，只有在我拒絕之後，他才會動用殘忍的手段。」蒂雅的神情嚴肅起來，「相信我，我可不想成爲高尚的烈士。我全指望你了。阻止他，救我出來。」

亞伯拉罕又敬了一個禮，這一次他的表情更加莊重。星火啊，他眞的打算聽蒂雅的話了。

人們正在屋外叫嚷，卡拉衝了回來，「他們說，我們有五分鐘時間交出外人。根據我的判斷，他們相信我們不知道妳是誰。而且他們似乎還不知道另外兩個人。」

「喬的主觀臆測在幫我們，」蒂雅說，「如果他藏在這裡，絕對不會告訴別人他是誰。他會相信我只是隱瞞了身分混入群體之中。」她的目光轉向我，「你們打算讓眼前的狀況變得更困難嗎？」

「不，」我服從了她，「但我們一定會救妳出來。」

「很好。」蒂雅猶豫了一下，「我會看看是否能查出他在這裡到底要幹什麼，他對這座城市又有什麼樣的陰謀。」

「蒂雅，」卡拉在門口說，「我很抱歉。」

蒂雅點點頭，轉身向門外走去。

「等等，」我說，然後又壓低聲音，「弱點，蒂雅。那是什麼？」

「你知道的。」

我皺起眉頭。

「如果你的理論是正確的，我就不知道。」她繼續說，「但……是的，他的確有做噩夢。想一想，大衛。在我們一起度過的時間裡，有什麼是你見到他眞正會害怕的？」

我眨眨眼，意識到她是對的。我的確知道。這太明顯了。「他的力量。」我悄聲說。

蒂雅面色凝重地點點頭。

「那又該如何運用？」我問她，「他顯然能夠使用他自己的力量。它們不會……自我壓制。」

「除非另外有人使用它們。」

另外有人……教授是賦予者。

「我們年輕時，」蒂雅急切地低聲說，「曾經對喬的力量進行過試驗。他能夠用力場創造出光矛。他將這種力量給了我，一次偶然下，我將這種長矛擲向喬。大衛，那一次他受的傷沒有再生癒合。他的力量無法修復那道傷口。他花了幾個月才復原，就像普通人一樣需要接受治療。我們從沒有告訴任何人這件事，就連騎士鷹院長也沒有。」

「所以只要有人獲得他的力量——」

「——就能壓制他。是的。」她又向卡拉瞥了一眼，後者正急切地向她招手，但她還是朝我俯過身子，用非常小的聲音繼續說，「他害怕它們，大衛，它的力量讓他變得強大，卻又讓他不堪負荷，所以他的生命中存在著嚴重的二元對立——他不會錯過任何機會將他的力量送出去，讓他的團隊使用它們，這樣他就不必親自使用這些力量；但每一次他這樣做的時候，又是在給予別人能夠對抗他的武器。」

蒂雅抓住我的手臂，「救我出去。」她說完便轉過身，在卡拉的帶領下飛快地走出了房間。

他們讓我們在一幢公寓頂端遠遠地看著。在這裡，他們挖出了一個很好的狙擊手小巢穴，我們利用我們的瞄準鏡觀察下方的狀況。和我們一起待在這個巢穴裡的還有兩名衛兵，他們要確保教授在帶走蒂雅時不會提出更多要求。當然，我們已經得到承諾可以安全離開。

我再一次不得不看著一個我關愛並且尊敬的人成爲另外一個人，一個高傲專橫的人，高高地站在他閃著微弱綠光的力場圓盤上。

當伊爾迪希亞人將蒂雅帶到他面前，強迫她跪下去的時候，我覺得自己無比軟弱無能。他們向教授鞠躬致敬以後就退了下去。我等待著，全身大汗。

蒂雅是對的。他沒有立刻殺死她，只是用一道力場將她包裹住，然後就轉身大步走開。囚禁蒂雅的力場球跟隨在他身後。

他從沒有給過我們那種力量，我想著，他只會給予我們「夾克」形式的力場保護，而且力量很小。這種光球，還有我見過他使用的那種光矛……他從沒有讓我們知道這樣的力量。

因為害怕某一天，這樣的力量也許會被用於殺死他。星火啊，我們該如何讓他放棄他的力量？我知道他的弱點，但要利用這個弱點似乎是不可能的事。

當蒂雅和教授離開時，我閉上眼睛，覺得自己就是個懦夫。不是因為我沒能救下蒂雅，而是因為我是那麼希望她能和我們一起走。

那樣她就能接過領袖的任務、掌控一切。她早就知道該怎樣做。不幸的是，現在這個擔子又回到了我身上。

# 第二十二章

我又到了一個黑暗和溫暖的地方。

我回憶起一些事……聲音，像是我自己的，和我如此協調。我們合爲一體。我曾經失去這些聲音，但我想得回它們，我需要它們。我感覺一陣疼痛，因爲我和它們被分開了。

至少我是溫暖的，很安全、很舒適。

我知道隨後會是什麼，但我無法在這個夢中鼓起勇氣，所以雷聲的炸響依然讓我感到驚駭。恐怖的轟鳴、震耳的吼聲，就像是一百頭野狼的怒嚎。炫目、冰冷、苛烈的光線。衝撞、攻擊、突襲、窒息。它向我撲來，要毀滅我。

我挺起身，突然驚醒過來。

我回到了祕密基地三樓的地面上。梅根、柯迪和蜜茲就睡在我身旁，亞伯拉罕今晚負責守夜。有一個不知底細的異能者在身邊，我們都無法安心地睡在自己的房裡，就算是兩個人結伴也不行。而且我們相信，隨時都必須有人站崗。

星火啊……那個噩夢。那個可怕的噩夢。我的脈搏依舊飛快地跳動著，我的皮膚又溼又冷，我的毯子也被汗水浸透了，身上也許能擰出整整一桶汗。

我必須告訴其他人，我在黑暗中坐著，思考著，竭力控制住自己的呼吸。噩夢直接捆綁著異能者的弱點，如果我一直在做噩夢……好吧，也許眞的有什麼不對的地方。

我踢開毯子，意識到梅根不在我身邊。她晚上經常會起床。

我繞過其他人，向門口走去。我不喜歡這種恐懼。我已經不再像小時候那樣懦弱。我能夠面對任何事，任何事。

我來到走廊，查看了一下對面的房間。是空的。梅根去哪裡了？

亞伯拉罕和我從刺魟家族的基地回來時已經很晚，我們決定明天再仔細研究蒂雅給我們的情報。我已經和他們說過了教授的弱點，讓眾人都陷入思考。現在這樣已經足夠了。

我向樓梯走去，赤腳踩在鹽塊地板上。我們必須非常小心水。濺一點水到地上，地面就會在你的腳下溶化。即使這樣，每當我早晨醒來的時候，我的腿上還是會包裹一層薄鹽。用某種能夠溶解於水的物質建造一座城市，肯定比用鋼鐵更糟糕得多。幸運的是，我對於鹽的氣味已經不是那麼敏感，就連那種乾燥的感覺也不是那麼強烈了。

我在二樓的廚房裡找到亞伯拉罕。他正沐浴在手機的光亮中，拉提蚩在他的手上，一顆大水銀球懸浮在他面前。這顆水銀球顯示出一種超越凡塵的景象：完美無瑕的光滑表面隨著亞伯拉罕雙手在它周圍移動。他的手掌向兩側分開，水銀球也隨之向兩端拉長，就像是一根法式長棍麵包。鏡子般的表面上變形扭動的影像，讓我開始想像它向我們展示了一個不同的、扭曲的世界。

「我們必須小心，」亞伯拉罕輕聲說，「我覺得我已經學會了如何控制這種金屬釋放出來的蒸汽，但也許還是另找個地方進行練習才是明智之舉。」

「我不喜歡我們分開。」我從放在料理台上的大塑膠冷卻器中替自己倒了一杯水。

亞伯拉罕攤開手掌，水晶在他面前變成一只圓碟，就像是一個很大的盤子——或者是一面盾牌。「這實在是太驚人了，」他說，「它完美地遵從我的命令。看看這個。」

他讓圓碟下落，平坦的一面對著地板。然後他猶豫一下，便踏了上去，圓碟穩穩地撐住了他。

「星火啊，」我說，「你能飛了。」

「嚴格來說還不是，」亞伯拉罕說，「我站在上面的時候，無法讓它移動很遠，同時它又需要靠近我，我才能操縱它。但再看這個。」

水銀碟泛起一陣漣漪，其中冒出一股細流，在亞伯拉罕面前形成一道階梯，非常薄、非常窄，能夠反光的金屬階梯。亞伯拉罕能夠走上去，但越靠近階梯頂端，他的腰就彎得越低。

「這在對抗教授的時候能有很大的作用。」亞伯拉罕說，「它非常強韌。也許我能用它抵消教授的力場。」

「是的。」

亞伯拉罕瞥了我一眼，「你不覺得興奮嗎？」

「只是有些心煩。竊賊還在下面？醒著？」

「我上一次查看的時候，」亞伯拉罕說，「他看起來沒有睡著。」

我們討論過該如何對付他，卻沒有得出任何結論。不過到目前為止，他也沒有對我們造成什麼威脅。

「梅根在哪裡？」我問。

「我沒見到她。」

這很奇怪。如果她離開了，就一定會經過這裡。我在三樓也沒有見到她。這裡其實很小，也許亞伯拉罕沒有注意到她溜過去了。

他繼續使用拉提蚩，從金屬階梯上走下來，又讓水銀變化成其他形狀。只是這樣旁觀實在有些讓人覺得難熬，不過我知道想要接手這套裝備的想法很幼稚。我們全都同意，亞伯拉罕應該負責操縱這套裝備，柯迪和蜜茲則是後備。現在亞伯拉罕是我們的主要前哨。

但是星火啊，這套裝置看起來可眞酷。希望這一次它在我們的行動結束之後，還能保存下來。等到教授和蒂雅回來，我就能再次成爲前哨，那才是我的位置。

我離開亞伯拉罕，走到一樓去查看竊賊的情況。在他的門前，我停住了腳步。

噢。

曾經光禿禿的四壁現在覆蓋了一層柔軟的紅色天鵝絨，一串油燈在桃花心木桌子上發著光。竊賊躺在一張軟椅上，那張椅子就像我們在巴比拉的祕密基地中的椅子那樣豪華舒適。他閉著眼睛，頭上戴著一副大耳機。我聽不到耳機裡面的聲音——如果那裡有聲音的話，這副耳機很可能和一支手機有無線連接。

我走進他的房間。星火啊，這裡看上去也比以前大了。我用腳步丈量了一下，發現它的確更大了。

空間畸變，我心想，將這一項添加到竊賊的力量清單中。禍星啊，這眞是一種不可思議的力量。我以前只聽過異能者擁有這種力量的傳聞，再加上他讓物體憑空出現的能力……

「你能打敗他。」我說。

竊賊什麼都沒有說，只是躺在軟椅上，連眼睛都沒有睜開。

「竊賊。」我的聲音更大了一些。

他猛地睜開眼睛，摘下耳機，瞪了我一眼，「什麼？」

「你能夠打敗他。」我重複了一遍，「教授……只要你願意和他作戰，你就能贏。我知道你有多種基礎無敵能力，你還有能力產生出任何物體，能夠扭曲空間……你可以打敗他。」

「我當然不能。否則你以為我為什麼會在這裡，和你們這些沒用的白癡在一起？」

「這一點我還沒有想清楚。」

「我不能戰鬥。」竊賊說著又把耳機戴回到頭上，「我不被允許戰鬥。」

「誰不允許你？」

「我自己。就讓其他人去戰鬥吧。我的任務是觀察。就連統治這座城市對我來說可能也是不適合的。」

人們，包括我，都傾向於認為所有異能者都有同樣的本質：自私、破壞一切、自戀，並且我們會以這種認知來決定我們的行動。也許異能者的確都有這些特質，但他們也有著各不相同的怪異之處。滅除總是會引用聖經中的詞句，而且似乎在努力毀滅這顆行星上的全部生命；王權利用她的黑暗實行規模越來越宏大的陰謀；夜影在新芝加哥一直堅持透過低級的中間人來做事。

竊賊似乎也有他的精神問題。我將手伸進門邊一個大理石小基座上的碗裡，撥弄了一下堆在裡面的玻璃珠。不——那是鑽石。

「我可不認為，」我說，「你能讓我成為——」

「住口。」

我瞥了竊賊一眼。

「我一開始就應該說清楚，」竊賊說，「你從我這裡什麼都得不到。我來這裡不是要給你們禮物，也不是要讓你們的生活變得更加輕鬆。我不會成爲僕人。」

我嘆了口氣，放下那些鑽石，打算轉換一下話題。「你不睡覺。」

「那又怎樣？」

「我相信，這是你從另一名異能者那裡獲得的能力。你特意要奪取這種能力，是不是因爲那些噩夢？」

「你怎麼會知道我的噩夢？」他氣勢洶洶地問，在我面前變得更高大了。

片刻之間，他只是盯著我。然後他突然將耳機扔到一旁，從軟椅中跳起身，向前邁出一步。只是這一步，他已經邁過我們之間很長的一段距離，來到我面前。

我瞠目結舌，心臟又開始加速。在這之前，他在我們面前都是一個徹頭徹尾的懶鬼。現在，我在竊賊面前就像是一個小矮人。他的身高足足有七呎，嘴邊掛著冷笑，眼神中淨是狂野。我覺得我馬上就要被他徹底毀滅。

「我……」我吞了一口口水，「所有異能者都有這個，竊賊，都有噩夢。」

「胡說，」竊賊說，「它們是只屬於我的。我是獨一無二的。」

「你可以和梅根談談。」我說，「她會告訴你，她也有噩夢。或者你可以隨便找一個異能者審問一下。他們都有噩夢。噩夢和他們的弱點緊緊綁在一起，一個人所害怕的事情就會成爲——」

「不許再說謊！」竊賊朝我吼了一聲，轉回身大步走到他的軟椅前，一頭倒了進去，「異能者都很弱，因爲他們是傻瓜。他們會摧毀這個世界。給了人類力量，他們就只會濫用——知道這個就夠了。」

「你從沒有感覺到嗎？」我問他，「當你使用超能力時，突然襲來的黑暗？讓你沒有了半點同情心，讓你只想破壞。」

「你在說什麼？」他說，「愚蠢的小人類。」

我猶豫了一下，竭力想要搞清楚他的意思，卻完全不明所以。也許他正在漸漸被黑暗吞噬，畢竟他至少是個非常傲慢的傢伙。

但他沒有傷害過我們任何人。他喜歡對我們發號施令，但我明白他的那些「命令」和其他異能者完全不同。事實上，他就像是一個被寵壞的孩子。

「你很年輕的時候就遭遇了這種轉變，」我猜測，「你是做爲一名異能者長大的。超能力讓你想要什麼就能得到什麼，但你從沒有感受過黑暗面。」

「別要白癡了，」他說，「我禁止你再說這種白癡言論。黑暗面？你想要把異能者所做的那些恐怖事情，全都歸罪於某種莫名其妙的意念或者感覺？呸。人們會自我毀滅，是因爲他們只配得到這個，而不是什麼神祕的力量或情緒！」

他一定是不得不持續地面對那種東西，我心想，無論他害怕的是什麼，他一定每天都會見到它，要不斷戰勝它。這是我們從梅根身上得到的經驗，如果她不一直保持警惕，黑暗面就會悄悄潛回來，再次腐蝕她。

我準備從他的宮殿房間裡溜走了。

「要知道，我眞的很討厭你。」竊賊在我身後喊著。

我又回頭瞥了一眼。他懶洋洋地縮在躺椅裡，看上去眞的很像個孩子。一個帶著耳罩式耳機的少年，只想忘記外面的世界。

「這是你們應得的，」他繼續說，「人們骨子裡都是邪惡的。異能者就證明了這一點，所以你們都會死光。」他閉上眼睛，向後一仰頭，不再理我。

我打了個哆嗦，又找了一下其他房間——現在那些房間裡都堆滿了各種物資，梅根也不在這裡。亞伯拉罕還在樓上廚房裡演練新裝備。我回到頂樓，敲了敲小浴室的門。很不幸的，我們又開始只能用水桶了。最後，我再次把頭探進另一間臥室裡。

是空的，這裡——

等等，這個黑暗的房間似乎太……嗯……暗了？我皺起眉，走進這個房間，彷彿是穿過了某種紗帳，看到梅根正盤腿坐在房間深處，身邊的地上點著一根小蠟燭。她正盯著一面牆壁。

現在那面牆壁完全消失了。

我們的藏身之地的這一整面牆都……不見了。牆外沒有城市。梅根正在眺望群星下一片廣袤原野的夜景，同時不斷揉搓著她的手。

她察覺到我走過來，先朝身邊地面上的槍伸出手，發現是我之後，才放鬆下來。「嗨，」她說，「我沒有吵醒你吧？」

「沒有，」我說著坐到了她身邊，「風景真不錯。」

「這很容易，」她說，「在許多可能性的分支中，伊爾迪希亞不會朝這個方向行進。只要找一個它不在這裡的現實就好。那樣的話，這裡的原野就是空的。」

「那麼究竟是什麼？」我一邊問，一邊伸出手，「這都是真的？」

我的手碰到了什麼——是鹽牆。不過肉眼看上去，我就像是在觸摸空氣。

「現在只是一片影子。」她說。

「但妳能讓它變得更眞實，」我說，「就像是妳在鑄造廠救我的時候。」

「是的。」

「妳把熾焰帶到這個世界。」我撫摸那道看不見的牆，繼續說，「不只是他的影子、不只是一個……進入其他世界的投射物，而是他本身。」

「我看得出你的腦袋在亂轉，大衛。」梅根的語氣變得謹愼起來，「你在想什麼？」

「有沒有一個眞實的次元，教授在那裡並沒有屈服於他的超能力？」

「也許有，」梅根說，「這只是一個小改變，而且距離現在非常近。」

「那麼妳就可以把那個教授帶來這個世界。」

「時間不能太長，」梅根說，「你要幹什麼？想讓別的教授加入團隊？我的能力持續不了多久。這……」她的聲音小了下去，眼睛越睜越大，「你不是想讓新的教授取代原先的教授，你是想讓另一個教授爲我們作戰。」

「教授害怕的是他自己的超能力，梅根。我一開始想的是如何欺騙他將自身的力量給予別人——但既然有了妳，我們就不必做這種事了。如果妳能從另一個世界帶來一個教授，我們就能讓他們正面對決，然後砰……我們就實現了教授的弱點，讓他以最直接的方式面對他自己的力量，以此來幫助他戰勝黑暗。」

梅根露出若有所思的神情，「可以試一試。」她說，「但是大衛，我不喜歡過分依賴超能力。我的超能力。」

我看著她正在揉搓的那隻手，上面還帶著一個新鮮的傷痕。我向蠟燭瞥了一眼。

「這也許是唯一的辦法，」我對她說。

「教授肯定不會想得到。如果我們要救蒂雅出來……」

「你還想讓我先練習一下，」梅根說，「要讓我走得比以前更遠。」

「是的。」

「這很危險。」

我沒有回答。我知道這樣很危險，我也知道自己不應該向她提出這種要求。這不公平。但星火啊……蒂雅還在教授的手裡，我們必須採取行動。

「好吧，」梅根說，「我會試著將現實做更大幅度的修改。你應該從這面牆邊上退後一些了。」

我照梅根的話去做。梅根的神色則因為集中精神而正色起來。

整幢建築都消失了，只剩下我，懸浮在天空中，在一個完全陌生的世界裡。

# 第二十三章

我下墜了足足有二十呎，掉在一片密實的灌木叢中。我的胃不住地抽搐。灌木枝葉起了很大的緩衝作用，但落地的撞擊還是把我肺裡的空氣都擠了出去。我躺在那裡，拚命想要喘一口氣，卻什麼都吸不進來。終於，伴隨著一陣疼痛，我把空氣吸進了肺葉。

一片星辰閃耀的天空在遙遠的上方旋轉、波動。我的眼睛裡充滿了淚水，讓我幾乎什麼都看不清。星火啊……這裡的星星可真多，排列的圖案也很奇怪。一簇一簇，或者是一條條的緞帶，在黑暗的底色上閃耀起點點光明，我還是無法習慣這種景色。在新芝加哥，天空一直被夜影的黑幕所遮蓋，我只能想像星星的樣子。經過了那麼多年，我的記憶已經模糊。依照我對於老相本的模糊回憶，在我的想像中，星星彷彿是平均分布在蒼穹上的。

眞實的星空完全無序，更像是灑在地上的穀粒。我呻吟一聲，坐起身。現在，我一邊環顧周圍，一邊在心中對自己說，也許這才是我應得的。到底出了什麼事？我被吸進梅根的影子次元裡了？

起初看起來是這樣，但這又讓我必須解釋一個怪異之處：伊爾迪希亞就在這裡，距離我並不遙遠。梅根不是說在她的影子世界裡，這座城市根本沒有朝這個方向走？

此外還有另一個不正常的地方。慚愧的是，我花了很長時間才發現這個問題。

禍星去哪裡了？

星星全都在天空中閃爍，但那顆無所不在的紅點不見了，讓人很不安。禍星一直都會在夜空中，就算是在新芝加哥，它的光芒也會刺穿夜影的黑幕，瞪視著我們。

我站起身，眼望天空，努力尋找禍星。剛一站穩，在我周圍的一切都變得模糊。

我發現自己又回到了藏身之地，就在梅根身邊，她正不住地搖晃我。「大衛？噢，星火啊，大衛！」

「我沒事。」我一邊說，一邊回想剛剛所發生的一切。是的，我回來了，就在我不久之前掉落的地方，我面前的牆壁也不再透明。「出了什麼事？」

「我意外地把你送過去了，」梅根說，「你完全消失了，然後你又猛地彈了回來。星火啊！」

「很有趣。」

「太可怕了。」她說，「誰知道你在另一個世界裡會遇到什麼，大衛？如果我讓你掉進了一個大氣成分完全不同的世界呢？你在那裡會不會窒息？」

「那裡和我們的世界很像，」我一邊說，一邊揉搓肋骨，「那裡也有伊爾迪希亞，只不過和我們的距離不一樣。」

「什麼……真的？」梅根問，「你確定？我還特意挑了一個這裡是一片空曠的地方，讓我能有一個很好的視角。」

我坐下來，「是的。妳能再次進入同一個世界嗎？想進去？」

「我不知道，」她說，「我這樣做的時候，一切都是自然而然發生的，就像彎一下手肘。」

「或者吃一個貝果。」我說著，點了點頭。

「其實……並不一樣，不過無所謂啦。」她猶豫了一下，便坐到我身邊的地上。沒過多久，柯迪探頭進來看了看我們——看樣子是梅根在叫醒我的時候聲音太大了。梅根的黑霧帳幕消失了，現在柯迪能夠看見我們。

「一切都還好嗎？」柯迪的手中舉著步槍。

「要看你如何定義了，」梅根一邊說，一邊躺倒在地上，「大衛說服我做了一些愚蠢的事。」

「他很善於此道。」柯迪靠在門框上說。

「我們正在測試她的力量。」我對柯迪說。

「嘿，」他說，「你竟然不先警告我？」

「告訴你，你又會怎樣？」我問。

「起來吃些羊肉雜碎布丁。」柯迪說，「如果有意料之外的異能者力量突然摧毀了你的藏身之地，那麼搶先吃些羊雜布丁絕不會是一件壞事。」

我皺起眉，「羊肉雜碎布丁是什麼？」

「別問了，」梅根說，「他只是在胡說八道。」

「我可以給他看。」柯迪說著伸出拇指朝肩膀後面指了指。

「等等，」梅根說，「你眞的有那種東西？」

「是的。不久之前我在市場裡找到的。我猜這裡的人認爲牲畜一定要物盡其用，不是嗎？」他停頓了一下，「當然，那些塡在羊肚裡的東西眞的夠可怕。」

梅根皺起眉，「難道它不是道地蘇格蘭菜之類的？」

「當然，當然，」柯迪一邊說，一邊慢悠悠地晃進了屋裡，「正是因爲很可怕，它才是蘇格蘭國菜。只有最勇敢的人才敢吃它，這證明了你是一位勇士，就像是在寒冷的冬天穿上蘇格蘭短裙。」他和我們坐到一起，「所以，你們的超能力研究結果如何？」

「梅根把我送進了另一個次元。」我說。

「幹得漂亮，」柯迪把手伸進口袋裡，掏出一根巧克力棒，「你沒有帶回一隻突變兔子或者類似的東西給我嗎？」

「沒有突變兔子，」我說，「但禍星不在那裡。」

「現在情形就更奇怪了，」柯迪說著，咬了一口巧克力，一皺眉頭。

「怎麼了？」我問。

「嚐起來就像是土塊，小子，」他說，「我眞懷念過去的日子。」

「梅根，」我說，「妳能再引來那個世界的幻象嗎？」

梅根用懷疑的眼神看著我，「你還想去那裡？」

「妳的超能力終究是有限的，」我說，「所以似乎並不是很危險。我的意思是，妳將我放在另一個世界裡，但我不是很快就回來了嗎？」

「如果這只是因爲我的練習不夠呢？」梅根問，「如果，只要我再練習多一些，就可能讓你的處境更危險呢？」

「那麼這也意味著妳學會了更加持久地影響這個世界，」我說，「這對我們將非常有利，爲此冒險是值得的。」

梅根的嘴唇抿成了一條線，但我似乎是說服了她。也許我有一點太過於擅長鼓動人們去做蠢事了。教授曾經不止一次爲此指責過我。

梅根向她剛才改變過的牆壁揮揮手。牆壁消失不見，再次讓我們看到了空曠的草原。

「現在，改變另一邊吧。」我說著，指了指柯迪走進來的屋門所在的那面牆。

「這太危險了，」梅根警告我，「讓我們被夾在兩個影子中間，表示另外一個次元將更有可能滲透進來……但你不在乎，對不對？好吧，先告訴你，爲了這個，你欠我一次背部按摩。」

對面的牆壁也消失了。現在我們三個就像是在平原上一座孤立的房間裡，而且房間的兩面牆都被打掉了。這種新視角讓我們能夠看到我剛剛見到的景象：伊爾迪希亞就在一段距離之外。

「唔。」柯迪站起身，從肩頭取下步槍，用瞄準鏡細看遠處的城市。

「那座城市在這個次元中的位置有所不同，」梅根說，「這不奇怪。探尋到和我們類似的次元會更容易，所以我早該猜到的。」

「不，那不是，」柯迪說，「伊爾迪希亞還在和我們的次元相同的地方。只是妳的窗戶沒有開在我們藏身之地所在的地方。」

「什麼？」梅根說著站起了身。

「看到那片原野了嗎？那裡是伊爾迪希亞的東邊，那片樹林就是很明確的標誌。和我們的次元中一樣。那座城市還在同樣的地方，我們只是正在從外面看它。」

梅根顯得很困惑。

「問題出在哪裡？」我問她。

「我一直以為我的影子有直接的位置關連，」梅根說，「如果我把某個東西拉過來，那一定是因為它正發生在另一個次元中相同的位置上，也就是說，就在我所在之地。」

「我們一直在談論改變現實的形態，」柯迪聳了聳肩，「為什麼地方就不會改變，小姑娘？」

「我不知道。」梅根說，「這只是……只是和我一直以為的不一樣。我開始懷疑，我到底錯得有多厲害。」

「沒有禍星。」我儘量走到貼近消失牆壁的地方，「梅根，妳抓住的影子會不會一直來自於同一個世界，一個和我們平行的世界？當妳使用妳的力量時，我總是會見到熾焰。這似乎表明妳拉來的影子總是來自於他的世界。」

「是的，」梅根說，「或者是這樣，或者是存在著成百上千個不同的他，每一個世界各有一個他。」

柯迪哼了一聲，「聽起來讓人很頭痛。」

「你根本不明白，」梅根說著嘆了口氣，「我做的事情是你的理論無法解釋的，大衛。但也許的確有一個和我們相似的平行世界，而我觸及那裡的頻率最高——如果我的能力在那裡找不到我所需要的，它就會伸展得更遠。在我剛剛轉生的時候，我的能力可以延伸到任何地方、做任何事。」

在梅根維持住的影子裡，我盯著遠處的那個伊爾迪希亞。一個和我們平行的世界、一個沒有禍星的世界，那會是什麼樣子？如果那裡沒有禍星提供超能力，怎麼還會有異能者？

最後，梅根讓幻象消失了。我為她做了肩頭按摩，竭力緩解因而向她襲去的頭痛。她一直在瞥著那根蠟燭，但終究沒有向火焰伸出手。不久之後，我們三個都回到了床上。我們需要睡眠。

明天我們會深入研究蒂雅的計畫，想出解救她的辦法。

# 第三部

# 第二十四章

我伸手撫過鹽塊置物架，困惑地發現我的手指在鹽塊上留下了幾道溝槽。我揮了揮雙手，一些粉色的鹽粒掉在地上。就在我的面前，牆上的置物架從中間斷裂了，向兩側塌倒，鹽就像沙漏中的沙子一樣流淌下來。

「亞伯拉罕？」我對走到身邊的加拿大人說。

「再一天，我們就需要離開了，大衛。」他說。

「我們的藏身之地眞正地開始解離了。」

「室內的傢俱和裝潢會先粉碎。」他一邊說，一邊鑽進了我們在三樓空出的那間臥室——就是梅根和我昨晚實驗超能力的地方，「地板和牆壁還能支撐一段時間。」

我不覺得這話有多少安慰，「我們必須快一些行動，找一個新的藏身之地。」

「柯迪一直在做這件事。他說今天遲些時候，有幾個選項要和你討論。」

「那些洞穴怎麼樣？」我問，「這座城市經過的地面以下，由掘場挖出的那些地洞，我們可以藏在那裡。」

「也許吧。」亞伯拉罕說。

我跟著亞伯拉罕走進這個房間，柯迪正吹著口哨將房子裡的鹽末掃成一堆。很顯然，我們周圍的結構正在以同樣的速率分崩離析。很快這一整片地區都將崩塌，這些鹽也會全都消失。

清晨的陽光穿透了正在變薄的鹽塊屋頂。我坐在一張凳子上——柯迪在執行偵察任務時買了一些凳子。這座城市另一個奇怪的地方就是，這裡沒有集合和運走垃圾的需要。伊爾迪希亞一直在移動，人們不要的所有物品都被丟在原地，它的身後只有一片我在新芝加哥和巴比拉從沒有見過的荒涼景象。

梅根走進來，但沒有坐下。她靠在牆壁上，雙臂交叉在胸前，身上穿著她的夾克外衣和牛仔褲。亞伯拉罕跪在牆邊，搗弄著顯像儀，他之前就校正過這台儀器。柯迪提起手上的舊掃帚，搖了搖頭，「知道嗎？我覺得我弄出來的鹽比我掃乾淨的更多。」他嘆了口氣，走過來坐在我身邊的凳子上。

蜜茲最後一個走進來，拿著團隊的一台破舊手提電腦。她將一枚資料晶片丟給亞伯拉罕，加拿大人把晶片插進了顯像儀中。

「看上去不會很漂亮，夥計們。」蜜茲提醒我們。

「柯迪在團隊裡，」亞伯拉罕說，「我們已經習慣醜傢伙了。」

柯迪把掃帚向他扔過去。

亞伯拉罕開啓了顯像儀，牆壁和地面變黑，一個完全由紅色線條組成的伊爾迪希亞3D投影出現在房間裡。我們彷彿就懸浮於其上。

一時之間，我似乎失去了方向感，不過我已經習慣這種感覺了。我向前傾身，透過地板向這座大城市望去。這座投影中的城市彷彿以比現實更快的速度生長和瓦解著，不過它的細節並不是非常清晰。

「這是蒂雅的資料中一個縮時攝影電腦模型，」蜜茲說，「我覺得它很酷。這座城市以恆定不變的速率移動，所以可以藉由這個模型，預見它在某一天的形貌和外觀。很明顯，無論是誰在控制這座城市，都能利用一個生長在鬧區一幢建築中的大舵輪控制它的方向。」

「如果它撞上另一座城市，又會發生什麼？」我不安地問。在這個時間加速的模型中，這座城市活了起來——像是某種爬行怪物，從地面上冒出的建築物就像正向前延伸的脊椎。

「那樣的衝撞會造成一場災難，」亞伯拉罕說，「我幾年前在這裡偵查的時候就問過這個問題。如果伊爾迪希亞和一座城市相撞，它就會在那座城市的縫隙中生長，建築物會擠壓建築物、街道覆蓋街道。一段時間之後，就會有許多人睡覺時被困在房間裡，活活憋死。但一個星期之後，鹽塊會崩塌，伊爾迪希亞會繼續前進，基本不受任何影響。」

「不管怎樣，」蜜茲說，「這並不是糟糕的那一部分，孩子們。你們看到方案就知道了。」

「我掃過那方案一眼，它看起來被設計得很周詳。」我一邊說，一邊皺起了眉。

「噢，的確是很周詳。」蜜茲說，「這個方案簡直非常神奇，但我們絕對不會實施它。」她一翻手，用這個動作把我們變小，帶進了這座紅線組成的城市。在新芝加哥，這樣的實景觀察會以攝影畫面的方式進行，那種感覺就好像我們飛行在城市上空。在這裡，我們更像是處在一個模擬圖裡，不過這樣不容易失去方向感。

我們在鬧區附近停下，在模擬圖中，這裡正處在城市生長的邊緣，完全煥然一新。一座特別高的圓柱形建築拔地而起，就像是一個巨大的熱水瓶。

「鋒銳高塔，」蜜茲說，「這是它的新名字——過去它曾經是亞特蘭大某個非比尋常的旅店。竊賊讓這裡成爲了他的宮殿，現在則是教授盤踞的地方。這裡的上層居住著最爲受寵的僕從，而統治這座城市的異能者則居住在那個非常、非常不穩定的頂端大房間裡。」

「他們要爬那麼多台階上去？」我問，「教授能飛。其他人都需要爬台階嗎？」

「電梯。」蜜茲說。

「鹽做的？」我抬著頭問。

「他們會把鹽電梯轎廂換成金屬的，安裝新的拖纜——我猜是鹽電梯不管用——還會安裝一部馬達。不過那裡的電梯倒應該還是不錯的。」

我皺了皺眉。看起來，安裝電梯還是需要很多工作——尤其是你每週都要重複一遍這個工作。不過他們有大量下等人可供驅使，還有低級臣僕能夠用超能力搬運重物，所以這對他們而言應該不算什麼。

「蒂雅的方案，」蜜茲說，「非常優秀。她的目標就是殺死教授，但她相信，在發起行動之前需要蒐集更多情報，所以方案的第一部分包括一個詳細滲透鋒銳高塔的計畫。蒂雅打算入侵教授的電腦，查出他在這座城市裡打算做什麼。」

「但我們，」我說，「可以利用同樣的計畫援救蒂雅，而不是入侵教授的電腦。」

「沒錯。」蜜茲說，「根據那支破手機發出的訊號，蒂雅似乎被關押在靠近這幢建築物頂部的位置，就在第七十層的一個舊旅店房間裡，從地圖上看，那是一個非常高級的套房。我原本以爲她會被關在某個更像監獄的地方。」

「她說教授一開始會試圖說服她，讓她相信他是正確的。」說到這裡，我全身發冷，「一旦她拒絕將教授索討的資訊交出去，教授就會失去耐心。到那時，情況就會惡化。」

「那麼我們的計畫是什麼？」梅根問。她仍然靠在牆上，被遮在顯像儀的黑影之中。我們懸浮在半空，看著模擬鋒銳高塔的紅線。眞是個愚蠢的名字，這座建築基本上是圓柱形的，頂部也是平的。

「是這樣，」蜜茲說，「我們將分成兩支小隊執行計畫。第一隊會滲透這座高塔頂部的一場派對裡。竊賊一直都放任這座城市最重要的手下之一——一個名叫漏洞的異能者，在鋒銳高塔中舉辦派對。教授並沒有停止這個傳統。」

「滲透？」亞伯拉罕問，「怎麼滲透？」

「這座城市重要集團的首領會得到漏洞的派對邀請，以換取他們派遣有特長的工人來協助舉辦這些盛會。」蜜茲解釋說，「蒂雅打算加入刺魟家族裡已經參加過這種派對的成員之中。」

「這……應該會很困難。」亞伯拉罕說，「我們能這樣做嗎？我們還沒有得到任何組織的信任。」

「實際情況還更糟哩，」蜜茲用令人愉快的嗓音說，「看。」

「看什麼？」柯迪問。

「這裡有一段卡通，」蜜茲說。一隊人——在類比畫面中是一群蹦蹦跳跳的細棍小人——沿路面向前跳動，加入到更大的一群人中，進入了高塔。其中的兩支「小隊」用藍色來表示，一支小隊蹦進了高塔後部的電梯；另一支小隊溜過一道後門，進入了另一個電梯井中，筆直地向塔頂射了上去。

「嗯？」我問。

「攀索器，」蜜茲說，「你可以把這種設備掛在電梯纜繩上，然後抓住它就能沿著纜繩升上去。看到了嗎？這裡有一部僕人用電梯。因爲眞正重要的大人物需要其他人爲他們做事，但誰想和又髒又臭的僕人搭乘同一座電梯呢，對不對？第二小隊就要從這個電梯井上去，在最頂層就位。」

「我們要……怎樣拿到這些攀索器？」我問。

「不知道。」蜜茲說，「這座城市裡肯定沒賣。我覺得那個收留蒂雅的組織一定有購買它們的計畫。」

我坐在凳子上，全身緊繃，終於明白了蜜茲所謂的「更糟」是什麼意思。我們離開刺魟家族時，卡拉和她的同伴曾經非常明確地告訴過我，他們不會幫忙援救蒂雅。從教授手中死裡逃生已經讓他們嚇破了膽，現在他們決定帶領全體成員離開這座城市。等到下個星期，他們就會偷偷離開伊爾迪希亞，逃之夭夭。

「這還不是全部的問題，」蜜茲說，「要完成蒂雅的計畫，我們還需要許多許多物資，要先進的駭客設備、降落傘、廚房攪拌機……」

「眞的？」柯迪問。

「沒錯。」

「聽起來還眞是厲害，」他說著，身子萎靡了下去。

我覺得這一點也不厲害。我看著眼前的方案，盯住那些蹦跳的細棍小人。兩支小隊，各自執行掩護，滲透和盜竊任務——教授將自始至終不知道發生了什麼事。這肯定是個優秀的計畫，我們可以用它找到蒂雅，而不是電腦。

但也是不可能完成的計畫。

「聚集這些裝備需要幾個月的時間，」亞伯拉罕看著小人用降落傘離開高塔，「前提是我們有足夠的錢能夠買下它們。」

「是的，」蜜茲將雙臂交疊在胸前，「我還要警告，我們還必須應付其他突發狀況。我們的時間很有限，資源更少。眞是太糟了。」

那些細棍小人消失，我們面前的這座高塔終於到達了伊爾迪希亞的邊緣，開始分解，崩化無影無蹤，就如同一支孤獨的、沒有人吃的聖代冰淇淋。

我們沒有時間設計更好的計畫了，我心想著，朝懸浮在附近半空中的那張所需和建議物資的清單看去。甚至連更壞的計畫都來不及制定。

我站起身，走出了房間。

梅根第一個追了過來。一追上我，她就問：「大衛？」這時她看到自己的夾克上全都是靠牆時落下的鹽末，不由得皺起眉頭，把它們撣掉，然後跟著我走下樓梯，來到二樓。

其他人也都跟著我們。我沒有說話，只是領著大家來到一樓。在這裡，我們能聽到旁邊建築物中傳來的聲音。我們的鄰居正因爲他們的家園即將崩塌而紛紛搬離此地。

我轉身走進了竊賊的房間。雖然不是很冷，那名異能者卻把自己包裹在毯子中，坐在火爐旁的一把椅子裡——他並沒有將火爐點燃。

我需要冷靜、無破綻地演好這齣戲，就像是一名眞正的領袖。

我一屁股坐到了竊賊的一張軟椅上。「好了，結束了。我們全完了。抱歉，大人物。我們讓你失望了。」

「你在胡說些什麼？」他立刻從毯子裡挺起身。

「教授抓住了我們的一名成員。」我說，「他也許立刻就會拷問她，並且很快就會知道他想要知道的一切。等到今天結束的時候，我們全都會死光。」

「白癡！」竊賊說著站起身。

我團隊的夥伴們都聚集在屋門口。

「你也許想要親手殺了我們，」我對竊賊說，「搶在教授之前，這樣你也許會更滿意。」

梅根瞪了我一眼，彷彿是在問「你在幹什麼，愣仔？」我早就習慣她的這種眼神了。

「這是怎麼發生的？」竊賊一邊問，一邊來回踱步，「難道你們不是應該具有高超的技巧？效率？是專家能手！你們這幫無能之輩和我想的根本就不一樣！」

「是的。」我說。

「我要一個人待在這座城市裡，」他繼續說，「沒有人敢對抗一位高等異能者。你們只會給我找麻煩，人類。」

一名異能者這樣說話，意味著他受到了嚴重的冒犯

「我很抱歉，大人，」我說，「但我們現在已經無能為力。」

「什麼，難道你們甚至不打算試試去殺掉你們的朋友嗎？」

「嗯，計畫倒是有一個……」我的聲音低了下去，轉而問：「殺掉？」

「是的，是的。殺掉她，這樣她就不能說話了。這是合理的邏輯。」

「噢，對噢。」我吞了一口口水，「嗯，我們已經有了計畫，一個很好的計畫，卻沒辦法實行它。它需要許多裝備，我們一項都沒有。降落傘、假人模型、技術裝備等等。」我充分發揮出表演才能，「當然，如果有人能為我們搞到這些物資……」

竊賊猛然轉向我，瞇起了眼睛。

我露出無辜的微笑。

「無恥的下等人。」他嘟囔著。

「你們異能者全都這樣說話，」我說，「你們是都上過某種邪惡獨裁者會話課嗎？還是有別的什麼原因？我是說，這樣說話——」

「你根本就是在設計圈套，讓我成爲你的僕人。」竊賊打斷了我，站到我面前，「我清楚地告訴過你，我絕不會用我的力量來侍奉你。」

我站起身，看著他的眼睛。「蒂雅，我們團隊的成員之一，被教授抓住了。我們有一個救她出來的計畫，但沒有資源，我們就無法實行它。要不你製造出我們需要的物品，要不我們將不得不撤出這座城市，放棄在這裡的一切行動。」

「我不會被捲進來。」竊賊說。

「你已經被捲進來了，兄弟。你可以開始成爲這支團隊的一員，或者現在就離開。如果你的運氣夠好，就能在這座城市中活下來。教授正在派遣他的所有打手和低等異能者搜尋你，他們在所有街道上遊蕩，拿著占卜儀。他承諾了他們豐厚的獎金，你的相片已經被到處發放……」

竊賊咬緊了牙關。「我以爲我應該是邪惡的一方。」

「不，你出於某種原因擊退了黑暗。你並不邪惡，你只是被寵壞了，還很自私。」我向其他人點點頭，「我們會給你一份清單，它們全都會在你的能力範圍之內。你可以製造出……可以說是至少有長椅那麼大體積的物品，對不對？如果我記得沒錯，那些物品的有效存在範圍是距離你三哩之內，而且肯定也不會超過你的最大品質限度。」

「你……」他緊盯著我，彷彿是第一次看到我，「你怎麼知道的？」

「你曾經從頭腦風暴那裡取得超能力。我有一份關於她的完整資料。」我向門口走去。

「有一件事你說對了。」竊賊在我身後說，「我並不邪惡。我是唯一的一個。在這個骯髒、恐怖、瘋狂的世界裡，其他人都壞掉了。邪惡、罪孽、叛逆……無論你怎樣稱呼他們。他們都壞掉了。」

我回頭看著他的眼睛。在那雙眼睛裡，我發誓我看到了——那種黑暗，就像是一個無盡的深潭，那裡面沸騰著憎恨、輕蔑，被毀滅的欲望所充斥。

我錯了。他沒能克服黑暗。他依舊是他們之中的一員。是另外某種東西約束著他。

我帶著煩亂的心情轉身離開房間。我告訴自己，我需要儘快給他一份清單。但事實是，我無法再與那雙眼睛對視。

我想要盡可能遠離它們。

# 第二十五章

「嗯，是的，」艾蒙德在我的手機中說話，「我想到它的時候，這樣的情況的確在我身上發生過。」

「告訴我。」我急切地說。我將手機塞在外套肩膀的位置上，耳朵上戴著耳機。現在我正在為今晚的行動做最後的籌備，把各種事情綜合整理在一起。房裡只有我一個人，這是我們新的臨時藏身之地。如今已經是蒂雅被捕之後第五天，我們只能按部就班地行動。我和柯迪談過躲入城市下方的洞穴裡，但我們最後決定，這些洞穴沒有經過詳細探索，也許不夠穩固。

我們採納了柯迪的建議，躲到了一座公園的橋下。我迫不及待地想要去救蒂雅，所以我們無法立刻轉移基地，建立一個全新且實用的基地需要時間。除此之外，蒂雅的計畫還需要鋒銳高塔中會舉辦一場派對，而第一場派對就要在今晚舉行。我們只能希望蒂雅可以堅持住。

「那肯定是……噢，兩、三年以前的事情了。」艾蒙德說，「我先前的主人告訴鋼鐵心，狗是我的弱點。他會偶爾將我和狗鎖在一起，但並不是某種有意的懲罰。我一直沒有弄懂他為什麼要這樣做，而且他這樣做的時間也沒什麼規律可言。」

「他想讓你害怕他，」我一邊說，一邊翻查一個背包中的物品，將它們和我的清單進行核對，「你是那樣平靜安穩，艾蒙德。有時候，我也覺得你什麼都不怕。也許是你的這種特質讓他感到擔憂。」

「噢，我真的很害怕。」他說，「我是巨人中間的一隻螞蟻，大衛！我根本算不上是個威脅。」

這正是鋼鐵心的行事風格。他一直讓新芝加哥處在陰森幽暗的環境，只為了確保他的臣民生活在恐懼之中。他的中間名就是Paranoia（偏執狂）。但他只有一個名字——鋼鐵心——所以Paranoia更像是他的姓氏。

「就是這樣，」艾蒙德繼續在手機中說，「他把我和狗鎖在一起。那些都是憤怒、可怕的大狗，而我只能縮在牆角哭泣。這種情況從沒有改善過，甚至更糟糕了。」

「你害怕牠們。」

「我為什麼不會害怕？」他說，「牠們壓制了我的力量。牠們毀掉了我，將我變成一個普通人。」

我皺起眉頭，拉上背包的拉鍊，又從肩膀上取下手機，看著螢幕上的艾蒙德。這個棕褐色皮膚、帶著印第安口音的人，明顯已經上了年紀。

「不管怎樣，你只能給出你的力量，艾蒙德。」我說，「你是一位賦予者。為什麼你還會因為自己失去力量而感到困擾？」

「話是這樣說，但正因為我對於其他人的價值，才讓我過上奢侈且相對平和的生活，其他人都在挨餓、掙扎求生。我的力量讓我變得重要，大衛。失去它們肯定會讓我害怕。」

「狗才會讓你害怕，艾蒙德。」

「我剛才就是這樣說的。」

「是的，但是你也許搞錯了因果關係。你害怕狗真的是因為牠們會壓制你的力量嗎？會不會是因為你害怕牠們，所以你的力量才會受到壓制呢？」

他的目光從我面前轉開。

「噩夢？」我問。

他點點頭。我看不清楚他房間的情況。他在新芝加哥以外的一個安全室中，一個教授不知道的地方。直到騎士鷹讓無人機給他送去了一支新手機，我們才能聯絡上他。他已經按照我們的要求，關掉了那支舊手機，後來一直拒絕重新打開它。他說這樣只是出於謹慎，以免我們在攻擊鑄造廠時出現意外。這是他又一次對我們的小小對抗。

「噩夢，」他依然沒有看螢幕，「被獵殺、鋒利的牙齒、刺穿、撕裂……」

我給了他一點時間，同時繼續我的工作。我跪下時，一樣東西從我T恤前的領口滑了出來。我的項鍊，亞伯拉罕給我的那一條。它的末端是一枚S形吊墜。這是忠貞者的標誌，他們相信善良異能者一定會出現。

我一直戴著它。畢竟，我的確相信異能者，至少從某種角度上來說是這樣。我把它塞回去。三個背包已經檢查完畢，還剩下兩個。就算是在這次任務中負責後方操作的柯迪，也需要一個緊急背包以防萬一。我們的新藏身地——在一座人跡罕至的公園裡的一座橋下匆忙構建的三個房間，並不像之前的藏身之地那樣安全，所以我們不想在這裡留下太多物品。

我需要完成這個工作，但也很想能看到艾蒙德，而不只是聽到他的聲音。這是一次重要的談話。我思考片刻，看到柯迪的迷彩棒球帽正好放在我們從前一個藏身之地運來的一堆物資上面。

我微微一笑，拿起一卷寬膠帶，將我的手機掛在了棒球帽的帽沿上——我用掉了差不多半卷膠帶，但又有什麼關係？我把帽子戴上的時候，手機正好垂到我面前，就像是頭盔上安裝了一個顯示器，呃，算是個非常粗糙的顯示器。不管怎樣，現在我能夠在看到艾蒙德的同時也將雙手解放出來了。

「你在幹什麼？」他皺起眉問我。

「沒什麼，」我又開始了工作，手機就掛在我的臉旁邊。「那些狗怎麼樣了，艾蒙德？就是在一切發生改變的那一天。你能夠正視牠們的那一天。」

「很蠢。」

「跟我說說。」

他似乎是在衡量情勢。他不必服從我，況且我們還隔著這麼遠。

「拜託你，艾蒙德。」我說。

他聳聳肩，「一隻狗撲向了一個小女孩。她打開屋門，讓我出去，然後……是的，我認識她，她是一名看守我的衛兵的孩子。所以，當一頭猛犬撲向她的時候，我攔住了那條狗。」他的面色一紅，「其實那是她的狗。牠並不想攻擊她，只是因爲看到主人而興奮。」

「你正視了你的恐懼，」我一邊說，一邊翻查下一個背包，將其中的物品和我的清單比對，「你沒有在讓你害怕的事物前退卻。」

「我猜，你說的倒是有可能。」他說，「從那以後，情況是發生了改變。在隨後的日子裡，我在見到狗的時候力量會被削弱，但不再完全消失。我想，我大概一直都錯了——我一直都以爲我的弱點是寵物的皮屑或者諸如此類的某種東西，但我無法就此進行試驗。只要我那樣做，一定會引來所有人的警覺。」

同樣的事情也會發生在梅根的身上嗎？假以時日，火焰會不會無法再壓制她的超能力？她的弱點現在對她還有用，但她已經能夠擊退黑暗。也許艾蒙德經歷過了下一個階段。

我拉起背包的拉鍊，把它和其餘的背包一起放到牆邊。

「告訴我，」艾蒙德說，「爲什麼會是這樣？如果狗是我的弱點，爲什麼用我的力量充能的能量電池在有狗的時候還可以工作？」

「嗯？」我有些心不在焉地說，「噢，是大分散規則。」

「什麼？」

「一名異能者的超能力距離異能者越遠，他的弱點對他的超能力影響也就越小。」我一邊說，一邊拉上了第四個背包的拉鍊，「就像是在新芝加哥——如果鋼鐵心的超能力在任何地方都會被不害怕他的人壓制，那麼他就不可能將整座城市都變成鋼鐵。那座城市中的絕大部分人當時還不知道他是誰，也不可能害怕他。那樣的話，新芝加哥城中就會出現許多小片的地方沒有變成鋼鐵。」

「噢……」艾蒙德說。

我站起身，把所有背包放在一起。棒球帽和手機的搭配不像我希望的那樣好——它有些過於頭重腳輕了，總是滑下來。

需要配重，我下了決定。我拿起膠帶，將一壺水壺黏到帽子後面。這樣好多了。

「你……還好嗎？」艾蒙德問。

「挺好的。感謝你提供的資訊。」

「你可以報答我。」他說，「只要你同意給我一個新的主人。」

我停住腳步，手中拿著膠帶已經用光的硬紙殼圓軸，「我還以為你喜歡幫助我們。」

「你們變弱了。」他聳聳肩，「你們無法再保護我，大衛。我厭倦了藏在這個小房間裡。我更願意侍奉一名能夠照顧我的高等異能者。我聽說夜愴還在施行統治。」

我感到一陣反胃。「你想去哪裡都可以，艾蒙德。我不會阻止你。」

「冒著被殺死的危險？」他皮笑肉不笑地看著我，「外面太危險了。」

「你已經擺脫了黑暗，艾蒙德，」我說，「你在其他所有人之前觸及到了那個祕密。如果你不想逃走，為什麼不加入我們？成為團隊的一員？」

他拿起一本書，從螢幕前轉開。「我無意冒犯，大衛，但這聽起來像是很糟糕的蠱惑。我不接受。」

我嘆了口氣。「我們會送新的補給給你。不過騎士鷹也許會想讓你為他補充一些能量電池。」

「給我的命令我都會去做，」艾蒙德說，「但大衛，我認為你對於超能力的看法有個地方是錯的。你說我對狗的畏懼造成了我的弱點，但在禍星出現之前，我並不害怕牠們。跟你老實說，那時我只是不喜歡牠們，甚至還有些恨牠們。說到害怕，那似乎是隨著我的超能力量突然爆發出來的。就好像是超能力……需要某種東西來害怕。」

「就像是水。」我悄聲說。

「嗯？」

「沒什麼。」太傻了。禍星那時不可能在看著我，「再次感謝。」

他向我點點頭，然後關掉了手機。我跪在地上，檢查最後一個背包裡的物品，然後將它和其他所有背包放在一起。就在我這樣做的時候，梅根把頭探進房間。她在門口猶豫了一下，半張著嘴，帶著迷惑的表情看著我，彷彿忘記了自己要說的話。

帽子，我明白了。現在應該把帽子摘下來還是繼續扮酷？我決定扮一半的酷，把手機從膠帶裡拉出來，但繼續戴著那頂帽子。然後我平靜地把手機固定在手上，並問她：「什麼事？」對於仍然懸掛在眼睛旁邊的那一大塊銀色垃圾，我選擇視而不見。

帽子向後滑了過去，因爲綁了水壺的關係，現在後面明顯過重了。我抓住帽子，把它扶正。

沒錯，還很光滑。

「別想讓我問你那頂破帽子是怎麼回事，」她說，「你做完了嗎？」

「剛剛檢查完最後一個，並且和艾蒙德有了一次不錯的談話。他的經歷和妳很像。」

「所以弱點實際上是無法擺脫的。」

「嗯，他的弱點的作用似乎正隨著時間而變小。」

「至少這算是一個收穫。我們準備出發了。」

「很好。」我站起身，拿起背包。

「你……不會想在行動的時候也戴著這頂帽子吧，是嗎？」

我隨手摘下了帽子——但我必須用力把它拔下來，因爲膠帶已經黏住了我的頭髮——然後我又喝了一口水壺中的水。帽子還黏在水壺上。

我又把帽子戴回去，把它拉穩。「只是測試一個想法。」

還眞是光滑。

梅根翻了翻白眼就走了。她一離開，我就把那頂帽子扔到一旁，然後提著所有背包走出了房間。

團隊正聚集在主屋裡，房間中只有微弱的手機光亮照明。這個基地只有一層，在一座圓形的大主屋兩側，各有一個小一些的房間。蜜茲和亞伯拉罕穿上了我們的潛行服，兩套潛行服在他們身上都很合適，呈現出一種流線型的美感。他們的腰帶上繫著吸熱裝置，裝有護目鏡的兜帽可以掀起來，露出面孔。

「前衛小隊，準備出發。」蜜茲說。我將他們的背包遞給她和亞伯拉罕，這兩個背包是最重的。

「為什麼不叫『第一小隊』了？」我問。

「顯然是不夠前衛。」她說，「我還考慮過用『黑色小隊』，但又覺得這樣叫有些種族主義色彩。」

「難道你們稱自己為黑色不合適嗎？」梅根靠在牆上，雙臂抱在胸前，「你們兩個都是美籍非洲人？」

「加拿大籍。」亞伯拉罕糾正她。

「是啊，」蜜茲說，「也許我用這個名字沒問題？說實話，我都快記不清了。禍星出現之前，人們似乎對於種族之類的問題都很關心。也就是說，並非現在的所有事情都要比過去噁爛，想到這個還是能讓人高興一下的。過去那些日子裡囧事其實也是不少，也就是說，就算沒有異能者，大家也要找些事情來吵吵吵，種族啦、國家啦……噢，還有運動隊。我是認眞的，如果能回到過去，那最好還是不要有運動隊。」

「我會記住妳的話。」我一邊說，一邊把一個背包遞給柯迪。我希望蜜茲所說的事情只會發生在過去，但看伊爾迪希亞城中人群彼此隔絕的狀態，我只能說，就算是在有異能者的日子裡，我們還是很善於因爲種群的不同而相互爭鬥不休。

柯迪接過他的背包。他的身上還穿著迷彩服，肩頭掛著狙擊步槍，赫爾曼——那套晶體生長裝置——被別在腰帶上。他得在靠近鋒銳高塔的一座建築物頂端，利用鹽構建一個藏身之地，在那裡執行後方指揮的任務。加上狙擊槍，他還能爲我們提供緊急掩護。

我曾經建議由我來進行後方指揮，但蜜茲和亞伯拉罕需要能夠迅速從檔案和圖示中獲取有效資訊、指導他們各種技術細節的人。這就讓我和梅根是一隊了。對此我當然不會有什麼怨言。我們會混進派對，但我們不得不改變蒂雅的計畫，將她的一個備用方案做爲我們的進入手段。

我將梅根的背包遞給她。「大家都準備好了嗎？」

「盡可能準備好了。」亞伯拉罕說，「儘管只練習了不到一星期。」

「我呢？」一個聲音問。我們轉過頭，看見竊賊站在第三個房間的門口。他用他所喜愛的方式裝飾了那個房間，不過房裡的沙發少了一些，因爲他的一部分造物品質要分配出來爲團隊製造各種工具。

「你想要參加嗎？」我驚訝地問。

他瞪了我一眼，「如果你們不在的時候有人找到了這裡呢？你們打算拋棄我。」

「星火啊，」我說，「你簡直比艾蒙德更難伺候。如果有人來了，你可以變出一個分身，把他們全都引走。這是你的力量之一，不是嗎？」

「那很痛苦。」他說著，將雙臂抱在胸前，「我不喜歡那樣做。」

「噢，天哪……」我搖搖頭，向其餘的人轉過身，「我們走吧。」

# 第二十六章

鋒銳高塔聳立入雲，如同夜幕下的一道陰影，只有它的最頂層除外，那裡面燈光閃爍。這一片區域的鹽呈現出一種塵灰色，所以那座高塔的頂層看上去既明亮，又陰暗。就像是一個帶著愚蠢生日帽的黑洞。

梅根和我一步步向那裡靠近，肩頭扛著背包，戴著來自於另一個次元的新面孔。這種小幻象對她來說非常容易。只要我不要太遠離她，她就能穩定地維持住我們這種偽裝。我不由自主地又開始思考這種超能力的原理。這兩張臉是來自於隨機的兩個人嗎？或者在他們的次元裡，他們和我們處在同樣的地點？

一大群人正聚集在鋒銳高塔的底層。在這裡，舊日窗戶變成了比較薄的鹽片，其內有一團團暖光透射出來。有幾道門敞開著，供這些菁英人士進入。我停下來，看到另一隊人剛剛乘著人力雙輪車到達。

他們的穿著很像是新芝加哥人：女人穿著閃亮的一九二〇年代風格短裙，塗著色彩鮮豔的唇膏；男人穿細條紋套裝，帶著高頂禮帽，就像老電影裡那樣。我甚至開始猜測他們是不是用小提琴箱藏著湯姆衝鋒槍。實際上，他們的保鏢都裝備著格洛克手槍和P30手槍。

「達倫？」梅根問。她用的是我的假名。

「抱歉，」我回過神來，「這讓我想到了新芝加哥。」年少時的回憶又塞滿了我的腦袋。

高塔底層的客人們一邊等待著進入電梯去參加派對，一邊接受著招待。音樂流瀉在大廳，是蜜茲喜歡的那種曲調：有許多低沉和高亢的打擊樂混雜在其中，和這裡人們的莊重儀表很不搭。侍者們送來馬丁尼和魚子醬，這些都是寵信與權力的標誌。

我還沒有喝過馬丁尼。有許多年裡，我一直以爲它是一種汽車商標。

梅根和我突然向右一轉，離開人群，朝高塔背後的一道小門走去。我們沒有僞裝成那些富人賓客進入電梯，而是選擇了一條防範鬆懈許多的路徑。蒂雅有一個後備方案，就是讓第二小隊跟隨僕人一起上去。

根據蒂雅筆記中的圖像，我們能夠僞造一份參會資格——之前我們迅速調查過刺魟家族，確認了他們不會派任何人參加這場派對。他們要爲這場派對提供服務，但顯然一整個家族都忙著準備逃離這座城市。

這樣就讓我們找到了一個可以鑽進來的漏洞。在高塔後面，我們看到一些沒什麼地位的人聚集於此，等待著乘坐小一些的僕人用電梯。

「準備好了？」我問。

「好了。」梅根回答。她的聲音與蜜茲和亞伯拉罕的聲音同時響起，那兩個人是在我的耳機裡說的——我的耳機藏在梅根給我的幻象頭髮下面。騎士鷹確保了我們的線路暢通無虞。教授在巴比拉時就竊聽了我們的手機，但他的竊聽器需要被安裝在手機中才能使用，我們已經更換了設備。

「開始。」我說。

梅根和我跑了起來。我們蹣跚地衝進正在後門工作的人群中，停下腳步，努力控制呼吸，裝出一副急壞了的樣子。

「你們兩個是什麼人？」衛兵問我們。

「蛋糕裝飾設計師，」梅根說著拿出了那份邀請函——對於像我們這樣的臨時工，這更像是一份命令，「刺魟家族。」

「來得正是時候，」衛兵沒好氣地說，「接受搜身，然後我會讓你們搭下一部電梯。」

漏洞很喜歡漂亮的蛋糕。刺魟每次都會送兩名蛋糕裝飾設計師來爲她服務——即使卡拉或者其他重要的家族成員不會參加派對也是如此。

我們走上前，放下背包。我的心臟快速地跳動著。一個滿面嚴厲的女人打開了背包。

「第一步，通過。」梅根在耳機中低聲說。那名衛兵拿出電動攪拌機，把它們重重地放到桌子上，隨後是各種蛋糕裝飾用品。這些東西之中的絕大部分我連名字都不知道，更不要說該如何使用了。所有這些讓我明白了一件事：蛋糕裝飾設計是一件嚴肅的事情。

經過一番迅速的檢查之後，我們拿回了背包，並且被帶到其他僕人之前，走進了有一個電梯井的陰暗鹽牆房間。

「我們也進來了，」亞伯拉罕說，「比你們高一層。」

他們用拉提蚩潛入了高塔——亞伯拉罕製造出水銀台階登上第二層，然後利用特製的壓力洗滌噴嘴射出一小股足以切割岩石的水流，劃開一扇變成鹽的窗戶，進入室內。

梅根和我進入電梯。這裡很小，晃動得很厲害，只有一顆燈泡照明。和我們一起走進電梯的還有另外三人，他們都是穿著白色制服的侍者。

「行動。」我悄聲說。

我相信自己感覺到了亞伯拉罕和蜜茲掛到電梯纜索上時的顫動。利用竊賊爲他們製造的工具，他們會沿著纜索一路向上。

幾秒鐘之後，遠方的一部機器發出轟鳴。我們開始上升。電梯爬升得緩慢又沉悶，沿途沒有什麼可供觀察的東西——大多數樓層的鹽門還是完整的，這表示它們並沒有被使用。蜜茲和亞伯拉罕不得不放慢速度，在爬到每一層的時候都先觀察一下，確保電梯井外的走廊裡沒有人。

電梯一路上都在晃動，偶爾會蹭到電梯井的邊緣，在鹽塊上刮出一道道痕跡。如果蜜茲或亞伯拉罕的裝備出了差錯，他們掉下來該怎麼辦？電梯井沒有門，如果走廊裡的人發現他們，他們將無所遁形，所以他們只能被迫在下面等。如果上升的電梯這時將他們推上暴露的空間該怎麼辦？我抹了抹眉毛，手上全是鹽末和汗水。

「我們安全了。」亞伯拉罕的聲音在我的耳邊響起，「沒有問題。在第六十八層脫離纜索。」

我終於鬆了一口氣。又過了幾分鐘，我們才經過蜜茲和亞伯拉罕爬進去的敞開門口，但他們早已消失得無影無蹤。他們還需要再往上兩層樓，才能到達位於第七十層的目標所在地。蒂雅的方案中說明了這一層的守備並不嚴密，這一點也得到了竊賊的證實。

當第七十一層的燈光傾瀉到我們身上的時候，我長長地吁了一口氣。這座高塔的頂層有一座古老的餐廳，還有我們的目標。

我們排隊走出電梯。那三名侍者急忙加入已經在為客人們端去一盤盤食物的僕役之中。梅根和我背著背包走進廚房。在那裡，堪比一個軍團的廚師們，正用熱盤子和平底鍋烹調各種菜餚。碩大的燈泡被固定在天花板上，讓整個空間裡都充斥著刺眼的白光，這裡的地板和大部分舊式料理台上都鋪著塑膠。我有點想知道，他們要替一條魚抹鹽的時候會怎樣做。刮一些牆壁下來？

這裡的全部電能都來自於一些粗大的電線，它們的末端連著一排被插滿的延長線。說實話，這裡的延長線可眞多。要在上面再多插一條電線，你就必須拔掉兩根，我相信這種情形肯定違反了某種物理法則。

梅根想從經過的侍者那裡打聽一些訊息，旁邊已經有人高喊了一聲：「你們終於到了！」我們轉過頭，看見一個七呎高的大廚走過來。爲了不讓自己的頭撞在那些舊鹽燈上，他走動的時候必須低下頭。他的臉緊皺在一起，看上去就像是剛剛喝了一杯檸檬汁鹽鹵冰沙。

「刺魟？」他高聲問。

我們點點頭。

「是新面孔。蘇西怎麼了？算了，別管這個。」他抓住我的肩膀，把我拉過忙碌的房間，來到旁邊一個堆放食材的小食品室中。一個帶著小廚師帽的女人正一臉無助地站在這裡，看著一盤沒有奶油的杯子蛋糕。她圓睜著雙眼，滿是汗水的手裡拿著一支小小的奶油擠花嘴，死死地盯著這些杯子蛋糕，彷彿盯著一排排微型核彈頭，每一顆彈頭上都印著禁止碰撞。

「糕點師來了！」高個子大廚說，「妳不必待在這裡了，羅絲。」

「噢，謝天謝地。」那個年輕女人說著，將擠花嘴扔到一旁，立刻就跑掉了。

高個子大廚拍了拍我的肩膀，然後也走了，只剩下我們兩個在這個小食品室裡。

「爲什麼我有種感覺，他們有些事情沒告訴我們？」梅根說，「那個女孩看這些蛋糕的樣子就好像這是一盤蠍子。」

「是的，」我點點頭，「沒錯，蠍子。」

梅根看了我一眼。

「或者是小型核彈頭。」我說，「這麼說也沒錯，對不對？當然，妳可以把一隻蠍子綁在一枚核彈頭上，這會讓它們變得更危險。妳必須嘗試拆除核彈頭，但是，噢——還有蠍子。」

「是的，但爲什麼？」梅根將背包放到了鋪著塑膠的料理台上。

「嗯？噢，漏洞到現在爲止已經因爲不滿意甜點而處決了三名點心廚師。這是蒂雅的筆記上寫的，那個女人眞的很喜歡杯子蛋糕。」

「你沒有提過這件事是因爲……」

「不重要。」我一邊說，一邊拿起我的背包，「我們在這裡不會待太久，根本來不及做出任何點心。」

「是啊，因爲我們的計畫總是會嚴格按照預想進行。」

「什麼？我應該去上一期蛋糕裝飾設計速成班嗎？」

「其實，」柯迪上線說，「我的蛋糕裝飾手藝還不賴，如果你想知道的話。」

「我相信，」梅根說，「你打算告訴我們，你曾經爲蘇格蘭的至高國王做過杯子蛋糕？」

「別傻了，小姑娘，」柯迪慢吞吞地說，「是摩洛哥國王。杯子蛋糕太甜太軟了，不合蘇格蘭人的口味。如果給至高王一顆杯子蛋糕，他會問妳爲什麼不獵捕這個小蛋糕的爹娘，卻把它捉來了。」

我面帶微笑地看著梅根打開攪拌機的側面，輕輕拿出兩把貝瑞塔微型手槍，還有兩支消音器。她的攪拌機根本不能運作——這台機器的內部被我們用來藏匿武器了。在蒂雅看來，冒這個風險是合理的，因爲在塔底進行檢查的衛兵應該沒有電力來源。

我們各自安裝好消音器，然後將手槍藏到腋下的槍套裡。我將我的攪拌機插好電源，它才是可以工作的。響亮的嗞嗞聲能夠爲我們提供掩護。以防萬一，我將一些食材放進攪拌碗裡，然後又將蛋糕裝飾設計工具在台上擺開。

有一件事對我們很有利，我們所處的小食品室有一道獨立門通向主屋。我走過去，朝門外窺探。梅根這時拆下了攪拌器的電源，從裡面拿出一個很像是手機的小盒子。

我破開一點臨門，對外面的派對迅速觀察了一番。廚房位於第七十一層的正中央，這一點很重要，因爲外面的一部分地板正在旋轉。

一個旋轉餐廳。又是一個禍星之前時代裡人們奇怪的想法，有時候，我很難相信這樣的事情會是眞的。曾幾何時，普通人也可以來這裡吃上一頓大餐，俯瞰整座城市。這座高塔的頂端飯店就像一個車輪，只有中間的車軸是固定的，周邊的環形地面不斷地旋轉，不過它的外牆是固定的。還有兩層才到塔頂，上方樓層中有一部分只是做爲布置燈光而用。

這座高塔的鹽化肯定毀掉了推動地面旋轉的機械，尤其是馬達和導線。讓這個地方能夠重新旋轉起來，顯然需要一支勞工隊伍、一些工程師，還有一個名叫氦氣的低等異能者——他的超能力是讓重物浮起。漏洞每個星期都會找些麻煩，做出些特立獨行的事情來，讓她成爲衆人矚目的對象，這是一種非常明顯的異能者風格。

我看到了那個女人正坐在旋轉地板上的一張桌子旁。她剪了一個奧黛麗・赫本在《羅馬假日》的「小仙女」髮型，身上穿著作工上乘的一九二〇年代服裝，這些都很配她苗條的身材。

這裡的派對場面比高塔底部輕柔典雅得多。沒有響亮的音樂，只有一支弦樂四重奏的小樂隊。人們坐在鋪著雪白桌布的桌邊，等待食物被送上來。在另一些地方，鹽質桌椅被移開，闢出舞池，只不過沒什麼人想要跳舞。每張桌子都像是一小片領地，屬於一位異能者的宮廷，諂媚的臣僚環繞在他們的君主周圍。

我辨別出一些低等異能者，心中暗自記下有哪些人還活著——這表示他們已經投降了教授，而不是逃離這座城市。讓人驚訝的是，風暴也在這裡，那名年輕的亞洲女性正坐在一個高台上。她顯然已經在教授的牢獄中磨去了銳氣，才被釋放出來。教授將風暴當成一件展示品，讓所有人都看到，現在他才是伊爾迪希亞的統治者。但他終究還是需要這名亞洲女子，沒有了風暴的力量，莊稼就無法生長，各種奢侈品，甚至是基本的生活必需品，都不會再進入這座城市。

我搖搖頭。從這個角度，無法看到整個環形大廳。教授不在這半邊，我懷疑他也不在大廳的另外半邊。他不像是一個會參加這種派對的人。

「我們就位了，」蜜茲上線輕聲說，「已經到了第七十層。」

那是蒂雅被囚禁的樓層，也是教授房間所在的樓層。不過這兩個地點位於那一層相對的兩側，所以我們有希望在教授察覺之前救走蒂雅。蒂雅原先的計畫中包括了將教授引出房間的方案，這樣她就能夠在教授全無知覺的情況下，偷取教授的資訊。但我們現在不必考慮這件事。

「收到。」柯迪說，「幹得好，前衛小隊。等待大衛和梅根的行動，隨後你們再繼續。」

「好——啊，」蜜茲說，「現在亂跑的確很冒險。這個地方到處都是攝影機，就算是潛行服也不可能提供多少保護。」

「我們馬上就爲第三步做好準備，」我說，「只要讓我們……」

我沒能把話說完。出現在大廳中的一個人，讓我的嘴巴不由得張大了起來。

「大衛？」柯迪問。

那個人隨著旋轉的地板進入了我的視野。他坐在一個鹽質王座上，被穿著緊身衣的女子環繞。這個人外罩黑色的長外衣，黑色長髮垂下他的肩頭，不可一世地坐在王座中，一隻手按在劍柄上。那把劍鋒刃向下豎在他的身邊，就像是一柄權杖。

滅除。摧毀了休斯頓和堪薩斯城，也曾經試圖炸掉巴比拉的人。王權用來將教授推向黑暗的工具。他就在這裡。

他看著我的眼睛，微微一笑。

# 第二十七章

我縮回食品室裡，心臟急遽地跳動，手心全是汗。沒事的，我有一張假臉做掩護，滅除不會認出我。他只是一個讓人毛骨悚然的人，無論他看誰——

滅除出現在我的身邊。就像每一次使用傳送術時一樣，他從一團光變化成具體的形態。梅根罵了一聲，向後踉蹌一步。滅除伸手按在我的肩膀上說：「歡迎，消滅惡魔的人。」

「我……」我舔了舔嘴唇，「偉大的異能者，我認爲您把我錯認成別人了。」

「啊，鋼鐵殺手，」他說，「你的面容也許變了，但你的眼睛——還有那裡面的饑渴絲毫沒變。你是來毀滅綠光的，這很正常。『我將讓男人與其父爭鬥，女兒與其母爭鬥……』」

梅根將槍口抵在滅除的頭側，槍機撥動的聲音隨之響起。但她沒有開槍，這樣會引來別人的注意，毀掉我們的計畫，況且滅除只需要在子彈擊中他之前傳送走就行了。

「你在這裡幹什麼？」我問。

「我受到了邀請，」滅除微笑著說，「綠光向我發出訊息，我只能同意在這裡現身。他的召喚卡片是……不可違拗的。」

「召喚卡片……」我說，「星火啊，他有了你的力量的引擎。」騎士鷹曾經說過，活異能者的超能力同樣可以製造引擎，但這會讓那名異能者感到痛苦，並將那名異能者吸引過來。

「是的，他的確使用了那些……設備中的一個召喚了我。他一定是想死，鋼鐵殺手。在我們的靈魂深處，我們全都想死。」

星火啊。除了摧毀巴比拉和堪薩斯城的炸彈之外，王權一定至少用滅除多製造了一顆炸彈。現在那枚炸彈在教授手裡，教授必須用陽光對它充能。我相信正是這樣才將滅除吸引了過來。

這意味著在這座城市的某個地方，有一個裝置能夠瞬間摧毀整座城市。如果教授放棄了保護巴比拉時他所具有的人性，給伊爾迪希亞帶來了同樣的毀滅，那將是多麼恐怖的事？

滅除看著我們，顯得無比輕鬆。我們上次見面的時候，他曾經追逐了我很長一段時間，想要殺死我。現在他看起來對我沒什麼恨意——我的運氣還不錯。

但在那一次分開之前，我曾經被迫向他洩露了一些事。我說：「你知道弱點的祕密。」

「確實。」他回答，「這要感謝你。他們的夢暴露了他們弱點，所以我神聖的工作才得以進行。我只需要去發現他們都在害怕什麼。」

「你想要除掉這個世界上的異能者。」梅根說。

「不，」我看著滅除的眼睛說，「他是想要除掉這個世界上的所有人。」

「我們殊途同歸，鋼鐵殺手。」滅除對我說，「我們終究還是要面對彼此，但今天，你可以去執行你的任務。上帝會讓這個世界成為一片玻璃，但只會是在灼燒之後……而我們就是祂的火焰。」

「該死的，你眞讓人噁心。」梅根說。

他給了梅根一個微笑，「『將不會再有黑夜，他們不再需要蠟燭，太陽也不再發出光芒，因爲上帝會給他們光。』」說完這一句，他就消失了。就像每一次一樣，他借助傳送離開，只留下一團光，就如同他的一尊發光的白色瓷像，眨眼間，這團光化成碎片，也迅速消失不見。

我頹然向門口倒去。梅根抓住我的手臂，扶我站穩。星火啊，難道我們要擔心的事情還不夠多嗎？

「小點心在哪裡？」一個人在外面高喊，「快一點，你們這些蠢貨。她要杯子蛋糕。」

高個子大廚衝進了我們的食品室。梅根急忙轉向他，同時將手槍別在背後。突然間，擺滿在托盤裡的杯子蛋糕上，全都有了精緻複雜的裝飾。

高個子大廚安慰地吐出一口氣，「謝天謝地，」他抓起託盤，「如果你們兩個需要什麼，趕快告訴我。」

大廚走了。我卻只是憂心忡忡地看著他的背影，害怕那些蛋糕一旦離梅根太遠，上面的裝飾就會消失。梅根一隻手按著料理台，俯下身去，這一次變成我扶住她。

「梅根？」我問。

「我……覺得我能夠讓那些東西永遠存在下去了。」她說，「星火啊，這比我很久以來所做的要厲害。」我的手指感覺到她的肌膚上全是冷汗，她的臉色也白得嚇人。

也就是說，她使用的力量非常大。「這全都是因爲妳的練習，不斷想像妳能做的事情！」

「是啊，我們會知道答案的。」她停頓一下，「大衛，我覺得我找到了一個次元，你在那裡很不擅長用槍，卻很擅長做小點心。」

「噢。」

「是的，」她站穩身子，「但是，在所有那些無窮無盡的次元裡，我從沒有找到過你在哪一個次元裡稍稍懂得一點接吻技巧的。」

「這樣說不公平，」我說，「昨晚妳完全沒抱怨過。」

「你把舌頭伸進了我的耳朵裡，大衛。」

「那是調情。我曾經在影片裡看過。那就像是……熱情的淫威利（注）。」

「你們是否知道還處在和我的連線狀態？」柯迪問。

「閉嘴，柯迪。」梅根說著，把槍塞回到手肘下面，「警告亞伯拉罕和蜜茲，我們撞上了滅除。現在進入第三步。」

「收到，」柯迪說，「還有大衛……」

「什麼？」

「如果你敢把舌頭伸進我的耳朵裡，我會一槍打進你的棒棒裡。」

「感謝警告。」我一邊說，一邊開始脫衣服。

我在肥大的牛仔褲和夾克衫裡面穿著寬鬆長褲和鈕釦襯衫。梅根把她的夾克丟給我，我拉出那件衣服的襯裡，把它翻過來，將它變成了一件男士無尾禮服。

梅根隨後脫下身上的運動衣，露出一件晚禮服長裙——裙襬一直被她繞在腰上。她脫下長褲，裡面是一條腳踏車緊身褲，然後她放下裙襬，遮住雙腿。

我竭力不露出吃驚的樣子。噢，天哪，我努力掩飾自己的驚訝。這件流線型的長裙閃閃發光，如此華美……而且它真的很適合梅根的線條，就像是帶有美麗條紋的貼腮片能夠那樣完美地映襯最好的槍托。

不幸的是，現在的梅根有一張別人的臉。這一點把我眼前的美景毀了，但在頸線以下……

我發現她在看我，而且臉紅了。然後，我發現她並沒有注意我的眼神，而是自顧自地點了一下頭，唇邊露出一絲淡淡的微笑。

「妳……是在看我的胸部嗎？」我問她。

「什麼？」她說，「集中精神，阿膝。」

好爽，我心想著，穿上了我的夾克。

「拿上這個，」她將那個從攪拌器電源中取出的小盒子遞給我，「我身上沒有多少地方能夠裝東西。」

「難道妳不是經常……」我朝她的乳溝點點頭。

「我已經把我的手機塞在這裡了。」她說，「不用你問，沒有，這裡不可能再放下微型手榴彈。我把它們綁到了大腿上。女孩當然要有所準備。」

星火啊，我眞愛這個女人。

我將小盒子放進口袋裡，兩個人走出了門口。梅根集中精神，再次改變了我們的容貌。她這樣做的時候，我感覺到了一絲扭轉。一眨眼間，另外一個世界，另一種眞實落在我身上。在那個世界裡，我們曾經僞裝成的兩個人走開了——一個女人有著梅根曾經使用的臉，一個男人表情嚴肅，嘴很寬。

走掉的是兩名糕點廚師，走進大廳的則是兩名面容截然不同的富人賓客。片刻間，我見到了梅根使用超能力的方式——我們所處現實的時間和空間發生了波動。

梅根挽住我的手臂，我們漫步走過圓盤大廳，走上了不會旋轉的上層步道。我注意到滅除回到了他的王座，手中拿著一顆椰子，爲什麼他的手裡會有椰子？也許是他剛剛用傳送術去某

注：Passionate Wet Willie，一支美國樂隊。

個地方拿的。根據我的觀察，他的傳送術似乎沒有距離限制——他只需要見過那個地方，或者至少知道那個地方的樣子，就能去那裡。

他向我瞥了一眼，點點頭。星火啊，他也能看穿這種偽裝？我沒有再和他對視過，他一定還隱藏著某種超能力。也許他是一名占卜者，能夠感覺到異能者。但這個房間裡坐滿了異能者，他是怎麼認出我們兩個的？

我在困擾中竭力將思緒集中在我們的任務上。

「幹得好，」柯迪在我的耳裡說，「繼續，你們還要走過四分之一個大廳。」

「前衛小隊還好嗎？」我問。

「已經準備好了，正等著下一步行動。」柯迪說。

我們繼續走過大廳，途中經過了漏洞的桌子。那名身材細瘦的短髮女人將一些僕人縮小，讓他們在她的桌子上跳舞，以此娛樂聚集在她身邊的人群。我一直都很奇怪……

梅根領著腳步遲滯的我向前走去。

「她的力量很強，」我悄聲對梅根說，「她可以隨心所欲地縮小東西，而且對於能被她縮小的東西，有著不可思議的控制力。」

「是的，好吧，以後你可以找她要簽名。」梅根說。

「唔……妳在嫉妒嗎？妳的力量畢竟比她更強——」

「集中精神，大衛。」

是的。我們走過大廳，來到一扇有著洗手間標示的小門前。和廚房一樣，它也位於大廳的中心區域。我們走進去，根據蒂雅的計畫所示，這道門後是一條服務走廊，走廊兩邊各有一間廁所，而沿走廊向前就是我們的目標——一道沒有任何標示的白門。它顯然非常重要，其他門都還是鹽質的，沉重而且不易移動，它卻是一扇木門，有著銀質的門把。

我拿出一套撬門工具，「如果妳能夠把這扇門換成一扇沒有鎖住的，那就容易多了。」我一邊說著，開始對付那道門鎖。

「這件事我也許能做到。」梅根說，「但我不知道會不會把它變成永久。這意味著如果你走進這道門，就進入了另一個次元。那裡的一切都將發生改變，而你走出來的時候，一切又會變回來。」

「妳永遠改變了那些杯子蛋糕。」我說。

「是的，」她輕聲說，又回過頭看了一眼，「這對我而言是一個全新的領域，大衛。以前如果我做到這種程度，肯定會迷失自己，最終的結果常常會是死亡。知道自己是不死的，同時又沒有任何責任感——這不是一種好組合，你會因此變得無比莽撞和放肆。」

我打開了門鎖。這道鎖很容易對付，比亞伯拉罕和蜜茲要應對的狀況容易多了。這道門不是爲了抵擋有決心的闖入者而設的，它只是爲了擋住無意中走到這裡的人，以免他們受傷。我將門打開。

門裡是一台大型發電機和轉動這一層地板的引擎。梅根和我在有人進入服務走廊、使用廁所之前溜進了這個房間。我拿出手機照明。這個房間很狹小，地板上鋪著一層粉末狀的鹽。

「星火啊，」梅根說，「他們是怎樣把這東西運進來的？而且還要每個星期都做一遍？」

「這件事不像看上去那麼困難。」我說，「只要漏洞將這些全部縮小，就可以放在口袋裡到塔頂上來。然後她可以縮小一些工人，讓他們帶著鑽頭進入牆壁和地面，將她需要的電線布置好。氦氣可以浮起大廳地板，不會和下方的地面發生摩擦，這樣它們就又能轉動了。」

我跪到這台機器旁邊，找出引擎。它的下方連接著一些電線和金屬齒輪。

「這裡是蓄電池，」梅根指著機器的一部分說，「擁有備用柴油發電機。」

「我們沒有針對備用發電機做準備，」我說，「這會造成問題嗎？」

「不會。」梅根說著向我伸出手，我將口袋中的小盒子遞給她。「我們要處理的是導線，而不是發電機本身，應該沒有問題。」

我拿出手機，找到處置這台設備的部分，遞到梅根面前。梅根將我們的小盒子貼到相應的導線上。我們向後退去，幾乎看不到那只盒子了。

「第三步完成。」我滿意地說，「我們要撤出發電機室了。」

「收到，」柯迪說，「呼喚亞伯拉罕和蜜茲進入主線。你們兩個做好準備。先讓梅根和大衛撤退，然後我們開始第四步。」

「收到。」亞伯拉罕說。

「帥呆。」蜜茲說。

「又是那個詞。」我說著，走進了服務走廊，「我查過這個詞，是不是和記憶棒有關係？它……」

我閉住了嘴。盯著突然走出廁所，站到我面前的一名女服務生。她驚訝地瞪著我，又瞪著梅根。「你們兩個在這裡幹什麼？」她問。

禍星啊！「我們正在找廁所。」我說。

「但它們就在——」

「那些是給平民用的廁所。」梅根在我身後說。我不得不踉蹌著為她讓路。她大步走過我身邊，對那個女孩說：「妳想讓我用僕人的東西？」

此時梅根披著一件異能者的斗篷，彷彿那是她量身訂做的。她現在顯得更高䠷了一些，雙眼圓睜，火焰已經開始在這條走廊中閃耀。

「我不是——」女僕說。

「妳在質疑我嗎？」梅根問，「妳竟敢如此？」

女僕縮起身子，低下頭，沒有再說話。

「這樣就好多了。」梅根說，「我在哪裡能找到合適的房間？」

「只有這裡。我很抱歉！我可以——」

「不。我已經受夠妳了。快滾開。妳應該慶幸我不想用一具屍體來煩擾我們偉大的主人。」

那個女孩慌慌張張地跑進了主廳。

走廊裡的火焰消失。我向梅根挑起一道眉，「不錯啊。」

「這樣做太容易了。」梅根說，「我已經開始濫用我的力量。我們趕快去找到蒂雅，離開這裡。」

我點點頭，領著梅根走進大廳。當我們站到旋轉地板上的時候，我悄聲說：「我們出來了。」我其實感覺不到它的轉動。這個環形餐廳的轉動速度很慢。我們坐到一張餐桌旁，盡可能顯得安全無害。

「就位了，」亞伯拉罕說，「正在等待命令。」

「柯迪？」我問。

「一切看起來都很好，行動吧。」

「數三下。」亞伯拉罕說。

我深吸一口氣，按下了口袋中的手機，啓動安裝在發電機上的裝置。我們之中的任何人都能這樣做，因爲它連接著我們所有人的手機。但我們已經決定，這件事由梅根和我負責。蜜茲和亞伯拉罕更適合在我們的連線中提出協助要求。如果他們拿出手機啓動裝置，有可能因爲手機的發光而暴露。

我按下按鈕的那一刻，旋轉餐廳的所有燈光都熄滅了。竊竊私語的聲音和杯盤碰撞的聲音隨之響起。我數了三下，然後鬆開我的手指。

燈又亮了起來，機器運轉的聲音再次響起。我們重新開始移動，我緊張地尋找人們產生警惕的跡象。

什麼都沒有發生。很明顯，這部一天以前剛剛被裝配就位的機器的問題之一，就是已經有了太多破損，導致當機的情況常常發生。蒂雅的方案正是利用了這一點。

「完美！」亞伯拉罕說，「我們通過了第一架攝影機。」

「任何播音頻道上都沒有警報出現，」柯迪說，「只有一些衛兵在低聲嘟囔，希望教授不會把這次斷電歸罪到他們頭上。蒂雅小姑娘，妳眞是個天才。」

「希望你很快就能當著她的面直接恭維她。」我對柯迪說，「亞伯拉罕，你的小隊到下一架攝影機前的時候通知我們。時間不多了。那些廚師就要開始懷疑他們的糕點師去了哪裡，而且人們遲早會去檢查發電機。」

「收到。」

梅根和我還留在原位。從現在開始，行動要在十分鐘內完成。繼續等待下去實在是一件煎熬的事。蜜茲和亞伯拉罕要悄悄通過衛兵密布的走廊，而我們兩個只能繼續站在這裡，裝出一副與世無爭的樣子。我們曾經試圖找方法到下一層去與他們會合，這樣梅根就能利用她的超能力，幫助他們進行最後一個階段的滲透行動。但最終我們還是沒能找到一個可行的方案。

也許這樣才是最好的。梅根看起來已經有些憔悴了，她不斷揉搓著前額，神情變得越來越暴躁。我從吧台附近的一名僕人那裡拿了些喝的，隨後才意識到這些飲料裡面可能有酒精。現在讓梅根喝這種東西絕對是非常糟糕的主意。我們需要保持警醒。所以我又從一名從身邊經過的僕人的托盤中拿了一顆杯子蛋糕。也許正是另一個次元中大衛的精心傑作。

在走回我們的桌子的半路上，我突然停住腳步。我是不是聽到了……

我轉過頭，想要從人群嘈雜的聲音中分辨出那個聲音。是的，我認識那個聲音。教授就在這裡。

我稍稍有些吃驚，社交並不是教授所好，但那個深沉渾厚的聲音無疑是他的。

我們當然有足夠的理由要對他敬而遠之，但現在我有了一張新的面孔。而且我們在這座城中第一次遇上他的經驗表明了他無法識破梅根的幻象。也許現在我可以稍微做一點偵查工作，找出他的確切位置，聽聽他在說些什麼。

「教授在這裡。」我上線說。

「星火啊，」柯迪說，「你確定？」

「是的，」我看見他正站在一扇窗戶旁邊，「我會小心地靠近他，看看他要做些什麼。如果衛兵發現了亞伯拉罕和蜜茲，他一定會首先收到警報。你們怎麼想？」

「我同意。」梅根上線說，「我們兩個在這裡什麼都做不了。這可以讓我們獲得重要的情報。」

「是的。」柯迪說，然後停頓了一下，「但一定要小心，小子。」

「當然。我會像得了糖尿病的蛞蝓在糖果工廠中一樣小心。」

「噢，你知不知道，」梅根說，「一條蛞蝓在伊爾迪希亞會是什麼樣子(注)？」

「所以蛞蝓在這裡才要小心。妳打算掩護我嗎？」

「我已經過來了，阿膝。」

我深吸一口氣，然後朝教授走去。

---

注：鹽會殺死蛞蝓。

# 第二十八章

我溜到了一張距離教授很近的高桌旁。教授正在說話，一群人圍繞著他——我認出其中一個是低等異能者，其餘的應該也都是。教授面前有一個放在桌子上的手提電腦。其他人都離這群人很遠。我靠在高桌上，裝出一副對他們漠不關心的樣子，伸手撓了撓耳朵，暗中打開耳機上的定向音訊放大器。

「必須找到竊賊。」教授說。我只能勉強聽清他的聲音，「在完成這一步以前，我們什麼都不能做。」

圍繞他的人紛紛點頭。

「我想讓費伯奇和拖曳傳一個謠言出去。」教授一邊說，一邊在他的手提電腦上寫著什麼，「就說這裡有一場針對我的地下反抗運動，反抗者們在尋找領袖。監督人群是你的責任，墨水井，你要注意觀察各個強大的組織。他們之中肯定有一個在庇護他，就像刺魟對待我們的俘虜那樣。

「我們以兩種方式發動攻擊：利用反叛的謠言引他出來，再加上要將他挖出來的威脅。菲戈，我希望你繼續用占卜儀搜索整座城市，要大張旗鼓地進行搜查，這樣就會迫使竊賊行動——把他趕出來，就像獵犬趕出田野裡的雉雞。」

我靠在桌子上，突然覺得自己的肚子彷彿被狠狠揍了一拳。

教授組起了一支隊伍。

這當然不奇怪。教授有過多年的組織和領導審判者團隊的經驗，而且他非常擅長獵殺異能者。但聽到他和這些人說話，就像是曾經和我們說話的樣子……這讓我感到心痛。他怎麼能這樣輕易讓一群暴君和殺人犯取代了他的朋友和自由戰士。

「我們已經到了下一個轉角，」亞伯拉罕在我的耳機中悄聲說，「蒂雅的地圖顯示這裡有隱藏的攝影機。」

「是的，我找到它們了。」蜜茲說，「牆上有一些太過明顯的裝飾畫，一定是為了遮擋鹽牆上挖出的小洞。掐滅它們，直到我們再給出訊息。」

「收到。」梅根說，「等待柯迪的命令。」

「行動。」柯迪說。

燈光閃動了一下，變得昏暗，隨後熄滅了。

「又來了？」教授問。

「工程師一定在安裝時出了岔子。」一名異能者說，「那些老鹽齒輪和機器也磨損得很厲害。」

「通過。」亞伯拉罕說。

梅根放開手機，燈光恢復。教授站起身，似乎很不滿。

「綠光主人，」一名年輕的女性異能者說，「我能夠找到竊賊。只要您允許我離開。」

教授轉過身仔細打量她，然後坐進一把椅子裡。「妳很晚才效忠我。」

「那些迅速拜倒在您腳下的人，也會迅速改變心意，主人。」

我認識她嗎？「柯迪，」我悄聲說，「我的筆記裡有沒有一個在伊爾迪希亞的金髮女性異能者？她將頭髮結成一根辮子，年紀差不多在二十到二十五歲之間。」

「讓我看看。」柯迪說。

「妳會怎麼做，」教授對那個女人說，「如果妳找到他的話？」

「我會爲您殺死他，主人。」

教授哼了一聲。「並且毀掉我爲之而努力的一切。愚蠢的女人。」

那個女人臉上一紅。

教授將手伸進口袋，拿出一樣東西放到桌子上。那是一個圓柱形的小裝置，差不多有一個舊電池那麼大。

我認得它。我自己的口袋裡也有一個，那是騎士鷹給我的。我伸手到口袋裡摸了摸，確保我的那一個還在。那是一個樣品培養皿。

「我允許妳離開去獵殺他，」教授說，「但如果妳眞的找到了他，不要殺死他，採集他的一些血液樣品或者皮膚樣品裝在這裡。只有在我知道樣品安全無虞之後，他才能死。如果任何人在此之前殺了他，我就毀了那個人。」

我打了個冷顫。

「你，那裡的。」教授高聲說。

我嚇了一跳，仔細查找，發現他指的正是我。

他揮手示意我過去。我向身後看看，又回頭看看他。他正在看著我。禍星啊！

他又揮揮手，這次顯得更加不耐煩，表情也陰沉下來。

「夥計們，事情可能要糟了。」我悄聲說著，繞過我所在的桌子，向教授走去。

「你在幹什麼？」梅根問。她就在距離我不遠的地方，正靠在一排欄杆上，啜飲著飲料。

「他叫我過去。」

「我們到蒂雅的門口了，」亞伯拉罕說，「有兩名衛兵。即將和他們正面幹一仗。」

「準備好再次斷電，」柯迪說，「大衛，你的狀況？」

「屎拉到褲子裡了。」我悄聲說著，向教授的桌子走去。

教授瞥了我一眼，然後指指我的手。我皺起眉，低下頭，這才發現我的手裡還拿著那個沒有動的杯子蛋糕。然後我眨眨眼，把蛋糕遞過去。

教授接過蛋糕，揮手示意我離開。

我非常高興地服從了命令，回到桌邊，靠在桌子上竭力放鬆繃緊的神經。

「情況安全，」梅根的聲音中也充滿了放心，「是錯誤警報。亞伯拉罕，你們準備好了嗎？」

「是的，等待命令。」

「行動。」柯迪悄聲說。

燈光又熄滅了。教授罵了一句。我閉上眼睛，關鍵的時刻到了，蒂雅會在那道門後嗎？

「我們進來了，」亞伯拉罕說，「兩名衛兵都制伏，恐怕是死了。」

我輕輕吁了一口氣。梅根恢復了燈光。兩名死掉的衛兵。審判者的規章要求儘量避免這樣的事情發生。教授總是說，我們不能變成殺害同類的人。那些衛兵並非無辜，但只有克服他們的阻撓，才能救出蒂雅。現在蒂雅很可能已經受到了折磨。但是不管怎樣，兩個只想要在這個恐怖的新世界中活下來的普通人，因爲我們而死了。

但願這次的收穫能夠抵償這種代價。

「蒂雅呢？」我悄聲問。

「她在這裡，」蜜茲說，「亞伯拉罕正在解開她的綁縛，看情況不是很糟。」

不久後，一個熟悉的女性聲音上線響起：「唔，你們這些愣仔眞的做到了。」

「妳還好嗎？」我問，同時和梅根交換了一個慰藉的眼神。

「他說他的團隊一些成員『正在失去耐心』，所以才會將我捆起來，讓我仔細思考該如何回答問題，但他並沒有傷害我。」蒂雅停頓了一下，「他的身上還有許多屬於喬的特質。我不是以爲……我是說……」

「我知道。」我說著轉回頭，朝正在和他的異能者們交談的教授望去。我的角度不對，無法聽到他在說些什麼。

「我幾乎要相信他了。相信他並沒有轉變，相信這些全都是與異能者作戰的策略……」

「他知道該說些什麼，」我告訴蒂雅，「他還沒有完全消失，蒂雅。我們會帶他回來。」

蒂雅沒有回話。我和梅根向電梯走去。如果有人質疑我們，我打算裝作覺得不舒服。接著我們會搭電梯下去，他們不會查看離開的客人是否在賓客名單上，只有上去的人會被檢查。

任務輕鬆完成。我幾乎覺得自己在這個任務裡沒做什麼，困難的工作全都由亞伯拉罕和蜜茲完成了。「目標達成，」我說，「所有人，全部撤離。」

「你們已經拿到資料了？」蒂雅問。

「資料？」我說。

「喬的電腦裡的資料。」

「不，」我回答，「我們是來救妳，不是來偷資料的。」

「對此我很感謝。但大衛，我和他交談過，從他那裡得知了一些事情。我們是對的。王權給喬留下了一個計畫讓他執行。他來這裡是出於王權的命令。伊爾迪希亞是那個計畫的一部分，一個我們必須查清楚的計畫。」

「我同意，但……等等。」

我身後突然變得一片寂靜。梅根的手握緊了我的手臂，我們轉過身。

教授站了起來，在他周圍的人全都閉住了嘴。

蒂雅正要向我表達反對，但我打斷了她。「出事了，你們剛才做了什麼？」

「什麼都沒做，」蜜茲說，「我們剛剛走出蒂雅的房間，正在靠近電梯井。」

教授用力向電梯一指，說了些什麼。我沒能聽清楚，但他動作中的急迫毋庸置疑。

「亞伯拉罕、蜜茲，」我說，「你們被發現了。重複，你們被發現了。立刻撤離，馬上。」

# 第二十九章

我推開人群，向客人用的主電梯跑去，卻被梅根一把拉住。我驚訝地看著她，她則朝教授的僕從隊伍點點頭，那些人也正在衝向電梯。他們有優先權。我們在他們的喊叫中讓出了道路。

樓梯？梅根用唇語問我。

我點點頭。樓梯在環形大廳的中心位置，所以我們開始朝那個方向移動，同時竭力不引起別人注意。如果亞伯拉罕的小隊被發現了，那麼梅根和我就更有必要隱蔽好自己。

「緊急撤退，我們將從原路返回。」亞伯拉罕喘著粗氣說，「那些攝影機會發現我們。就算是他們已經得到了警報，我也不希望他們知道我們在哪條走廊裡。」

「關閉燈光，」我說，「轉成夜間模式。」

「收到。」

我用手機關閉了電燈，讓大廳裡一陣喧嘩。

「是什麼向他洩露了訊息？」蜜茲問。

「他一定是在我身上植入了某種警報裝置，」蒂雅說，「如果我離開房間，這個裝置就會被觸發。」

「他能夠追蹤妳！」我說。

「我知道，」蒂雅說，「但現在我們對這件事無能爲力。」

我覺得自己非常沒用。梅根和我側著身子擠到大廳的內環，向樓梯走去。

「大衛，」蒂雅說，「喬納森的房間就在這一層。我要帶亞伯拉罕和蜜茲去拿到資料，我們可以趁著這段停電的混亂時間拿到它。他們完全不會想到我們要去那個地方。」

我停在原地。「蒂雅，不。放棄行動。快出去。」

「做不到。」

「爲什麼？」我問。「蒂雅，妳一直都是個非常謹慎的人！這個任務已經出狀況了。我們需要立即撤退。」

「你知道那是什麼資料嗎，大衛？」

「王權的計畫？」

「不止是那樣。她見過禍星，大衛，而且和禍星有過互動——無論禍星是男是女，或者其他什麼。喬向我吹噓過他見到的東西，大衛，他有照片。」

星火啊，禍星的照片？那個異能者？

「我們所追尋的全部祕密，可能都在那個硬碟裡，」蒂雅說，「那是我們一生都在探求的答案。你和其他人應該能明白，你們已經將我的計畫執行到這一步了，我們需要完成最後一步。那些資料值得我們冒這個險。」

從我現在的角度，能夠透過大廳外牆的一扇玻璃窗看到禍星。當然，禍星一直都在那裡，就像天空中的一個彈孔。禍星……一個異能者。最終極的賦予者？我們能在那團炫目的紅光中找到答案嗎？我們能查清楚這一切是怎麼開始的嗎？

這意味著異能者……的真相？

「不，蒂雅。」我說，「我們已經被發現了，我的團隊正處在極度危險之中。現在沒辦法取得那些資料，以後再去拿它。」

「我們已經這麼靠近了。」蒂雅說，「我不會把它丟下，大衛。我很抱歉。這支團隊是我的，身爲資深審判者，我……」

「資深審判者？」梅根打斷她，「妳拋棄了我們。」

「是哪個叛徒在說話？」

梅根身子一僵。她站在我身旁，我的手就搭在她的肩膀上，但無法看到她的面容。大廳裡一片黑暗，人們不斷撞到各種東西，四面八方的聲音混雜在一起。大廳對面，一名異能者變成一團紅光，照亮了這個地方。很快的，第二名異能者也閃耀起更加穩定的藍光。

「蒂雅，」我儘量讓自己的聲音更理性一些，「我負責指揮這次任務，我現在命令你們撤退。妳想得到的資料不值得讓我的團隊冒險。亞伯拉罕、蜜茲，離開那裡。」

隨後線上只有一陣死寂。我能夠想像他們在一層樓之下，看著蒂雅的眼睛，考慮眼前的情況。

「收到，大衛。」亞伯拉罕說，「前衛小隊撤離。」

「我贊同亞伯拉罕，」蜜茲說，「現在不是爭奪指揮權的時候，蒂雅。我們得離開這裡。」

蒂雅嘟囔了幾聲，但沒有再做更多的爭論。梅根拉住我的手臂，牽著我向樓梯口走去。借助幾個異能者的光芒，我們現在已經能清楚地看到那裡了。不幸的是，教授的團隊在斷電之後還滯留在大廳，擋住了道路。

「大衛？」不久之後，蜜茲上線問，「你們兩個怎樣了？」

「繼續你們的緊急撤退方案，」我低聲說，「我們有偽裝身分，在這裡是安全的。」

「我們準備好了，」亞伯拉罕說，「別生氣了，很遺憾，我們還有更重要的事要做。」

「快走，」柯迪說，「你們早就應該撤離了。」

我覺得我聽到了下面有一扇窗戶被吹開，或者至少是感覺到了一陣震動。

「降落傘！」有人在大廳中喊著，「就在外面！」

人們衝向窗戶，梅根和我則向後退去。教授的異能者們推開我們，跑到窗前。我覺得自己依稀認識的那個金髮女人揮手叫來幾名衛兵。她向教授瞥了一眼，教授的雙臂抱在胸前，被附近異能者的光芒照亮。他點了點頭。

「把他們打下來。」金髮女人說。

衛兵們開始射擊。窗戶在震耳的槍聲中被打得粉碎。那聲音就像是有人點燃了炮竹，而這些炮竹就被綁在你的頭上，塞在你的耳朵裡。

槍口噴出的火舌像閃光燈一樣照亮了昏暗的大廳。我瑟縮一下，繼續後退。衛兵們這時已經將亞伯拉罕的降落傘打滿了窟窿。幸運的是，他們在窗前的瘋狂射擊吸引了所有人的注意力，梅根和我才能向大廳中央的樓梯撤退。

「降落傘被打掉了，主人。」金髮異能者向教授說。

我們沒有多少時間。他們很快就會發現降落傘下面只是繫著死亡衛兵的屍體。亞伯拉罕、蜜茲和蒂雅應該已利用這段時間到達電梯門，然後乘著他們的攀索器順著纜索下到塔底，離開高塔。

「我們到達電梯。」亞伯拉罕說。

「走！」柯迪說。

「好的。」

我等待著，神經緊繃。

「我們到第二層了。」亞伯拉罕終於喘息著說，「已經停止下降。」

「這可眞——刺激，」蜜茲說，「就像是高空滑索，只不過我們是垂直降落。」

「至少繩子沒有在中途斷掉。」我說。

「什麼？」蜜茲問。

「沒什麼。」

「大衛，」亞伯拉罕又鎮定地說，「有個問題，蒂雅沒有跟著我們一起走。」

「她怎麼了？」

「蒂雅留在上面，」亞伯拉罕說，「我們跳進電梯井的時候，她朝另一個方向跑了。」

她去了教授的房間。禍星的影子啊，那女人可眞頑固。我們做了這麼多，她卻又去自投羅網了。

「繼續撤退，」我說，「現在管不了蒂雅，我們做不了任何事。」

「收到。」

我們費盡心力要把她救出來，她卻這樣做。但我沒辦法眞正責備她。我也受到那些情報的強烈誘惑。只是我心中還有很大一部分在氣她迫使我陷入這種處境——我將不得不丟下一名隊員。

燈光突然又亮了起來。

餐桌下面的地板猛地一陣傾斜——梅根和我在靠近中心位置的非旋轉區，在我們左邊不遠，教授團隊中的一名禿頭異能者繞過餐廳中心，得意洋洋地舉著我們裝在發電機上的短路系統。

教授看了一眼那東西，高聲喊著：「他們就在這裡！守住電梯和樓梯。塗銷，掃蕩整個大廳！」

塗銷……我記得這個名字。

「噢！」柯迪說，「是了，塗銷。我替你找到這個異能者了，大衛。抱歉，小子。所有資料剛剛都裝在手提包裡被送到威爾斯去了。塗銷，她的能力是——」

「——破壞其他異能者的超能力。」我悄聲說，「讓他們短暫斷路。」

一道光芒掃過整個房間。我轉過頭，發現梅根正在看著我。她已經沒有了那張假臉，又變回了自己。她很美麗，但現在我完全不想看見她這種樣子。

我們的偽裝全被除去了。

# 第三十章

不論好壞，我和異能者相處的時間的確有助於讓我應對眼前的突發狀況。我幾乎像梅根一樣迅速地拔出了手槍。

雖然是出於本能的動作，但我們都沒有將槍口對準教授。梅根射倒了三名武裝士兵，他們剛剛還在向窗外開火。我們的槍很小，還是足以讓他們失去行動能力。

我擊中了塗銷。

她比我殺死的大多數異能者都死得更容易——事實上，看見她倒在血泊中，幾乎讓我比失去偽裝更感到驚訝。我已經習慣了強悍非凡的異能者，有時甚至會忘記他們之中的絕大多數也只有一、兩種超能力，而不是擁有一系列各不相同的非凡力量。

教授發出一聲怒吼。我完全不敢看他。就算是以前他從沒有想過要殺我的時候，他便已經夠氣勢迫人了。我向還敞開著的樓梯口衝過去，一槍撂倒一名正站在那裡被驚呆的異能者。

梅根緊跟著我。「彎腰！」她向我喊著。我們身後大廳中的人們都掏出了槍，還有幾個人在開火。

我衝進樓梯門。大廳裡手最快的人也剛打了兩三槍，劇烈的爆炸聲就在人群中響起。鹽塊牆壁被炸碎，如同雨點般的塵粒灑落下來。

我咳嗽著，拚命眨眼想要去掉落進眼睛的鹽粒，同時努力站起身。那是梅根的手榴彈。我抓住梅根伸過來的手，和她一起沿著台階跑了下去。

「星火啊，」她說，「眞不敢相信我們還活著。」

「塗銷，」我說，「她的衝擊波能夠壓制異能者的超能力，尤其是被釋放到體外的能力，比如教授的力場。正是因爲她的衝擊波，才讓教授暫時無法困住我們。」

「我們本可以……」

「殺了教授？」我問，「不，如果塗銷的力量那麼強，她早就會被某個高等異能者殺死了。她不能……嗯，不能……除去一名異能者內在的防護力，只能干擾被釋放出來的力量，力場、幻象，或者諸如此類的東西，而且時間也只能持續一兩秒。」

梅根點點頭。樓梯裡很黑，沒有人想過要在這裡安裝電燈，但我們能聽到人們正從上面跑下來。梅根靠在牆上，向上看去，從上方射下來的光線讓我能看清她的臉。

我向她點點頭，算是回答了她沒有問出口的問題。她則朝我瞥了一眼。我們需要時間來制定計畫，這意味著要暫時擺脫敵人的壓力。她又從大腿上拿出一枚微型手榴彈，將其啓動，向上扔去。

第二次爆炸讓大量鹽塊落在了我們的頭上，上方的一整段樓梯似乎都被炸塌了。我向她點點頭，兩人同時低頭去看樓梯井。如果就這樣一直跑下七十層樓，我們一定會在塔底被抓住。需要另一條出路。

「大衛？」是柯迪的聲音，「我在你那裡看到了爆炸的火光。你們還好嗎？」

「不好，」我在線上說，「我們遇到麻煩了。」

亞伯拉罕用法語輕輕罵了一聲。「我們留下了備用裝備，大衛。你在哪裡？」

亞伯拉罕和蜜茲帶來了額外的攀索器，以防他們營救的囚犯除了蒂雅之外還有別人——或者是需要接應梅根和我。在制定計畫的時候，留出多餘的應急裝備以防萬一十分必要。

「我們正在通向第七十層的樓梯門前，」我說，「裝備在哪裡？」

「黑色的背包，」亞伯拉罕說，「藏在靠近僕人用電梯的通風口。但是大衛，我們離開的時候，那一層已經全都是衛兵了。」

蒂雅也是在這一層離開他們去偷竊教授的資料，而我不確定自己能不能救到她。星火啊，我根本還不確定能不能救自己呢。

「在亞伯拉罕被發現之後，那裡的無線電通訊就完全靜默了。」柯迪說，「他們一定有某種安全頻道，專門在緊急情況下使用。我打賭他們不會使用騎士鷹的手機，你可以賭上你的蘇格蘭短裙。」

太棒了。至少有了那個背包，梅根和我還能有個機會。我背靠著牆壁掏出手機，身邊就是通向第七十層的樓門。手機的光線照亮了我們，我們開始查看柯迪發來的這一層地圖。我們是一個綠點，電梯則是一個紅點。

星火啊，我們要走過這一層的一半才能到紅點那裡。我用大腦記錄著我們的路線——卻注意到了教授的房間。我們的路線會非常靠近那裡，正好從他的套房門前的一條走廊經過。

我向梅根瞥了一眼。梅根點點頭。我們輕輕推開樓門，梅根跳出去，手中提槍，向左右查看。我跟在她身後，一直盯著右側的走廊，她則向左一轉，開始偵查前進。天花板上懸掛的一排燈泡，照亮了黑灰色牆壁上突顯出來的波浪狀紅鹽紋理，眞是美得讓人覺得荒謬，看上去就像是一隻著了火的鴿子。

我吁了一口氣。這裡還沒有衛兵。我們兩個繼續沿走廊向左走，經過一道道緊閉的門戶，我知道這些門後面都是豪華的寓所。到達這條走廊末端的時候，我已經開始覺得我們很好運了。也許衛兵全都被調去搜查其他的樓層，或者是去保護樓上的教授。

這時，我們面前大約十呎寬的牆壁突然變成了粉末。我們踉蹌著向後退去。夜晚的強風從這個剛剛出現的巨大破口中湧進，將更多的鹽粉吹向我們。我抬起手遮擋粉塵，同時不停地眨著眼。

教授正站在半空中、一片閃爍綠光的圓碟上。他抬腿邁下圓碟，走進了鋒銳高塔，雙腳碾壓著鹽粉。梅根罵了一句，再向後退，手槍舉在身前。我留在原位，仔細審視教授的面孔，希望能在上面找到一些殘存的溫暖，甚至是同情。但我只看到了冷笑。

教授的雙手向兩側抬起，變化出綠色的光矛——他要用這種力場長矛刺穿我們。此時此刻，我卻突然感覺到了一種意料之外的情緒。

純粹的憤怒。

因為教授不夠堅強，沒能抵抗住黑暗而憤怒。這種情緒一直藏在我的心裡，被一連串合理的緣由遮蓋著：他拯救了巴比拉；是王權的陰謀迫使他墮落；他所做的一切並不是他的錯。

但所有這些無法阻止我對他感到憤怒——不可遏制的憤怒。他應該能做得更好。他應該是不會倒下的！

有某種東西在我的心中顫抖，就像是沉睡的遠古利維坦海怪，在海洋和岩石的深淵巢穴中微微抽搐。我手臂上的毛髮倒豎，我的肌肉在繃緊，彷彿我正用盡全力舉起某種沉重的物體。

我看著教授的眼睛，看到我的死亡在那上面的倒影，而我心中的某個地方在說著不。

這種自信的感覺很快就消失，取而代之的是完完全全的恐慌。我們就要死了。

我跳向一旁，躲過了一根光矛。當我在地上打滾的時候，梅根跳到了牆邊，躲避開另一根鋒利的力場長矛。

我想要沿著走廊爬走，卻一頭撞在一道發光的綠牆上。我呻吟一聲，轉過身，看到教授正用充滿蔑視的眼光看著我。他抬起一隻手，打算將我徹底摧毀。

有一粒小東西撞在了教授的頭側。教授愣了一下，轉過頭，又有一粒東西打在他的額頭上。是子彈？

「噢耶，」柯迪上線說，「你們看見了嗎？有誰能夠在一千碼以外狙擊一個人？就是我。」

子彈沒能穿透教授的防禦力量，但它們的確把教授惹惱了。我爬到梅根身邊問：「妳能做些什麼嗎？」

「我……」

一道力場陡然出現，包裹住我和梅根，同時把鹽牆也挖下一大塊。星火啊，就是這一招，我們就要像瓦珥和艾克賽爾一樣被擠成肉醬了。

我向梅根伸出手，想在生命最後一刻握住她的手。她卻明顯集中起精神，緊咬著牙，雙眼盯住遠方。

空氣開始顫抖。然後另一個人出現在我們的力場球之中。

我驚訝地眨眨眼。這個新出現的人是一個十幾歲的小女孩，留著紅色的精靈短髮，身上穿著樸素的牛仔褲和斜紋粗棉布夾克。她抬頭看到包裹住我們的力場球，吃驚地張大了嘴。

教授將張開的手掌攥成拳頭，力場球隨之縮緊，但那名少女向兩側伸出雙手。我感覺到一陣綿密的震動，就像是一種不會作響的聲音。我認得這種聲音。碎震器？

教授的力場球瓦解了。我們落在地上。我失去平衡，那名少女卻輕巧地站穩了雙腳。我對眼前的狀況大惑不解，但我還活著，這一點讓我很高興。我抓住梅根，將她從那個女孩身邊拉開。「梅根？」我悄聲問，「妳做了什麼？」

梅根仍然只是專注地盯著遠方。

「梅根？」

「噓，」她呵斥我，「這非常困難。」

「但……」

教授側過頭。

少女向前邁了一步，問：「……爸爸？」

「爸爸？」我驚訝地說。

「我在靠近我們的眞實中找不到沒有被腐化的教授，」梅根喃喃說，「所以我把我能找到的人帶來了。讓我們看看你的計畫是否奏效。」

教授看著他的「女兒」，陷入沉思，然後一擺手，用另一道力場包裹住梅根，少女卻眨眼間就摧毀了那道力場。她雙手前伸，釋放出一股碎震器能量。

「爸爸，」女孩說，「你怎麼會在這裡？出了什麼事？」

「我沒有女兒。」教授說。

「什麼？爸爸，是我啊。塔維，爸爸，爲什麼——」

「我沒有女兒！」教授咆哮著，「妳的騙局愚弄不了我，梅根！叛徒！」

教授將雙手伸到身側，綠光長矛出現在他的掌心中，就像是玻璃碎片。他將雙手一揮，長矛向我們激射而來，但塔維也揮了一下手，釋放出一團能量。那是碎震器能量，當長矛被摧毀的時候，它們旁邊的牆壁也粉碎成塵埃。

一連串藍綠色的長矛出現在塔維身邊，就像教授一樣。星火啊！她擁有和教授一樣的超能力。

教授的眼睛睜大了。他的表情中是否流露出了恐懼？憂慮？梅根並沒有將另一個他帶進這個世界，但顯然已經很接近了。是的，他害怕他的超能力。他自己的超能力。

*面對你的恐懼吧，教授，我心中急切地想，不要逃走，戰鬥啊！*

教授發出一聲充滿挫敗感的吼叫，揮動雙手，摧毀了很長一段走廊，讓一波鹽粉猛然吹向我們。閃耀的力場出現了。強光碎片擊向塔維，牆壁粉碎，發出一連串刺耳的崩裂聲。

「好耶！」我大喊。他沒有逃走。

然後，不幸的是，我腳下的地面消失了。

# 第三十一章

教授的毀滅能量在即將擊中我的時候消失了，但我摔進了地面上破開的大洞裡。我伸手抓住了洞口邊緣，沒有讓自己掉下去。梅根跪在殘留的地面上，似乎完全沒有看見她腳旁的深淵。

我腳下大約十呎就是另一個樓層的地面。這實在有一點太遠了，我不敢冒險跳下去，於是開始努力向洞外攀爬。

「大衛，」蒂雅的聲音突然在我的耳機中響起，「你在幹什麼？」

「努力不讓自己死掉。」我仍然懸掛在半空中，哼唧著說，「妳還在七十層？」

「在喬的房間裡，正試著進入他的辦公室。你能幫我切斷電源嗎？這裡的保險門上有一個電子鎖。」

碎震器的嗡嗡聲在我頭頂上方響起。我聽到天花板上傳來一陣不祥的呻吟聲。

「斷路器被拆掉了，蒂雅。」我一邊說一邊爬上洞口——卻發現自己正處在一片戰場之中，「我們現在有比進入教授房間更大的麻煩。他就在這裡。」

「星火啊！」蒂雅說，「出了什麼事？你們還好嗎？」

「好，也不好。」

就在我掉下去的這段時間裡，教授和塔維推倒了幾個房間的牆壁，開闢出一片寬闊很多的戰場。光矛和碎震器的能量不斷在他們之間往來，在地面上留下一道道裂痕和缺口。

這裡的天花板支撐不了多久了。我轉頭尋找梅根。她正跪在一道殘斷的牆壁旁邊，從咬緊的牙縫中噴著氣，眼也不眨地看著兩名異能者的戰鬥。我向她邁出一步，但她看到我的時候，嘴唇扭曲成一絲冷笑。

噢，不。

這太危險了。她拉到我們這個世界中的東西太多太快了。

但星火啊，這樣做是有效的。教授在走廊中一步步後退，抵擋著塔維的攻擊，射向他的藍光被他用碎震器能量一一消除。在他左側的外牆已經崩塌，冷風正不停地灌進來，而他右側的房間也是千瘡百孔，地面和牆壁幾乎完全被摧毀。

我撲向梅根。這時教授右手邊的天花板塌落下來。我不停地眨眼——星火啊，鹽塊在我的手臂上留下一道刮痕，讓我感到一陣刺痛。我看到閃爍綠光的長矛射向塔維，它們的光芒照亮了空氣中的粉塵，塔維勉強讓這些長矛向旁邊偏轉。

教授失去了他不容絲毫忤逆的信心。他在冒汗，在戰鬥中發出咒罵——讓我感到驚訝的是——他的手臂上出現了一些傷痕。

他沒辦法讓那些傷痕癒合。

塔維的力量的確壓制了他。爲什麼他還沒有變好？難道他沒有正視自己的恐懼嗎？

「大衛，」蒂雅焦急地說，「聽起來，這座建築就要倒塌了。你們還好嗎？」

「暫時還可以。蒂雅……梅根從另一個世界召喚來另一個他。一個有著同樣超能力的人。他們正在戰鬥。」

「星火啊！」蒂雅在線上喊了一聲，「你們瘋了。」隨後她沉默了片刻，而我只是盯著教授，瞠目結舌，被他所使用的力量震懾。「好吧，」蒂雅顯得很不情願，「我來找你們。」

「不，」我說，「藏起來。我相信妳在這裡什麼都做不了。我們什麼都做不了。」

我看向梅根。她死死地咬著牙。我向她走去。

她看著我，滿臉怒意。「退後，大衛，」她咆哮著，「給我……退後。」

我停下腳步，嘆了口氣，沿走廊向前——向教授和塔維走去。這可真愚蠢，也許吧，但我需要看到那一幕。我經過了右邊那個天花板塌陷的房間，來到了兩名決鬥者面前。這裡的走廊轉了個彎，但他們並沒有受到走廊的拘束，而是瓦解掉一道牆壁，進入了一個奢華的套房。

教授向塔維釋放出一波碎震器能量，粉碎了桌椅，又盡數撞在塔維身上。她襯衫上的釦子變成了粉末，但襯衫卻完全沒有損傷。看來只有剛性物體會受到這種能量的影響。

但塔維的力場消失了。她跳起身，堪堪躲過一連串光矛。我數了三下，她才重新豎起一道力場，擋住了向她射來的綠色能量。這的確有效。塔維似乎有著和教授一樣的弱點：他們自己的超能力，尤其是由別人使用的時候。被碎震器的能量擊中，讓她的能力消失了片刻，就像是火焰對梅根造成的影響。

我能做些什麼？向她解釋這些？我向前邁步，卻遲疑了一下——在我周圍的空間發生了扭曲。

我被吸進了另一個世界裡：熾焰正站在一個屋頂上，雙手在身側緊握成拳，火焰從他的拳頭中升起。我們的頭頂是一片夜空，冷冽的空氣中不時會湧來那名異能者身上散發的一陣陣熱浪。

這幅畫面轉瞬即逝，我又回到了這幢摩天大廈的戰場中。我從扭曲的空氣中走出來，躲進一道破碎的鹽牆後面。在這個房間外，教授和塔維正在戰鬥，幾道光矛從我的頭頂飛過，刺進牆壁，像叉子插進了蛋糕。

現在我知道要躲避些什麼了。我在其他地方也看到了空間的搖曳和扭曲，走廊和房間中到處都是它們。梅根的力量正在將我們的眞實撕碎，讓它和熾焰的世界交織在一起。

我覺得這是一種非常、非常糟糕的狀況。

燈光突然變得昏暗，隨即熄滅了——然後幾乎是立刻又亮了起來，這絲毫沒有讓教授和塔維的戰鬥有所停頓。這時我注意到那名少女的樣子遠比教授更加糟糕，她全身出汗，緊咬著牙，淚水從她的面頰上滑落，帶走了黏在那裡的鹽粉。

「星火啊，」蒂雅在無線電上咒罵了一聲，「還是打不開這扇門。喬在他的房間裡有一個備用發電機，我一割斷電線，它就開始工作了，我能聽到它在裡面運轉的聲音。」

「妳還想要偷那些資料？」我問她。

「我可不打算只是閒坐在這裡。」她說，「如果現在喬無暇他顧，那麼——」

教授釋放出一波碎震器能量，打斷了蒂雅的話——他的目的是阻止一道橫掃而來的力場。教授的能量轟塌了他所在的套房牆壁。牆壁倒下，露出旁邊的另一個套房——蒂雅正跪在那個套房的地板上。

蒂雅罵了一聲，躲到破牆旁邊。「眞沒想到你們離我這麼近，」她上線說，「等等。那個女孩看起來有些眼熟，那是……」

噢，天哪……

「小子，」柯迪上線說，「我不知道你們那裡出了什麼事。你們還在和他作戰嗎？」

「算是吧。」我說著，從槍套裡拔出手槍。教授正全神貫注地和塔維作戰，一根利矛刺中了那個女孩，將她的手臂釘在牆上，鮮血灑滿了牆壁，格外觸目驚心。女孩跪倒下去，片刻之後，那個傷口開始癒合。她用碎震器能量擋住更多光矛，抓住自己的手臂，搖搖晃晃地站起來。她的皮肉在結痂，血止住了。

我還藏在靠近破洞的房間裡，完全被這一幕驚呆了。塔維的傷口癒合了，她的力量恢復得遠比碰到了火焰的梅根更快。

就像艾蒙德。弱點對她的影響比教授或者其他異能者小得多。也許她曾經面對過她的恐懼，並且很久以前就克服了它？

教授身上的傷口依然清晰可見。我禁不住開始覺得，對於超能力和異能者弱點的本質，我一定漏掉了一件非常重要的事情。教授正和這名少女作戰，難道這不代表他正在面對自己的恐懼？爲什麼他還是這種明顯被黑暗吞噬的樣子？

在教授的套房裡，蒂雅穿過倒塌的牆壁，終於進入了教授的辦公室。我只能勉強看到她走過一台發電機——和我們在樓上看見的發電機非常像。她坐到了教授的書桌前，開始飛快地操作起桌上的電腦。

但塔維……可憐的塔維。我不認識她，看到她被教授的能量波轟擊得一步步後退，我的心也在抽搐。她還在戰鬥，只是明顯比教授缺少戰鬥經驗。

我站起身，雙手抓住我的小手槍。回過頭，我看見梅根正沿走廊向這裡靠近。她在哭泣，專注的神情中充滿了痛苦。

我必須阻止這一切。這樣不行，這會毀掉梅根。我向教授平舉起槍口。他依然只是全神貫注地與塔維作戰。我呼出一口氣，讓自己平靜下來，等待一波塔維的碎震器能量掃過教授，毀掉他的防禦力場。

我開火了。

我不知道自己是不是故意讓槍口偏了一些，還是因爲腳下地面在晃動。這裡的天花板就像剛才那個房間一樣搖搖欲墜，有太多牆壁倒塌了。

不管怎樣，我的子彈只是擊中了教授一側的面孔，而不是鑽進他的後腦。一塊臉皮被子彈撕扯下來，鮮血隨之向外飆射。如果妥善利用他的力場被毀的這一刻，也許我能殺死他。

但這一刻轉瞬即逝。教授在背後豎起力場，阻擋其他攻擊——他做這件事的時候輕而易舉，對他來說，我根本不值得再多加顧慮。禍星啊……如果他殺死塔維該怎麼辦？是我們將這個女孩從她的現實中拉過來，把她丟進我們的戰爭中。我又看了一眼梅根。

火，我想到。這是另一種結束戰鬥的方法。我搜索口袋，尋找打火機。它到哪裡去了？我甚至沒有注意到我的衣服已經變得多麼破爛。作工上乘的禮服上全是鹽粉末，褲子也被撕裂。我找不到打火機，一定是丟在什麼地方了。

但我在口袋裡找到了另一樣東西。一個圓柱形的小容器。騎士鷹的培養皿。

我抬起頭，看著剛剛被我打了一槍的教授。我敢這樣做嗎？梅根能再堅持久一點嗎？

我做出決定，衝了過去。繞過能量力場，跳過被碎震器粉碎了一半的破爛沙發，一下子落在戰場中間。教授和塔維正在那個豪華套房的吧台旁對戰，一陣陣灰塵向我吹來，刺入我的眼睛，鹽粒湧進我的嘴裡，讓我感到一陣陣窒息。地面再次發生劇烈的震顫，我撲倒在地，翻滾著躲到一旁。一道看不見的碎震器能量在我身邊挖出了一個大洞，灰塵則從天花板上的另一個洞中傾瀉而下。

我站起身，擦過教授的身邊，衝向地面上的那片血污。教授向我轉過身，雙眼圓睜，瞳孔裡充滿怒火。星火啊，星火啊，星火啊！

我滑過地面，在那片血漬中找到了一塊從他面頰上掉落的皮膚。子彈在他臉上留下的創傷已經自動癒合，他身上只有力場留下的傷口，普通創傷還是會立刻就被他的超能力治癒。

我將教授的那塊皮膚放進騎士鷹的裝置。因爲極度恐慌，根本無心在意它是否完好。教授又召喚出十餘道光矛。他吼叫著，將它們向我射來。

我向旁邊一躍。

正好撞進一團扭曲的空間漣漪中。

# 第三十二章

這一次，我沒有在另一個世界裡掉下二十呎，這一點實在很好。我只是在一個平靜城市的屋頂上打了個滾。這不是摩天大廈，只是一幢公寓，不過也相當高。

沒有任何東西變成粉末、沒有槍聲，更是完全沒有教授的碎震器能量那種令人心慌的嗡嗚，只有寧靜的夜空。非常美麗……也沒有那顆高高在上瞪視我們的紅點。

我手中緊攥著那只培養皿，躺在屋頂上，凝視著天空，連續吸了幾口氣，讓自己平靜下來。這也許是我曾經做過的最瘋狂的事。不過至今爲止，我的生活一直都是在走鋼索。

「你。」一個聲音在我身後響起。

我翻過身，跪立起來，一個拳頭裡緊抓著教授的細胞，另一隻手舉起手槍。熾焰正盤旋在屋頂旁邊，渾身光明、耀眼奪目，皮膚和衣服上都是盤旋的火苗。子彈無法傷害一名火焰異能者，它們在能夠造成殺傷以前就被熔化了。我會不會只是從一種死法換成了另一種死法？

*我必須拖延時刻，直到返回我自己的世界。*我心想，只是……我要在這裡停留多久？如果梅根不主動把我拉回去，我就要一直待在這裡嗎？這種次元的轉變不會是永久的吧，會嗎？

熾焰顯得那樣神祕莫測，高溫光環和火焰讓他周圍的空氣也發生了扭曲。終於，他踏上屋頂，令我驚訝的是，他的火焰熄滅了。衣服從火蛇後面顯現出來——一件夾克，裡面是緊身T恤，下身是一條牛仔長褲。火焰還留在他的手臂上，但已經小了很多，就像是即將熄滅的營火灰燼上最後一點火苗。他的面孔和我以前見過的一模一樣。

「你對塔維做了什麼？」他質問我，「如果你傷害了她……」

我舔舔嘴唇，這裡實在是乾得要命，空氣中充滿了鹹味。「我……」又一次，愧疚感狠狠地敲了我的腦袋一下，就像是我在工廠午餐時想要多偷走一個小鬆餅，結果吃了一記廚娘的拳頭，「她被吸進了我的世界。」

「那麼蒂雅是對的。你們正在主動將我們拉進你們的次元？」他大步向前，火焰再次從他的身上竄起，「爲什麼要這樣做？你們有什麼陰謀？」

我連滾帶爬地在屋頂上向後退。「不是那樣！噢，是的，我們不知道——一開始梅根不知道——我是說……我們並不是——」

我根本不知道自己想要說些什麼。

謝天謝地，熾焰停住了腳步，火焰也隨之變弱。「灰塵啊，你被嚇壞了。」他深吸一口氣，「那麼，你能帶塔維回來嗎？我們正在忙，很需要她。」

「蒂雅……」我放下槍，開始試圖搞清楚眼前的狀況，「等等，你也是審判者？」

「就因爲如此，你們才會將我拉進你們的世界？」他問，「那個世界裡沒有我？」

「我……覺得你在那裡是個女孩。」我說。而且還和我在一起了。我以前就注意到他們的相似之處。熾焰有一頭金髮，如果忽略掉他的陽剛氣質，那麼他的面部線條和梅根很相似。

「是的……」他點點頭，「我注意到她了。她就是那個把我拉過去的人。想到我也許有一個姊妹，在另一個地方，另一個世界，這種感覺還滿奇怪的。」

一團閃光點亮了附近的一座建築物——一座高高聳立的圓形建築。鋒銳高塔？我第一次意識到自己還在伊爾迪希亞的同一條街上。只不過是在那座塔外的一座建築物的頂端，有些像是柯迪埋伏的那種高樓。

熾焰向發生爆炸的地方轉過身，罵了一聲，然後對我說：「留在這裡，我等一下再和你說話。」

「等等，」我說著站了起來。那種爆炸……感覺很熟悉，「滅除。那團光是滅除造成的，對不對？」

「你認識他？」熾焰轉頭看著我。

「是的，」我努力思考著自己看到的一切，「既然你能做出這種判斷。爲什麼——」

「等等，」熾焰將手放在自己的耳朵上，「是的，我看到了。他來鋒銳高塔了。妳是對的。」他一邊說話，一邊斜睨著那座更高的圓塔，「我想去會會他。我不在乎他是不是在引誘我，蒂雅。我們終究要與他一戰。」

我有些猶豫地走到熾焰身邊，他正站在這幢高樓的邊緣。這裡和我的世界有這麼多不同，又有這麼多是一樣的。滅除、伊爾迪希亞還有蒂雅？那麼塔維……是她的女兒？

滅除掀起的熱浪湧了過來，那是不斷脈動的強大熱能。鹽不會燃燒，但滅除一直在向外輻射高熱。那裡有一些影子在晃動。我瞇起眼睛，發現了幾個火光映出的黑影——有人正從窗戶跳出來。

「灰塵啊！」熾焰說，「蒂雅，那裡有人。他們爲了躲避滅除的高溫，正在往樓下跳。我要上了。」

熾焰的身上發出火光，躍入半空——但我知道，他不可能及時趕到那裡。鋒銳高塔距離太遠，而那些人的掉落速度又太快。我的心一沉。這是多麼可怕的選擇：被滅除燒死，或者摔死在地上？我想要轉開目光，但我做不到。那些人太可憐了。

有人從那幢熾熱的大樓頂端跳下。他的雙手在發光，身上披著一件銀色斗篷。他在空中劃出一道壯美的弧線，就像是一顆流星，一道燦爛、強而有力的閃電。他向那些掉落的人直撲過去。我屏住呼吸，看他抱住第一個人、第二個人。

我向後踉蹌一步。不。

熾焰轉了個身，又落在我身邊。「沒關係了，」他對蒂雅說話的時候，身上的一部分火焰熄滅了。「他及時趕到了。我早就應該知道，他什麼時候遲到過？」

我認識那個飛翔的人。黑色的衣服、強壯的身軀。即使隔得這麼遙遠、即使夜色昏暗，我還是認出了那個人。我曾經用一生時間研究他、監視他、獵殺他。

「鋼鐵心，」我悄聲說。然後我用力搖搖頭，抓住熾焰，完全忘記了他身上的烈火。幸好那些火舌在我碰到他的時候全部熄滅，我並沒有被燒傷。「鋼鐵心在幫助你們？」

「當然。」熾焰皺起眉。

「鋼鐵心……」我說，「鋼鐵心不是壞人？」

熾焰向我揚起一道眉，彷彿我是個瘋子。

「也沒有禍星。」我一邊說，一邊望向天空。

「禍星？」

「那顆紅色的行星！」我說，「帶來異能者的那顆星星。」

「啓明星？」熾焰說，「它在到來之後一年消失了。那已經是十年前的事。」

「你感覺到黑暗了嗎？」我繼續問，「那種將自私之心施加給每一個異能者的黑暗？」

「你在說什麼，查爾斯頓？」

沒有禍星、沒有黑暗、一位善良的鋼鐵心。

星火啊！

「這改變了一切。」我喃喃自語。

「聽著，我早就告訴過你，你一定會見到他。」熾焰說，「他拒絕相信我的所見所聞，所以他必須和你談談。」

「爲什麼是我？他怎麼會在意我？」

「這是因爲，」熾焰說，「他殺死了你。」

在我的世界裡，我殺死了他。在這裡，他殺死了我。「這是怎麼發生的？我必須……」

我感覺到一陣波動，空間的一絲顫抖。「我要走了，」我說話的時候，身體已經開始消失，「我停不下來。我們會送塔維回來。告訴他……告訴他，我會回來。我必須——」

「——搞清楚這裡到底發生了什麼。」我的話說完了，但熾焰也消失了。一起消失的還有高樓的樓頂，取而代之的則是一個滿是灰塵和閃光的房間。兩名異能者正在戰鬥。他們擦過教授的房間，又進入走廊，到了我的右邊，那裡大部分的走廊牆壁都消失了。

我不在的時候，衛兵趕到了。他們在走廊轉角列隊，靠近我藏身的地方。他們將塔維當成目標，向她射出一陣陣彈雨。

沒有禍星……

我必須把這件事告訴別人！我很容易就找到了蒂雅。她還在發瘋般地操作另一個套房中的電腦——就在我前方稍左一點。一股鹽粉落在我的頭頂上，天花板正在發出呻吟。

我回過頭，看見梅根正大步經過套房，向我走來。她的個子很高，高昂著頭，神情堅定，雙手放在身側，每根手指都帶著一縷眞實的漣漪。一名力量達到巓峰的高等異能者。

她看著我，目露凶光。

沒錯。我現在有一個更大的問題要對付了。

# 第三十三章

火。我需要火。

這眞是一種殘酷的諷刺。片刻之前，我還站在一個全身火焰的男人身邊，而現在，我甚至連一粒火星都找不到。

我將教授的細胞塞進口袋，然後慌張地站起身，跑過套房，竭盡全力將身子伏低。衛兵們正紛紛後退。我瘋狂地尋找著能製造出火焰的辦法。我看到塔維跪在外面的走廊裡，被數層光球包裹在其中。我相信內層的光球是她自己的。她蜷縮在其中，低著頭，皮膚上全是鹽粉和一道道汗水滑過的痕跡。她的全身都在顫抖。

我的心沉了下去。我還是向蒂雅跑去，希望她也許能有一支打火機。梅根正向我走來，我拚命躲著她。我周圍的空間還在不斷發生波動，讓我瞥到了另外一些世界各種奇異的風景。這片平原有時會變成叢林，有時又會變成只有塵埃和岩石的貧瘠荒漠；我看到了光芒四射的異能者軍隊，還有成堆的死屍。

我身後的一大塊天花板塌陷下來，發出岩石之間相互碾壓的刺耳聲音，又砸塌了一塊地板，將我震倒在地。我的肩膀首先著地，在鹽質地面上滑了很遠。

當我終於停下來的時候，我眨掉眼睛上的灰塵，不住地咳嗽著。星火啊，我的腿好痛。我跌倒的時候扭傷了腳踝。

等到灰塵稍稍散去，我看到這個套房的大部分地面都不見了。我已經跑到了教授的房間裡，距離蒂雅不遠。蒂雅躲到了桌子旁，手中緊緊抓著她的手機。一根資料線將她的手機和電腦的資料硬碟連在一起，這台電腦和在我們頭頂上搖曳的幾管燈泡，都由角落裡的小發電機供電。

梅根又轉向我，腳步沒有絲毫遲疑。在她身後，地面上大洞的另一側，教授的衛兵們正一邊彼此呼喚，一邊從廢墟中爬出來。在她的右側，教授站到了塔維面前。塔維伏在地上，她的力場不見了。她在蠕動著，卻無法站起。

梅根看著我的眼睛，雙手舉到面前，嘴角勾起。但她依舊緊咬著牙，注視我的雙眼中向我流露出一絲哀求。我躺在破碎的地板上，從槍套中拔出槍，開火了。

我擊中了發電機。

就像樓上那部發電機一樣，它連著一個氣罐。氣罐沒有像我想像的那樣發生爆炸。子彈在上面打穿了一個孔，迸濺的火星點燃噴出的氣體，形成了一束火焰。

電燈立刻變黑。

「不！」蒂雅哀嚎一聲。

梅根盯著那束火苗。火光在她的眼睛裡舞動。

「正視它，梅根，」我悄聲說，「求求妳。」

她向前邁出一步，彷彿是被火焰的熱量所吸引。然後她尖叫一聲，衝上去，越過我身邊，將她的手臂插入火焰中。

梅根倒下了。塔維消失了。空間的漣漪迅速收縮，化為烏有。我吐出了一口長氣，隨後又拖著受傷的腳奮力向梅根爬過去。

梅根在顫抖，緊緊抓住她自己的手。她的一隻手臂被嚴重燒傷。我拖著她遠離發電機，以免發電機真的爆炸，然後將她抱在懷裡。

黑暗的房間裡只剩下了兩處光源：正在變弱的火焰……和教授。

梅根閉起眼睛，痛苦地顫抖著。她救了我們，完成了我的計畫，但還不夠。我能清楚地看到教授大步向我們而來。他踏過地面上破洞的邊緣，筆直走了過來。一道力場出現在他的腳下，從下方亮起的綠光照耀著他，讓他看上去就像是一個幽靈，他的臉大部分都隱沒在陰影裡。

教授總是一副……不修邊幅的樣子。他的面孔就像是一疊斷開的磚頭，上面生滿了鬍渣。但今天，我在他的臉上還看到疲憊的樣子。他遲緩的腳步、從臉上滾落的汗滴、下垂的雙肩，他和塔維的戰鬥非常耗力。他確實堅不可摧，但他也的確累了。

他審視我和梅根，然後說：「殺了他們。」便轉回身，向陰影中走去。

二十多名衛兵平舉武器開了火。我將梅根拉到身邊，近到足以聽清她的囈語。

「我死的時候還是我，」她說著，「我死的時候還是我。」

火焰。梅根的超能力被壓制了。在故意燒傷自己之後，梅根總會有一到兩分鐘的時間沒有任何超能力。

如果她現在死了，她會永遠死去嗎？

不。

不……我到底做了什麼？

我轉過身，將自己擋在她和衛兵們可怕的彈雨中間。牆壁爆裂成鹽渣。電腦螢幕徹底迸碎。子彈籠罩了整片區域，伴隨著震耳欲聾的槍聲。

我緊緊抱住梅根，用我的脊背抵禦即將到來的死亡。

我體內有某種東西被觸發了。它們隱沒在我的靈魂中，在幽深的黑暗裡。陰影在我的周圍游動、尖叫，各種情緒像長釘將我刺穿，來自於我的夢境的感覺突襲而至，將我徹底壓倒。我仰起頭，發出一陣嘶嚎。

槍聲停止了，最後幾聲爆炸預示著彈匣被用空。敵方的異能者就在眼前，這些人絕不會有所猶豫或遲疑。有幾個人打開了槍上的照明燈，檢查他們的戰果。

我等待著疼痛，或者至少是麻木——這些都是被子彈射中以後應有的感覺。但我什麼都沒有感覺。我猶豫著轉過身，向背後望去。我們周圍的一切都被摧毀了——地面、牆壁、傢俱碎片，到處都是彈痕、殘損……只有環繞我的一小片地方除外。這裡沒有任何被彈幕掃蕩的痕跡。事實上，這片地方正如同玻璃般反射著光亮，呈現出一種深暗又光滑的銀黑色光澤。是金屬。

我還活著。

王權的聲音在我的記憶中悄然響起。*我一直都相信，你將……非常合適。*

「真令人驚嘆啊。」教授在陰影中說，「她做了什麼？打開一道通向異世界的門，讓子彈射了過去？」他的聲音同樣顯得異常疲憊，「我只能自己來了。」

「喬納森……」一個近乎耳語的聲音響起。

我皺了皺眉。這聲音離我們很近，是誰——

我忘記了蒂雅。

她躺在地上，身子靠著鹽質桌子，被明滅不定的火光照亮。她一直都躲在那裡，但子彈還是擊中了她——而且不只一顆子彈。她緊緊抓住的手機也被打穿了一個洞。

「喬，」她說，「你這個混帳。你早就害怕會發生……這種事。」她咳嗽了幾聲，「我錯了，你是對的。一直……都是如此。」

教授走進士兵槍管上射出的燈光中。那張憔悴頹喪的臉發生了變化。今天晚上，他彷彿第一次看到了這個世界。在他的眼前，蒂雅艱難地喘了最後一口氣，就此死去了。

跪在地上的我驚詫不已，幾乎無法聽見教授的咆哮——他驚駭的哭喊聲驟然響起，充滿了痛苦和憾恨。他踩著一片光芒衝過地板上的大洞，衝過我和梅根，抱住蒂雅，完全對我們視而不見。

「治療！」他命令蒂雅，「治療！我把它給妳！」

我抱著梅根，全身麻木，無法相信自己的眼睛。蒂雅的身子從教授的臂彎裡垂下，一動也不動。

地板消失了。牆壁、天花板、整座高塔。一切都在教授哀慟淒苦的哭嚎中化為粉末。士兵們像石頭一樣掉下去，只有一個氣泡憑空產生，包裹住教授和蒂雅。

我的胃抽動了一下，讓我意識到梅根和我也開始穿過七十層樓高的鹽粉，向地面墜去。

「梅根！」我大喊。

她的眼睛緊閉著。我抱著她，不斷在半空中翻著筋斗。

不，不，**不**。

我們周圍的夜空中全是掉落的人、灰塵、傢俱和布匹殘片，所有這些都在我們身邊飄移。

「梅根！」我再一次大叫著。我的聲音蓋過了風聲和士兵們恐怖的哀叫。「醒過來！」她的眼睛猛然睜開，彷彿在黑夜中燃燒的兩團火。我被猛然一拉，幾乎沒能抓住她——突然間，我就被降落傘的縛索牢牢繫住了。

沒過多久，我們重重地撞在地上，我聽到了令人膽寒的喀嚓一聲，接著就是一陣劇痛，彷彿一股電流從我雙腿一直導入我的身體。強烈的痛覺讓我猛吸了一口氣，全身完全無法動彈。我忍受著這股劇痛，雙眼瞪著黑暗的天空。

我在瞪著禍星，那個一直在瞪視我的傢伙。

又過了一段時間，不是很長，但也足夠了。我聽到了腳步聲。「他在這裡，」是亞伯拉罕急切的聲音。「你是對的。星火啊！這裡有一個降落傘。是我們的降落傘，但我沒有留下……」

我轉過頭，眨掉眼裡的鹽粉，終於在夜色中看到了他魁梧的身軀。

「我找到你了，大衛。」亞伯拉罕說著，抱住我的肩膀，把我扶起來。

「梅根，」我悄聲說，「在降落傘下面。」我們落地之後，降落傘把梅根蓋住了。

亞伯拉罕走過去，掀起降落傘。

「她在這裡，」他的聲音顯得很寬慰，「她還有呼吸。柯迪、蜜茲，我需要你們的指示說明。大衛，我們必須挪動你。不能在這裡耽擱，教授還在上面，我們能看到他的綠光，他隨時都有可能下來。」

我努力撐住自己，讓亞伯拉罕把我扛到肩上。另外兩個人也來了，他們將梅根從降落傘下拖出來。現在沒時間擔心他們會不會對梅根造成更多的傷害。

他們拖著我們走進黑夜，身後丟下了一個失敗的任務。我們搞砸了，完全、徹底地搞砸了。

# 第三十四章

我一直都沒有睡著，儘管在柯迪將我們帶進一條小巷，確認沒有人跟蹤我們的時候，我讓亞伯拉罕給了我一些止痛藥。蜜茲正在製作一張擔架，準備用來搬運梅根和我。亞伯拉罕檢查了一下我的傷勢，發現我在落地的時候把兩條腿都摔斷了。

我們離開小巷時，天氣變壞了。一陣霧氣般的小雨落在我們身上，鹽質道路沾了水，變得溼滑。不過這些鹽比我想像的更加堅固，整座城市並沒有出現大規模溶解的情況。

我和梅根並排躺在擔架上。下雨的感覺一開始還不錯，至少沖掉了皮膚上的鹽末，但等我們到達公園中的那座橋下時，我全身都已經溼透了。我在前方的橋下看到了我們的基地，它就像是從地面生長出的某種奇異的真菌，漂亮極了。

梅根依然處在昏迷之中。她看上去比我要好一些。亞伯拉罕沒有在她的身上發現骨折，只找到了幾處嚴重的瘀傷，還有就是她被燒傷的手臂已經起了水泡。

「至少，我們還活著。」當我們停在祕密基地的門口時，柯迪說：「當然，也許教授的探子早已暗中監視我們，正等著我們帶他找到竊賊，只是我們還沒有發現。」

「你的樂觀主義鼓勵了我，柯迪。」蜜茲說。

讓我們的擔架穿過基地入口耗了一點工夫。我們在入口前建了一條小隧道，還用碎鹽塊把隧道口遮住。我幫忙用手推著隧道往前挪進。我的兩條腿依舊痛得要命，但和剛才相比，這時它們只是在喊：「嗨，別忘了我們。」而不再是大呼小叫著：「聖主啊，見鬼了啊，我們斷啦！」

祕密基地中瀰漫著一股竊賊喜歡的熱湯香氣——那是一種簡單的蔬菜湯，幾乎沒有任何味道。亞伯拉罕用他的手機進行照明。

「把那東西關掉，白癡。」竊賊在他的房間中喊著。

他一定又在冥想了。我在我的擔架中坐起身。蜜茲爬進來，嘆了口氣，將裝備扔在地上。

「我需要洗個澡，」她對竊賊喊回去，「如果要你變出一個淋浴間來，一個女孩需要做些什麼？」

「去死吧。」竊賊回了一句。

「蜜茲，」亞伯拉罕輕聲說，「檢查一下裝備，將竊賊為我們製造的東西還給他，向他致謝。這麼做也許沒什麼必要，畢竟那些東西會消失掉，但也許這種禮貌對他還是有意義的。柯迪，去外面看看有沒有追兵。現在我們有些時間了，我想要更仔細地檢查一下他們兩個。」

我遲鈍地點點頭。是的。命令。需要有人下達命令。但……返回基地的過程對我來說非常模糊。

「我們需要彙報情況，」我說，「我有新發現。」

「先等一下，大衛。」亞伯拉罕溫和地說。

「但——」

「你還處在驚駭狀態中，大衛。」他說，「我們先休息一下。」

我嘆了口氣，躺回擔架裡。我並不覺得自己處在什麼驚駭狀態裡。當然，我全身又溼又冷——這是因為我剛淋過雨。是的，我在發抖，而且完全想不清回來路上的狀況。但這全都是因為我實在是累壞了。

我懷疑亞伯拉罕根本不會聽我的爭辯。也許他承認我是這支團隊的領袖，但他也會像老媽媽一樣根本不聽我說半句話。我總算是說服了他先查看梅根。在蜜茲的幫助下，他將梅根抬出擔架，並換下了她身上潮溼破爛的晚禮服，確認了她並沒有任何先前沒被注意到的傷口。然後亞伯拉罕回來，替我的腿上了夾板。

大約一個小時之後，亞伯拉罕、蜜茲和我擠在我們的新基地中最小的房間裡。我們希望這裡距離竊賊夠遠，能夠說一些他聽不到的話。梅根躺在角落，蓋著被子睡著了。

亞伯拉罕一直看著我，以爲我會因爲疲憊而昏過去。我卻頑固地保持著清醒，背靠在牆上，被打上夾板的腿伸在前面。他們給了我一些強效止痛藥，所以我現在能夠自信地盯著他。

亞伯拉罕嘆了口氣。「我去柯迪那裡看看，」他說，「然後我們再談。」

他留下了我和蜜茲。蜜茲啜飲著她幾天前從市場上買的熱可可。我受不了那東西，實在是太甜了。

「那麼，」她說，「那……還不算是一場徹底的災難，對不對？」

「蒂雅死了。」我的聲音很沙啞，「我們失敗了。」

蜜茲的臉色變得有些難看，她低頭看著手中的杯子。「是的。但……我是說……你測試了你的一個理論。我們知道的比昨天更多了。」

我搖搖頭，我在擔心梅根，在氣惱我們爲救出蒂雅做了這麼多努力，最終還是失去了她，這些都讓我難受。我覺得孤弱無助、覺得失敗、覺得痛苦。我一直對蒂雅充滿期待，她是這支團隊中最早認爲我會有用處的人。而現在，我辜負了她。

我能做得更好嗎？對於我是如何在那些槍彈掃射中逃過一死的，我至今都沒有說一個字。

事實是，我自己也不知道答案。我的意思是……我是有些推測，但我根本就不知道。所以現在談論這種事又有什麼用？

我們在欺騙自己，是不是？我心中有個聲音在問。

「那項降落傘，」蜜茲說著，向梅根瞥了一眼，「是她做出來的，對不對？」

我點點頭。

「她把降落傘綁在你身上，而不是綁在她自己身上，」蜜茲說，「她一直都是這樣。我想，如果你們死了，就算轉生的那個人是你，我也不會覺得奇怪……」她的聲音越說越小。

亞伯拉罕回來了。「他高興得就像是躲在窩裡的一隻長耳大野兔，」他說，「他穿著雨衣蹲在橋上，嚼著牛肉乾，尋找可以射擊的目標。至今爲止他什麼都沒有找到。我們也許眞的逃出來了。」

他盤坐在地，小心地摘下脖子上的項鍊，那上面掛著忠貞者的墜飾。他將項鍊舉到自己眼前，在我們的手機光亮中，墜飾閃爍著銀光。

「亞伯拉罕，」我說，「我知道……我是說，蒂雅是我們的朋友……」

「不只是朋友。」他輕聲說，「她是我的長官，我卻違逆了她的命令。我相信我們做出了正確的選擇，是她錯了，但我無法如此輕易地接受她的離去。請給我一點時間。」

我們等待著。他閉上眼睛，用法語低聲祈禱。他祈禱的對象是上帝？還是那些他相信總有一天會來拯救我們的神祕異能者？一段時間以後，他將項鍊收進手心，握住它。就像以往一樣，我無法對他的情緒產生良好的感覺。我的心裡是尊敬？痛楚？還是擔憂？

終於，他深吸一口氣，把項鍊戴回脖子上。「你有情報要彙報，大衛。你覺得它們很重要，必須儘快討論。等到這場戰爭結束，我們會以更加莊重的方式哀悼蒂雅。現在，說吧，那裡出了什麼事？」

他和蜜茲都用期待的眼神看著我。我呑了一口口水，才開始講述。我已經和他們說了關於塔維的事。現在我開始詳細解釋當我被吸進熾焰的世界時遇到了什麼，那些我見到的奇異景象，還有鋼鐵心。

我說了很久。其實，我眞的很累了。他們也許同樣累了。但我無法入睡。除非我將自己見到、發現的一切一股腦兒地傾瀉出來。我把能說的都和他們說了，最後才恢復了平靜。剩下的就只有我對於自己的懷疑，關於我的那種……衍變。

「他殺死了你？」亞伯拉罕說，「在他們的世界裡，鋼鐵心殺死了你？他們是這樣說的？」

我點點頭。

「眞奇怪。那個世界和我們的很像，卻又在這些重要的地方如此不同。」

「你沒有問問他關於我的事？你有嗎？」蜜茲問。

「沒有。爲什麼？我應該問嗎？」

蜜茲打了個哈欠。「我不知道。也許我在那邊會是那種超厲害的忍者。」

「要我說，妳今天就是一個超厲害的忍者。」亞伯拉罕說，「妳在任務中的表現非常好。」

蜜茲的臉一紅，又喝了一口可可。

「一個沒有禍星的世界，」亞伯拉罕說，「但那個……」他的手機忽然響了。他皺起眉，看著手機，「我不認識這個號碼。」他將手機轉向我。

「騎士鷹，」我說，「快回話。」

亞伯拉罕照做，他將手機放到耳朵旁，又立刻被騎士鷹洪亮的聲音震得放下了手機，對我們說：「不知爲什麼，他變得好興奮。」

「很明顯，」蜜茲說，「是你的話筒音量太大了。」

亞伯拉罕按下了視訊按鈕。騎士鷹的臉出現在手機螢幕上，他的聲音迴盪在整個房間裡。

「——眞不敢相信那個女人竟然有那麼大的膽子。大衛的手機怎麼了？他讓手機蒸發了嗎？我已經有幾個小時追蹤不到他的手機。」

我拿出我的手機。這支手機挺過了剛才的戰鬥——差一點——它的螢幕裂了，後蓋掀開，電池沒了。

「它……不太靈光了。」亞伯拉罕說。

「他眞該更小心一些。」騎士鷹說，「這些東西可不是免費的。」

「我知道，」我說，「你要讓我們爲這些付錢。」

「嘿，」騎士鷹顯得很興奮，他的表情讓我吃驚，甚至有些氣惱，「我會給你一支新手機，等我說完之後，孩子。」

「你要說什麼？」我問他。

「王權的資料，」他說，「太令人難以置信了。難道你們還沒有讀過？」

「那些資料？」我說，「騎士鷹，那都在蒂雅的……手機上。你複製了它？」

「我當然複製了它。」騎士鷹說，「你以爲我建立起一個覆蓋全國的資料網路，只是爲了好玩？好吧，那的確很好玩，但更是因為我要閱讀人們的傳訊。」

「給我們一份完整的資料。」亞伯拉罕說。

騎士鷹陷入了沉默。

「騎士鷹？」我問他，「你不會……」

「噓，」他說，「我沒有丟下你們。只是有別人在跟我講電話。」他狠狠地罵了一聲，「等一下。」

隨後便是一片寂靜。我們三個相互對視，不知道有什麼等著我們。如果騎士鷹真的得到了那份資料，也許這個任務不算是完全失敗。

他在幾分鐘之後回來了。「天哪，混蛋，是喬納森。」

「教授？」我問他。

「是的。他要求我追蹤你們。我不知道他是怎麼確認我能這樣做的，我一直都對他說我不能。」

「然後呢？」蜜茲問。

「我把他打發到城市的另一邊去了。」騎士鷹回答，「離你們這幫傢伙遠著呢。也就是說，一旦他抓住你們，基本上肯定會來殺死我。我真應該一開始就把你們關在我的門外。」

「唔……我們應該謝謝你？」蜜茲說。

「我會給你們發送一份王權計畫的拷貝，」騎士鷹說，「注意，這份計畫中提到的幾張照片不在檔案夾裡。不是因為我有所保留，而是因為手機在下載完所有檔案之前就壞掉了。不過還是請轉告蒂雅，她做得很好。」

「蒂雅中槍了。」我的聲音低沉下來，「他殺死了她。」

電話中再次陷入沉默，片刻之後，我聽到了騎士鷹的喘息聲。「禍星啊，」他悄聲說，「我沒有想到他會墮落到這種程度。我是說，我知道他會……但蒂雅？」

「我想，他應該不是有意的。」我說，「他讓他的手下向我們自由射擊，結果蒂雅因此犧牲了。」

「你的文件傳過來了。」亞伯拉罕舉起手機，「這些資料能夠解釋教授在這裡做什麼？」

「當然，」騎士鷹又變得興奮起來，「他——」

「他到這裡來是爲了竊賊。」我打斷了騎士鷹，「他要製作一部擁有竊賊能力的引擎，然後用它來吸收禍星的超能力——禍星全部的超能力——從而成爲終極異能者。」

蜜茲驚駭地眨眨眼，亞伯拉罕抬起頭看著我。

「噢，」騎士鷹說，「所以你也看過資料了？」

「不，」我說，「但這樣的推測是合理的。」拼圖的碎片在我的腦海中被整合在一起。「正因爲如此，王權才會讓滅除去巴比拉，不是嗎？她本來有上百種不同的辦法威脅那座城市，迫使教授使用自身的力量。但她邀請滅除是爲了想要製造有滅除超能力的引擎，以此來掩飾她的眞正目的。」

「製造一部有傳送超能力的引擎，」騎士鷹說，「這樣她就能接觸到禍星，再加上竊賊的超能力……但她將計畫付諸實施以前就死了，所以教授要接替她完成這個計畫。很聰明，孩子。你眞是把我也騙過了，看來你這個人並不像你做的事情那麼傻。另外說一句，我要放棄這個基地了。曼尼正要把我送上吉普車，我可不打算繼續在這裡晃蕩了。畢竟這個世界上最危險的異能者，很可能已經有了眨眼間就能傳送到任何地方的超能力。」

「如果他這樣做，就會讓滅除得到警告。」我說，「在巴比拉引發炸彈的部分原因，就是要向滅除隱瞞他的超能力已經被竊的事實。」

「但我還是要走。我用小花招騙了他。他在白費力氣進行一番搜索之後，肯定會有很長一段時間無法冷靜下來。」

「騎士鷹，」亞伯拉罕說，「我們需要你的急救星。我們有傷患。」

「不可能，」他說，「這是我現在手邊唯一的急救星了。我喜歡你們這幫人——至少不討厭你們——但我比你們更重要。」

「如果我能給你一樣東西，讓你再做一個呢？」我一邊問，一邊將手伸進口袋裡，拿出了那只培養皿，把它舉到手機前。亞伯拉罕也配合地轉動手機，讓騎士鷹能清楚地看到我手裡的東西。

「這是……」騎士鷹說。

「是的，教授的細胞。」

「所有人都離開這個房間，我想和這個孩子單獨談談。」

亞伯拉罕向我揚了揚眉毛，我點點頭。亞伯拉罕不情願地把他的手機遞給我，然後就和蜜茲一起離開。我靠在牆上，看著手機螢幕裡騎士鷹的臉。他的手機似乎就放在他面前，用他脖子上的某種裝置固定住，曼尼這時正將他搬過一條隧道。

「你做到了。」騎士鷹輕聲說，「怎麼做到的？他的力場應該能保護他不會受傷。」

「梅根進入另一個次元，」我告訴他，「可以說，她從那裡拉來了另一個教授。」

「爲什麼是『可以說』？」

「他的女兒，」我說，「我相信是他和蒂雅的女兒。那個女孩有著和他一樣的能力，騎士鷹，而且……」我深吸一口氣，「而且那正是他的弱點——他的超能力。至少蒂雅是這樣說的。」

「嗯……」騎士鷹說，「以我對他的瞭解，這符合邏輯。在這裡，異能者的孩子們出生時並不具備超能力。但在那個世界，他的女兒繼承了他的能力？」

「是的，」我說，「我從他的身上打掉了一塊皮膚，並且爲你收好了它。」

「夥計，」騎士鷹說，「你知道我們的確很想要它，但如果他知道你有這樣東西……」

「他知道。」

騎士鷹悲傷地搖搖頭，「嗯，如果我要死，也應該死在一位老朋友的手裡。我會讓無人機把急救星送過去給你，而你要把他的細胞給我。成交？」

「成交，有一個條件。」

「什麼條件？」

「我們需要一種能夠與教授作戰的辦法，」我說，「而且要讓他與他的超能力正面交鋒。」

「你的異能者小親親不是能夠召喚來另外一個他嗎？」

「不，沒有用。我們的確克制了他的力量，但他並沒有轉變。我需要試試別的方法。」

我說的是實話，但也不完全是實話。我向梅根瞥了一眼，她依然處在昏迷中，氣息輕微。今晚她所做的事情幾乎毀了她，我不會要她再做這種事。這對她不公平，而且肯定對於那個被我們帶到這個世界來的人也不公平。

「那麼……」騎士鷹說。

我舉起培養皿。「還有另一種辦法，能夠讓他不得不面對另一個使用他的力量的人，騎士鷹。」

騎士鷹笑了。「你是認眞的。」

「就像一隻應該被餵食的狗一樣認眞，」我說，「製造全部三種超能力的引擎需要多少時間？力場、再生、裂解。」

「幾個月，」騎士鷹說，「甚至一年，如果其中任何一種超能力很難被攻克的話。」

這正是我擔心的。「如果只有這個辦法，那麼我們也只能如此。」想到要保護竊賊，讓他躲避教授一年之久，我就一點也高興不起來。

騎士鷹審視著我。他的僕人把他放進了吉普車裡，爲他綁好安全帶。「你走運了，」騎士鷹說，「還記得我說過，我們曾經對早期異能者進行測試，發現活著的異能者會因爲用他們的身體組織製作出的引擎而感到痛苦？」

「是的。」

「我是否告訴過你，接受測試的是誰？」

「你已經做好了這三種超能力的引擎。」我說，「所以你才如此渴望教授的細胞。你已經製造了能取代他的引擎。」

「我們一起製造了它們。」他說，「他和我。」

「在你的房間裡，」我說，「那個擺放死亡異能者遺物的房間，其中一個格子沒有名牌，裡面放著一件襯衫和一副手套。」

「是的。我們發現這會讓他感到多麼痛苦之後，就銷毀了他的全部組織樣品。我認為他一直都很擔心我會再得到一份他的細胞組織，所以從那以後就始終遠離我。」騎士鷹的假人揉搓著下巴，彷彿正在思考，「我猜，他的擔心是正確的。你把這些細胞給我，我幾乎立刻就能把模仿他的超能力的裝置做出來。但我要先在我妻子身上試試他的治療能力。」

「如果你那樣做，他立刻就會知道。」我說，「他會去殺了你。」

騎士鷹咬緊了牙根。

「你只能把賭注押在我們身上，騎士鷹。」我說，「把那些裝置給我們，我們會讓他變回來，然後我們就能嘗試治療你的妻子。這是你唯一的機會。」

「……好吧。」

「謝謝。」

「這時候我只能先求自保了，孩子。」騎士鷹說，「我派去的無人機會在六個小時以後找到你們，然後它需要再用六個小時帶著培養皿返回我的祕密基地。如果那些細胞是完好的，我能夠為你製造出一整套引擎——力場投放、治療，還有碎震器能量。」

「就這樣吧。」

「還有，大衛。」騎士鷹的假人這時發動了吉普車，「不要再自作多情了。這一次，如果他沒能轉變過來，你我都知道必須怎樣做。在殺死蒂雅之後……星火啊，他的人生還能怎樣往前走？給他一點慈悲吧，他會為此而感謝你的。」

我們的通訊中斷，騎士鷹的臉從螢幕上消失。我坐在原地，竭力思考今晚發生的每一件事。蒂雅、熾焰、教授隱沒在陰影中的面孔。地面上那一片深灰色的金屬。

最終，我放下了手機，轉過身，不顧斷腿的抗議，把它們拖過房間，一直來到梅根身旁。

我將頭枕在她的胸口旁，用手臂抱住她，聽著她的心跳，慢慢沉睡下去。

# 第四部

# 第三十五章

我醒來的時候，又是滿身汗水。

同樣的景象一直在折磨我。嘈雜而驚悚的聲音，刺眼的光亮。畏懼、恐慌、被遺棄。就算是醒來，也沒有平日裡噩夢過去後的慰藉感；就算知道那只是一個夢，也不會讓人有絲毫心安。

這些噩夢和普通的夢完全不同。它們讓我感到驚惶、疼痛、流血、創傷，就像是在拳擊影片中被痛打的一片砧板上的肉。在我醒來之後，我只能坐在地上，感覺斷腿的疼痛。彷彿過了一段堪比永恆的時間，我的脈搏才恢復過來。

星火啊，我的身上發生了非常糟糕的事情。

至少我沒有驚醒其他人。亞伯拉罕和柯迪睡在他們的鋪位上。不知在晚上什麼時候，我離開了梅根，回到了其他人爲我布置好的位置。蜜茲的鋪位是空的，她在站崗。我伸手到枕頭旁邊，高興地摸到了我的手機——蜜茲已經把它修好了。

查看了一下手機，我知道現在是早晨六點。手機的光亮讓我看到自己的鋪位旁邊還有一個玻璃水杯和放在盒子裡的藥丸。我迫不及待地吞下那些藥丸，讓止痛的藥物進入我的身體。然後，我靠著牆坐起身，第一次注意到我的肋側和手臂也都很痛。那個任務眞是讓我的身體遭受了不小的創傷。

我摸了摸後背，發現那裡有一串怪異的傷痕，仔細去摸，感覺像是一些方塊。腿上越來越強烈的疼痛和遍布全身的傷損，讓我只能坐在地上，等著止痛藥生效。當我能清楚地思考時，立刻開始仔細查我的手機。亞伯拉罕已經將蒂雅找到的資料發送給我們每一個人，我認眞梳理其中每一個細節，儘量不去想最後是不是必須叫醒亞伯拉罕或柯迪，讓他們幫忙我去上廁所。

王權寫下的文字清晰、仔細而且直白。閱讀的時候，我彷彿能聽到王權在說話。她是那樣平靜，那樣篤定，那樣令人惱恨。她以狡詐而具毀滅性的陰謀從我們身邊偷走了教授——只爲了滿足她那個令自己不朽的欲望。

但這次查閱還是讓我獲益良多。王權的計畫實在是太不可思議，甚至可以說是極端大膽。我禁不住開始對她有了一些敬意。如同我猜測的那樣，王權召喚滅除來不是因爲他具有摧毀城市的能力，而是因爲他的傳送超能力。

王權的陰謀從五年前就開始。但她卻遭遇了一個預料之外，又無法突破的時間限制：她的死期。異能者的超能力無法治癒自然疾病，她發現自己即將不久於人世，所以希望教授成爲她的繼承人，代替她前來伊爾迪希亞，用竊賊的細胞製作引擎，然後傳送到禍星身邊，完成她那個不可能的計畫。

儘管這個計畫充滿了瘋狂的智慧，但還是漏洞百出。按照我們的推斷，禍星是一切異能者超能力的源頭，那麼誰又能確定他的超能力一定能夠被偷竊？就算是偷到了他的超能力，那麼得到那份超能力的人會不會也只是取代了他，成爲天空上的一個紅點，向整個世界釋放邪惡？

不過，至少這個計畫値得一試——試圖改變現狀總好過接受這樣的世界而無所作爲。因爲這一點，我敬重王權，儘管我最終是殺死她的那個人。

讀完王權的筆記之後，我打開了一連串的照片。除了伊爾迪希亞的一些地圖之外，還找到了幾張禍星的照片。前三張是透過望遠鏡照的，很模糊。我以前也見過這樣的照片。在這些照片上，禍星就像是一顆行星。

最後一張照片卻不一樣。騎士鷹說過，他備份下來的檔案並不完整，缺了幾張照片。這件事一直讓我擔心，我很害怕最後找不到一張能顯示出禍星眞實樣貌的照片。

但這一張和之前的照片都不一樣——禍星在我手中發光的螢幕上盯著我。照片拍得不是很好——我有一種明顯的感覺，它是用手機偷拍的，但明確地顯示出一個異能者的輪廓：一個紅光形成的人影。只是我看不清他是男人還是女人。看上去，他正站在一個房間裡，周圍的光芒有著角度怪異的折射和反射。

我在檔案中努力尋找類似的照片，卻一無所獲。其他照片都遺失了，所以我也無從知曉那些是不是禍星的照片。這時，我的好奇心被吸引到另一樣東西上。看樣子，騎士鷹複製的不僅是王權的資料，還有蒂雅手機中記憶體的全部內容。一個名字只有「喬納森」三個字的檔案出現在我的手機螢幕上。我知道我也許不應該打開，那裡面可能有蒂雅的穩私，但我還是忍不住用拇指將它點開，並點中了裡面的第一段影片。

這是教授在一間教室裡拍攝的。

我將音量調低，還是能夠聽到他充滿熱情的聲音。他正用一支打火機掃過一排頂部各有一個孔的雞蛋，將這些雞蛋一一點燃。每一顆雞蛋上冒出火苗的時候，學生們都會爆發出興奮的歡呼聲。根據教授的解說，他已經在這些雞蛋中灌滿了氫氣。

下一個節目是氣球。隨著他在一排氣球前走過，每一顆氣球都循序爆開，閃耀起不同顏色的光彩。我不是很在意這其中的科學原理，只是一直關注著教授。影片裡的他更年輕，漆黑的頭髮裡只有幾縷灰。那是一位熱情洋溢的教授，科學展示的每時每刻都讓他樂在其中，儘管他也許已經將這些表演重複過上百次了。

那時的他是一個完全不同的人。我意識到在我們共度的所有時光中，我沒看過教授有快樂的樣子。是的，他有過滿意、有過渴望，但眞正的快樂呢？此時我看到站在學生中間的教授才是快樂的。

這正是我們失去的。當影片結束的時候，我用力讓自己保留下這一份記憶。禍星的出現爲這個世界帶來的不只是一種災難，而是許多種。教授原本應該待在他的教室裡，快樂地教導孩子們各種知識。

門外的腳步聲讓我迅速抹了一下眼睛。片刻之後，蜜茲探頭進來，手中舉著一個籃球大小、頂部有水平旋翼的東西。是騎士鷹的一架無人機。

「那傢伙的速度很快。」蜜茲將無人機放在地上。亞伯拉罕和柯迪都動了起來，他們肯定早就打算等這東西一到就醒過來。梅根翻了個身，我以爲她也要醒了，但她又睡了過去，發出輕輕的鼾聲。

無人機剛在地上被放穩，柯迪和亞伯拉罕的手機便亮起，爲這個房間增添了兩個光源。我看著蜜茲扭開無人機的上半部分，從裡面掏出一個盒子，看上去很像是我們在新芝加哥使用的急救星。教授顯然是模仿這種引擎的樣子，製作了他的審判者僞科技設備。

「太好了。」亞伯拉罕說著，揉了揉眼睛。

「我很吃驚，你竟然說服了他把這個送來，大衛。」蜜茲一邊說，一邊放下了那個急救星。

柯迪打了個哈欠。「不管怎樣，我們趕快讓這隻小狗能跑起來吧。大衛的腿越早復原，我們就能越早離開這座城市。」

「離開這座城市？」我說。

另外三個人都看著我。

「就是說，你……打算留下？」亞伯拉罕小心地說，「大衛，蒂雅死了，你的理論——它的確很出色，但依然被證明是錯的。讓教授與自己的弱點正面交鋒，並沒有讓他脫離現在的狀態。」

「沒錯，小子，」柯迪說，「現在我們只能逃走，但我們還是知道了他來這裡的目的，而且我們也有了阻止他的辦法。我們帶著竊賊溜走，他的計畫就永遠都不能實現。」

「首先，我們一定要阻止他嗎？」蜜茲問。

「蜜茲，」我驚訝地說，「他想要成為終極異能者！」

「那又怎樣？」黑人女孩又問，「我的意思是，就算是他取代了禍星的位置，我們的生活又會有什麼變化？世界末日不會因此而到來。無論世界、孩子或者其他什麼，都不會立刻被毀掉。在我看來，他想做的只不過是殺死幾個異能者——聽起來很對我的胃口。」

「我的建議是，」亞伯拉罕低聲說，「你們最好不要在有其他人能聽到的時候說這種話。」

蜜茲打了個冷顫，回頭看了一眼。「我只是說，現在我們已經知道了教授的企圖，就沒有理由要繼續留在這裡。」

「那我們要去哪裡，蜜茲？」我問她。

「不知道。離開這個有人決心殺死我們的城市，去一個別的地方如何？」我能看出另外兩個人對此表示贊同，至少他們已經有了這樣的心思。

「夥計們，我們最初來這裡的目的並沒有改變。」我說，「教授仍然需要我們。這個世界仍然需要我們。難道你們忘記了我們的任務？我們必須找到方法轉變異能者，而不只是殺死他們，否則，我們不如現在就放棄。」

「但小子，」柯迪說，「亞伯拉罕是對的。你轉變教授的計畫並沒有奏效。」

「是那一次嘗試沒有奏效。」我說，「而且失敗也有合理原因。也許教授並沒有將塔維的超能力視為他自己的超能力——他明確地看到那些力量屬於另一名異能者，很相似，但並不相同。所以他敢與塔維作戰，並不能證明他就一定克服了對於自身力量的恐懼。」

「或者，」亞伯拉罕說，「蒂雅看錯了他的弱點。」

「不，」我說，「和塔維的戰鬥的確影響了他的力量。塔維能夠摧毀他的力場，而且他身上由塔維造成的傷口也無法迅速癒合。就像不害怕鋼鐵心的人能對鋼鐵心造成傷害，教授也只能被使用他的力量的人傷到。」

「不管如何，這樣做沒有用。」亞伯拉罕說，「你說過，梅根召喚那個女孩是因為她找不到其他世界的教授。也就是說，梅根的超能力是有限的，而她的超能力是我們讓教授面對自己的唯一手段。」

「並非唯一。」我一邊說，一邊從口袋中掏出那只培養皿，讓它從地上滾到蜜茲腳邊。蜜茲把它撿了起來。

「這個……」她問。

「教授的組織細胞，」我說。

柯迪輕輕吹了一聲口哨。

「我們可以讓他與自己作戰，亞伯拉罕。」我說，「我們能夠製造出使用他的身體細胞的引擎。騎士鷹多年以前就已經做好了這種引擎的機械部分。」

其他人都陷入了沉默。

「聽著，」我說，「我們需要再試一次。」

「他最終還是會說服我們，」蜜茲說，「他就是這樣的人。」

「是啊。」亞伯拉罕點點頭，同時示意蜜茲將培養皿滾過去給他。他撿起培養皿，然後說：「我不會再和你爭論了，大衛。如果你相信這值得一試，我們會支持你。」小圓筒形的培養皿在他的指間轉動，「但我不喜歡把這東西交給騎士鷹。這種感覺就像是……像是背叛了教授。」

「教授殺死他自己的團隊夥伴，才是背叛吧？」

這句話讓整個房間都安靜下來，就像是在猶太教戒律院裡突然有人喊了一句：「多一片醃豬肉，誰要？」

蜜茲從亞伯拉罕手中拿回培養皿，放進無人機裡面，站起身，「趁著天色還黑，我要把它放出去了。」柯迪和她一起站起來。他負責下一輪站崗。他們兩個走出去的時候，亞伯拉罕拿起急救星，來到我身邊。

「先給梅根用。」我說。

「梅根還在昏迷中，大衛。」他說，「她的狀況也許不只是燒傷和摔落造成的。我認爲我們應該先治療即將準備再度戰鬥的人。」

我嘆了口氣，「好吧。」

「非常明智。」

「你應該領導這支隊伍，亞伯拉罕。」我說話的時候，他正將急救星的二極體綁在我足部和腳踝暴露的皮膚上。「我們兩個對此都很清楚，爲什麼你還要拒絕？」

「你沒有問過柯迪。」亞伯拉罕說。

「因爲柯迪是個懶鬼加笨蛋。你有經驗，在戰鬥中能保持鎮定，而且很果斷……爲什麼要讓我管理團隊？」

亞伯拉罕不發一語，只是不停地操作著他手中的設備。我的腿部隨之產生一種酥麻感，就好像睡覺時雙腿擺錯位置被壓到發麻。我在騎士鷹鑄造廠曾經接受過這種急救星的治療，不知道它是用哪個異能者的能力，只知道它不像教授的超能力那樣有效。要讓我的腿完全痊癒可能需要一些時間。

「我是JTF2，」亞伯拉罕說，「Cansofcom。」

「這……這是什麼？不可能只是一串排列奇怪的字母吧？」

「加拿大特種部隊。」

「我就知道！」

「是的，你很聰明。」

「你是在……諷刺我嗎？」

「又聰明了一次。」亞伯拉罕說。

我看了他一眼，「如果你是軍人，那你不接受指揮權就更奇怪了。你不是軍官嗎？」

「是的。」

「高級軍官？」

「足夠高了。」

「然後……」

「你知道超能嗎？」

「異能者，」我說，「只要看一眼火藥或不穩定的物質，就能使其爆炸。他……」我吞了一口口水，回憶起我的筆記，「他曾經企圖征服加拿大，在禍星紀元二年攻擊了加拿大的軍事基地。」

「他攻擊特倫頓的時候，殺死了我的全隊官兵，」亞伯拉罕站起了身，「除了我以外的每一個人。」

「爲什麼沒有殺死你？」

「我當時正在牢裡等著軍事法庭的審判。」他看了我一眼，「我很欣賞你的熱情和決心，但你還很年輕，並不像你以爲的那樣理解這個世界。」他抬手向我敬了個禮，然後就走掉了。

# 第三十六章

我抓了抓橋下祕密基地的牆壁，輕易就摳下了一些鹽粒，用手指將它們碾碎。又到要搬遷的時候了。雖然我們一直把這裡當作一個臨時的藏身之地，但幾乎還是有點習慣這裡了。離開讓我覺得自己好像漂泊的過客。怎麼會有人在這座城市中有家的感覺？

我走過房間，活動了一下已經癒合的雙腿。儘管我不會向其他人承認，但它們還是會痛。不過現在我覺得自己已經足夠強壯。晚上的幾個小時裡，斷腿的復原就完成了，黎明到來的時候，我已經做好了行動準備。

梅根的手臂和瘀傷也都被治癒了。急救星對她起了作用，這一點很值得慶幸。對此我一直都很擔心，在新芝加哥的時候，她就無法被急救星治療，也不能使用碎震器。這兩種超能力都來自於教授——按照騎士鷹的說法，有時候特定的異能者超能力會彼此干擾。

儘管這部急救星治好了梅根的外傷，但她還是沒有醒過來。亞伯拉罕告訴我不必擔心，他說一個人承受創傷之後在病床上昏迷一、兩天並不少見。我知道他想安慰我。當異能者過度使用超能力的時候，有誰知道她的哪些狀況是正常的，哪些又是不正常的？

蜜茲從儲藏室中探過頭來，「嗨，愣仔。騎士鷹要和你說話。看一下你的手機。」

我拿出手機。因爲它被塞在我的口袋最裡面，我沒有聽到它的鈴聲。四十七條訊息，禍星啊！出了什麼事？我手忙腳亂地打開訊息。也許是騎士鷹沒有收到細胞，或是無人機被某個異能者擊落，又或者騎士鷹決定轉頭去支持教授了。

不過，我看到騎士鷹發來的四十七條訊息都是：嗨，呦呵，或者嗨，你這個白癡。

我迅速回了訊。出了什麼事？

你這個迪吉裡度臉，他在回訊中這樣說。

那些細胞，我問他，它們摔碎了？

一個人要怎樣把細胞摔碎，孩子？

我不知道，我回訊說，是你發緊急訊息給我！

緊急？騎士鷹說，我只是無聊。

我眨眨眼，端著手機把那條訊息又讀了一遍。

無聊？我對他說，你在監視整個世界，騎士鷹。你能夠閱讀任何人的傳訊，聽到任何人在電話裡說什麼。

首先，我能監視的不是整個世界，他說，只有北美洲和中美洲的一大部分。第二，你知不知道絕大多數人有多麼麻木又無趣？

我剛想要回答，一連串的訊息已經撲面而來，讓我一時之間一個字都發不出去。

噢！看看這朵花有多漂亮！

嗨，我想知道妳是不是喜歡我，但我沒辦法說出口，所以我只是呆呆地和妳說了幾句調情的話。

你在哪裡？

我在這裡。

哪裡？

這裡。

那裡？

不，這裡。

噢。

看，我的孩子。

看，我的狗。

看，這是我。

看，我正抱著我的孩子和我的狗。

嗨，大家好，今天早晨我抓住了一隻大無尾熊。

眞令人作嘔。這個世界正在被一群神一樣的怪物統治著，他們能夠隨心所欲地將高樓大廈化成一池酸水，而人們卻還是只想著用手機替他們的寵物拍照，或者勾搭女人上床。

嗯……我先寫了一個字，測試一下他的訊息轟炸是不是結束了。能買得起你的手機的人們都很有錢，你不應該對他們的淺薄感到驚訝。

你說錯了。他寫著，新芝加哥這樣的城市可不只一個。統治城市的異能者之中頗有些聰明人。他們知道讓人群擁有手機，就能對人群進行宣傳和管控。我可以告訴你，窮人一樣糟，而且他們的寵物更髒。

你發給我這些有什麼意義嗎？我問他。

是的，找點樂子。來說兩句蠢話。我已經有了爆米花和其他一切了。

我嘆了口氣，將手機收起來，繼續我的工作——查看異能者的死亡名單。根據今天城市中的流言，這些異能者都死於教授在鋒銳高塔上大發雷霆的時刻。參與那場派對的異能者有幾十個，其中擁有飛行能力或者基礎無敵能力的人非常少。如今教授殺光了半數伊爾迪希亞的上流階層。

我的手機又發出震動。我呻吟了一下，還是朝手機螢幕瞥了一眼。

嗨，騎士鷹說，我的無人機從你的城市邊緣掠過。想看看照片或者其他什麼嗎？

照片？我問他。

是的，能讓顯像儀使用的照片。你們有一台，對不對？

你知道顯像儀？

孩子，那東西是「我做出來」的。

那是異能者科技？

當然，他說，能夠在不規則的表面上投射出近似於３Ｄ圖像的畫面，而站在其中觀看的人們又不會在畫面上留下影子，難道你以爲這是「自然現象」？

我的確沒想過這件事。但如果他願意提供對這座城市的掃描，我當然想看一看。

那是少數幾個我能做到量產的作品，就像你們的手機。騎士鷹又說，大部分異能者科技在用相同的細胞製作出一、兩部引擎以後，功能都會顯著退化。但顯像儀不會。星火啊——手機甚至不「需要」引擎，只要我這裡保有核心處理器就可以了。對了，你到底想不想要照片？

我想要，謝謝，我回答他，教授細胞的引擎進展如何？

我先要讓這些細胞進行少量增殖，他說，這要花上至少一天的時間，隨後我們才能知道這些引擎是否有用，喬納森的細胞和它們是否相配。

很好，我說，有新的進展就告訴我。

好的，只要你答應我，下次說蠢話的時候一定要記錄下來。該死的，我眞想念網際網路。你在網路上總是能找到做蠢事的人。

我嘆了口氣，把手機裝進口袋裡。當然，手機沒過多久就又發出了提醒。我抓起它，氣惱地想要對騎士鷹說不要亂發訊息了。但我只看到了一個通知，告訴我手機剛剛收到一個大資料檔。是城市的掃描圖。

對於技術問題，我知道的不多，但我還是能將我的手機和儲藏室中的顯像儀連在一起，把檔案傳輸過去。我打開顯像儀，發現自己正懸浮在伊爾迪希亞上空，這幅宏大的圖景被堆放在房間裡的物品破壞，它們也都懸浮在天空中，就好像正處在一個魔法空間，這個空間能帶著我的行李一起飛翔。

我迅速掃視了一遍整座城市，用我的雙手調整圖景，重新熟悉對這種畫面的控制。顯像儀忠實地重現了伊爾迪希亞。片刻之間，我只是在這幅圖景中漫遊，掠過一座摩天大樓。大樓的窗戶在我右側變成一道道模糊的影子；然後我飛進一條街道，經過一棵棵鹽晶樹，以極快的速度在街道上穿梭一陣之後，我又飛過了我們的祕密基地所在的公園。

我感覺自己充滿活力，滿心興奮，精神清醒又警覺。因爲斷腿而產生的無力感已經過去，但那種壓抑、受約束的無力感並沒有消失。星火啊……彷彿我已經有好幾年不能走在陽光下、並且懼怕我的團隊會暴露身分了。

我很喜歡這種飛行在城市中的自由自在。這時，我撞上了一座建築物。我繼續飛過它，周圍變得一片漆黑，直到我從建築物的另一面飛出來。

這才讓我想到，這只是一幅幻象、一個謊言。當我過於靠近一個物體的時候，它就會扭曲變形。如果我仔細去看，就能看到祕密基地裡這個房間的邊角。

更糟糕的是，飛行中的我感覺不到撲面而來的風，下降的時候也不會因爲失重而感到腸胃發空。我就像是在看一部影片，這一點也不有趣，也沒有任何實感，而且還乾燥得要命。

「看上去很有意思。」柯迪在門口說。他的出現就像是在半空中冒出了一道傳送門。我完全沒有注意到他。

我平攤雙手，讓畫面降低，站到了剛才穿過的那幢小公寓頂樓。「我很想念諜眼。」

在我們最近經歷的那些戰鬥和逃亡中，我並沒有太想曾經帶我在巴比拉水域街道上飛行的那套裝置。現在我感覺自己的心中空了一塊。在那座水中城市度過的那段時間裡，我依靠一台雙噴嘴飛行器體會到了何爲眞正的自由。

柯迪咯咯笑了兩聲，緩緩地走了進來，「我還記得你第一次見到這台顯像儀工作時的樣子，小子。你看上去就像是要把你吃的午餐都秀給我們看一下。」

「是的，」我說，「不過我很快就習慣它了。」

「你說得沒錯。」柯迪和我一起站到公寓頂樓，轉頭鳥瞰這座城市，「有計畫了嗎？」

「還沒有，」我說，「有什麼想法嗎？」

「制定計畫從來都不是我的強項。」

「爲什麼不是？你看起來很擅長於整合各種元素。」

他一指我，「對我說這種俏皮話的人都會吃我一拳，」然後他停頓了一下，「當然，其中大多數是蘇格蘭人。」

「你自己的人？」我問，「爲什麼你會打其他蘇格蘭人？」
「小子，你對我們知道得不多，是不是？」
「只有你告訴我的那些。」
「嗯，那麼我猜你知道的不少了，只不過應該都沒有什麼用。」他微笑著向城市望去，彷佛在思考什麼。「在隊伍裡的時候，如果我們要對付某個危險人物，首先要確認他單獨行動的時機點。」
我緩慢地點點頭。柯迪曾經當過員警——他的這個故事我是相信的。「單獨，」我說，「這樣他就無法輕易得到援助？」
「更重要的是，我們不能讓人們處在危險之中，」柯迪說，「這座城市裡有許多人。他們都是好人，是倖存者。在鋒銳高塔發生的災難有部分原因是我們的錯。當然，是教授破壞了那個地方，但卻是我們促使他那樣做的。我今後的人生都無法忘記這件事——壓在我身上的重擔又多了一塊，它實在是太沉重了。」
「所以我們要儘量在城市以外與他作戰？」
柯迪點點頭，「如果那個擁有木頭假人的白癡是正確的，那麼在我們使用教授的超能力時，他立刻就會知道我們的位置。我們可以選擇戰鬥地點，把他引過去。」
「是的，」我說，「是的……」
「有什麼顧慮？」柯迪問。
「我們就是這樣對付鋼鐵心的。」我輕聲說，「將他吸引到我們的陷阱中，遠離人群。」
我抬起雙手，操控顯像儀，讓我們穿過城市，來到鋒銳高塔的殘跡前。無人機是在黎明後不久從這裡飛過的，這裡依然到處都是屍體。

「生命線，」我開始點起死亡的異能者，「較弱的電能和心靈感應超能力。黑暗無限——順便說一下，這是她的第四個名字，她總是會想出一個『更好的名字』，但比前一個更糟；她能夠在陰影間跳躍。聽天由命和托布，都來自巴林島，兩個都有語言學超能力……」

「語言學超能力？」柯迪問。

「嗯？噢，一個能強迫你用韻文說話；另一個能夠使用任何人在任何地方想像出的任何語言來對話。」

「這……非常奇怪。」

「我們對於這種奇怪的超能力談論得不多。」我不經意地說，「但的確有許多低等異能者的能力非常特別。這……」我身子一僵，「等一下。」

我快速轉動整幅圖景，速度快得讓柯迪踉蹌了一下，只能伸手去扶牆壁。我將視角對準一堆瓦礫，放大那裡的畫面，呈現出一張血污的面孔。那具屍體被壓在高塔的大發電機下面。教授的碎震器能量只是除去了鹽塊的部分。這是我第一次確認教授對於他的超能力可以控制到怎樣精細的程度——他釋放出的能量能夠消除掉某種特定的物質，卻不傷及於其他。

但現在這並不重要。我關注的是那張臉。

「噢，禍星啊。」我悄聲說。

「怎麼了？」柯迪問。

「那是風暴。」

「那個……」

「讓這座城市生產食物的人。」我替他把話說完，「是的，伊爾迪希亞的食物產出供應了其他數十座城市，柯迪。我們和教授的小衝突，也許會導致非常深遠的後果。」

我拿出手機，向騎士鷹發出一段訊息。

一名異能者死後多長時間之內必須凍結她的細胞，才能供你使用？

必須很快，騎士鷹回答，大部分細胞死亡速度都很快。沒有心臟供血，二氧化碳會毒害細胞，而且異能者的DNA融解速度更快。我們還不知道原因。爲什麼問這個？

我認爲教授剛剛造成了一場饑荒，我告訴他，他昨晚殺死了一個對於當前經濟體系至關重要的異能者。

你可以試著爲我取得一份樣品，騎士鷹說，有些細胞的耐久時間比普通細胞更長。皮膚細胞……某些幹細胞……DNA的半衰期非常怪異。大部分DNA在數秒鐘之內就會消亡，但有些獨立的細胞能夠再堅持一段時間。不過，孩子，從陳腐的異能者細胞中培養出可用的細胞簇眞的很難。

我將這段訊息給柯迪看。

「現在出去會很危險，」他對我說，「我們沒有梅根給我們的假臉了。」

「是的，但如果我們能夠阻止饑荒，難道不値得冒一下險嗎？」

「當然，」柯迪說，「只是我們很可能會在教授面前暴露自己——他一定會派人監視那些屍體——那樣的話，我們只有死路一條，然後能和教授作戰的只剩下三個審判者，而不是五個。他更有可能透過拷問從我們口中挖出異能者的祕密，再把團隊中剩下的人一網打盡。他有能力做到這些。我們則只有非常小的機會，製造出一台有可能餵養人們的引擎。」

我吞了一口口水，「其實……事實上……你說得有些太誇張了。」

「那麼，好吧，」他說，「你又要創下不服從邏輯的歷史紀錄了。」

「就像你的那個現代搖滾樂源自於風笛的邏輯嗎？」

「那是眞的，」柯迪說，「仔細想想，精靈就來自於蘇格蘭傳說。」

「是的，隨便吧。」我走過去關閉了顯像儀，讓風暴的面孔消失。這樣做讓人很痛心，但今天，我只能先克制自己的衝動。

不久之後，蜜茲探進頭來說：「嗨，你的女朋友醒了。你想要來親她一下或者——」

我已經跑了過去。

# 第三十七章

梅根背靠牆壁坐起身，雙手握著一瓶水。我經過亞伯拉罕身邊，他點了點頭。他認爲梅根的狀況還不錯，但也承認自己的醫療知識很有限。我們在幾個小時以前已經取下了她身上的急救星。

梅根給了我一個虛弱的微笑，喝了一口水。其他人都走出房間，亞伯拉罕摟著柯迪的肩膀把他推了出去。我長吁了一口氣，來到梅根身邊。儘管亞伯拉罕之前一再向我保證，但我還是非常擔心她不會再醒過來。是的，她如果被殺死就能轉生，但如果她沒死，只是永遠昏迷呢？

看到我明顯的放心神情，梅根向我挑起一道眉。「我覺得，」她說，「自己就像是七月四日遊行裡的一群小鴨子。」

我側過頭，然後又點了點頭，「噢，是的，不錯的比喻。」

「大衛，這只是一句胡說……一個笑話。」

「眞的？其實這句話很有道理。」我給了她一個吻，「看，妳覺得自己好起來了，但其實妳是錯的——就像那些小鴨子，牠們覺得自己很不合群。但在遊行隊伍裡，沒有任何人是不合群的，所以牠們很適合那支隊伍。就像妳也很適合這裡。」

「你眞的很瘋。」梅根說。我坐到她身邊，伸手摟住她的肩膀。

「妳覺得怎樣？」

「很糟。」

「治療沒有效果？」

「有。」她盯著水瓶。

「梅根，沒事的。的確，我們的任務失敗了，我們失去了蒂雅。但我們要從失敗中恢復過來，繼續前進。」

「我進入了黑暗，大衛。」她輕聲說，「比我長久以來的全部經歷都要黑暗。比我殺死山姆時更黑暗……比我見到你之前更黑暗。」

「妳走出來了。」

「勉強算是吧。」她向自己的手臂瞥了一眼，「但我很有可能一去不返。我們應該想到這一點。」

我將她拉到身邊，她將頭枕在我的肩膀上。我希望自己知道要說些什麼，但我想到的每一句話都很愚蠢。她不想要虛假的保證。她想要答案。

我也很想要。

「教授殺死了蒂雅，」梅根悄聲說，「我也會對你做出同樣的事。你聽到她最後的話了嗎？」

「我希望妳那時候能昏過去。」我承認。

「她說，教授早就警告過她，但她沒有聽。大衛……我也要警告你。我不能控制這種黑暗，就算是知道了弱點的祕密也不行。」

「那麼，」我說，「我們就必須用盡全力。」

「但——」

「梅根，」我捧起她的頭，看著她的眼睛，「我寧可死，也不願意沒有妳。」

「你就是這樣想的？」

我點點頭。

「自私。」她說，「你有沒有想過，在知道我將要殺死你的時候，我又會怎樣？」

「那麼我們就不能讓這樣的事情發生，不是嗎？」我說，「我不相信它會發生——無論冒什麼樣的風險，我都會留在妳身邊。」

她重重地嘆了一口長氣，再次將頭靠在我的肩膀上。「愣仔。」

「是的。謝謝妳在教授身上嘗試我的設想。」

「抱歉，我沒能讓它成功。」

「這不是妳的錯。我現在知道，我們要的不是另一個次元中的他。」

「那又怎樣？」梅根問，「我們不能就這樣放棄。」

我微微一笑，「我已經有主意了。」

「你的新主意有多麼瘋？」

「相當瘋。」

「很好，」她說，「這個世界都瘋了，加入它的瘋狂才是唯一的解決之道。」她沉默了片刻，「我……是不是也要參與其中？」

「是的，但我們不應該再讓妳過度使用超能力。」

她放鬆下來，靠在我的身邊，我們一起靜靜地坐了一段時間。「妳知道嗎？」我說，「我眞的希望我爸爸能看看妳。」

「因為他一直很想見到一名善良的異能者？」

「嗯，這也是原因之一，」我說，「但我相信他會喜歡妳。」

「大衛，我的脾氣很差、又驕傲，還喜歡強勢壓迫人。」

「也很聰明，」我說，「槍法神準、能夠臨危不亂、做事果斷。我爸爸喜歡性格直爽的人。他說，他寧可被人真心責罵，也不願意看到別人向他假笑。」

「聽起來像是個很了不起的人。」

「他真的很了不起。」他是那種會被別人忽略、在閒聊中被冷落的人，因為他太安靜，而且有時腦子動得不是很快，但他也是那種當所有人都逃向安全的地方時，會衝過去濟危扶難的人。

禍星啊，我非常想念他。

「我一直在做噩夢。」我悄聲說。

梅根猛地坐起身，注視著我。「什麼樣的噩夢？」

「持續不斷的夢，」我說，「很可怕。夢中有巨大的聲音，刺耳的轟鳴。我不明白——但我不認為我會害怕那些。」

「還有……其他什麼古怪嗎？」她又問。

我看著她的眼睛，「對於鋒銳高塔中的發生的事，妳還記得多少？」

她瞇起眼睛，「蒂雅所說的話。在那以前……槍擊，很多人在開槍。我們是怎麼活下來的？」

我的嘴唇抿成一條線。

「星火啊！」梅根說，「你是怎麼想的……我是說……」

「我不知道，」我說，「可能沒什麼。那時我們周圍有許多種力量在運作，也許是一個遺留的力場，或者……或者也許是另外一個眞實世界的一部分……」

梅根將手按在我的肩頭。

「妳確定想要留在我身邊？」我問她。

「我寧可死也要跟你在一起。」她按了一下我的肩膀，「但我一點也不喜歡這樣，大衛。這種感覺就像是我們屏住了呼吸，等著看我們兩個誰先爆炸。你覺得教授和蒂雅有過這樣的談話嗎？當他們決定他們應該冒險繼續在一起的時候？」

「也許吧。但除了繼續向前之外，我看不出我們還有什麼其他選擇。我不會離開妳，妳也不會離開我。就像我說的一樣，我們必須接受這種危險。」

「除非還有別的辦法，」梅根說，「一種能確保我對你再也不會有威脅，也對其他人都不會再有威脅的辦法。」

我皺了皺眉，不確定她是什麼意思。但梅根似乎做出了某種決定。她看著我，抬手輕撫我的臉，輕聲說：「別告訴我你沒有這樣考慮過。」

「『這樣』？」

「從他來到這裡開始，」梅根說，「我就在想，這會不會就是我的出路？」

「梅根，我不明白。」

梅根站起身。「做出承諾並不夠，希望我不會傷害你也不夠。」她轉過身，大步走了出去。一開始，她的腳步還不是很穩定。

我急忙站起身，跟在她後面，拚命思考她到底想幹什麼。我的腳下擦出一片片鹽粉。我們走過主屋，其他人都坐在這裡的桌子旁邊。這棟房子的壽命快結束了，它已經過於靠近伊爾迪希亞即將消失的邊緣，大概堅持不過今晚。

梅根走過大房間，進了竊賊所在的那個小房間。星火啊！我在她身後，有些跌跌撞撞地跟著她。的確有一個辦法，能讓梅根再也不會用她的超能力傷害任何人。這個辦法就在這裡，在我們的基地裡。

「梅根，」我抓住她的手臂，「妳確定想要採取這種激進的辦法？」

梅根審視著竊賊。那個異能者正帶著耳機、躺在軟椅裡。他沒有注意我們。

「是的，」她悄聲說，「我和你在一起的時候，曾經漸漸失去對這種超能力的憎恨，開始以爲它是可以被控制的。但在昨晚發生了那些事之後……我不再這樣想了，大衛。」

她以探詢的目光望著我。

我搖搖頭。「我不會阻止妳，這是妳的選擇。但也許我們應該再多考慮一下？」

「你是這樣想的？」她露出一絲堅決的微笑，「不，我也許會失去勇氣。」她大步走到竊賊面前。竊賊依然沒有注意到她。她踢了一下竊賊掛在軟椅一端的腳。

竊賊立刻摘下耳機，手忙腳亂地爬起來。「妳這個混球，」他沒好氣地喊著，「沒用的普通人，我要……」

梅根將手臂伸向他，手腕向上，「拿走我的超能力。」

竊賊張口結舌地向後退，看著這隻手臂，就像是看著一個表面寫著「不是炸彈」卻又在滴答作響的盒子。「妳在胡說什麼？」

「我的超能力。」梅根又向他邁出一步，「把它們拿走，它們是你的了。」

「妳瘋了。」

「不，」她說，「只是累了。快點。」

竊賊沒有去抓梅根的手臂。我非常懷疑有沒有任何一個異能者，曾經主動向他提供過自己的超能力。我走到梅根身邊。

「我在巴比拉花了幾個月時間侍奉王權。」梅根對竊賊說，「只是因爲她曾經向我暗示，她能讓禍星除去我的超能力。我很希望能早些認識你，那樣我就會直接到這裡來。拿走它們。它們能讓你不死。」

「我已經是不死的了。」竊賊喝斥。

「那麼就讓你雙重不死，」梅根說，「或者四重不死，或者隨便怎麼樣。拿走它們，否則我就進入另一個次元，在那裡找——」

竊賊抓住了她的手臂。梅根猛抽了一口冷氣，身子向上一挺，但並沒有抽回手臂。我扶住她的肩膀，無比憂慮。星火啊，現在這樣看著她是我做過最艱難的一件事。我是否應該勸她再等一等?仔細考慮一下?

「就像冰水，」梅根的聲音隨著她的氣息流出唇邊，「在我的血管裡。」

「是的，」竊賊說，「我聽說過這種感覺很不好受。」

「現在變成火焰了!」梅根顫抖著說，「在灌入我的全身!」她的眼睛變得迷茫，失去了聚焦。

「嗯……」竊賊的語氣就像是一名謹慎有加的外科醫生，「是的……」

梅根全身抽搐，肌肉緊繃，雙眼直盯著很遙遠的地方。

「也許妳在衝進這裡提出要求之前，應該先深思熟慮一番，」竊賊說，「妳要享受的可不只是當一個普通人。我相信妳一定能在這些人裡混得很好，前提是當這一切結束的時候，妳還能有清醒的意識。知道嗎？大多數人都做不到——」

房間裡突然冒起了火苗。

看到火舌在天花板上延伸，又沿著牆壁伸展下來，我不由得一躲。熱氣距離我很遙遠，很微弱，但我能感覺到它。

梅根站直了身子，她的顫抖結束了。

竊賊放開她，看看自己的雙手，又抓住了梅根，臉上全是冷笑。梅根看著他的眼睛，這一次，她沒有再顫抖，沒有痛苦的抽搐，但她咬緊了牙，面孔完全繃緊。

火焰沒有消褪。它們只是一重幻影。梅根說過，她知道如何創造這種次元幻影，來隱藏她的弱點以及對火焰的恐懼。它們是梅根憑直覺創造的。

房間裡漸漸變得非常熱了。

竊賊放開梅根的手，向後退去。

「看樣子，你不能拿走它們。」梅根說。

「這是怎麼回事？」竊賊問，「妳是怎麼抵抗我的？」

「我不知道，」梅根說，「但我到這裡來是個錯誤。」

她轉過身，又大步離開了這個房間。我跟在她身後，滿心困惑。亞伯拉罕和蜜茲就站在門口，梅根逕自從他們面前走過。我向他們聳聳肩，又跟著梅根走進了通鋪。

「妳眞的還擁有那些超能力？」我問她。

梅根點點頭，看上去異常疲憊，一頭栽倒在她的鋪位上。「我早就應該猜到，沒有那麼容易。」

我跪倒在她身旁，猶豫著，卻又感到一陣放心。我的情緒就像是剛剛坐過一輪雲霄飛車——還是那種很老舊、搖搖欲墜、安全帶也壞掉的。

「妳……都好嗎？」我問。

「是的，」她說，「我也不明白。這很奇怪，大衛——在那一刻，當他趁著那一陣湧過來的冰寒要將我的超能力吸走的時候，我意識到……我的超能力就是我，正如同我的人格一樣。」她閉起眼睛，「我意識到我不能把它們給他。如果我這樣做，我就會變成一個懦夫。」

「但妳又是怎麼抵抗他的？」我問，「我從沒聽過有這樣的事發生。」

「超能力是我的。」她悄聲說，「我才有權擁有它們。它們是我的負擔、我的任務、是我自己。我不知道爲什麼這樣在意它們，但就是這樣。」她張開眼睛，「現在我們要做什麼？」

「我們在鋒銳高塔的時候，」我說，「我去了另一個世界——熾焰生活的世界。那裡沒有腐蝕異能者的黑暗，梅根。鋼鐵心是一位英雄。」

「他就是說，天堂和我們的距離是一個次元。」

「我們必須把天堂帶到這個世界來。」我對她說，「王權的計畫是讓教授到達禍星身邊，偷走他的超能力。如果我們能把教授變回來，他就會給我們王權製造的傳送裝置。這樣很可能會讓我們有機會殺死禍星，讓這個世界徹底擺脫它。」

梅根微笑著，握住我的手臂。「那我們就上吧。救援教授、消滅禍星、拯救世界。你的計畫是什麼？」

「嗯，」我說，「還沒有完全想出來。」

「好，」她說，「你有很好的主意，大衛，但你把它們歸納成行動計畫的能力很差勁。去找些紙來，我們要想個辦法來實現我們的目標。」

# 第三十八章

我在這棟高大寬敞的建築物中心地面放下我的背包。這地方有一股刺鼻的鹹味，它剛剛生長出來。這一層完全是光滑的白色鹽晶，映照著我的手機光源。我們上一個藏身之地就在我們周圍腐爛掉了。相比那時的感覺，這裡簡直是太乾淨了，就像是一個嬰兒還沒有在你身上嘔吐時的樣子。

「這裡感覺不對。」我的聲音在這個巨大的空間中迴盪。

「哪裡不對？」蜜茲扛著一包物資從我身邊走過。

「太大了。」我說，「如果我要住在這樣一間倉庫裡，會沒有一點藏身的感覺。」

「但也會有人覺得，」亞伯拉罕說。裝滿物資的背包從他的肩頭落在地上，發出響亮的撞擊聲，「能夠離開那個狹小的空間實在是太好了。」

我轉了一圈，還是覺得有些毛骨悚然。借助微弱的手機光芒，我能夠看到這個房間的邊緣。我該怎樣解釋這種感覺，又不讓自己顯得太蠢？每一個審判者的祕密基地都是藏匿至深、安全可靠的；而這個空曠的倉庫卻恰恰相反。

但柯迪說這裡絕對會是安全的。我們在伊爾迪希亞的這段時間裡，他和亞伯拉罕進行了一些調查，發現這間倉庫從沒有人使用過，而且這個位置有利於實行我攻擊教授的計畫。

我搖搖頭，抓住我的背包，把它拖過房間，直到倉庫深處的牆壁。亞伯拉罕和蜜茲已經把他們的背包放到了這裡。不遠處，柯迪正在製造一個小一些的房間。他用一隻戴手套的手很小心地工作著，就像雕塑黏土一樣，用一把泥刀抹刷出光滑的牆壁。他的手套發出輕微的嗡嗡聲，水晶般的鹽層隨著他的動作展開。他工作了大約一個小時左右，那個小房間已經開始成形。

「沒有人會來打擾我們，小子。」正在工作的柯迪用安慰的語氣說。

「爲什麼不會？」我問，「這裡完全能容納下很大一群人。」我能夠想像這件庫房裡坐滿了許多個家庭，每個家庭都圍繞著自己的篝火和物品，那會讓這裡變得完全不同，充滿生命的聲音，而不再是現在這種冰冷空曠的墳墓模樣。

「這個地方距離城市中心太遠了，它位於舊亞特蘭大的北部邊緣。如果你有許多鬧區的屋舍能夠容納自己的家人，爲什麼要選擇這裡？」

「這樣說是有些道理。」我說。

「再加上，這裡死過很多人。」柯迪又說，「所以沒人想要靠近這個地方。」

「嗯？……什麼？」

「是的，」他說，「那是一場悲劇。當時有一群孩子在這裡玩，但它太靠近另一個幫派的地盤了。那個幫派被嚇到了，以爲有敵人要攻擊他們，於是他們從門外向這裡面扔了一些炸藥。人們說，之後連續幾天，這裡的瓦礫中都能聽到倖存者的哭聲。只是那時一場全面戰爭爆發，沒人有閒暇來救援這些可憐的孩子。」

我驚愕地看著柯迪，柯迪吹著口哨繼續幹他的活。星火啊，這個故事一定是他編的，對不對？我轉過身，看著這個巨大空曠的房間，打了個冷顫。

「我恨你。」我喃喃地說。

「哎呀，好啦，不要這樣。知道嗎？負面情緒會引來幽靈的。」

我早就該知道，和柯迪談話通常都最不可能得到什麼有建設性的東西。我走過去看看梅根，途中從竊賊身邊經過。當然，他拒絕協助我們搬運任何東西到這座新基地，只是走進柯迪還沒有完工的房間，一屁股坐了下去，一張柔軟厚實的塡充軟椅出現在他的身下。

「我已經厭倦了被打擾。」他朝牆壁一指，一扇門出現在小房間的牆上，「把這個裝進門框裡，我會在它上面安一把鎖。噢，這個房間的牆壁要特別加厚，我不想聽你們不停地吱吱喳喳。」

柯迪給了我一個無法忍受的眼神。不知爲什麼，我覺得他正在思考替這個異能者做出一個沒有門的小屋。

我發現梅根和蜜茲待在一起，距離她們不遠的地方，亞伯拉罕正在擺出他的槍。我驚訝地停住腳步。梅根和蜜茲坐在地上，她們周圍都是我們的筆記——一些出自於我整齊的手筆，另一些是她的……是的，看梅根的筆跡，你會覺得鉛筆店裡颳過了一場龍捲風。

蜜茲一邊點頭，一邊看梅根指著一頁筆跡，又向天空做了幾個狂野的手勢。梅根思考片刻，俯身在那張紙上，開始書寫。

我溜到亞伯拉罕身邊說：「她們兩個在說話。」

「你以爲她們在『咯咯』叫嗎？」

「嗯，她們難道不會相互喊叫，或者掐住對方的脖子嗎？」

亞伯拉罕轉回頭，繼續從背包中拿出一件件裝備。

我向那兩個女人走過去，但亞伯拉罕頭也不抬地抓住了我的手，「最好還是不要去打擾她們，大衛。」

「但——」

「她們是成年人了，」亞伯拉罕說，「不需要你去解決她們的問題。」

我抱起手臂，吁了一口氣。她們是成年人又和這有什麼關係？有許多成年人都需要我去解決他們的問題——否則鋼鐵心還會活著。而且，蜜茲才十七歲，這是成年嗎？

亞伯拉罕從一個背包中拿出一樣東西，放在地上，發出輕微的碰撞聲。「不要跑到不需要你的地方去了，」他對我說，「在需要你的地方出些力如何？我正好用得上你。」

「做什麼？」

亞伯拉罕拿出的是一個盒子。他掀開盒蓋，露出一雙手套和一罐反光的金屬。「你的計畫很大膽，就像我預料的那樣。但也很簡單。簡單的計畫通常都是最好的。只不過它需要我做一些我沒自信能做好的事。」

他是對的，這個計畫很簡單，但也特別危險。

騎士鷹利用無人機探索了伊爾迪希亞的一些地下洞穴——它們是掘場在很久以前挖出來的，這一地區的岩石層中有很多這種洞窟，伊爾迪希亞正從它們上方經過。我們會選擇這座倉庫的原因之一，便是我們可以挖開並進入一座這樣的地下洞窟，在那裡展開行動。

我們的計畫要進行一個月的訓練。到那時，伊爾迪希亞就會離開這些洞穴了，但它們還是會成爲一個完美的陷阱。這個洞窟群有許多隧道，有利於安放炸藥和設置逃亡路線。我們要熟悉這些隧道，它將會讓我們在戰鬥中取得優勢。

一旦做好準備，我們就要從這座城市中溜出去，回到這些洞窟中，把教授引誘到這裡。誘餌就是啟動具有他的超能力的引擎。他會立刻殺向我們，屆時伊爾迪希亞已在許多哩之外，無論我們的戰鬥造成什麼樣的毀傷，都不會累及這座城市。

亞伯拉罕和梅根會首先攻擊他，這樣做的目的是消耗他的體力。然後柯迪會上陣，他將裝備全副「碎震器套裝」——我們這樣稱呼模仿教授超能力的那套裝備。它還沒有被送到我們手中，但騎士鷹說貨物已經在路上。所以，一等到亞伯拉罕和梅根稍稍消耗了教授的力量，柯迪就會出現，在教授面前施展出他的全部超能力。

我們只能希望教授沒有將塔維的超能力視爲「他」自己的超能力。畢竟，塔維的力場顏色和教授的不同。

我心中的一個聲音卻在悄悄地說，這也許是一個更大的問題。教授的確被塔維的力場割傷了，但它們沒能完全壓制教授的力量，這與梅根和大多數異能者身上發生的情況並不相同。蒂雅會不會是錯的？我曾經相信她不會出錯。但現在，我們即將發動阻止教授的最後一擊，我卻動搖了。一些關於教授和他的超能力的事情，還在我們的思維之外。

教授害怕的到底是什麼？

「在這次行動中，」亞伯拉罕在我身邊開了口，將我從出神中拉回來，「我必須能使用拉提盎與教授正面作戰，讓他的力場無法碾碎我。」

「拉提盎應該有這個能力，」我說，「水銀的強韌結構足以——」

「我相信你的筆記，」亞伯拉罕打斷我，同時戴上手套，「但我還是更想要做一些測試，還有許多練習。」

我聳聳肩，「你有什麼想法？」

他的「想法」顯然就是讓我做事。我們的倉庫裡有一個小閣樓，在隨後的一個小時裡，我和柯迪一起工作。柯迪在閣樓裡製造出一些大鹽板，我把這些鹽板捆好，把它們分成幾捆安放就位，準備把它們推下閣樓。

最後，我用一塊已經溼透的抹布擦了擦眉毛，坐下來，讓兩條腿從閣樓邊緣垂掛下去。

亞伯拉罕正在下面進行演練。

他自己研發出一套拉提耑的訓練課程，靈感來源大概是某種舊日裡的格鬥體操。他走進我們用電燈在地上擺出的圓環中央，將雙手向一側推出，收回雙手，又向另一側推出。

水銀在他的周圍躍動。一開始，它覆蓋了他的一隻手臂，就像是一隻銀色的包臂長手套。當他將雙手向前推的時候，水銀向四周擴散開來，變成一個與他的手掌相連的圓碟。隨著他施展出一個個格鬥招式，水銀收縮回來，再次包覆住他的手臂，又在他將雙手朝另一個方向刺出時向前激射，變成長矛的形狀。

我看著他的演練，心中充滿期待。這種流動的金屬呈現出非言語所能形容的美麗姿態，映射出點點光芒，如同遊蛇般纏繞在亞伯拉罕的手臂上，再流過他的肩膀，在他的另一隻手臂上卷曲巡行，彷彿是有生命的活物。亞伯拉罕轉身奔跑，縱身一躍——水銀竄到他的雙腿之下，變成一根短柱，讓他踩在腳下。儘管看上去纖細脆弱，它還是穩穩地撐住了亞伯拉罕的體重。

「準備好了？」我在上方喊著。

「準備好了。」他也回喊。

「小心，」我說，「我可不想讓這東西把你壓扁。」

他沒有回應。我嘆了口氣，站起身，用撬棍將一大疊綁起來的鹽板推下閣樓，看著它們翻滾著砸向亞伯拉罕。亞伯拉罕想要製造出一片水銀薄層抵擋掉落的鹽板，看看這種撞擊會讓水銀彎曲到何種程度。

但是，亞伯拉罕直接走到了鹽板正下方，高舉起一隻手。

我的視野被遮住了，但我能想像亞伯拉罕操控那道水銀向上流過他的肋側和手臂，化成一條長長的絲帶從他的手掌擴散開，另一端又流下他的肋側，到達腳底，形成一種支撐。

我屏住呼吸，看到鹽塊重重地砸在水銀上，在亞伯拉罕的頭頂彈起，倒向一旁，露出了面帶笑容的亞伯拉罕。他還舉著那隻手，手掌上包裹著水銀。拉提尚的支撐力足以擋住這些鹽塊的重量。

「這麼做太莽撞了，」我向他喊，「你再這樣我沒辦法繼續下去！」

「最好現在就確認它夠不夠強，」亞伯拉罕對我喊著，「等到和教授的戰鬥中再確認這一點就太晚了。而且，我對它也有信心。」

「還想試試下一個部分嗎？」柯迪來到我身邊，肩頭扛著狙擊步槍。

「是的，請開始吧。」亞伯拉罕向我們抬起手，製作出盾牌。水銀盾牌遮住了他的全身，閃爍著微光，薄得不可思議。

我看了看柯迪，然後聳聳肩，用雙手捂住耳朵。一連串槍擊聲響起。幸好柯迪在槍口安裝了消音器，所以其實我沒有必要捂住耳朵。

水銀上泛起一點漣漪，將子彈陷在其中。是的，子彈被擋住了，不過這並沒有什麼特別值得驚嘆的地方。異能者的肉體超能總是能做到這一點，心智超能偶爾也能實現同樣的效果。

而且水銀表面並沒有任何破碎撕裂的痕跡。看來這種護盾非常有效。但不幸的是，這種手段有其限制，亞伯拉罕沒有超人的反應力，他可能來不及擋住已經被射出槍口的子彈。

他轉過身，水銀向他回流，讓子彈落在地上。水銀沿著他的手臂向下，流到他的腿上，直到腳下，形成了一連串的台階向我伸展過來。他走上台階，露出滿意的微笑。

我將羨慕的心情推到一旁。但我覺得，我還是會渴求這套設備能在我的手中發揮作用，而且這種貪婪永遠不會變。當然，我懂得克制，讓自己不要在這件事上犯孩子氣。柯迪和我都拍了拍亞伯拉罕的肩膀，向他豎起大拇指。這個加拿大人的臉上依然帶著一絲喜悅的微笑，能看到他這樣的表情，感覺真好。亞伯拉罕不是那種從不會笑的人，但他的笑容總是顯得過於拘謹，很少會有享受人生的表情。在大多數時間裡，他只是任由時光在身邊流淌，帶著好奇的眼神看著它，就像岩石看著河流。

「也許這樣眞的有效，」他對我說，「也許我們最終不會死路一條。」他抬起手，水銀流上他的手臂，在他帶著手套的手心裡彙聚成一顆圓球，依然泛著一陣陣漣漪，就像是一個有浪濤和潮汐的小型海洋。

「下次你可以做一隻小狗！」蜜茲在下面喊，「噢！再做一頂帽子。給我做一頂銀帽子吧。一頂銀冠。」

「妳給我閉嘴。」亞伯拉罕說。

我的口袋裡發出嗡嗡聲。我拿出手機，看到騎士鷹發來的新訊息。那個傢伙把我當成他的個人娛樂工廠了。我把那段訊息點開。

喬納森今天又聯絡我了。

他發現你騙他去緣木求老鼠了？

老鼠？

我在這裡沒有見過魚。我回話給他，我也不明白要魚幹什麼，不過新芝加哥有許多老鼠。

所以你就改成了緣木求……算了，孩子，喬納森發了一段訊息給我，要我轉達給你。

我湧上一陣寒意，然後招手示意亞伯拉罕和柯迪過來，和我一起看騎士鷹發來的文字。

他說，騎士鷹繼續寫，你們有兩天時間把竊賊交給他，否則他就毀掉新芝加哥，殺死那裡的每一個人，接下來是巴比拉。

亞伯拉罕和我對看了一眼。

你認爲他眞的能那樣做？騎士鷹問我，摧毀一整座城市？

「是的，」亞伯拉罕輕聲說，「如果他殺死了蒂雅，他什麼都能幹得出來。」

「我認爲騎士鷹問的是教授是否有那樣的能力。」我說。

「你不是在那場派對上和滅除談過話嗎？」亞伯拉罕問。

「是的。他暗示教授使用了和他的超能力有關的裝置，才會將他召喚至此地。儘管王權利用滅除的爆炸超能力掩蓋了她眞正的目的——傳送超能力引擎，但我認爲教授至少還有一個來自滅除的爆炸裝置。」

「他有這樣的能力，」亞伯拉罕說，「我們必須假定他會這樣做。這意味著……」

「……我們有了一個新的期限。」我一邊說，一邊收起手機。

我們計畫用一個月完成的準備，只剩這麼點時間了。

# 第三十九章

無人機在那天晚上落到了我們倉庫的屋頂上，我們四個人在黑暗中靜靜地等待著。柯迪在附近的倉庫屋頂搭建了一個狙擊手巢穴，在那裡俯瞰整座城市。

我將手伸進口袋，按下了手機上的按鈕。手機的螢幕變黑，我早已準備好的一段訊息被發送出去：無人機已經放下物品。我們馬上進行檢查。

我們跪在無人機周圍，帶著夜視鏡，入目是一片綠色的世界。蜜茲打開了無人機。

無人機內部，在襯墊乾草和舊報紙中是一些令人振奮的東西：一件馬甲、一個小金屬盒，還有一雙手套。我呼出一口氣。這雙手套和碎震器手套看起來一模一樣——黑色的手套上，金屬線如同小溪一般流上手指，在每一個指尖處彙聚起來。被啓動的時候，它們就會發出綠光。

「好棒，」蜜茲悄聲說著，用手指戳了戳馬甲，「三種不同的引擎裝備。第一個提供治療，從接觸皮膚的感測器判斷，它在你受傷時也許能自動啓動；這個是連接碎震器的；最後一個則是力場。」

她轉動著一隻手套。我覺得這套裝置體現了某種全新、與眾不同的異能者科技構想。它不再只能發揮單一的效能，而是模擬了教授能夠做到的每一件事。一套複雜的連線網路和多個引擎實現了一名超人的完整能力。我應該感到困擾，還是爲此嘆服？

英雄會來的，兒子。父親的聲音在我耳中響起。我伸手撫過引擎光滑的金屬表面，心中回想著他的話，但有時候，你需要幫他們一把……

「我們有個問題，」亞伯拉罕說，「柯迪只要操作這套裝備，肯定會驚動教授，並暴露我們的位置。」

「對此我有個主意，」我說，「但需要梅根使用她的力量。」

梅肯好奇地看著我。

「我猜，如果柯迪在另一個次元中，教授就無法感覺到他的演練。」

「聰明，」梅根說，「但他只能在另一個次元中停留很短一段時間。十分鐘，如果我加把力氣，也許十五分鐘。」

「不要逼自己，」我說，「也許我們沒有太多時間，但至少我們能確認引擎是否有效。」

所有人似乎都很喜歡這個方案。我們一起將這套裝備拿出來，下面還有另一些我們從騎士鷹那裡討來的物資：一些炸藥，幾架好像照相機生了腳一樣的小型無人機，還有蜜茲建議能夠幫助梅根和我完成計畫的小設備。

大家將這些東西也搬出無人機。蜜茲把那台曾經醫治過梅根和我的舊急救星放進無人機，將它歸還給騎士鷹。我們現在有了更好的急救星，但必須謹慎地使用它，以免驚動教授。

當我們將物資運進基地的時候，我抓住梅根的手臂。她向我點點頭。現在她感覺自己狀態良好，完全可以使用超能力。我並沒有跟著她走進下面的倉庫，而是向柯迪的狙擊手巢穴走去。現在輪到我站崗了。

這個巢穴就像是一個寬敞的淺匣子，位置靠近屋頂中心。柯迪用晶體增殖器爲它構建了一個與倉庫頂棚合爲一體的屋頂，讓它就像是倉庫頂上的另一座普通建築，但它的每一面牆壁都有狹縫，後方還有一個足夠大的孔，讓人能夠爬進去、躺下。

我向裡面望了一眼。那名身材瘦高的南方人正蜷縮在這個孔洞後面，就像是蜷在育兒袋中的一隻幼獸，但小袋鼠肯定不會玩弄一把裝滿穿甲彈的巴雷特點五零口徑突擊步槍。

「我的新玩具到了嗎？」柯迪一邊問，一邊把槍放到一旁，蠕動著爬出狙擊手巢穴。

「是的，」我爲他讓路，看著他起身，「那些裝備看上去很厲害。」

「你確定不想把它們穿戴起來，小子？」

我搖搖頭，「你用碎震器更有經驗，柯迪。」

「是的，但你更有天分。」

「我……」我吞了一口口水，「不，我需要在後方指揮。」

「那麼，好吧。」柯迪轉身朝通向倉庫內部的台階走去。

「柯迪？」我問了一聲。他站住腳，轉回頭。「昨天我和亞伯拉罕談話的時候……嗯，他似乎很想把我的腦袋咬下來。」

「啊，你多管閒事了，對不對？」

「多管閒事？」

「他的過去。」

「沒有，當然沒有。我只是問他爲什麼不想領導這支隊伍。」

「這也差不多。」柯迪拍拍我的手臂，「亞伯拉罕是一個怪人，小子。他和我們不一樣，我們都是講邏輯的。你戰鬥是爲了復仇。我戰鬥因爲我是警察，而且我立下了一個誓言。蜜茲戰鬥是因爲她的英雄們，像瓦珥和山姆這樣的人。她想要像他們一樣。

「但亞伯拉罕……他爲什麼戰鬥？我沒辦法告訴你。因爲他那些在特別部隊陣亡的兄弟姊妹？也許吧，但他似乎並沒有因此特別仇恨異能者。也許他是想要保衛國家？但他爲什麼又要到破碎合眾國來？我所知道的只有他很不願意談論這些——你不應該因爲他懂得控制自己，就以爲他是個性情溫和的傢伙，小子。」柯迪揉了揉下巴，「在這件事上我可是受過教訓的。」

「他打過你？」

「打斷了我的下巴。」柯迪笑著說，「別亂管閒事，小子。這就是我學到的！」下巴被打斷在我看來是一種很嚴重的冒犯，他卻似乎不是很在意。

但說實話，誰不想給柯迪來上一拳呢？

「謝謝。」我一邊說，一邊坐下來，鑽進狙擊手巢穴，「但你對我的評價是錯的，柯迪。我戰鬥不是爲了復仇，至少現在不再是了。我戰鬥是爲了我的父親。」

「難道不就是復仇嗎？」

我將手伸進襯衫裡，拿出項鍊上那枚代表忠貞者的S形小吊墜。堅持這種信仰的人都在等待終有一天，英雄會到來。「不，柯迪，我戰鬥不是因爲他的死，而是爲了他的夢想。」

柯迪點點頭。「幹得好，小子。」他一邊說，一邊轉身下了台階，「幹得好。」

我鑽進狙擊手巢穴，蹭過低矮的頂棚，雙手舉起柯迪的步槍，把我的手機裝在槍身上，然後掀起眼睛上的夜視護目鏡，向槍上的瞄準鏡裡望進去——這副瞄準鏡不僅有夜視功能，還能調出這一區域的地圖，以及熱顯像系統。更厲害的是，這支槍還有強效聲音探測系統。如果它聽到附近有聲音傳出，就會立刻向我示警，同時在我的地圖上用光點標明聲源的位置。

這時，周圍沒有任何異常。就連鴿子也沒有。

我躺在柯迪留下的墊子上，偶爾在這個方盒子裡轉個身，換個方向用步槍看上兩眼。

下面的倉庫中有聲音傳來。我用無線電問了問下面的情況。蜜茲告訴我，將柯迪送到另一個次元去訓練的設想奏效了。柯迪在那裡嚇跑了一些住在這座倉庫中的小孩子，隨後就沒有再遇過任何人。

隨後我發現了一些動靜——其實是步槍探測到異常的聲音，結果只是幾名拾荒者在巷子中走動。他們並沒有在倉庫附近停留，而是繼續向城市周邊走去。我又多了一段單獨思考的時間。我的心緒在寂靜中飄蕩，察覺到有某種東西讓我心神不寧。我覺得很不滿，卻又因爲想不出自己爲何不滿而煩惱。有件事在困擾我，可能是我們停留的這個地方，也可能是我們制定的那個方案。我到底遺漏了什麼？

我就這樣思考了大約有一個小時——我站崗的時間還遠遠沒有結束——就在這時，我終於高興地聽到了手中的步槍再次發出警報的蜂鳴聲。我將瞄準鏡的視野朝向有異響發出的地方，卻發現那只是一隻野貓在附近的屋頂上蹦跳。但我還是謹慎地監視著牠，以免牠是某個變形異能者。

這時，曙光出現在地平線上，我打了個哈欠，舔舔嘴唇，嚐到一股鹹味。如果能離開這個地方，我絲毫不會傷心。不幸的是，我的站崗時間有整整八個小時，也就是從現在起還有六個小時無聊的上午時間，直到中午。

我又打了個哈欠，用指甲摳了摳面前屋頂的鹽板邊緣。讓我感到好奇的是，我們的倉庫還在生長。它的改變很小，但仔細去看，就能看到像鉛筆線一樣纖細的脈絡，正在鹽塊中拓展延伸，彷彿有一隻無形的手正在對它們進行雕鑿。

這座城市中每一棟建築的主要改變，都發生在它們生命週期的第一天和最後一天，但這期間它們的狀態也不是恆定不變的，常常會有一些細小的裝飾物冒出來，又在一兩天後在這座城市永恆的生滅迴圈中因爲無可避免的侵蝕力量而消失。

警報聲又在我的步槍上響起。我看了看瞄準鏡中的地圖。聲音就來自於我們的倉庫頂部。片刻之後，我聽到了踩碎鹽粒的腳步聲，方向是從閣樓通向屋頂的樓梯。可能是我的一名隊員。不過我還是小心地將手機放到狙擊孔上，利用它的攝影鏡頭（手機和步槍的瞄準鏡有訊號連接）觀察是誰上來了。

是竊賊。

我沒有想到會是他。在我的記憶裡，除非是轉移基地的時候，竊賊從來都不曾走出過他的房門口。現在他卻站到了這裡的屋頂，將手掌遮在眼睛上方，皺起眉打量著遠方升起的朝陽。

「竊賊？」我從狙擊手巢穴的空洞中爬出來，拖著步槍，「還好嗎？」

「人們都喜歡這個。」他說。

「什麼？」我順著他的目光向遠處望去，「日出？」

「他們總是在談論日出，」他的聲音顯得很氣惱，「說它有多麼美麗之類之類的。就好像每一次日出都是一場獨特的奇蹟。我卻完全看不出來。」

「你瘋了嗎？」

「我越來越相信，」他乾巴巴地說，「我是這顆行星上唯一沒有發瘋的人。」

「那麼你一定是瞎了。」我向升起的太陽望去。今天日出的景象並不是很常見。因爲沒有雲層反射陽光，天地之間只有一種顏色，而不是呈現出深淺不同的絢爛光譜。

「一顆火球。」竊賊說，「炫目的橙紅色，非常刺眼。」

「是的，」我微笑著說，「令人驚嘆。」我想到了在新芝加哥的那些黑暗的日子，當時我們只能依靠一些昏暗的光線判斷時間。我回想起自從孩提時代開始，第一次再看到開闊天空時的感覺——初陽徐徐上升，讓萬事萬物沐浴在溫暖的陽光之中。

日出的美麗不需要刻意爲之，它本身就是美麗的。

「我有時會來看看日出，」竊賊說，「只是想要看看我能不能看見其他人似乎都能看到的那種東西。」

「嘿，」我問他，「你對於這座城市的生長知道多少？」

「這有什麼關係？」

「因爲很有趣，」我跪在屋頂上說，「你有沒有看過這些脈絡？它們一直在生長。原本那座倉庫在磚塊和木料上有這樣的紋理嗎？我的意思是，如果這只是原先的紋理，那麼倒也沒多有意思；但如果是另外一種情況呢？會不會是構成這座城市的超能力在這裡形成的藝術痕跡？這不是很令人好奇嗎？」

「我也不知道。」

我看了看他。「你不知道，眞的？你在奪取這座城市的時候吸收了這種力量，但你卻不知道它是如何運作的。」

「我知道它會實現我的願望。其他還有什麼重要的？」

「美。」我用手指撫過那些生長的脈絡，「我的父親總是說，異能者非常神奇，令人驚嘆。知道嗎？他們顯現出了眞正的神跡。破壞很容易被注意，就像是滅除對堪薩斯城所做的事情。但這其中也有美的存在。這幾乎讓我在殺死異能者的時候感到遺憾。」

竊賊輕蔑地哼了一聲，「我早就看穿了你演的戲，大衛．查爾斯頓。」

「我……演戲？」我站起身，轉向他。

「裝作藐視異能者，」他說，「但你其實恨他們，是的，就像老鼠恨貓，因爲嫉妒而憎恨。渺小的生物因爲想要變強而忿恨。」

「別傻了。」

「傻？」竊賊問，「你不覺得這很明顯嗎？如果不是因爲憎恨，任何人都不會像你那樣研究、學習、癡迷於異能者。不，這些都只是貪婪的表象。你在異能者之中尋找父親、尋找愛人。」他向我邁出一步，「承認吧，你只想成爲我們之中的一員。」

「在我知道梅根的能力以前，就已經愛上了她。」我咬牙說。從心中突然狂燒的怒意卻讓我感到吃驚，「你什麼都不知道。」

「我不知道？」竊賊說，「我多次觀察過像你這樣的人——要知道，一個人的眞實本性會在他的第一個行動中就顯現出來，大衛。新的異能者，他們殺人、破壞，顯露出每一個人類在失去約束後都會有的嘴臉。人就是一種怪物，因爲受到束縛而無能爲力，這怪物也藏在你心裡。你敢否認它嗎？你敢嗎？你這個自以爲瞭解異能者更甚於瞭解自己的人！」

我不敢。我從他面前轉過身，爬回到狙擊手巢穴中，繼續完成我的站崗任務。他在我身後又嘟囔幾句，就離開了。

幾個小時過去了，我無法將竊賊說的話從腦海中甩掉，儘管我努力想要這樣做。當中午到來的時候，我的輪崗時間也結束了。而我發現自己只是不停地想著他對我說的話。

*自以爲瞭解異能者更甚於瞭解自己的人……*

我眞的瞭解他們嗎？是的，我知道他們的超能力，但對於那些異能者本身卻一無所知。他們並非只有一種心思。人們很容易在這件事上犯錯，異能者們都極端傲慢，所以你的確能預測他們的一些行爲，但他們依舊還是人，不同的人。不，我並不瞭解他們。

而我的確瞭解教授。

噢，禍星啊，我心想。

我終於明白了——那件一直在困擾我的事。我鑽出狙擊手巢穴，沿著樓梯衝進倉庫。我跌跌撞撞地跑到閣樓上，來到閣樓邊緣，看著下面的庫房。蜜茲正坐在桌子旁邊，用手指轉動著她的鑰匙。梅根盤腿坐在地上，彷彿陷入了沉思。在梅根身邊，空氣發生波動，柯迪出現了。

「嗯，」柯迪說，「我覺得我已經找到竅門了。它似乎比新芝加哥的碎震器還要強，完全展開的力場牆壁也很有效。」

「夥計們！」我喊著。

「什麼事，小子？」柯迪抬頭，「這個換次元的主意眞是棒極了！」

「爲什麼，」我提高了聲音，「教授會給我們兩天的期限？」

大家全都靜靜地看著我。

「好……讓我們恐慌？」蜜茲問，「迫使我們屈服？給最後期限的目的不就是這樣嗎，對不對？」

「不，妳要用審判者的眼光來看待這件事，」我急切地說，「必須假設教授也在制定計畫，就像我們一樣。假設他已經組了他自己的團隊，有他自己的進攻策略。我們一直把他當成一個尋常的暴君，但他不是。他是我們之中的一員。這個最後期限太讓人懷疑了。」

「星火啊，」梅根站了起來，「星火啊！如果是這樣，如果他只給了我們兩天的期限……」

「……就是因爲他計劃要在一天後發動攻擊，」亞伯拉罕替她把話說完，「或者更快。」

「我們要撤離了，」我說，「離開這個地方，離開這座城市。快！」

# 第四十章

隨後的行動雖然慌亂，但也不失條理。我們在建立任何營地的時候都會預先做好緊急撤退的準備，團隊成員都知道要做什麼，即使大家搞出了不少亂子，也罵了不少髒話。

我衝下樓梯，幾乎和蜜茲撞在一起。黑人女孩正要跑上閣樓，收拾我們其他的彈藥和炸藥——我們總是把這些危險品放到遠離床鋪的地方。亞伯拉罕負責蒐集我們的能量電池和槍支，我們把它們沿牆壁擺放。

柯迪向門口跑去。我向他高喊一聲：「等等！」他的身子一僵，轉過頭看著我，身上還穿戴著碎震器套裝。

「梅根，」我說，「妳代替柯迪進行巡邏。柯迪，你做梅根的工作，整理好食物口糧。你身上的套裝太珍貴了，現在不能讓你冒險。教授也許已經布下了對付哨兵的陷阱。」

梅根立刻服從了命令。當她從我身邊經過的時候，我把柯迪的步槍扔給她。柯迪走回來，看上去有些鬱悶，但他很快就開始將我們的背包集中起來——確認我們每個人都有食物、水和舖蓋。

我急忙發訊息給騎士鷹。我們的位置也許已經暴露了。即將撤退。你是否介意借給我一、兩架在這裡巡邏的無人機？

騎士鷹沒有立刻回答，於是我開始幫助蜜茲搬運彈藥和爆炸物。當我從她那裡接過滿滿一手彈藥時，她感激地向我點點頭。

「要不要留一些告別禮物？」她問我。

「是的，」我回答，「但妳的動作一定要快。我想在五分鐘後離開。」

「明白。」蜜茲說著爬上了閣樓。等我們打好包之後，她會安放好炸藥，將一整座倉庫變成粉末。

「一定要確保有辦法能解除它。」我向蜜茲的背影喊著。我想起了柯迪那個關於死亡小孩的故事——我幾乎能確定，那個故事一定是他編的。

我將彈藥放進背包，再拉好背包的拉鍊。柯迪已經將背包排成一排，每個背包的頂上都綁好了鋪蓋。除了亞伯拉罕以外，我們都有背包。亞伯拉罕會背上一個裝有抗重力墊的更大野營背包，裡面裝滿了我們的槍和能量電池。

我的手機響了。

你怎麼知道我在這一區還有無人機？騎士鷹問我。

因為你是個偏執狂，我告訴他，你想要盯住教授！

我將一個背包扛在肩膀上，又把另一個背包拉到腳邊——我還要背著梅根的背包，直到她和我們會合。

你眞的要比看上去更聰明。騎士鷹寫，好吧，我會對你們所在的區域進行掃描，然後把照片發給你。

我焦急地等待著。亞伯拉罕這時完成了他的打包工作。蜜茲快步跑下來，背起背包，向我點點頭。柯迪已經將背包扛到了肩頭。一切都在五分鐘之內完成。不遠處，竊賊從柯迪為他建造的小房間裡走出來。

「我是不是錯過了什麼？」他問。

「糟糕。」梅根在無線電上說。

我用手按住耳機，「怎麼了？」

「他派了一整支軍隊穿過街道向我們殺來了，阿膝。我們的兩個主要出口全被堵死。要是等到我們從那個狙擊手巢穴中發現異常，我們早就被包圍了——也許現在我們已經被包圍了。」

「撤回來，」我說，「我現在可以從騎士鷹那裡獲得情報。」

「收到。」

我看著其他人。

「假臉？」蜜茲問。

「無論我們戴上什麼樣的臉，這身裝備都會讓我們像是一群星火的可疑份子。」

「那麼就把裝備丟掉，」亞伯拉罕說，「我們沒有做好戰鬥的準備。」

「那我們在二十四小時後會準備得更好嗎？」我問他，「等他摧毀新芝加哥以後？」

我的手機發出連續的震動聲，這一次騎士鷹真的要和我通話了。實在是太罕見。我拿起電話，把訊號連接到公共頻道上，讓所有人都能從耳機中聽到他的話。

「你們徹底搞砸了，」他說，「我把紅外線畫面傳給你。」

亞伯拉罕走過來，放低手機，我們全都圍過來。一張我們所在區域的地圖上顯示出數百個，也許是數千個人正在向我們這裡聚集。每一個都是地圖上的一顆紅點，組成了一個密不透風的包圍網。

「東邊的小巷，」騎士鷹說，「看到那些屍體了嗎？都是想要逃離的路人。他們會槍殺所有試圖逃出這個包圍網的人，並且會派軍隊進入每一幢建築，用槍控制住那裡的人。根據我透過一扇窗戶看到的畫面，他們會用手觸摸每一個人的臉。」

「觸摸他們的臉？」蜜茲問。

「確認那張臉是不是幻象。」我說，「教授知道梅根能夠欺騙占卜儀，但她製造出來的假臉依舊只是幻象。他們只需要摸一摸鼻子，看看它是不是符合那張臉，或者做一下類似的檢查，就能知道有沒有找到我們。」

「就像我說過的，」騎士鷹補充了一句，「你們徹底搞砸了。」

梅根衝進門，將倉庫門在身後關緊，背靠在牆上。「被包圍了？」她看著我們的表情問。

我點點頭。

「那麼我們要怎麼做？」她加入到我們這一小群人中。

我的目光逐一掃過我的隊員，他們都向我點頭。

「我們戰鬥。」亞伯拉罕輕聲說。

「我們戰鬥。」蜜茲表示同意，「他一定以爲我們會試圖悄悄溜走。當遭遇伏擊或者敵人力量太強大的時候，這是審判者的一貫策略。」

我微微一笑，感覺心中突然湧起的驕傲。「如果這是教授的團隊，我們就會逃走。」

「但我們不是他的團隊。」柯迪說，「不再是了。我們來到這裡是爲了改變世界。我們不會奢望不經過一戰就能實現目標。」

「這很蠢。」我提醒他們。

「有時候，愚蠢的就是正確的。」梅根停頓了一下，又說，「該死，我希望不會有人知道我說過這種話。那麼，我們的戰場在哪裡？」

「就在我們預設的地方，」我說。

我向下一指——我們腳下的隧道和連綿洞窟。「柯迪，替我們開出一條路來。我們要全副武裝進入戰場，就像計畫那樣。我們不會擁有我們所希望的優勢，但我們已經有了這些洞穴的地圖，至少能夠在和他作戰的時候，儘量減少對於周圍人群的傷害。」

「等等，」梅根說，「如果柯迪使用碎震器，就會立刻讓教授知道我們的位置，而且他還會知道我們擁有了來自於他的引擎。」

「是的，」騎士鷹上線說，「他這時正在他的小軍隊後面。你們不會有多少時間。多年前，當我們測試這些引擎的時候，僅僅一部引擎就能把他逼瘋。他會立刻向你們殺過來。」

柯迪看著自己的雙手。「我……小子，我剛剛開始練習這部碎震器。它比我以前用過的更強，但我也需要幾個小時才能開出一條逃生孔道來。」

「不應該是這樣，」我說，「你見過教授的能耐——夷平高樓、蒸發大塊地面。你也擁有這樣的力量，柯迪。」

柯迪緊咬住牙根。碎震器開始亮起綠光。

我們並沒有問教授是如何找到我們的。他可能有很多種辦法——我們設在伊爾迪希亞的這個基地並不隱祕。也許我們被一個告密者看見了，或者教授有一個能憑藉占卜找到我們的異能者，或是他注意到了那些往來傳遞物資的無人機。

「好吧，」柯迪說，「所有人做好準備，然後我就要動手了。戰鬥的時間到了。」

# 第四十一章

全體隊員都做好準備，手中拿著武器，手機被綁在手臂上，耳朵裡塞好耳機。蜜茲扔給我們每個人一個小匣子：一套壓縮式攀索。我將這個小匣子固定在腰帶上。

我們都放下了背包，只帶一些彈藥。這些背包是爲了長期生存而準備的，經過這一戰之後，不管怎樣，我們都不會再需要它們。

倉庫中的氣氛格外緊張。我們還沒有做好準備，但戰鬥依然不期而至。現在，一切全要看柯迪了。他站在倉庫基地的正中央，看著滿是塵粉的鹽石地面。我一直都覺得這個瘦瘦高高的人有些滑稽，但現在，他穿上碎震器套裝，那件有強烈未來主義風格的馬甲閃爍著綠光，讓他的身影變得格外高大，令人側目。

我走到他面前，對他說：「就在下面，柯迪。廣闊的洞穴系統，我們早已選定的戰場。我們現在需要一條去那裡的通道。」

他深吸了一口氣。

「還記得你在第一次訓練我使用碎震器的時候是怎麼說的嗎？」我問他。

「是的……使用它的時候要像愛撫美麗的女人一樣。」

「我一直在想你說的另一件事。你說要有武士的靈魂，就像蘇格蘭英雄威廉．華勒斯(注)。」

「威廉．華勒斯被殺了，小子。」

「噢。」

「但他至死都沒有放棄過戰鬥。」柯迪說著，打起精神，「好吧，所有人，把你們肚子裡的羊肉雜碎壓下去。」他將雙手舉到身前，綠光沿著纏繞他手臂的導線流入他的掌心。他將雙手向前推，我感覺到一陣低沉的震顫從遙遠的地方傳來，一路滲透我的靈魂，但我的耳朵實際上沒有聽到任何聲音。

一片三呎長寬的地面消失了，變成了一個差不多有十呎深的大坑。和原先的碎震器相比，這已經是非常強大的力量，但遠遠沒有到達我們需要進入的洞窟系統。

「喬納森在移動！」騎士鷹上線說，「星火啊　。你們有麻煩了。他看起來一點也不高興！」

柯迪低聲罵了一句，看著面前這片已經變成粉末的地面。從敞開的閣樓門口吹來的風捲起了一些鹽粉。

我抓住柯迪的手臂，「再試一次。」

「大衛，我能做到的只有這樣了！」他說。

「柯迪，」我說，「集中精神。武士的靈魂！」

「如果我真的搞砸，小子，我們就死定了。被困在這裡，被槍斃。天哪，這壓力太大了。」

「是的，」我狂亂地尋找著合適的用詞，「但……嗯……不會比你那一次阻止恐怖份子在蘇格蘭放置核彈的壓力更大，對不對？」

柯迪瞥了我一眼。現在他的眉毛上已經全是汗水，然後他露出笑容，「你怎麼知道的？」

「只是幸運猜對。柯迪，你能做到。」

他再一次將精神集中在眼前的地面上。碎震器套裝也再次閃爍起綠光。翡翠顏色的緞帶盤繞著他的手臂，彷彿在隨著他的心臟有節律地跳動。如此靠近這股能量，我的心中升起一股熟悉的感覺，就好像聽到了一位老朋友的聲音。我想起了在新芝加哥地下洞穴中的那些日子，那些天眞、有著堅定信仰的時光。

柯迪將雙手舉過頭頂，那種震動感變得更強。「就像愛撫一個女人，」他悄聲說，「一個非常、非常大的女人。」他發出一陣挑戰般的吶喊，釋放出這股能量。強大的能量轟入地面，我一下子被震得跪倒下去。

在我面前幾吋的地方，地面碎裂成一個充滿鹽粒的大坑。我看著那些鹽粒漸漸向下滑落，露出一個足有五呎寬的窟窿。這個深洞向下彎轉，有著光滑的玻璃質表面，穿透鹽層，一直深入眞正的岩石地帶。消失的鹽粒表明它的下面連通了某個更加巨大的空間。

「記得提醒我，」我對柯迪說，「永遠不要讓你愛撫我。」

他笑了笑，舉起閃動明亮綠光的雙手。

「他隨時都有可能到這裡，你們這些白癡。」騎士鷹上線說，「他的移動速度比我預想的要慢。當然，他是一個謹愼的人，但他幾乎就要到你們身邊了。如果我是你們，就會立刻逃走。」

---

注：威廉．華勒斯（William Wallace），一二七二年～一三〇五年八月二十三日，是蘇格蘭的騎士、貴族及愛國人士，在蘇格蘭獨立戰爭中領導了一支反抗武裝軍隊，後因被部下背叛而被逮補，由英王艾德華一世下令處以極刑。他的名言「每個人都會死，但不是每個人都曾活過。」（Everybody dies, not everybody lives）最爲流傳於後世。

「下去，」我說著，抓起亞伯拉罕扔給我的哥特沙克爾。「記住自己的開始位置！」

蜜茲來到大洞的邊緣，用一桿大型管狀射釘槍向地面插進一排長釘，然後她將自己的繩索掛在一根長釘上，跳進大洞。梅根用繩索掛住另一根長釘，緊隨其後滑了下去，就好像這是一條舊遊樂場中的快速滑道。

我向竊賊瞥了一眼，招手示意他下去。

「我要留在這裡。」他說。

「他想殺死你！」我說。

「他會被你們帶走，」竊賊將雙臂抱在胸前，「我藏在我的房間裡反倒更安全。」

「蜜茲已經在這裡放置了炸藥。聽著，你能幫我們，和我們一起行動，改變這個世界。」

他哼了一聲，轉過身。

我覺得自己的肚子彷彿被打了一拳。

「大衛，」柯迪看著天花板說，「我們走吧，小子！」

我咬緊了牙，拉出腰間小匣子裡的繩索，把它掛在一根空長釘上，然後就跳進了大洞。在黑暗中，沿著光滑的鹽石表面向下滑行，我努力控制自己的怒火。我的期待的確很愚蠢，但我心中還是有一點希望竊賊能加入我們的戰鬥。

我一直都想要和他進行一番深談，但我們又總是忙於進行各種準備。我是否應該做得更好一些？我是否還能做得更好一些？如果我更聰明一點，或者更有說服力一些，我是否能找到辦法，讓他成為我們的一員？

我的手機在合適的深度自動啓動攀索匣，增加攀索的阻力，讓我的速度慢下來。我落進一個更大的洞穴裡，猛然停在距離地面只有兩三呎的地方。我割斷攀索，掉進一大堆鹽粒和土石之中，又急忙從敞開的洞口下跑開。

蜜茲和梅根已經打開了她們的手機，照亮了一連串天然洞穴。這裡的洞壁上布滿了刻畫的痕跡，洞頂不算很高，大約只有十呎，不過不同的洞窟高低差異可能很大。它們由隧道連接在一起，這些隧道還向遠處延伸開去，在許多地方消失於暗影之中。它們看起來不像是天然形成的，但比新芝加哥地下隧道顯得更加雜亂曲折。掘場是不是也像被他賦予力量的那些挖掘工一樣瘋狂？從這裡雜亂無章的挖掘洞穴數量判斷，可能性很大。

亞伯拉罕落在我身旁的鹽堆裡，拉提蚩包裹住了他的一隻手臂；最後一個進來的是柯迪。他沒有用攀索，而是直接跳下來，再讓腳下生出一層力場。

「柯迪，不要再使用超能力了。」我朝這座洞窟的一個轉彎一指，「在那裡找一個地方，做好準備。我們沒辦法讓你用超能力伏擊他，但我還是希望你先藏起來。蜜茲，準備好，看到我的信號，就讓妳的禮物在上面爆炸。」

「竊賊呢？」蜜茲問。

「他知道那裡有炸彈，」我說，「他有應對的辦法。」如果他沒有，好吧，那也是他自己選的。

我拿起手機，快步跑過崎嶇不平的洞窟地面，進入旁邊的一條小隧道。這個洞穴系統非常複雜，但我的手機地圖上已經標明了幾個相對安全的角落，讓我可以躲藏在其中進行指揮。這裡並不是我們最初打算設置陷阱的洞穴區，但還堪使用。

梅根來到我身邊，「你在上面給那個蘇格蘭人的鼓舞很不錯。」

「他只是需要輕輕推一把，」我說，「就能成爲他總是裝作要成爲的那種人。」

「他不是唯一這樣的人。」梅根說。我們停在隧道的一個交叉路口。她把我拉到身邊，飛快地給了我一個吻，「你總是覺得成爲領導者的野心對你而言不合適，大衛，但你有很充分的理由擁有這種野心。」

她轉身朝另一個方向走去。我握住她的手臂，然後是她的手指，看著她從我身邊離開。

「不要把自己逼得太緊，梅根。」

梅根微微一笑——星火啊，那笑容可眞迷人。她握住我的手指，「那是屬於我的力量，大衛。它是我的。我不再害怕它了。如果它奪走了我，我也會找到路回來。」

她放開我，走過洞穴，我則伏身在自己選定的地方。這裡的空間非常狹小，我必須匍匐穿過一些岩石縫隙，但這裡也能遮擋住我的手機光亮，不讓教授發現，還能爲我遮擋即將發生的爆炸。鑽進這裡，我實際上是進入了一個沒有其他出口的小凹室裡。

我伸手到腰間，拿出耳機。現在我的耳機前面又多了一個半球形的玻璃附件。這是騎士鷹很不情願才送給我們的禮物，和碎震器套裝一起被無人機送過來，它能夠同時顯示多個螢幕畫面。

「蜜茲，」我說，「攝影機就位了嗎？」

「正在安裝最後一個，」她說，「騎士鷹的這些東西眞——古怪。」

「製造它們的人可是個用意識控制假人的傢伙。」亞伯拉罕低聲說。

「閉嘴，」騎士鷹說。他那一端不斷有噪音響起，讓他的聲音很難分辨。

「騎士鷹，」我說，「你的訊號有靜電干擾。」

「嗯？噢，不必擔心。爆米花就快好了。」

「你在做爆米花？」亞伯拉罕問。

「當然，爲什麼不？我正要看好戲呢……」

我的耳機上的四個螢幕一個接一個地亮了起來，讓我能夠連續看到主洞穴和它附近的隧道。蜜茲已經安放好螢光棒照明，不過攝影機也都有紅外線和夜視功能。這些都是騎士鷹提供的，它們其實是像小螃蟹一樣的無人機，只是在身體上安裝了攝影機。我將我的手機轉到一架無人機的視角上，訊號連接得很好。

「非常棒，」騎士鷹說。他和蜜茲也會盯著這些畫面，但蜜茲會忙於設置炸藥。梅根和我在面對我們的弱點時都曾經變得不顧一切。如果我們能夠先消耗教授的體力，如果我們讓他感覺到眞正的危險，那麼我們就能更容易地讓他落入同樣的狀態。

「騎士鷹，」我瀏覽攝影機畫面，看到柯迪的眼睛，然後是梅根的眼睛，「預計教授還有多久會到達？」

「他剛剛落在你們的倉庫上。」騎士鷹說。

「還有其他異能者跟著嗎？」

「沒，」騎士鷹說，「好吧，他已經蒸發掉屋頂，正在跳下去。」

「蜜茲，」我說，「讓禮物爆炸。」

我們立刻感覺到了爆炸的震動，一些碎片從柯迪製造出的大洞中滾落下來。我緊張地等待著，全神貫注同時盯住所有不同的螢幕。他會從哪個方向進來？

洞穴頂端開始顫抖，然後塌落下來，將成噸的鹽末傾瀉進主洞穴，一道道光線也隨之落下。教授對我們製造出來的小窟窿顯然很不滿意——他將整個洞頂都撕開了。

他踩著一個發光的圓碟飄進來。灰塵在他的身周盤旋，他戴著護目鏡，黑色的實驗室外衣隨風飄動。我屏住了呼吸。

我看到的不是一個怪物。在我的意識之眼中，我記得一個在濺落的塵埃中從另一個屋頂躍下的人。一個衝到一整支執法隊面前、冒著死亡和失去理智的危險來拯救我的人。

該是我回報他的時候了。

「行動。」我上線悄聲說。

# 第四十二章

亞伯拉罕首先向教授進攻。他拿出一座大型攻擊武器——他的反重力重機槍。當我看到它開火的時候總會有一點小激動，天哪——它吞子彈的速度簡直比兩個喝醉的笨蛋做壞事還快。

「所有人都注意隱蔽。」我警告大家。亞伯拉罕的槍口在黑暗中噴著火舌，向教授射出了兩百多發子彈。

教授豎起力場，子彈被擋開了——但這些力場不是無法戰勝的。使用它們也需要消耗力量，我們能夠讓他疲憊。

他向亞伯拉罕露出冷笑，然後抬起一隻手，用他代表性的力場球包裹住這名加拿大人。教授用力一攥拳，但力場被亞伯拉罕使用的拉提崮擋住了。

我清楚地透過一個攝影機看到了教授驚訝的神情。

「柯迪，上。」我說。

一道光芒從陰影中射出，亞伯拉罕身周的力場碎裂。很好。就像我曾經見過的那樣，碎震器能量能夠消解力場。但我們必須很小心，不要讓碎震器也破壞掉亞伯拉罕的槍。

教授咆哮一聲，向柯迪一指。但彷彿什麼都沒有發生。我對著教授的手勢皺了皺眉，卻也沒有時間細想這件事了。柯迪和亞伯拉罕正在和教授作戰。柯迪對力場的運用還不熟練——他也許是想要用力場球包裹住教授，卻在他們之間豎起了一道力場牆。這個意外反而保護了他。教授向他射出的數道光矛都撞在這堵牆上，雖然力場牆被刺穿，但光矛也被卡住。

「亞伯拉罕，繞到他的左邊去，」我下令。一個光點出現在我的洞穴地圖上，蜜茲在那裡安放好了一包炸藥。「梅根，看看妳是否能將教授引到右邊的隧道裡，讓他撞上蜜茲的驚喜。」

「收到。」梅根說。

我藏身的小洞在教授和柯迪的力量撞擊中震動了一下。他們都用碎震器能量擊潰了對方的力場。亞伯拉罕則用拉提耑豎起一面盾牌，擋住了光矛。不幸的是，柯迪還沒辦法充分發揮出力場的效能，幾個小時的操練不可能培養出一名專家。

但他在很久以前就對碎震器有了大量的實踐經驗，能夠輕鬆自如地操縱這股能量。他不斷消去教授的力場、保護自己，最重要的是，他還保護了亞伯拉罕。柯迪的套裝上還有急救星能力，但亞伯拉罕可沒有這樣的優勢。

我竭盡全力向團隊成員發出各種命令，根本沒時間去想像如果我能和他們並肩作戰該有多好。我現在只能忙著指揮團隊將教授逼向蜜茲安放炸藥的位置——我們連續炸了他幾次，讓他步履維艱，無暇打倒柯迪和亞伯拉罕。我一直在監視教授，看到他不時快步衝過洞穴，想要繞到柯迪和亞伯拉罕身後，取得優勢。

根據我的命令，梅根也加入了戰鬥。她不斷製造出她和熾焰的幻象，吸引教授的注意力和攻擊，這樣做並不會把她逼得太狠。它們只是來自於其他次元的影子，就像是我們用於偽裝的假臉。這不會讓其他任何次元中的任何人承受危險，希望也不會影響到她的理智。只有影子和佯攻，目的是吸引教授的注意力，讓他顧此失彼。

我注視著這場戰鬥，心卻一點一點下沉。他們作戰的時間越久，我就越能明確地看出，柯迪的力量甚至比塔維還要弱，不可能與教授本身的力量相匹敵，更無法很快就迫使教授發生改變。

我將攝影機鏡頭對準教授的臉，觀察他的表情。他的冷笑和傲慢已被一種強烈的決心所取代。這時，我看到了我所認識的那個人。

面對它，教授！我心想，蜷縮在我的小石繭裡，操控攝影機，飛快地發出命令。快啊。爲什麼還不夠？爲什麼他的力量不會在他的恐懼面前消失？

「梅根、柯迪，」我說，「我想試一個辦法。碎震器能夠破壞他的力場，甚至保護他的力場也無法倖免。找一個他被碎震器能量掃過的機會，柯迪。然後，梅根，我想讓妳對他開槍。」

「收到，」梅根說，「你在乎我打他哪裡嗎？」

「不，」我說，「他有足夠的能力，應該能治癒手槍對他造成的任何傷害，」我停頓了一下，「但也許妳的前一兩槍應該瞄準不致命的地方，以防萬一。」

「收到。」他們同時回答。

柯迪喘息著說：「用碎震器擊中他可能很難，小子。他一直在用同樣的方法對付我們——以碎震器銷毀我們的攻擊。我們只能保持和他的距離。」

我用一部攝影機對準柯迪。看樣子，使用碎震器套裝是一件非常辛苦的事。他和梅根正在與教授周旋，而蜜茲在更遠處的隧道裡安放了更多炸藥。

「我們必須冒這個險，」我說，「我——」

「哎呀！」柯迪打斷了我，「這是……」

「柯迪？」我問。他看上去沒有受傷，但一直踉踉蹌蹌地退到洞壁前，才總算是用閃著綠光的力場組成一個盒子，將自己包在其中。

「是不是有一隻松鼠？」他說，「牠從我的身上跑過去了。該死的松鼠？」

「你在說什麼？」蜜茲問。

柯迪顯得有些困惑，「也許是一隻老鼠之類的。我沒看清楚。」

我皺起眉。柯迪這時則消去自己的力場，跑去支援亞伯拉罕。加拿大人讓水銀變成一支伸出許多長釘的長手套，戴著他逼近了教授。

「騎士鷹、蜜茲，」我說，「你們有沒有看到那東西？那個攻擊柯迪的東西？」

「我看到一道影子，」騎士鷹說，「我正在重放那段畫面。如果我發現了什麼，就把畫面傳給你。」

教授從亞伯拉罕身邊衝過去，讓一根力場長棍出現在他的雙腿中間，將亞伯拉罕絆倒，然後教授單手拍在洞穴地面上，粉碎了長長一道地面，將柯迪陷在一條塵土的河流中。柯迪踉蹌一步，速度明顯變慢。

教授又伸出雙手，各召來一根長矛，將它們射出，刺進了柯迪的雙肩。柯迪哀嚎一聲，倒在灰塵裡。

星火啊，誰眞正知道該如何使用這些力量，這一點太明顯了。

「梅根！」我大喊。

「來了。」梅根說完，洞頂便轟然塌陷。教授警惕地向後一躍。這只是另一個世界的影子，希望它能爲柯迪爭取到足夠的治療時間。

「教授向一支手機中說了些什麼，」騎士鷹驚訝地說，「他一定知道我們在監聽他的手機……星火啊，我認爲他是在對你說話。」

「把他的訊號傳給我，」我說，「但不要讓他聽見我們的對話。」

「……以爲能用我自己的詛咒打敗我。」是教授熟悉的聲音，粗啞渾厚。儘管已有準備，我還是嚇了一跳。「我忍受這條毒蛇已經很多年了，每天都會感覺到它的毒液。我瞭解它，就像一個人瞭解自己的心跳。」

「大衛，小子，」柯迪咳嗽著說，「我……我不能治療……」

我的心中掠過一陣寒意。我將攝影機對準柯迪。柯迪說得沒錯。他正在教授造成的塵土中爬行，兩側肩膀都在流血。綠光凝結成的鋒刃在那兩個地方造成了重傷。爲什麼急救星沒生效？

「找到了，」騎士鷹這時說，「小子，有麻煩了。」他向我的螢幕上傳來了片刻之前的畫面。上面有一道影子正在離開柯迪，小得就像一隻老鼠，或者是一個小人。

「漏洞在這裡！」我上線說，「教授不是一個人下來的！警告，洞穴中還有另一名異能者。」我遲疑了一下又說，「星火啊，她從柯迪的馬甲中取走了一個引擎，並且帶著它逃走了。」

「攝影機有紅外線功能，」騎士鷹一邊說，一邊開始操控幾架攝影機。他的聲音顯得很興奮，甚至可以說是激動。「覆蓋全域……在那裡！我找到她了。哈，以爲妳能躲過我無所不在的眼睛嗎，小異能者？妳根本不知道妳對付的是誰。」

騎士鷹將我們的一架攝影機對準一個小人影。她就躲藏在洞穴中無數碎石其中一塊的陰影後面。她穿著牛仔褲，緊身襯衣，頭戴護目鏡。我沒有發現那個引擎，有可能是被她縮小，以便於攜帶。

「梅根！」我說，教授這時正在繞過那堆崩塌礫石的幻象，「只能暫時由妳和亞伯拉罕來對付他了。吸引他的注意力。他現在要去殺死柯迪。蜜茲，去替柯迪包紮，不要讓他失血過多！」

一連串的「收到」在無線電響起。我也開始鑽出藏身的小洞。

「早就應該知道，」騎士鷹上線說，「喬納森當然會有自己的計畫。但他也許沒有意識到我在這套裝備上使用了多重引擎，所以他對漏洞下達的命令還不夠。」

「我需要你來負責指揮，騎士鷹。」

「好吧，」他不情願地說，「你要自己去對付那個小異能者？」

我鑽出小洞，站起身，肩頭背著哥特沙克爾。「她不是高等異能者，一顆子彈就能幹掉她。」

「是的。用一顆和她一樣大的子彈擊中她——我相信那絕對不會傷到在她身上的引擎。」

我悄然走過隧道，面色凝重。騎士鷹的提醒很關鍵。「幫我盯著她。」

「已經這麼做了。一部攝影機被設定爲自動追蹤她。喬納森又在說話了。」

「把他的訊號轉給我，但不要聯絡其他人，我不想讓他們分神。騎士鷹……幫我確保他們活下來，拜託你了。」

「我會盡力。拿到那個引擎，孩子。快。」

# 第四十三章

「我不想在這裡。」

我不得不在潛回隧道的時候聽教授說話。這裡已籠罩了一層螢光棒病態的綠色。

「我一直都只想保持低調。」教授一邊戰鬥，一邊喃喃地說，「我不想把自己逼得太緊，也不想把我的團隊逼得太緊。這是你的錯，大衛。發生在這裡的一切都是因爲你。」

我看不到戰鬥的場景。我的頭上還戴著那個半球形的視訊裝置，但我現在的目標是漏洞和引擎。我的一個螢幕固定顯示出洞穴地圖，上面用光點標明了她的位置。另一個螢幕則連接著監視她的攝影機。這兩個螢幕懸浮在我的視野邊緣。我需要讓正前方的視野毫無遮擋。

我小心翼翼地向前邁步，彷彿是準備加入與教授的戰鬥。我不想驚動漏洞。

「蒂雅……」教授悄聲說，「妳讓我做了這樣的事。妳和妳的白癡夢想。妳打亂了平衡。妳早就應該明白，我才是對的。」

我咬住牙，感覺臉部充血。我不能讓他找到我。也許他不知道是爲什麼，但他的話非常危險。上一次我在鋒銳高塔中的戰鬥……的確發生了一些事。

有什麼東西就潛藏在我的心裡。所以，當教授輕蔑的聲音還在抓撓我的耳膜時，竊賊不久之前在倉庫頂棚上的嘲諷，已經實實在在地挖進了我的心。

要知道，一個人的眞實本性會在他的第一個行動中就顯現出來，大衛……新的異能者，他們殺人、破壞，顯露出每一個人類在失去約束後都會有的嘴臉。人就是一種怪物，因爲受到束縛而無能為力……

漏洞。我必須將注意力集中在漏洞身上。她才是現在極需解決的問題！她能做什麼？她……她能夠稍稍加快速度，能改變物體的大小，包括她自己。但要改變一樣東西，她首先必須先觸摸到那樣東西。如果被改變體積的物體離開她的觸碰，幾分鐘之後就會恢復原樣——她造成的效果不會一直持續，但她能縮小一樣東西之後把它放下。那東西隨後會變大還原，除非她再次碰觸它、改變它的體積。

幸運的是，和其他有類似超能力的異能者不同之處在於，當她縮小的時候，就無法維持自己的體力和品質。她速度很快、很聰明，也非常危險——但她不是高等異能者。她的弱點……我努力回憶……她的弱點是打噴嚏。如果她打噴嚏，超能力就會消失。我的筆記中清楚地記錄著這一點。

好吧，不是高等異能者並不表示她不危險。我到了她藏身的那段隧道裡，繼續向其他人靠近，裝作我不知道她就在身邊。陽光從教授打開的巨大天井中灑落，我從地上抓起一把岩石粉末，放進我的口袋。遠遠傳來的撞擊聲和喊聲迴盪在前方的隧洞裡，我抵抗著調轉攝影機的衝動，現在不是確認戰場狀況的時候。

「你在哪裡，大衛？」教授在我的耳中說，「你讓其他人戰死在我面前，自己卻躲了起來？我從沒有想到你是個懦夫。」

懸浮在我右側的螢幕中能夠看到，漏洞就躲在那塊石頭旁邊，背靠岩石等待著。對於教授的戰鬥，她似乎並不關心。她只是一名傭兵，哪一個強大的異能者給她好處，她就聽命於誰。教授僱用她很可能只是為了偷竊引擎，而她根本無意參加戰鬥。

對她來說，這太糟了。

上了。

我向前跳到她藏身的石頭旁，將那塊石頭向洞壁推去，希望這樣能夠將她擠住。但石塊剛被推動一點就消失了，變成了一塊小卵石。我倒在地上，急忙伸手抓住了那個就要跳走的小影子。

我抓住了她，卻立刻感到身子一輕。漏洞變得和我一般大小，但她和我已經有了一段距離。爲什麼現在這條隧道變得這麼高大了？

噢，迪吉裡度，我心想，她把我縮小了！

我手忙腳亂地站起來。現在我身邊的小石子都變成了大塊岩石。在我面前，地面上的一道裂縫變成了峽谷——不過它的深度也只有我身高的兩倍。我被縮小了，連帶我身上的每一樣東西都縮小了。

同樣處在縮小狀態的漏洞在我前方足有五十呎——這應該是以我現在的尺寸目測出的距離。她的速度增幅讓她能夠跑得很快，但那並不是眞正的超級速度，只是比普通人快一些。

這意味著她不可能跑過子彈。我端起哥特沙克爾，瞄準，打了一槍。我故意沒有射中。因爲在這種情況下我還是很有可能打中引擎，間接害死柯迪。如果她還不停下，我就只能冒險一試。但這個警告似乎奏效了。

「妳逃不掉了，漏洞！」我向她喊著，「把引擎給我，馬上離開。妳並不在乎這場戰鬥，我也不在乎妳。」

漏洞停在走廊中，瞥了我一眼。

然後她恢復成正常尺寸。

噢，不……

她大步向我走來，每一步都讓我腳下的地面發出地震般的顫動。我驚呼一聲，鑽進旁邊的石頭縫裡，想要藏身在一片突出的岩石下面。漏洞這時已經來到我的頭頂上方，向我伸出手，我端起哥特沙克爾開始射擊。很明顯，即使是一把縮小步槍射出的子彈也會讓人很不舒服。漏洞收回手指，罵了一聲——聲音是一陣雷鳴。

一些石粉落進我所在的縫隙中，就像一陣冰雹。我伸手到口袋裡，摸出之前蒐集的粉塵。它們和我一起縮小了。

我必須靠近她的面孔。這一定很酷，就像是攀登聖母峰。從下往上看一個人的鼻子真的很奇怪，我還注意到她脖子上掛著一個小袋子。也許那就是引擎？

她向我逼近，抽出一把小刀，將刀刃插進石縫中。我一隻手抓住刀背，讓哥特沙克爾掛在肩頭。當她舉起小刀的時候，我被刀刃帶了出去，但我爬上她手臂的計畫失敗了——她一甩刀刃，讓我掉下大約二十呎，摔在地上。

我做好了遭受重擊的準備……但沒有很痛。噢，原來變小還有這樣的好處。我急忙翻身站起，躲開她向我踩過來的腳板，勉強沒有被踩成肉泥。該死的，我在掉下來的時候鬆開了那一把粉灰。其實……

其實……我……

我打了個噴嚏，一頭撞在洞壁上。我又變大了。漏洞和我用同樣驚詫的表情對視著。

「噴嚏對我們兩個都有效，對不對？」我說，「能知道這個實在是太好了。」

漏洞咆哮一聲，伸手到身側的槍套裡去掏手槍。我把她剛剛掏出來的槍踢飛，然後舉起哥特沙克爾，「妳肯定是不想給我引擎了？」

她向我撲過來。儘管很不情願，我還是開了槍。

每一顆子彈在擊中她的時候都變成了小蟲子。從她瑟縮的樣子來看，它們還是能打痛她，但沒辦法像我希望的那樣「要她的命」。

她在一秒鐘之後抓住了我的槍。步槍從我的手中消失，變得細小無比，從拴住它的皮帶上脫落。我驚訝地看著漏洞。她能夠縮小擊中她的子彈。

「這太驚人了。」我說。

她一拳擊中我，讓我的頭撞在洞壁上，也撞到了我的耳機。我罵了一聲，抬腿向她踢過去，卻一腳踢空倒在地上。我從地上爬起來，一邊對漏洞說：「認眞來說，我也許要重新評估妳了。妳很有可能應該被歸類爲高等異能者。」

「你在瞎說什麼？」她揮拳向我打來。

我抬起雙手，擋住她的攻擊。不幸的是，我的反擊又落空了。她第二次一拳打在我的臉上。星火啊。當她又攻過來的時候，我抓住了她，就像亞伯拉罕教我的那樣。我的身材更高大，抓摔似乎才是聰明的選擇。

她縮小了我的襯衫。

就在襯衫即將把我勒死的時候，它很幸運地裂開了，但我還是喘息著放開了那個女人。漏洞一掌擊在我的胸前，我變得有二十呎高，頭撞在洞頂上。

「大衛！」蜜茲在無線電上大喊，「快一點！他的情況很糟糕。」

「我正在盡力。」我啞著嗓子說。漏洞把我縮小回正常尺寸，又在我的臉上打了一拳。洞穴開始晃動，碎石塊從洞頂上掉下。教授、梅根和亞伯拉罕那裡傳來喊聲。

我踉蹌著從漏洞面前推開，抬起手臂進行格擋，這些都是我在徒手格鬥訓練中鍛煉出的本能。我的大腦這時候還有些模糊。漏洞疾風驟雨般的拳頭逼得我背靠在洞壁上，她還在不斷地毆打我的臉，然後是肚子，然後又是臉。我總算找到一個機會抓住綁在腿上的手槍，但她又將那把槍從我手裡踢飛。

她似乎長高了幾吋，足以俯視我。手槍被踢飛的時候，我唯一能想到的就是撲向她，用我的體重對抗她。這一招很有效——我們兩個都翻倒在地。

她首先站了起來。我還頭暈得厲害。我的襯衫都變成了碎片。我呻吟著，在地上翻過身，發現她正在撿起剛才掉落的手槍。

有什麼東西從洞頂掉在她的背上。一隻機械螃蟹？另一隻螃蟹從側面跳在她身上，第三隻螃蟹從正上方掉落下來。它們看上去並不是很危險，卻還是嚇到了她。讓她回手去抓自己的後背。

這一點喘息的時間救了我的命，讓我終於能夠阻止洞窟的旋轉。我伸手到口袋裡，又掏出一些灰塵。槍對她沒有用。我必須更聰明一點。

「謝謝，騎士鷹，」我喃喃地說。這時漏洞縮小身子，甩開了螃蟹的攻擊。

我向她衝過去。我一碰到她的小身子，她就像剛才那樣將我縮小。這一次我已經做好準備，在變小的同時已經撲向她，撞進她的懷裡，一把抓住她脖子上的袋子。我隔著袋子，摸到了裡面的方形金屬物體。就是引擎！

「你是個頑固的小白癡，對不對？」她對我咆哮著。依然很小的我們兩個人，在地上扭打成一團。

我悶哼著，努力讓我們滾到地面上的一道裂縫旁邊。她給了我一記頭槌——眞痛。整座洞穴都在搖晃。我喘了口大氣，放開了她和那個袋子。

漏洞爬起身，站在我面前，身後就是那道裂縫。「我知道他的計畫。」她對我說，「所有異能者的異能者。我覺得非常厲害。我會讓他把引擎都做好，然後偷走它們，再由我上去拜訪一下老禍星。」

我看著她，感到頭暈目眩，我的鼻子在流血。

「我……」我喘息著說。

「什麼？」

我又喘了一口氣。「我……認爲……現在去要簽名很不合適。」

「什麼？」

我將那一把灰塵扔到她的臉上。在她的咒罵聲中，我抬起肩膀撞上了她，一手抓住袋子，同時把她向後頂過去。繫皮袋子的繩子斷了，我將引擎緊緊抓牢在手中。漏洞則掉進了背後的地縫裡，我也撲倒在地縫的邊緣，幾乎隨著她一起掉落下去。

她落在地縫中，發出輕微的撞擊聲。「你這個白癡！」她喊叫，「你知道在這種大小的時候……」她停下來，吸了吸鼻子「……在這種大小的時候，從高處掉落根本不會受傷。你盡可以從一棟高樓上跳下來，然後——然後——噢，天哪——」

我從地縫旁跳開，身後傳來一陣非常微弱的噴嚏聲。

隨後是一陣令人反胃的液體碾壓聲。我皺起眉，看著一大堆肉漿和碎骨從地縫裡擠出來——漏洞在那個狹小的空間中變大的速度太快，她的身體不斷湧出地縫，就像是發酵過度的生麵團從碗裡擠出來。

我吞了一口口水，壓抑下噁心的感覺，踉踉蹌蹌地站起身，從皮袋子中拿出引擎。只需要一點灰塵和一個噴嚏，引擎和我都恢復了正常尺寸，但我的哥特沙克爾已經找不到了。

我抓起手槍，上線說：「蜜茲，我拿到引擎了。妳在哪裡？」

# 第四十四章

我踉蹌著走過伊爾迪希亞的地下洞穴。看見一層層洞壁被碎震器轟開，只剩下成堆的沙粒。螢光棒讓隧道中顯示出一副遭受過核子輻射的氣氛。我停下腳步，在又一陣碎震器能量引發的震動中站穩腳跟，然後才繼續向蜜茲拖走柯迪的方向前進。他們就在前面嗎？

不。我猛然停住。光線透過一道裂縫射進我所在的隧道。這道裂縫就像是被割開的皮膚，邊緣向外翻捲。透過它，我看見另一座洞窟裡閃耀的橙紅色火光。熾焰正在那裡與漏洞戰鬥。

我驚訝地張大了嘴，看著那個剛剛被我殺死的女人縮小身體，向遠處逃走，而一連串掉落的岩石碎片在她身後變成了大塊的礫石。熾焰向後一躍，他的火焰將這些石塊都加熱成為橙紅色。

我細看自己所在的通道，又發現了更多這樣的空間裂隙。看樣子，梅根已經拚盡了全力。我吞了口口水，繼續向蜜茲跑去。在我左側出現的一道光芒，照亮了正在陰影中戰鬥的幾個人——那裡已經超越了蜜茲放置螢光棒的範圍。

教授突然出現在前方不遠處，就像是一團光凝聚成實體。他正在使用滅除的傳送超能力。星火啊！就在他出現的時候，一部分洞頂垮塌下來。這一次不是幻象，而是真正的落石。教授不得不用力場擋住向他頭頂砸去的大石，在向下傾瀉的土石中，他高聲怒吼，將幾道光矛向遠處擲去。

看樣子，雙方在戰鬥中都不得不冒險了。教授使用了他一直藏匿的傳送裝置，梅根開始進入越來越遙遠的真實。她到底走了多遠？如果我失去了她，就像失去教授那樣，又該怎麼辦？

鎮定，我對自己說。梅根已經能夠掌握她的力量，我必須信任她。我低下頭，鑽進一條小隧道，終於看到了岩石上留下的血跡。我又繞過一個轉角，急忙停下來——差一點絆倒在蜜茲和柯迪身上。

柯迪躺在地上，雙眼緊閉，面色蒼白。蜜茲不得不脫下他身上的大部分碎震器套裝，才能讓他的傷口露出來。現在那些裝備都被堆到一旁，急救星也從柯迪身上被剝除了，不過引擎的導線還連在他的手臂上。蜜茲看見我的時候驚呼了一聲，然後立刻將引擎從我無力的手指中拿走，插回馬甲裡。

「騎士鷹，」我上線說，「你真的需要把這些引擎裝得更牢固一些。」

「它們使用的是標準插口，」騎士鷹咕噥著，「我把它們設計成能夠快速插拔的模式，這樣就能按需要更換引擎。我怎麼知道喬納森會把引擎拔掉？」

急救星閃爍起微弱的光亮。蜜茲向我瞥了一眼，「星火啊，大衛！你看上去就像是剛剛掉下懸崖。」

我擦了擦鼻子，還在流血，臉也因為漏洞的不斷擊打而腫起來。我一屁股坐到蜜茲的身邊，感覺筋疲力盡。「戰鬥情況如何？」

「你的女朋友真令人驚嘆，」蜜茲有些不情願地說，「亞伯拉罕不停地被力場包裹，她就不停地把亞伯拉罕弄出來。他們兩個就讓教授應接不暇了。」

「她有沒有……」

「發瘋？」蜜茲說，「看不出來。」她轉頭去看柯迪。謝天謝地，柯迪的傷口開始癒合。

「他還需要一段時間才能恢復過來。希望那兩個傢伙能再堅持一下，恐怕我已經沒有炸藥包了，所以也許——」

有人突然出現在我們身旁，光輝奪目，卻沒有半點聲音——這一幕足以把人嚇傻。我驚呼一聲，向後退去，一邊伸手去抓腿上的手槍。幸好不是教授，所以只可能是另一個人了。

滅除轉過身，長外衣的下襬掃過洞壁，目光依序掃過蜜茲和柯迪，最後落到我身上。他的眼睛透過眼鏡看著我們。「我被召喚到這裡。」他說。

「唔，是的，」我用槍指住他，雙手卻在不停地顫抖，「教授。他有一個用你的身體製作的引擎。」

「要摧毀這座城市？」滅除偏過頭問，「除了給我的那些炸彈以外，她又多製造了一枚炸彈？」

「她給你的那些？」我問，「那麼……你還有更多炸彈？」

「當然，」滅除平靜地說，「猜得沒錯，大衛．查爾斯頓。」他搖搖頭，隨後就消失了。只剩下一個彷彿是發光白瓷做成的殘影，這道殘影很快也崩碎不見。

我放鬆下來。滅除出現在我身邊，一隻手按在我的槍上。槍突然變得非常熱，我驚呼一聲，感覺手指被灼傷，急忙丟下我的武器。滅除把槍踢到一旁，又跪到我身邊。

「『一共有七位君王：五位已經倒下，還有一位存於世上，一位尚未到來。』」他悄聲說完，咳嗦了一下，一定是因爲教授在遠處進行了傳送。然後他笑著閉起眼睛，星火啊，他似乎很喜歡這種感覺。「你們的死亡和這座城市毀滅的時刻就要到來，很遺憾我不能給你們更多時間。」他將手按在我的額頭上，我感覺熱量從他的皮膚上傳來。

「我要殺死禍星。」我忽然說。

滅除睜開眼睛，熱量消失。「你說什麼？」

「禍星。」我說，「他是一個異能者，一切災難的幕後主使。我能殺死他。如果你想要實現末日決戰，難道這不是最好的方法？摧毀那個可怕的……嗯，天使？怪物？幽靈？」

這聽起來很有宗教感，對不對？

「他距離我們很遙遠，小傢伙。」滅除沉思，「你不可能碰到他。」

「但你可以傳送到那裡？」

「不可能，禍星距離我太遠了，我沒辦法構想出他所在位置的樣子。對於我沒有見過或者無法想像的地方，我是去不了的。」

那你是怎麼傳送到這裡的？星火啊，他是不是一直在監視我們？現在不是探究這種問題的時候。我將還在顫抖的手伸進口袋裡，拿出我的手機，舉到滅除面前，向他展示王權拍攝的禍星照片。「如果你有一張照片呢？」

滅除睜大了眼睛，用最輕微的聲音說：「『那怪獸曾經是，現在卻已不是，做爲七個之中的第八個，他走向毀滅……』」他眨眨眼，看著我，「你又讓我吃驚了。如果你打敗了你曾經的主人，並且讓我感到嘆服，我就會滿足你的願望。」

他又化作一團光——這一次，他沒有馬上回來。我呻吟一聲，靠在洞壁上，抖了抖被燒傷的手。

「禍星啊！那個人到底是怎麼回事？」蜜茲試了三次，才把手槍插回到槍套裡，她的手也一樣抖得厲害，「我還以爲我們死定了。」

「是的，」我說，「我本來也有點以爲他會殺了我，因爲我竟然膽大妄爲地宣稱要殺死禍星。我一直認爲他崇拜禍星和憎恨禍星的比率是一半一半。」我繞過轉角，向外面張望一眼，看見隧洞中到處都是通向其他次元的裂痕。

「亞伯拉罕剛剛倒下了！」騎士鷹在我的耳機中說，「重複，亞伯拉罕倒下了。喬納森用力場砍斷了他的手臂——是他佩戴拉提蚩的那隻手臂。」

「星火啊！」我說，「梅根呢？」

「看不清楚，」騎士鷹說，「我只剩下兩隻螃蟹。我認爲你們正在輸掉這場戰鬥，夥計們。」

「我們在戰鬥開始之前就在輸掉它了。」我說完這句話，轉身挪到碎震器套裝前，「蜜茲，幫個忙。」

蜜茲看看那身套裝，又看看我，睜大了眼睛，隨後急忙跑過來，幫助我穿戴。「柯迪的狀況應該穩定下來了。急救星的確有效。」

「把它拆下來，裝回碎震器套裝上。」我說，「騎士鷹，你的無人機能運送多大重量？」

「每架大約一百磅，」他說，「我可以讓許多架無人機一起運送更重的物品。要做什麼？」

「讓一些無人機下來，把柯迪送出去。亞伯拉罕還活著嗎？」

「不知道，」騎士鷹說，「不過他的手機還在身上，所以我能爲你指明他的位置。」

我看了一眼蜜茲。她點點頭，將急救星的導線插回我已經穿好的碎震器馬甲上，對我說：「我會找到他，穩定他的傷勢，直到你帶著套裝回來。」

「先讓無人機送走柯迪。」

「我應該能讓無人機找到你們。」騎士鷹說，「喬納森的軍隊已經在上面包圍了你們。不過他們似乎並不急著下去和你們作戰。」

「沒有人會衝進兩個正在戰鬥的高等異能者中間。」我說，「除非有命令，否則他們就只會留在上面。他們心知肚明鋒銳高塔上那些士兵的下場。我甚至很驚訝在那之後，教授還讓漏洞參加這裡的戰鬥。」

「是的。」蜜茲看起來嚇壞了，手不停地顫抖著。我自己也好不了多少。但我感覺急救星生效了，我的傷痛在消失。

「離開這裡，蜜茲，」我說，「妳已經盡了力。現在妳的任務是保障亞伯拉罕和柯迪的安全。只要可以，我就會帶著急救星去找亞伯拉罕。如果我沒有去找你們，妳們要去找騎士鷹。」

蜜茲點點頭。「祝你好運，大衛。我，嗯，很高興在巴比拉沒有向你開槍。」

我微微一笑，戴上套裝的右手手套，然後是左手手套。

「你會用它嗎？」蜜茲問，「你還沒有練習過。」

手套上亮起深綠色的光芒。我感覺能量的震動湧過全身，那是一種對我來說曾經彌足珍貴的遙遠韻律，我幾乎已經把它忘記。我將它釋放出來，把面前的岩壁打成一片灰塵。

「感覺就像是回家一樣。」我說。

的確，我覺得自己狀態很好，幾乎能與一名高等異能者對敵了。

# 第四十五章

我在隧道中飛奔，掠過一個個閃爍光芒的空間裂隙——它們是通向異世界的窗口。有幾個窗口後面是熾焰的次元，其他窗口後面的景象則更加模糊渺茫、分辨不清。它們一定是距離我們更遙遠的世界。在一些世界裡，完全陌生的人正在這些隧道中作戰；也有一些世界的隧洞是完全黑暗的；還有的世界在這裡根本沒有隧洞，只是堅硬的岩石。

碎震器在我的手中震動，渴望釋放自身的能量，就好像……就好像這股能量本身知道我正要拚盡全力去拯救教授。它們向我唱起了戰歌。我一到達剛才見到教授的洞穴，就立刻釋放出一股躍躍欲試的能量，消解了面前的一道岩壁，製造出一道被灰塵覆蓋的階梯。我大步走了下去。

教授站在洞窟中心，全身閃耀著綠光。他挽起了上衣袖子，露出覆蓋著黑色手毛的前臂。他轉向我，大笑起來，「大衛．查爾斯頓，」他的聲音在洞窟中迴盪，「鋼鐵殺手！你終於來為你在新芝加哥開始的一切負責了？要來付出代價了嗎？」

這裡的地面上到處都是碎震器打出的坑洞，還有從洞頂上塌陷下來的碎石土堆。星火啊，如果有人在這裡再深呼吸幾次，唱出一個低音來，這個地方就會完全塌陷。

我走到他面前，暗中希望自己能把套裝的力場功能使出來。梅根在哪裡？如果她死了就會轉生，所以我現在更加擔憂的其實還是空間裂隙竟然有這麼多。

其中一個裂隙就懸浮在不遠處，只有它旁邊的微弱光線照亮了裡面的黑暗。

梅根從裡面走出來。

我被嚇了一跳。星火啊，那的確是她，但……是一個很奇怪的她，而且顯得非常模糊。因爲那並不僅僅是一個她。我明白了。我看到的不是一個梅根，而是上百個梅根。彼此重疊，每一個都很相似，卻又有所不同——一粒雀斑長在不同的位置上，頭髮的分線也不一樣，色澤更淺，或者更深的眼睛。

她向我微笑。一千個微笑。

「我找到亞伯拉罕了，」蜜茲說，「他還活著，但如果你能保護好急救星的安全，那就眞——的太好了，大衛。至少那樣亞伯拉罕才能完整恢復。趕快撤退吧。」

「收到。」我做出回答，雙眼同時盯住教授。他的衣服上滿是灰塵，殘破不堪。他的臉上有不只一道傷口在流血，但也都在迅速癒合。只有一個傷口除外。那是柯迪用力場造成的傷口。

雖然受到夾攻，但教授似乎全無畏懼。他的身子站得筆直，臉上充滿自信。四支光滿閃爍的長矛出現在他的周圍。

「付出代價吧，大衛。」教授輕聲說。

四支長矛一起向我射來。我用碎震器消除掉它們，閃爍綠光的力場變成了細小的碎片，從我身邊飛過，在空中熄滅。我不滿足於只是被動接招，迎面向教授衝過去，同時努力召喚我自己的力場。

我只弄出一點綠色的光亮，就像是池塘上晃動的漣漪。糟糕。

教授釋放出第二波光矛。不過就像柯迪一樣，我熟悉碎震器的使用方法，足以用它來抵擋教授的攻擊。我跳過地面上的一個深坑，一隻手按在地上，隨著嗡的一陣爆響，一道裂隙被打開了。

教授只掉下去一吋，就落在一個綠光圓碟上。他搖搖頭，向我一甩手，打出一團碎震器能量，讓我腳下的地面塌陷，就像我對他做的一樣。

我拚命地嘗試製造力場撐住身體，卻還是只製造出一點光波。眨眼間，我摔落到坑底。不過這個坑不是很深，只有三呎。

梅根站在坑邊。「在許多世界裡，他挖出的這個坑都不夠深。」她的話語是由上百個喃喃的聲音組成的。

教授咆哮一聲，衝向我，同時召喚出更多光矛，連續不斷地向我射來。我跳出岩坑，站到梅根旁邊，將光矛逐一摧毀。

每一次我使用碎震器能量的時候，教授都會瑟縮一下。

「那麼，我們該如何與他作戰？」梅根用她的多重聲音說，「我能做的只有替他製造干擾。我們的方案還是讓他面對自身的恐懼嗎？」

「說實話，我也不知道。」我一邊說，一邊將雙手舉在面前，竭盡全力釋放能量。終於，我製造出了一道力場牆。它有些像是反向使用碎震器。不是釋放出能量的震動，而是讓能量在體內聚集成形。

「妳能進行多大的改變？」我轉頭問梅根。

「很小，」梅根說，「而且必須在合理的範圍內。我的力量並沒有變化，我只知道這一點。大衛，我能夠看到許多世界……那麼多世界。」她眨眨眼。這個動作彷彿帶動了無數眼皮的影子，「它們全都就在不遠處。這太驚人了，也很令人沮喪，就好像是我以為自己能數清任何數字，但實際上我知道的只在零和一之間，也許這兩個數字之間已經存在數不清的世界，但它們依舊是有限的。」

教授打碎了我們的力場，然後舉起雙手，又讓洞頂發生一陣晃動。我預測到了他的意圖，急忙釋放出碎震器能量。他粉碎了洞頂的一圈岩石，想讓其中那塊圓形洞頂掉下來，把我們砸死。

我打碎了落向我們頭頂的大石，灰塵如暴雨般落到我們身上。看到落在梅根身上的灰塵，我才能確定她的確是眞實在這裡，並不像我一直擔心的那樣，只是一道幻影。

教授再次瑟縮。

*我正在用他的超能力。這讓他感到痛苦。*

「好吧，我有個計畫。」我對梅根說。

「什麼計畫？」

「逃走。」我說完就轉身躥進了一條小隧洞。

梅根罵了一句追上來，我們肩並肩地向前跑。我充分使用碎震器，除掉沿途所有擋路的岩石。我不知道該怎樣做才能改變他，讓他回到我們之中。至今為止，我的一切計畫都失敗了。這時我能做到的也只有讓這個套裝不停地運作，讓他一直處在痛苦之中。

教授在我們身後咆哮著。他傳送到我們面前，但我只是抓住了梅根的手，換了個方向繼續逃跑，同時消解掉教授用來俘虜我們的力場球。我們跑進一條無光的隧洞中，不過這裡很快就出現了螢光棒。是梅根從另一個蜜茲照亮了這裡的眞實世界中拉過來的。

教授再次傳送到我們面前，面孔因爲憤怒而通紅、扭曲。我回身繼續逃竄，毫無顧忌地使用碎震器能量敲打身邊的岩石。每一次使用這種能量，都讓他變得更加暴跳如雷。

我以前遇過這種情形，我心想。另一幕場景出現在我的腦海中。那是另一場戰鬥。激怒一名異能者……

教授又出現了。這一次，梅根先做出反應。她將我拉到一旁。數支光矛以我無法捕捉的速度從我身邊飛過，又轉回來，環繞在我們周圍，向我們發動攻擊。我勉強擋住了它們。也許這也不是什麼好計畫。

「你一直都是這樣！」教授大喊，「不會思考！不關心會有怎樣的結果！難道你不擔心未來會發生什麼？難道你甚至不多想一想失敗了會怎樣？」

當我們竭力要逃走的時候，他傳送到我們面前，但眨眼間，梅根製造出的一堵石牆將我們隔開了。

「這樣不行。」她說。

「嗯，技術上是可以的。」我是說，我的計畫只是不停地逃。

「好吧，我修正一下，這樣逃跑不會持續太久，他遲早會捉住我們。那麼你現在的最終目標又是什麼？」

「然後呢？」

「讓他發瘋。」我說。

「希望……唔……這樣能讓他害怕？我們在面對弱點的時候會變得驚恐、狂亂、不顧一切。也許他也必須處在同樣的狀態之下。」

梅根十分懷疑地看了我一眼——透過她的許多個影子，這一眼比平時更讓我膽戰心驚。我們身邊的石壁變成了粉末。我凝聚起碎震器能量，準備迎接一連串力場長矛的攻擊，但教授已經不在那堵牆後了。

嗯？

他突然出現在我們身後，一隻手抓住我的手臂，並試圖用另一隻手粉碎我馬甲中的引擎。我驚呼一聲，釋放出一團碎震器能量——直接向下，打碎了我腳下的岩石，讓自己跌落數呎。這個突然的動作讓我掙脫了教授的手，使他的碎震器能量也從我的頭頂掠過。

我削抹掉教授腳下的地面。教授憑藉直覺製造出力場圓碟，站到上面。我則趁機從他腳下的塵粉中鑽過去。他必須扭頭才能看到我，卻讓他無從防備梅根，梅根當然舉槍就向他射擊。沒有什麼用。他全身都有一層透明的薄力場防護。梅根的子彈並不足以拖住他足夠長的時間，讓我能從他的腳下爬到另一邊逃走。因此，我也舉起手槍向他射擊。

他惱恨地轉向我。我用一股碎震器能量擊中他，消解掉他的力場。梅根的子彈打進了他的身體，他咒罵一聲，在閃光中消失。

梅根來到我身邊。千百個不同的她疊加在一起的面孔顯得格外模糊。「我們還沒有找到他的弱點，大衛。」

「他自己的超能力的確能夠傷到他。」我說，「碎震器讓他可以被子彈射傷。」

「那些傷口立刻就癒合了。」他梅根說，「即使被碎震器的能量擊中，他的超能力也沒有受到很大影響。就好像……我們找到了他的一部分弱點，但並沒有抓住全部，所以他沒有轉變——讓他正視自己的超能力一定還不足夠。」

我無法反駁梅根的話。她是對的。我的心中也有同樣的感覺，這種感覺讓我的心漸漸沉了下去。

「那麼，現在該怎麼辦？」我問她，「有什麼主意嗎？」

「我們只能殺了他。」

我緊緊地抿起嘴唇。我不確定我們能否做得到。即使能殺死他，也讓我覺得我們儘管贏了這次戰鬥，卻輸了整場戰爭。

梅根向我的槍瞥了一眼，「順便說一句，你的槍裡已經裝滿了子彈。」

我的槍突然變得重了一點，「這倒是很方便。」

「但我還是會想，難道我能做的只有重裝子彈和豎起牆壁？我能看到那麼多……那實在是太令人驚嘆了。」

「我們需要找到一樣東西讓妳來改變，」我握緊手槍，提防教授再次出現，「一樣非常有用的東西。」

「一件武器。」梅根點點頭。

「亞伯拉罕的重機槍？」

梅根微微一笑，那一抹笑容裡流露出了女孩的淘氣，「不，那東西太小了。」

「那種槍還太小？姑娘，我可真愛妳。」

「其實，」她轉過頭，彷彿在看著某個我看不到的東西，「有一個距離我們非常近的世界，亞伯拉罕是我們的團隊指揮……」

「這又和槍有什麼關係？妳——」

洞穴的晃動打斷了我的話。我轉過身，隨即踉蹌著後退了一步，隧道中十幾呎長的一片洞壁都坍塌了，在一陣強大到不可思議的能量中變成了粉末。教授站在洞壁的另一側。這段時間裡他一直都沒有閒著，數百根光矛正懸浮在他的周圍。

我們在談天時，他一直在策劃。

我高喊一聲，向前伸手，朝射向我們的長矛釋放出碎震器能量。第一波光矛盡數被消解，第二波也大多覆亡，但當第三波光矛撲向我們的時候，我的能量用光了。

它們被一道閃爍銀色金屬光澤的盾牌擋住。梅根哼了一聲，穩住這道水銀屏障，又擋住了隨後兩波攻擊。

「看到了嗎？」她現在戴上了控制拉提蚩的手套，「在一個由亞伯拉罕指揮作戰的世界裡，另一個人就必須學習使用這個了。」她剛笑著說完這一句，就因爲又承受了新一輪的攻擊而哼了一聲，「那麼……不再逃跑，把他打敗？」

我點點頭，感覺有些反胃。「至少我們需要讓他害怕。正是這一點讓我們發生了改變——那時我們面對死亡，心中充滿恐懼。只有當我們處在眞正的危險中時，面對恐懼才會奏效。」

我覺得這樣說也不對，似乎還缺了些什麼。但在這一片混亂中，我也想不到更好的辦法。

「是不是該幹些莽撞的事情了？」梅根一隻手操控拉提蚩，另一隻手舉起槍。

「蠻幹一把，」我也端起槍，表示同意，「不要顧忌太多。」

我向她點點頭，深吸了一口氣。

我們開始進攻。

梅根撤掉盾牌，讓拉提蚩爬回她的手臂，我射出一道碎震器能量。我們向前衝去，就像瘋子一樣開火。和我們所操縱的超級力量相比，這些槍械顯得如此平凡，但我們更熟悉它們。它們是可靠的、值得信賴的。

我們打斷了教授的動作，讓他無法施展出新一波光矛射擊。他張大了嘴，圓瞪雙眼，彷彿對我們的衝鋒異常困惑，然後他將一隻手前探，召喚出一道大型力場要擋住我們，但我用碎震器能量將力場打破，梅根緊隨在我身後。

「好吧。」他說著，伸手向地面一拍。在他手掌周圍的岩石被粉碎，他從地面抽出一根長大的石棍，向前邁步，揮起石棍朝梅根砸過去。梅根伸出裹有拉提蚩的手臂擋在身前。

水銀流到教授的手臂上，死死捆住了他。我及時趕到，向他釋放出一波碎震器能量，並打算朝他的臉來上幾槍。但教授用一股碎震器能量抵消了我的攻擊。兩股能量同歸於盡，發出的巨大轟鳴震撼著我的耳鼓。

我停下腳步，還是向他的臉上開了槍。即使子彈會彈開，至少這樣能對他造成干擾，是不是？也許我還能給他的鼻子來上一拳，或者做些別的事。

他怒吼一聲，將拳頭從拉提蚩中拔出來，把梅根推到一旁。又向我揮起那根石棍。但我及時將那根石棍變成粉末。然後從洞頂向教授傾倒下大約半噸石粉，讓他站立不穩，連連踉蹌了幾步。

當教授重新站穩腳跟的時候，梅根已經衝了過去。她的手、手臂和半邊身子全都被拉提蚩所覆蓋，這樣能夠讓她的力量進一步被增強——她一拳打在教授臉上，儘管有力場保護，教授還是咒罵著後退了一步。梅根再次逼近，教授粉碎岩石，讓梅根腳下出現了一直通到下方洞穴的深坑。但梅根將拉提蚩變成一根長棍撐在坑口，她一把抓住了這根長棍。

我首先擊中教授的肩膀，逼得他在粉塵中向後退去。然後我跪下身，向梅根伸出手，把她從坑中拉出來。

我們一起再次向他進攻。梅根顯然又補滿了我槍中的子彈，所以我才一直沒有把子彈射光。當教授粉碎掉我的手槍時，她又扔給了我一把手槍，幾乎和我原先那把一模一樣，一定又是她從另外的次元中拉過來的。

她使用拉提蚩的技巧令人驚嘆不已。水銀像第二層皮膚一樣在她的體表流淌、保護、攻擊、支撐她的身體。我一直讓教授無法站穩雙腳，並在有可能的時候消除他的力場，讓我們的子彈能夠眞正擊中他。

有一段時間裡，這場戰鬥讓人感覺到一種怪異的完美。梅根和我並肩奮戰，兩個人都是一言不發，卻都能預料到對方的動作。我們操縱著無法想像的能量，手中揮舞強大的武器。我們一起迫使一名更加有經驗的異能者後退。有那麼一段時間，我甚至允許我自己相信我們能贏。

不幸的是，教授的治療能力讓我們的子彈毫無用處。我們沒有能壓制他的這種超能力，至少壓制還遠遠不夠。梅根不遺餘力地向他的頭部射擊，我沒有阻止她，但這種攻擊同樣徒勞無功。

我們的進攻在一個大洞窟中停止了。灰塵不停地在我們周圍掉落。教授向我射來一波長矛，其中一支刺中我的肩膀，我痛得哼了一聲。不過引擎的治療能力很快便開始讓我的傷口癒合。梅根踏前一步，用護盾遮住我，但從她臉上的汗水判斷，她已經非常疲憊。我也感覺到體力消耗嚴重，這樣使用超能力對身體造成的負擔很大。

我們打起精神，等待教授的下一波攻擊。我的槍微微響了一下，是梅根又給它裝滿了子彈。我看了她一眼。

「再攻擊嗎？」她悄聲問。

我不是很確定。我正試圖強迫自己做出回答的時候，洞頂突然向我們塌陷下來。

我踉蹌著後退，同時向上望去。梅根用拉提凿擋住了如同瀑布般傾瀉而下的土石。刺目的陽光充滿了教授製造出的這個大洞——這座洞窟的頂部完全被他打掉了。我眨眨眼，一時還無法適應強烈的陽光。再去看教授的時候，他已經退到了洞頂殘垣的陰影中。

「開火。」他說。

直到這時，我才注意到上方這個大約三十呎寬的大洞周圍，站著差不多五十名男女。他們都拿著火焰噴射器。

# 第四十六章

火焰如狂濤般襲來。他們早就在這裡做好了準備——我們根本就不是在迫使教授後撤，而是他一直牽著我們的鼻子走！

當火焰包圍我們的時候，拉提蚩立刻消失了。許多個梅根的幻影合併成了一個清晰的梅根，突然出現在明亮的火光中。當火浪鋪天蓋地而來的時候，她一下子倒在了地上。

「不！」我尖叫著向她伸出手。我的手套驟然亮起。我必須施放出力場。必須是現在！我全身肌肉繃緊，就好像是背負著極大的重量。

謝天謝地，一個閃光的保護罩出現在梅根周圍，擋住了火焰。她伸手撐住我製造出的這個護罩，瞪大了雙眼。此時整座洞窟都被火焰充滿。

我一隻手遮在面前，蹣跚地在熱浪中後退。火蛇不斷逼上來，不過我受到的燒傷都能很快被治癒。

洞窟上面的人們開始用自動武器向我們射擊。我吼叫著釋放出碎震器能量，將他們手中的武器變成粉末——無論是槍還是火焰噴射器。我們頭頂的洞口還在變大，鹽粉不斷流入洞窟，站在洞口邊緣的人們很快都沒有了立足的地方。

火焰不再落下，但傷害已經造成。一灘灘燃燒的液體遍布敞開的洞窟底部，盤捲的黑色煙霧一縷縷升上天空。這裡一下子變得非常熱，汗水掛滿了我的額頭。梅根的超能力肯定是無法再使用了。我在灰塵和硝煙中眨眨眼睛，教授這時正從陰影中走出來——面色冷酷，滿臉鮮血，但依然毫無畏懼。

星火啊，他還是不害怕。

「你以爲我沒有計畫嗎？」他輕聲對我說，「難道你以爲我不會對梅根和她的超能力有所準備？」他的腳踏在鹽粉上，走過一名正在呻吟的士兵，「你忘記了，大衛。一個明智的人一直都會有計畫。」

「有時候計畫是不會奏效的，」我厲聲說，「有時候精心準備也絕對不夠！」

「所以你們肆無忌憚地衝殺了過來？」他也開始憤怒地向我高喊。

「有時候必須採取行動，教授！有時候只有在最後關頭，你才能知道你需要什麼！」

「這不是讓另一個人的人生徹底倒置的理由！這不是你忽視其他所有人、只依從你的愚蠢激情的理由！這不是你徹底失控的理由！」

我咆哮一聲，積聚起碎震器能量。我瞄準的不是地面或牆壁。我將能量直接向教授擲去：一股純粹的能量，它被灌注了我的憤慨、我的怒火。怎樣做都沒有用，一切都完了。

碎震器能量擊中教授。教授向後一仰，彷彿被某種實體撞到，他襯衫上的鈕釦全變成了粉末。

教授大吼一聲，也向我擲來一股能量。

我施放出碎震器能量抵消它。兩股能量對撞在一起，發出刺耳的爆裂聲。整座洞窟都在顫抖。石塊從洞壁上滾落，就好像湍急的流水，能量的震顫不斷滌蕩我的全身。

我呻吟著翻了個身。教授就站在我面前，顯得格外高大。他向我伸出手，把掛在我馬甲前面的三個小盒子拉下來——現在碎震器套裝上的引擎全部被卸載了。

「這些，」他說，「屬於我了。」

不……

他回手給了我一拳，強悍的力量打得我趴在岩石和塵土中。

梅根就站在我身旁。她已經沒有了力場護罩——我已經失去維持力場的能量。在跳動的火光中，她雙手舉槍，向教授射擊。

這種反抗毫無意義，教授甚至全不在意。我趴在地上，雙臂都被埋在塵土之中。

「你們都是傻瓜，」教授將引擎扔到一旁，「兩個都是。」

「傻瓜總比懦夫強，」我嘶聲說，「至少我努力過！我曾經盡全力去改變一些事！」

「你盡了力，但你失敗了，大衛！」教授說著，走向已經打光了子彈的梅根。我能聽到他聲音中的痛苦，「看看你，你無法戰勝我。你失敗了。」

我跪立起來，然後又坐倒下去，突然覺得沒了力氣。梅根也頹然倒在我身旁，渾身燒傷，疲憊不堪。

也許是因爲沒有了急救星的支持。也許是因爲知道了我們終於失敗了。我根本沒有力氣站起來，幾乎連說話的力氣都沒有了。

「是的，我們被打倒了。」梅根說，「但我們沒有失敗，喬納森。失敗是拒絕戰鬥；失敗是袖手旁觀，只希望能有其他人來結束災難。」

我看著教授的眼睛。教授就站在我們面前大概五呎遠的地方。現在這座洞窟更像是一個火山口，伊爾迪希亞的鹽晶已經開始爬過我們頭頂洞口的邊緣，覆蓋了岩石表面。如果上面還有其他士兵，肯定都聰明地躲了起來。

教授的臉上布滿了傷痕，都是我們的碎震器能量爆炸時吹向他的碎片造成的——碎震器能量暫時消除了他的力場。然而，彷彿是要徹底泯滅我的希望，那些傷口開始癒合了。

梅根……梅根是對的。有什麼東西在我的記憶中閃動了一下。「拒絕採取行動，」我對教授說，「是的，這才是失敗，教授。就像是……也許……像是拒絕參與一場競爭，哪怕你非常想要得到最終的獎勵？」

教授站在我面前。在巴比拉的時候，蒂雅曾經和我說過一個他的故事。他非常想要訪問NASA，卻不願參加那場能讓他贏得這個機會的競爭。

「是的，」我說，「你從沒有奮力拚鬥過。你怕輸嗎，教授？還是你怕贏？」

「你怎麼知道這個？」教授咆哮著，同時在身周召喚出上百道綠光。

「蒂雅告訴我的，」我說著從地上爬起來，伸手按在梅根的肩頭，撐住自己。我開始明白了。「你一直都是這樣，對不對？你建立了審判者，卻拒絕率領他們走得更遠，拒絕去對抗最強大的異能者。你想要幫助這個世界，教授，但你卻不願邁出最後一步。」我眨了眨眼，「你在害怕。」

他身周的綠光消失了。

「超能力只是一部分，」我說，「卻不是全部。爲什麼你會害怕它們？」

他眨眨眼，「因爲……我……」

「因爲你既然這樣強大，」梅根悄聲說，「你既然有了這麼多資源，你就沒有理由失敗。」

教授開始哭泣，然後咬住牙，向我伸出手。

「你已經失敗了，教授。」我說。

力場消失，他頹然後退。

「蒂雅死了，」梅根又說，「你辜負了她。」

「閉嘴！」教授臉上的傷口停止癒合，「閉嘴，你們兩個閉嘴！」

「你在巴比拉殺死了你的隊員，」我說，「你辜負了他們。」

他向前撲來，抓住我的肩膀，將梅根打到一旁。但他在顫抖，淚水從他的眼睛裡涓涓流出。

「你曾經很強大，」我對他說，「你擁有別人無法比擬的力量，但你還是失敗了。你敗得這麼悲慘，教授。」

「我不可能失敗。」他低聲說。

「你失敗了。你知道你失敗了。」我在他的手中挺直腰桿，準備好謊言，隨即把它說了出來，「我們殺死了竊賊，教授。你不可能完成王權的計畫了。就算是我死了也沒關係，你已經失敗了。」

他放開我，我踉蹌一下，卻沒有摔倒，而他卻跪倒在地。「失敗了，」他悄聲說著。鮮血沿著他的下巴流淌下來，「我應該是一個英雄……我有那麼多力量……但我還是失敗了。」

梅根一瘸一拐地來到我身邊，揉搓著滿是灰塵的臉，教授的拳頭剛剛打在那個部位上。

「天哪，」她悄聲說，「有作用了。」

我看著教授。他還在哭泣，但是當他將臉轉向我的時候，我在他的眼睛裡看到了純粹的怨毒，對我的憎恨。因爲我讓他落入這樣的境地，因爲我讓他變成了軟弱、普通的凡人。

「不，」我說，壓在我心上的大石並沒有放下，「他並沒有正視他的弱點。」

我們找到了教授眞正的弱點。蒂雅錯了。教授恐懼的是比超能力更加深刻的一樣東西，只不過超能力——以及教授的全部能力——顯然是這個弱點的一部分。他害怕進取、害怕贏得他可以贏得的一切——不是因爲那些能力本身讓他害怕，而是因爲如果他眞的去做，那麼可能面臨的失敗讓他覺得遠遠更加恐怖。

如果他不全力去追尋自己的目標，哪怕是失敗了，他也能對自己說這並不完全是他的錯，或者並沒有脫離他的計畫，他一直都是這樣預期的。只有當他賭上了自己的一切，當他用盡了自己的全部，他的失敗才會是徹徹底底的。

這種超能力變成了一個可怕的負擔。我能看出它變成了教授生活的核心，代表了教授的全部能力——也代表了他眞正陷入失敗的可能。

梅根將一樣東西塞進我的手裡。她的槍。我看著這把槍，覺得手臂彷彿被灌了鉛。我舉起它，對準教授的頭。

「來吧，」教授咆哮著，「來吧，你這個雜種！」

我的手很穩，瞄準全無問題，我將手指扣在扳機上——回憶起過去。

在那一天裡，一個完全鋼鐵化的房間裡，一個被我激怒的女人。

我，跪在一片混亂的戰場中。

我的父親，背靠在銀行的柱子上，被一個神的影子籠罩著。

「不。」我轉過了身。

梅根沒有反對，她和我一起向遠處走去。

「現在誰是懦夫？」教授跪在陰影和搖曳的火光中，一邊哭泣一邊問，「大衛．查爾斯頓！殺死異能者的人。你應該阻止我。」

「這件事，」另一個聲音響起來，「可以安排。」

我大驚失色地轉過身，竊賊從附近的一片岩石的黑影中走緩緩走出來。他一直都在這裡？這沒有道理。但——

他向教授伸出手，輕輕地將手指按在教授的脖子上。教授尖叫一聲，全身變得無比僵硬。

「我聽說，這就像冰水流進血管。」竊賊說。

我跑過洞窟，衝向他們。「你在幹什麼？」

「了結你們的麻煩。」竊賊繼續按著教授，「你希望我停下來嗎？」

「我……」我吞了一口口水。

「現在說太晚了，」竊賊說著，抬起手，仔細端詳自己的手指，然後又審視教授的眼睛。「很好，這一次生效了。我的確需要測試一下，在我們……遇到了你女朋友這個小麻煩之後。」他向天空抬起頭，瞪了一眼太陽，又回到陰影中。星火啊，現在太陽已經距離地平線不遠了，我沒想到我們已經戰鬥了這麼久。

我跪倒在教授身邊。他茫然地盯著前方，看上去完全呆住。我輕輕戳了他一下，他一動不動，連眼睛也沒有眨一下。

「這是一個很好的解決方式，大衛。」梅根來到我身邊，「不然我們只能殺死他。」

我看著教授那雙無神的眼睛，點點頭。梅根是對的，但我還是忍不住感覺自己承受了無可挽回的失敗。我奮力拚殺，阻止了教授，找出了他的弱點，壓制了他的力量。然而他最終沒能擊退黑暗。

我們原本可以另找一個解決方法，對不對？一直讓他面對自己的黑暗，直到他恢復成他自己？我好想哭，但奇怪的是，我只覺得非常疲憊，連流淚的力氣都沒有。

「我們去找其他人吧。」我說著站起了身，脫下馬甲，馬甲上還掛著脫落的引擎線頭。我們需要讓急救星能夠再次運轉，醫治亞伯拉罕。我把馬甲和收納引擎的金屬小盒子放在一起，然後抬頭搜索天空，希望能找到騎士鷹的一架無人機。

一道光華閃過。

滅除的手落在我的肩膀上。「幹得好，」他說，「這頭猛獸被征服了。該是我實現諾言的時候。」

我們消失了。

# 第四十七章

我們出現在荒涼的懸崖上，從這裡能夠俯瞰到一片零星分布著一些矮樹叢的沙漠。這裡的空氣熱得讓人難受，能夠聞到一股大地被炙烤的味道。紅色的岩石從沙土中探出頭來，表面顯示出一層層紋理，就像是堆得很高的薄餅。

在我身後，有一樣東西在微微發光。我轉過頭，抬手遮住眼睛，從指縫中偷看那個光源。

「一顆炸彈。」滅除說，「用我的肉做成的。你可以說是我的兒子。」

「你利用這樣一顆炸彈摧毀了堪薩斯城。」

「是的，」他低聲說，「在充滿能量的時候，我沒辦法走得太遠。我只能在我要摧毀的地方曬太陽，那就對我造成了一個難題。我的名聲越大，逃離我的人就越多，所以……」

「所以你接受了王權的提議，用你的肉來交換武器。」

「這一顆是爲亞特蘭大準備的。」他說，然後彷彿父親般抬手按在我的肩頭，「我把它給你，鋼鐵殺手，用來完成你的獵殺。你能夠用這個摧毀上面那個君王、異能者的異能者嗎？」

「我不知道。」我的眼睛因爲強光的刺激而流淚。星火啊……我實在是太累了，一點力氣也沒有，完全被榨乾。就像一塊過度磨損的抹布，上面全是窟窿，除了在廚房裡墊一下搖晃的桌角之外毫無用處。「如果有什麼東西能做到這件事，那就一定是它。」根據已知的案例，就連強大的高等異能者也會在核彈這樣極端強烈的能量爆發中被毀滅。滅除的能量不亞於核彈。

「我會帶著你，還有它，到上面那個地方去。」他說，「那個新耶路撒冷。在那裡啓動這顆炸彈。」他遞給我一根小棍子，有些像是一支鋼筆。我對這東西非常熟悉。一支通用雷管。我曾經有過一支。

「我能……不能從下面引爆它？」我問。

滅除笑了。「你是在問自己能不能躲過這一劫？這麼問很自然，但不能。你必須親自做好這件事。我將你的生命延長到能夠完成這件事，是因爲我知道它的結果。這支雷管的有效範圍很小。」

我將雷管抓在汗溼的手心裡。也就是說，滅除已經宣判了我的死刑。也許這顆炸彈能夠用計時器來操控，但我懷疑滅除不會同意。

我甚至還沒有向梅根告別，我心裡一陣難過。然而，這正是我一直在尋找的機會。一個結束。

「我能……想一想嗎？」

「可以給你一點時間，」滅除看了看天空，「但不能太久。它很快就會升起來了，我們不能讓它看到我們計劃做什麼。」

我坐下來，竭力理清自己的思路，回復一些體力，希望能夠應對這個被放在我面前的機會。

我開始整理剛剛發生的一切。教授被打敗了，卻也沒有了超能力。那時他看上去是那樣麻木，彷彿頭部遭受重擊。他會恢復過來，對不對？在一些案例中，被奪取超能力的人會陷入昏迷，甚至腦死。只有當他們的超能力恢復的時候，他們才能恢復。但竊賊絕不會把偷走的東西還回去。我怎麼從沒有想過這一點？

星火啊，我怎麼會在教授的弱點上犯了這麼大的錯？他保守的計畫，他尋找各種理由把自己的力量交給別人，解釋我們犯的錯誤——這些全都指向了他所懼怕的事情。一直以來，他都不願意全力爭取自己的目標。

「怎麼樣？」滅除終於問。「我們沒時間了。」

儘管還有些氣喘，我已覺得自己不再需要休息。「我去，」我用沙啞的嗓子低聲說，「這事我來幹。」

「很好的選擇。」滅除領著我來到炸彈前。我相信這顆炸彈一直被放在這片荒漠中吸收太陽能。我向它靠近，細看它的形狀——一個軍用提箱大小的金屬盒子。和外觀相反的是，它並不熱。

滅除跪下去，將一隻手按在上面，另一隻手握住我的手臂。「『你將吃下親手培育的果實，你將得賜福，你將享福樂。』再見，鋼鐵殺手。」

我屏住呼吸。我的身體被一道閃光裹挾在其中，一秒鐘之後，我發現自己在俯視地球。我幾乎沒有聽到滅除離開時餘光破碎的聲音。我被拋棄了。我正在太空中，似乎是跪在一層玻璃上，低頭看著一片壯麗卻又令人心顫的景觀：瑰麗的地球被包裹在薄紗般的大氣層與雲團之中。

這景象是如此寧和。從這裡望下去，我每天都爲之汲汲營營的事情顯得那樣無足輕重。我強迫自己的目光離開地球，向周圍望去。我不得不背對著那顆發出強光的炸彈，還要瞇起眼睛才能看清周圍的狀況。我正在某種……建築物？還是飛船裡？在我的周圍全是玻璃牆壁。

我踉蹌著站起身，注意到這裡的牆壁角落全是由圓弧曲線組成。在這座玻璃建築中，距離我很遠的地方有紅光散射過來。然後我又意識到，儘管身處在太空裡，我的雙腳卻穩穩地踏在身下。我不是應該飄浮起來嗎？

在我身後放射光芒的炸彈就像是一顆亮星。我用手指摩挲著那根雷管。我是否應該……現在就引爆？

不。不，我需要先看到他。和他見面。他閃耀著猩紅色的光，就像這顆炸彈一樣明亮，就在這艘飛船裡的某個地方。他的光在每一個角落，沿著每一塊玻璃的表面折射過來。

我的眼睛漸漸適應了這種強光環境。我注意到一道門，就跌跌撞撞地朝那裡走了過去。這裡的地面並不是水平的，上面鋪著梯狀的握手和橫檔。這裡的牆壁也很不平整，似乎是被分割成一些不同的區塊，布滿了導線和操縱桿，它們也全都是玻璃材質。

我有些困難地穿過一條走廊。這裡的牆壁上雕刻著一些花紋。我伸手摸了摸，是英文字母？我能夠讀出它們——看樣子是某個公司的名字。

星火啊，我正在原來的國際太空站裡，只是這個太空站不知何時變成了玻璃。

心中揣著一種不真實的與世隔絕之感，我繼續向紅光射出的地方走去。這裡的玻璃非常乾淨，幾乎讓我覺得它們全都不存在。我蹣跚地走過一個又一個艙室，不斷伸手摸索，確認我不會撞到牆上。

紅光越來越亮了。

我終於走進了最後一間艙室，這裡要比我剛才經過的艙室都更大。禍星正在這座艙室的深處——我覺得他正背對著我，但他實在是太亮了，讓我很難分辨。

我抬起手臂遮擋紅光，手中將雷管握得更緊。我真的很愚蠢，早就應該引爆炸彈。禍星也許一見到我就會殺死我。誰知道他擁有什麼樣的超能力？

但我必須知道，必須親眼看看他。我必須見見這個毀了我的世界的人。

我走過艙室。

禍星的光黯淡下來。我的呼吸停滯在喉頭，嚐到了膽汁的苦澀。下面的人們會怎樣想？禍星熄滅了？禍星的身上只剩下一重微弱的光亮，露出一個身穿樸素長袍、皮膚閃動紅色光暈的年輕人。他轉向我……我認識他。

「你好，大衛。」竊賊說。

# 第四十八章

「你，」我啞聲說，「你一直在下面！一直和我們在一起！」

「是的，」竊賊轉過頭看著世界，「我能夠投射出我的一個假體，這一點你早就知道。你甚至不只一次提到過這種超能力。」

我感到頭暈目眩，但還是努力想把這些事實連起來。他一直都在我們身邊。

禍星一直和我們生活在一起。

「爲什麼……什麼……」

竊賊嘆了口氣，那是一種令人震驚的人類聲音，充滿煩擾——一種我經常會從他身上感覺到的情緒。「我一直在看著它，」他說，「竭力想要找到你在它身上所看到的一切。」

我有些猶豫地走到他身旁。「世界？」

「它殘破不堪、可怕、恐怖。」

「是的，」我輕聲說，「也很美麗。」

他看著我，瞇起眼睛。

「你是這一切的源頭，」我將手指按在面前的玻璃上，「你……一直都……你從其他異能者那裡偷走的超能力？」

「我只是收回了我曾經給予的。」他說，「所有人都這麼輕易就相信了一個能偷竊超能力的異能者，卻從沒有意識到他們想反了。他們稱我爲『竊賊』，眞是無稽。」他搖了搖頭。

我吞了一口口水，眨眨眼，「爲什麼？」我問禍星，「告訴我。爲什麼你要這樣做？」

他將雙手交握在身後，陷入了沉思。那就是竊賊。不僅是同樣的面孔，而且神態和動作也都一樣。同樣都是在說話前露出嗤之以鼻的表情，彷彿構思詞句和我說話對他來說實在是下等之事。

「你們要自我毀滅，」他平靜地說，「我只是一個先兆。我帶來了超能力，你們利用它們編織出你們自己的末日。我們在無數個領域中都在這樣做。我是……被這樣告知的。」

「你被告知？誰告訴你的？」

「它眞是一個奇妙的地方，」他繼續說著，彷彿根本沒有聽見我的話，「你根本不可能理解它。平靜、溫柔、沒有恐怖的光，一點光都沒有。我們生活在那裡，成爲一個整體，直到我們的責任到來，」他冷笑一聲，「而這就是我的責任。所以我來到這裡，爲它留下這些，並改變成……」

「刺目的光，」我說，「巨大的聲音，灼熱和觸覺的痛苦。」

「是的！」他說。

「那些不是我的噩夢，」我伸手捂住頭，「那是你的。星火啊……它們全都是你的，對不對？」

「別傻了。你又在胡言亂語你那些愚蠢的概念。」

我向後踉蹌一步，扶住牆壁上一個盒子狀的突出物。我能在我的噩夢中看到，這個世界中生出的各種景象，一個對禍星而言如此陌生的地方。對他的知覺而言，這個地方是如此恐怖。我的噩夢中那些刺眼的光不過是普通的屋頂燈光。

那些噪音和喧嘩呢？是人們的說話聲，或是傢俱移動時的撞擊聲。

它們的可怕全部來自於和他曾經生活過的地方的比較。另一個地方，一個我無法理解的地方，一個缺乏如此強烈刺激的地方。

「你要離開我們嗎？」我問他。

禍星沒有回答。

「禍星！在你給予我們超能力之後，你要離開了嗎？」

「爲什麼我在沒有必要的時候，還會留在這個地方？」他不屑一顧地說。

「在梅根的平行世界裡，」我悄聲說，「你的確是離開了，那裡的異能者並沒有被黑暗吞噬。在這裡，你留了下來……你在某種程度上感染了我們。你的憎恨、你的怨毒，你將每一個異能者都變成了你，禍星。」

梅根曾經說過，在她獲得力量之前，她對於火焰的畏懼並沒有那麼嚴重。我對於深淵的恐懼也開始於他的目光轉向我的時候。無論禍星做了什麼，無論他是什麼，當他像蠕蟲一樣鑽進某個人的時候，他就將那個人的恐懼放大到了非自然的程度。

當異能者們暴露在他們的恐懼——也就是禍星所憎恨的那些東西之前時，禍星就離開了他們，帶走他們的超能力，也將黑暗一起帶走。

正視恐懼，起了某種作用。一定是的。當你正視自己的恐懼時，發生了什麼？

超能力是我的，梅根曾經說，我才有權擁有它們。

星火啊，這是否意味著梅根抓住了超能力，完全驅逐了禍星？將超能力和黑暗分割開來？

「你們全都編造出那麼多藉口，」禍星說，「你們只要獲得了一點力量，就會拒絕再去看自己是些什麼，」他看著我，「你又是什麼，大衛．查爾斯頓。你一直在隱藏自己，但你不可能愚弄力量的本源。我知道你是什麼。你什麼時候會釋放它？什麼時候會開始毀滅，完成你的使命？」

「永遠不會。」

「胡說！這是你的本性，我已經一次又一次地見證過它了。」他走向我，「你是怎樣做到的？你是怎樣阻擋了我這麼長的時間？」

「所以你才會來找我們？」我問他，「在伊爾迪希亞？就因爲我？」

禍星向我怒目而視。即使是在這個時候，即使已經親眼見到了他的輝煌，我還是保持著他一直給我的那個印象：那個被嚴重寵壞的孩子。

「禍星，」我說，「你必須走，離開我們。」

他哼了一聲，「在工作完成之前，我不被允許離開。他們在這一點上非常明確，在我……」

「在你什麼？」

「你還沒有回答我的問題。」他說，然後又轉回身看著窗外，「爲什麼你要否認你的力量？」

我舔舔嘴唇，心臟劇烈地跳動，「我不能成爲異能者，」我說，「我的父親正在等待著他們……」

「然後呢？」

「我……」我沒能把話說完。我說不出來。

「十一年了，你們的族類還在苟且偷生，」禍星喃喃地說，「是的，你們的數量在縮減，但依然沒有滅絕。我做爲一個孩子，在你們之中生存了十年，直到我逃到這個地方。」

那正是禍星升起的時候，我心想，當他十歲的時候，決定開始給出超能力。

「這裡，」禍星說，「比這個腐爛的世界中的任何地方都更靠近我的家。但……我發現我必須再次下去，去到你們之中。我必須知道。你在這一切中看到了什麼？又過了十一年，我還是無法找到它……」

我低頭看了看仍然抓在手心裡的那根小雷管。我有了我的答案。事實上，它反而引來了更多問題。他是從什麼地方來的？爲什麼他的族類要毀滅我們？他將這一點當成已經做出的決定，那麼做決定的又是誰，原因是什麼？

我可能永遠都得不到這些問題的答案了。我唯一的遺憾就是沒能向梅根道別。我很希望最後能得到她的一個吻。

我的名字是大衛·查爾斯頓。

我按下了按鈕。

我是殺戮異能者之人。

炸彈被引爆了。

# 第四十九章

爆炸將玻璃太空站撕成碎片，強大的熱能和衝擊波在瞬間擊中我，在我的周圍彎曲。它們流入禍星伸出的手掌，就像是水杯吸進吸管。

只是一眨眼之間，太空站在我身後恢復了原狀，破碎的玻璃重新被拼合在一起，光潔無瑕。

我像個白癡一樣站在原地，一遍又一遍地按下雷管的按鈕。

「你以為，」禍星不再看我，「我自己的超能力能夠摧毀我？我覺得這倒是有些詩意。但我是這些力量的主人，大衛。我瞭解它們，清楚它們的複雜機理。是的，我能告訴你伊爾迪希亞是如何運作。是的，我能解釋梅根做了什麼才會跳進其他世界——這其中包括最核心的機率分布和轉瞬即逝的物理變化。而我才是真正不朽的。這些超能力不可能傷害我，不可能對我造成永久性的改變。」

我坐倒在地板上。巨大的壓力徹底壓垮了我，與教授的戰鬥，被滅除偷襲，按下毀滅的按鈕，準備好迎接死亡。

「我一直在想，是否應該直接告訴他們，」禍星在沉思中說，然後他又轉向我，「你們應該理解，你們需要自我毀滅，而你也要知道，我不應該插手你們的事。對於這一點，即使是一些很小的違反——比如被迫為你們製造用於攻擊鋒銳高塔的物品——也會讓我憂心忡忡，這違背了我們的方式。」

「禍星啊，你已經在干涉我們了。你的手插得很深，你讓他們發了瘋！你讓他們毀滅一切！」

他沒有理我。

星火啊……我怎樣才能讓他明白？我怎樣才能讓他看到？正是他導致了黑暗和毀滅，沒有人能夠像他說的那樣，將這些當作是自然發生的事情！

「做爲一個整體，你們毫無價值。」他輕聲說，「你們只會自我毀滅，而我負責見證這一切。我不會像其他人那樣逃避我的責任。我們必須觀察，這是我們的使命，但我絕不會干涉你們，再也不會了。以前我做過錯事，但年輕人的行爲是可以被原諒的。儘管我從來都不曾眞正是一個孩子，但我也曾經有一顆赤子之心。只是你們的世界實在令人震驚，太令人感到恐怖又震驚。」他點點頭，彷彿是在說服自己。

我強迫自己站起身，從腿上的槍套裡抽出手槍。

禍星嘆了口氣，「這就是你對一切的答案，大衛·查爾斯頓？」

「值得一試。」我說著，舉起了槍。

「我包含著這個宇宙的能量。你明白嗎？它們全都是我的。我比你們所謂的高等異能者強大千萬倍。」

「你只是一個怪物，」我說，「我猜，神的力量並沒有讓你成爲一個神，卻只是給了你一把最大的槍，讓你成爲了一個恃強凌弱的惡棍。」

我扣動扳機，子彈甚至沒有射出槍口。

「我除掉了它的力量，」禍星說，「你什麼都做不了——無論是異能者的超能力，還是人類的工藝——都無法傷害我。」他猶豫了一下，「然而你自己卻沒有這樣的保護。」

「嗯……」我說。

隨後我跑了起來。

「眞的？」他在我身後問，「這就是我們要做的？」

我衝出那間艙室，沿著我走過來的路線倉促飛奔。很難想像這個地方曾經沒有重力，人們根本無法在這裡的地面上行走。

我跑到了自己最初來到這裡的艙室，前面沒路了。

禍星突然出現在我身邊。

我吞了一口口水，卻還是口乾舌燥。「你不能干涉人類，對不對？」

「當然，大衛。」禍星說，「但你曾經打破這座太空站，我不需要……因爲你導致的自然結果而拯救你。這個地方其實也很脆弱。」他微笑著說。

我撲倒在地，抓住了一個把手——我的動作非常及時，一個巨大的窟窿突然出現在艙室側面，強風驟然吹起。

「再見，大衛·查爾斯頓，」禍星說著，走過來踢了一腳我的手指。

一道光在艙室中閃現。

有人狠狠一拳砸在禍星的臉上，讓他躺倒在地。席捲一切的氣流停住，我用力吸了一大口氣，抬頭看著新出現的這個人。

教授。

他穿著黑色實驗室外衣，眼裡已經全然沒有了我離開他時的那種茫然，取而代之的是果決和絕對的勇氣。

「你，」還倒在地板上的禍星說，「我已經取回了你的力量！」

教授拉開他的實驗室外衣，裡面正是騎士鷹製造的那件馬甲。它被緊急修復，引擎也重新裝在上面。

「沒用的！」禍星說，「如果我收回它們，那就不會再有用了。它……我……」他困惑地看到一片力場擋住了破損的玻璃牆，上面還閃爍著綠光。

教授向我伸出手。

我寬慰地吐出了一口氣，握住他的手問：「感覺如何？」

「很糟糕，」他低聲說，「謝謝你帶我回來。我恨你這麼做，大衛，但謝謝你。」

「我沒有帶你回來，」我說，「是你正視了它，教授。」我突然明白了——當教授將這些引擎綁在自己的身上，在那一切之後依然試圖拿回自己的力量時，他正視了自己的失敗，並且願意冒險再次承受失敗。他做到了。

他贏得了自己的力量，就像梅根一樣。他將黑暗從超能力上剝離、趕走，同時牢牢掌握住了自己的超能力。

教授的超能力現在屬於他，而不是禍星。綁在他身上的引擎已經毫無意義。

教授抓住我，也許是想要將我們傳送走，但一陣怪異的波動突然撞擊我們，把我們打倒在地。禍星再一次開始發光，紅色的光芒燒灼著我的眼睛。他說話了……星火啊，那聲音，不屬於人類，甚至根本不眞實。

教授手中的一樣東西開始顫抖。隨著禍星抬手一指，它化成了虛無。

「那是什麼？」我在禍星恐怖的尖嘯聲中問教授，現在禍星說的語言我一點也聽不懂。

「我們的逃生方法，」教授說，「跑。」

是傳送引擎。天哪，我倉皇地爬起身。教授在我們和禍星之間豎起一道力場，但只是一下

心跳的時間裡，那道力場就消失了。和他作戰是不可能的，這——

一股看不見的力量將我摔在地上。禍星閃耀著，抬起他的雙手，一道光柱出現在他的手中，然後向我疾射過來。

光芒再次閃動，光柱消失了。

梅根站在艙室裡，一隻手捏著滅除的喉嚨，而滅除顯然無法呼吸。我驚訝地張大了嘴。梅根將滅除扔到一旁——滅除很快就消失了，不是像他平時那樣化成光芒的殘像，而是身影迅速消褪。梅根抬起槍，向禍星射擊。同樣沒有任何效果，禍星這時又開始用那種奇怪的語言尖叫起來。

梅根罵了一聲，蹲在我身邊問：「計畫？」

「我……梅根，妳是怎樣……」

「很容易，」梅根一邊說一邊開槍，「抓住另一個次元的滅除，給他看這個地方的照片，讓他帶我到這裡來。他在那個世界裡還是個愣仔，細節我以後再和你說。現在……計畫是什麼？」

計畫。

有時候，只有到了最後關頭，你才知道你需要什麼。

「把我們兩個送走，」我一邊說，一邊踉蹌著站起來，「把禍星和我送進熾焰的世界——

但拜託，不要在外太空裡。送我們去熾焰那裡，無論他在哪兒。」

「大衛，禍星會殺死你！」

「拜託，梅根，請相信我。」

梅根緊緊抿起嘴唇。當我在抖動的艙室中搖搖晃晃地向禍星衝過去時，她施展了自己的力量。

我抓住禍星，兩個人一起滑進了另一個地方。

# 第五十章

我們落在伊爾迪希亞的一個屋頂上，距離地面上一個還在冒煙的大洞不遠。夜幕已經降臨，黑暗覆蓋了鹽之城。但我認得這個地方。我們就是在那個大洞下面與教授決戰的。

一開始，我覺得可能是什麼地方出了錯。我們眞的進入了另一個次元？但這裡的確和我的世界有所不同。這個大洞看上去更像是因爲爆炸而形成的，而不是碎震器能量，這裡的屍體也少得多。

我轉過身，發現禍星正氣勢洶洶地等著我。他舉起雙手，召喚光柱。

「我可以讓你看看，」我悄聲說，「我們在這個地球上看到的是什麼。你說你很好奇，我能讓你看到一些你願意去看的。我向你保證。」

他給我一個冷笑。但根據我的觀察，他的怒火似乎平息了下來。就像……嗯，就像異能者沒有了超能力。

「你很好奇，」我說，「我知道。難道你不想搞清楚，也不再讓好奇心繼續騷擾你？」

「呸，」他斥了一聲，但還是放下雙手，變回竊賊。當然，他一直都是竊賊，但現在至少不發光了。他的皮膚恢復成人類的色澤，長袍也變成了他常穿的襯衫和寬鬆長褲。

「你想在這裡幹什麼？」他向周圍掃視了一圈，「這是另一個機率分布的核心，對不對？一個和你們毗鄰的次元。你知道，我能輕易把我們送回去。」

「灰塵啊！」是熾焰在說話。我轉過頭，看見他正在旁邊一棟樓頂上，他的身邊還站著塔維。熾焰向我們跳過來，身後還跟隨著一道火焰。塔維則留在原地，審視著我。「他在這裡！」熾焰明顯是在對他的手機說話。他是怎樣找到一支不會被火燒壞的手機？「是的，就是他。」

「你能叫來那個想要見我的人嗎？」我問熾焰，同時向禍星瞥了一眼。

「噢，不必擔心，」熾焰說，「他正趕來這裡。」

「這個地方有一些怪異的感覺，」禍星抬起頭，斜睨天空，「有些不對……」

「這是一個你離開的世界，禍星。」我說，「在這個世界裡，有些異能者不進行毀滅，他們會保護世人，對抗那些製造殺戮的異能者。」

「不可能，」他轉頭看著我，「你說謊。」

「你瞭解你的超能力，」我說，「你知道梅根做了什麼。你親口告訴我，你是所有超能力的主人。你曾經要求我否認我自己，但我沒有，我不會再那樣做——儘管我也是屬於你們的一員。現在輪到你了！你敢不敢否認你所見到的？否認這個地方，這種可能的存在！」

「我……」禍星似乎陷入了困惑。他向黑暗的天空抬起頭，注視禍星應該在的位置，「我……」

強光探照燈照亮了附近的區域。人們正在熾焰和他的團隊戰鬥過的地方搜尋倖存者。在我們下方，當人們看到站立在我身邊的是熾焰，都發出了歡呼。

星火啊，他們在向一名異能者歡呼。

「不……」禍星說。他看著熾焰，又看看下方的人群，「這一個一定是……他一定是特例……就像你的梅根……」

「是嗎？」我轉頭環顧周圍，很快就發現了一個從城市中升起的人影。那是我一直在等待的人。他如飛箭一般射向我們，斗篷在身後飄揚。我太熟悉他的身形了。

我抓住禍星的衣領，向他吼著：「看看那裡！看看異能者沒有受到你的俯視的地方，看看那個過來的人，那原本是他們之中最恐怖的一個。在我們的世界裡，他是殺人犯、是毀滅者。看看吧，禍星，鋼鐵心是一位英雄！」

在我手指的方向，那個人影已經落在了樓頂上。

「那……」禍星說，「那不是鋼鐵心。」

什麼？

我轉頭細看那個人。輝煌的銀色斗篷，寬鬆的黑褲子，一件套頭衫繃緊在強健有力的軀幹上。那正是鋼鐵心的裝束，但現在那身衣服的胸前多了一個標誌。這是它在這個世界唯一的區別。

而那個人的臉……那張臉只屬於一位和善的人，而不是一個暴君。渾圓的五官、稀疏的頭髮、燦爛的笑容，還有那雙善解人意的眼睛。

布蘭恩．查爾斯頓。

我的父親。

# 第五十一章

「大衛，」父親喃喃地說，「我的小大衛……」

我說不出一個字，身體一下都動不了。是他。在這個世界裡，我的父親是異能者。而且，在這個世界裡，我的父親正是那位異能者。

他猶豫著向前邁出一步，這個略顯膽怯的動作由一個有著雕像般身材、肌肉發達、威嚴而強大的異能者做出來，顯得格外不協調。「噢，兒子，我很抱歉，我眞的很抱歉。」

我放開禍星，心中充滿驚愕。父親又向前邁出一步，我和他擁抱在一起。

一切都傾瀉而出。憂慮、恐懼、挫敗和令人麻木的疲憊，全都隨著滂沱的淚水釋放而出。我釋放出了十年的痛苦和哀傷，十年的失落。他緊緊抱住我，不管是不是異能者，他的氣味都只屬於我的父親。

「兒子，」他抱住我，在哭泣中說，「我殺死了你，我不是有意的。我拚命想要保護你、挽救你。但你死了。你還是死了。」

「我任由你去死，」我悄聲說，「我沒有幫助你，沒有站出來。我看著他殺死了你。我是一個懦夫。」

我們的話語雜亂無章，但在這一刻，一切都是對的。我在父親的臂膀中。這不可能，卻千眞萬確。

「但……那才是他。」禍星在我身後低聲說，「我能看到那股能量。一模一樣的能量。」

我終於放開父親，但他還抓著我的手臂，彷彿要保護我。禍星則再一次盯住了天空。

「你把他帶到了這裡？」我的父親問。

禍星心不在焉地點點頭。

「謝謝你，英雄。」我的父親說。就算在母親去世之前，我也從沒有見到他如此充滿信心，「謝謝你給我帶來這件禮物。在你們的世界裡，你一定是一位偉大的人，擁有無與倫比的同情心。」

禍星看著我們，皺起眉。他的眼睛盯住我父親，轉向我，又轉回去。

「永恆之星啊，」禍星悄聲說，「我看到了。」

我感覺自己在漸漸消失，梅根的力量快耗光了，我們很快就要回去。

我又抓住我的父親，向他說：「我要走了。對此我無能爲力。但……父親，我原諒你。請記住，我原諒你。」這句話其實不必說出口，但我知道，我必須這樣說。

「我原諒你。」父親的眼中飽含著淚水，「我的大衛……知道你還活在另一個地方，這已經足夠了。」

世界消失了，連同我的父親。我以爲我會痛苦、失落，心中充滿別離的悲傷——但我感覺到的只有平靜。

他是對的。這已經足夠了。

禍星和我重新出現在玻璃太空站中。梅根和教授已經做好了準備，她舉著手槍，教授身邊環繞著光矛。我抬起雙手，阻止了他們。

禍星依然保持著人類形態，沒有變回去，就這樣跪在玻璃地面上，眼神呆滯茫然。一點紅色的光芒終於從他的身上升起。他看著我們。

「妳是邪惡的。」他說，語氣幾乎是在哀求。

「我不是。」梅根回答。

「你會……你會摧毀一切……」他說。

「不，」教授的聲音粗嗄剛硬，「我不會。」

禍星的注意力轉向和兩名同伴站在一起的我。

「你的腐蝕還不夠，」我說，「你的恐懼還不夠，你的憎恨還不夠。我們不會作惡，禍星。」

他用手臂緊緊抱住自己的身體，開始顫抖。

「你知道這其中的區別是什麼嗎？」我問他，「我們的超能力爲什麼會和你分離？因爲我們都有過同樣的經歷。梅根衝進一棟燃燒的房屋，我衝進深深的海洋，艾蒙德戰勝了惡犬，教授闖進這裡，這並不僅僅是正視自己的恐懼……」

「……還需要闖過它們的阻撓，」禍星悄聲說著，目光從我又轉向另外兩個人，「去拯救別人。」

「這就是你害怕的？」我輕聲問他，「我們並不是你想像的那樣？你害怕知道，在內心深處，人類並不是怪物？我們的確擁有善良的本質？」

他盯著我，然後癱倒下去，在玻璃地板上蜷起身體。在他體內的紅光熄滅了，然後——就像剛才那樣，他漸漸消失，直到我們面前一無所有。

「我們……殺死他了？」梅根問。

「很接近。」我說。

太空間站開始顫抖，然後猛然傾斜。

「我早就知道這東西位置太低，沒有足夠的速度穩定在軌道上！」教授喊著，「星火啊，我們需要傳訊給蒂雅，然後……」他的臉色一下子變得煞白。

整個太空站劇烈地抖動著，將我們甩到天花板上。禍星一直支撐著這個地方，現在它開始碎裂，周圍的玻璃全都因爲內部高壓而出現了蛛網般的裂紋。只過了幾秒鐘，我們便垂直向地球落去。太空站開始在我們的身邊粉碎。

但我出奇地平靜。

在另一個世界裡，我的父親的襯衫上有一個標誌。一個我所熟悉的標誌——S形的紋章，它有著特殊的意義。

忠貞者的標誌。

等著瞧吧，英雄會現身的。

我鼓起了體內的力量。

# 尾聲

我坐在山坡上、墜落的太空站陰影下面。我們下墜的時候，我把它變成了鋼鐵。完成這個變化之後，我從它的一個窟窿裡鑽出來，將它撐住，減慢下落的速度，引導它脫離死亡螺旋，最終將它放在這裡。

嗯……其實它是狠狠摔在了這裡，飛行比人們的想像困難得多。在半空中，我就像是十七頭老海象努力地想要用活箭魚玩雜耍。

也許需要好好練習一下。

梅根走過來，像以往任何時候那樣美豔無方，儘管她的臉上能看到一些，呃，因爲剛才不夠平穩的降落而出現的瘀傷。她坐下來，抱住我的手。

「那麼，」她說，「你終於打算使用超能力了？」

「不知道，」我活動了一下身體，「這曾經是鋼鐵心的，也是我父親的。也許我會習慣這些超能力。」

「這應該能彌補你糟糕的接吻技巧。」

「嘿，要改進這個問題，妳就應該讓我多練習。」

「知道了。」

根據騎士鷹的定位結果，我們正在澳洲的某個地方，他已經派直升機來接我們。不過等直升機到來還有幾個小時。我現在還不太相信憑我的飛行能力可以平安返回北美洲。

我朝山丘的另一側點點頭。「他的情況如何？」

「很糟。」梅根說著，向教授的身影望了一眼，教授正仰頭望著天空。「他必須接受這一切，就像我一樣。我們被黑暗吞噬的時候所做的一切……嗯，那些事感覺上就像我們自己的行爲。有時候像是夢，但依然是我們的選擇。我們甚至還能記得自己因爲那些事而感到歡愉……」

她打了個冷顫。我把她拉進懷中。從此以後，教授再也不會和原先一樣了。但我們又有誰還會一樣？

「他還有超能力嗎？」我問，「就像妳一樣？」

梅根點點頭，向手機瞥了一眼，「亞伯拉罕和柯迪的狀況算是不錯，只是教授需要讓亞伯拉罕的手臂重新生長出來。還有……嗯……你應該看看這個。」她給我看了一段騎士鷹發來的訊息。

「蜜茲？」我問。

「星火啊，我倒是很想知道她會如何看待自己成爲了一名異能者。」

梅根點點頭。

「嗯，沒有了黑暗……」梅根聳聳肩。

從我們現在的感覺判斷，黑暗的確是徹底消失了。梅根仍然認爲禍星會回來，我卻不這麼想。

一道閃光出現在我們面前，凝聚成一個戴眼鏡、留山羊鬍、穿軍用長外衣的人。

「啊！」滅除說，「你們在這裡。」他收起了拿在手中的手機。

嗯，也許我們不需要直升機了。我深吸一口氣，滿懷希望地站起身，帶著微笑向滅除伸出手。

他從鞘中抽出長刀——是的，他還佩著長刀——用刀尖指住我。「你做得很好，應該得到賜福。是你將龍逐出了天空。我會給你一個星期的時間恢復，我的下一個目標是多倫多。你會在那裡見到我，我們可以看看我們的衝撞會產生出怎樣的結果，騎士。」

「滅除，」我用懇求的語氣對他說，「禍星已經離開了。」

「是的。」他一邊說，一邊收刀回鞘。

「黑暗也消失了，」我繼續說，「你不必再做壞事了。」

「我並沒有作惡，」他回回答，「我感謝你和我分享了你的祕密，鋼鐵殺手。因此我才能知道為什麼黑暗在五年前離開我，那時我正視了自己的恐懼。從那以後，我便擺脫了它。」他向我點點頭，「『祂在伊甸園的東邊安設基路伯和四面轉動發火焰的劍，要把守生命樹的道路。』」

轉瞬之間，他化作如同白瓷般的光芒殘像，消失了。

「禍星啊，」我頹然坐倒在地上，「禍星啊。」

「要知道，」梅根說，「我們也許需要想一個新的口頭禪了。」

「我本來希望禍星消失之後，也許滅除會成為好人、加入我們。」

「他們是人。」梅根說，「可以自由選擇的人，大衛。本來就是這樣。這意味著他們之中有些人還是會自私，會不講道理，會犯下罪行。」

她坐到我身旁，「我已經好了，可以做些事情了。」

我笑著說，「練習！」

她翻了翻白眼，「我不反對，阿膝，但我想要運用一下我的能力。」

噢，是的，我明白。

「你還想試一試嗎？」她問。

「是的，絕對想。他肯定在等我。」

「好的，坐穩。」

片刻之後，我回到了另一個世界。就在我們讓太空站落地的時候，我已經回來過一次了。我一下子出現在他們面前，讓他們知道我剛才的拜訪並不是結束——但我只能停留很短一段時間。梅根已經累了。

不過在我離開之前，我已經安排好了這個見面地點。我的父親站在一座建築物的頂端：鋒銳高塔。在他的世界裡，它沒有被摧毀。我向他走過去，注意到他飄揚的斗篷。看看那些漫畫書對你造成了什麼樣的影響。胸前有了標誌，還有別的嗎？星火啊，他可眞是個呆子。

有其父必有其子，我猜想。

他看見了我，立刻帶著燦爛的微笑向我轉過身。我猶豫著向他走去。十一年了——這是很長一段時間，我們該如何開始？

「嗯，」我說，「梅根覺得這一次她能做得更好。黑暗消失了，所以她能堅持得更久。而且距離那場戰鬥已經有了一段時間，經過休息，她恢復了不少體力。她認爲能給我們足足十五分鐘，甚至可能有半個小時。」

「很好，很好。」父親說。他的言談還顯得有些笨拙，「嗯，熾焰告訴我，你和我有著同樣的超能力。」

「是的。」我說，「能量波、無敵，噢，還有將物質轉變成鋼鐵。雖然我不太能確定最後這一項有什麼用。」

「它會給你帶來驚喜的。」父親說。

「我還需要熟練這些能力。順便說一句，飛行對我來說尤其是個問題。」

「飛行首先是一種技巧。」

我們面對面站著，不知道該說些什麼。最後，父親向屋頂邊緣的欄杆點點頭，「你……也許……想讓我教教你？」

我露出微笑，感覺心中一下子充滿了溫暖。「爸爸，這是我最想要的。」

（全書完）

# 致謝

寫致謝詞是我爲每一本書做的最後一件事。我坐在這裡，時間已經是十一月的一個深夜。我開始將這個系列做爲一個完整的故事來回想。在我的小說中，《鋼鐵心》是靈感來源最爲隨興的一本。它的整個故事線幾乎都是我在東海岸爲《迷霧之子》進行巡迴宣傳中，一次長途駕駛時構思出來的。

那時是二〇〇八年。現在是二〇一五年，時間過去了七年，將這個故事帶給大家的那段旅程實在是太令人滿意了。這篇致謝列出的朋友都爲這個故事出了很大的力，但我還是想要向你們所有人致上特別深摯的感謝，感謝你們和我一起走過這段瘋狂的旅程。讀者們，無論是新讀者還是老讀者，有緣閱讀這個系列故事的大家，我也要向你們致上最眞誠的感謝。你們給了我繼續做夢的方法。

就讓我的感謝像雪球一樣繼續滾下去。我的審判者團隊讓我的人生變得無比精彩。Krista Marino是德拉科特出版社負責這一系列書的編輯，這個系列的成功要歸功於她，她正是最早爲這個系列提出各種建議的人；我還想要感謝Beverly Horowitz，感謝她的睿智和指導，她是這套書在出版方面的支持者。

我還要感謝藍燈書屋的Monica Jean，Mary McCue，Kim Lauber，Rachel Weinick，Judith Haut，Dominique Cimina和Barbara Marcus，還有這本書的版本編輯Colleen Fellingham。

當我終於開始寫下這個故事的時候，我的經紀人Joshua Bilmes第一個讀了它的最初版本，知道它將變成多麼酷的一個系列——他一直都非常有耐心；我的另一位經紀人Eddie Schneider負責這些書的出版談判，他英勇地向世人展現出了它們的精彩；在經紀人工作中我還應該感謝的有Sam Morgan，Krystyna Lopez和Tae Keller。

我還想要向我的英國代理人高聲致謝，芝諾代理商John Berlyne。這本書的英國編輯是Simon Spanton，一位傑出的獨立編輯以及英國出版業給我這個機會的第一個人。

我自己的團隊包括從不漫不經心的Peter Ahlstrom，他是我的副手和編輯主任，在這本書的內容梳理和校訂工作中出力良多，另外他還做了許多內部的編輯工作。像以往一樣，Isaac Stewart幫助我們繪製了插畫。我的執行助手是Adam Horne。Kara Stewart值得爲了打理我們的網路商店而得到我的感謝（順便說一下，我們的網路商店中有許多好東西販售中）。

我在這個項目上的寫作團隊包括Emily Sanderson，Karen & Peter Ahlstrom，Darci & Eric James Stone，Alan Layton，Kathleen Dorsey Sanderson，Kaylynn ZoBell，Ethan & Isaac Skarstedt，Kara & Isaac Stewart和Ben Olsen，世界的毀滅者們。

特別感謝我們在亞特蘭大的外景團隊Jennifer & Jimmy Liang，他們像超級間諜一樣爲我們偵查城市景觀，並對一切與這座城市相關的內容提供評注。這本書的Beta版讀者有Nikki Ramsay，Mark Lindberg，Alyx Hoge，Corby Campbell，Sam Sullivan，Ted Herman，Steve Stay，Marnie Peterson，Michael Headley，Dan Swint，Aaron Ford，Aaron Biggs，Kyle Mills，Cade Shiozaki，Kyle Baugh，Justin Lemon，Amber Christenson，Karen Ahlstrom，Zoe Hatch，和Spencer White。

我們的校訂團隊包括上面的許多朋友，另外還有Bob Kluttz，Jory Phillips，Alice Arneson，

Brian T. Hill，Gary Singer，Ian McNatt，Matt Hatch，and Bao Pham。

當然還有愛蜜麗，達林，喬依和奧利佛提供的精神支援，這三個小男孩特別給予了我許多關於超級英雄和應該如何對待他們的評論。

這是一次狂野的、令人難以置信的旅程，再次感謝你們和我一起走完它。

布蘭登・山德森

# 中英名詞對照表

## A

Abigail Reed　阿比蓋爾．裡德

Abraham Desjardins
亞伯拉罕．德雅爾丹

Absence　虛無

Advavced Stealth Explostves
超級詭雷

Air Pressure Control
空氣壓力控制

Aladdin　阿拉丁

Amala　亞瑪拉（異能者）

Annexation　大併吞

Ardra Riot　阿陀羅暴動

Armsman　武裝人

Atlanta　亞特蘭大

Australia　澳大利亞

## B

Babilar　巴比拉

Babylon Restored　新巴比倫

Backbreaker　斷背（異能者）

Bahrain　巴林

Barchin　巴爾欽

Bastion　堡壘

Beagle　小獵犬街

Bilko　畢爾科

Blain Charleston
布蘭恩．查爾斯頓

Blastweave
爆炸編織（異能者）

Bob's Cathedral　鮑勃大教堂

Bowels of Newcago
新芝加哥的鋼鐵陵墓深處，新芝加哥深處

Brainstorm
頭腦風暴（異能者）

Brick-oven-blenders　攪磚器

Bummer　混帳

Burgh of Edin　愛丁城堡

Burnley Street　伯恩利街

Burrow　地下居住區

## C

Calaka　柯拉卡

Calamity　禍星

Caliph　哈裡發區

Calling War　呼戰者

Canadian　加拿大人

Capitulation Act　投降法案

Carla　卡拉

Central Park Bay
巴比拉中央公園海灣

Charleston　查爾斯頓

City Island　城市島

Clapper　擊掌（異能者）

Cody　柯迪

Conflux　匯流（異能者）

Congregation　王權集團

Core　基礎小隊

Creer Boys
人生男孩（異能者）

Crooknecks　長頸南瓜

Crossmark　十字

Crystal grower　晶體生長器

## D

Danger sense　危險感知

Datapad　數位平板

Darkness Infinity　黑暗無限
（異能者）

Darren　達倫

David Charleston
大衛・查爾斯頓

Dawnslight　曦光（異能者）

Daystorm　晝風暴（異能者）

Dead Drop　死降（異能者）

Dean Knighthawk　騎士鷹院長

Deathpoint
奪命手指（異能者）

Demo　演樣（異能者）

Denver　丹佛

Devin　德溫

Dialas　迪亞拉斯

Diamond　鑽晶（異能者）

Didgeridooing　迪吉裡度

Diggers　挖掘工

Digzone　掘場（異能者）

Dimensional Double　空間雙體

Dimensional Rifting　次元裂隙

Dimensional Shadows
次元影像

Dimensionalist　次元控制者

Ditko Place　迪特可公寓

Donny "Curveball" Harrison
「曲球」唐尼・哈里森

Dorry Jones LLC
多利瓊斯有限公司

Doug　道格

Downtown Newcago
新芝加哥下城區

Dowser　占卜儀

Dragdown　拖曳（異能者）

Dragonsteel Think Tank
龍鋼智庫

Drone　無人機

Dublin　都柏林

Durkon's Paradox　杜康矛盾

Duskwatch　暮醒（異能者）

Dynamo　發電機（異能者）

## E

Earless　無耳（異能者）

Eastborough　巴比拉東區

Eddie Macano　艾迪・馬加諾

Edinburgh　愛丁堡

Edmund Sense
艾蒙德・桑斯（異能者）

Edso　艾德索

El Brass Bullish Dude
艾爾布拉公牛老兄

Emiline Bask　愛米琳・巴斯克

Enforcement　執法隊

Epics　異能者

Esmeralda　愛思美拉達

Exel　艾克賽爾

## F

Fabergé　費伯奇（異能者）

Faithful　忠貞者

FAMAS G3 assault rifle
法瑪斯G3突擊步槍

Faultline　斷層（異能者）

Finger Street　小指街

Finkle Crossway
芬克爾十字路口
Firebomb 燃燒彈
Firefight 熾焰（異能者）
First wave 第一波
Flash and Bump
一躲一撞作戰方案
Flash-shot 極速彈
Forcefield 能量場（異能者）
Forcefield Projection 力場投放
Fortuity 奇運（異能者）
Fractured States 破碎合眾國
Frewanton 佛裡汪頓街
Fuego 菲戈

## G

Gauss gun 高斯槍
Georgi 喬治
Gibbons 吉本斯街
Gifter 賦予者
Gottschalk 哥特沙克爾
Gravatonics 抗重力墊
Great Falls 大瀑布城
Great Transfersion 大轉變
Groovy 帥呆
Gyro 迴旋（異能者）

## H

Handjet 手部噴嘴
Hanjah 漢加爾（異能者）
Hardcore 硬核（異能者）
Hardman 哈德曼
Harmsway 急救星
Havendark Factory
避難夜工廠
Haven Street 港口街
Hawkham 鷹含（異能者）
Heal 治療
Helium 氦氣（異能者）
Herman 赫爾曼
Hideout 藏身之地
High Epic 高等異能者
Highlander 蘇格蘭高地
Hot-wire 熱線
Houston 休士頓
Howard Righton

霍華德・萊頓

Hudson River　哈德遜河

Hydromancer　占水師

## I

Ides Hatred　仇恨女神

Idolin　伊德林

Ildithia　伊爾迪希亞

Illusionist Epic　幻象異能者

Imager　顯像儀

Impervious Skin　鋼鐵皮膚

Infinity　英菲妮蒂

Inkom　英克姆

Inkwell　墨水井（異能者）

Inshallah

聽天由命（異能者）

Instabam　快印（異能者）

Insulation　絕緣（異能者）

Invocation　啓明星

## J

Jacob Pham

雅各・範（異能者）

Jehovah　耶和華

Jennings　詹寧斯

Johnson Liberty Agency

強森自由保險經紀

Jon　喬恩

Jonathan Phaedrus（Jon）

喬納森・斐德烈斯（喬）

Jori　喬瑞

Judge Regalia　律法王權

## K

Kansas　堪薩斯

Kinetic Energy Epic

動能能量異能者

Knighthawk Foundry

騎士鷹鑄造廠

Knees　阿膝

Knoxx　諾克斯

## L

Larcener　竊賊（異能者）

Large Dispersal Rule

大分散規則

leviathan　力維坦

Lifeline　生命線（異能者）

Lightning　雷電

Limelight　綠光（異能者）

Lincoln　林肯（異能者）

Linguistic Powers
　語言學超能力

Loch Ness　尼斯湖

London　倫敦

Loophole　漏洞（異能者）

Lorist　學究

Lulu　露露

## M

Mad Pen　瘋圍欄（異能者）

Manny　曼尼

Marco　瑪律科

Marston　馬爾斯頓街

Martha　瑪莎

Mayor Briggs　市長布麗格絲

Megan Tarash　梅根・塔拉斯

Mental Illusionist　心靈幻術者

Middle Grasslands　中草原區

Minor Epic　低等異能者

Missouri Williams（Mizzy）
蜜蘇麗・威廉姆斯（蜜茲）

Mitosis　有絲分裂（異能者）

Mobile　手機

Modern Bullet　現代子彈

Morocco　摩洛哥

Mother and Child　母子炸彈

Mother Switch
　母子炸彈之母開關

Motivator　引擎

Moulton　莫爾頓街

Mr. Desjardins　德雅爾丹先生

Multidirectional Wheel　全向輪

Murkwood
　幽暗森林（異能者）

## N

Nashville　納什維爾

Natural Ability　本體能力

Neon　霓虹燈（異能者）

Newton　牛頓（異能者）

Newcago　新芝加哥

Night's Sorrow
　夜愴（異能者）

Nightwielder　夜影（異能者）

Nodell　諾德爾街

## O

Obliteration　滅除（異能者）

Omaha　奧馬哈市

One Who Dreams　夢想之人

Oregon　奧勒岡州

Overseer　監督

## P

Pain Manipulation　操縱痛苦

Paris　巴黎

Pâtissier　糕點師

Paul Jackson　保羅・傑克森

Perseus　柏修斯

Photon-Manipulators

光子操縱者

Pink Pinkness

粉嫩嬌（異能者）

Point man　前哨

Portland　波特蘭

Powder　超能（異能者）

Power Cell　能量電池

Power Duality　異能雙重性

Precognition　預知

Prime Invincibility

基礎無敵能力

Prof.　教授

Punjabi　旁遮普

Puños de Fuego

普洛斯・德・菲戈

## Q

Quicksilver Globe　水銀球

## R

Reckoners　審判者

Redleaf　赤葉（異能者）

Refractionary

折射光（異能者）

Regalia　王權（異能者）

Regeneration　再生

Rending　分裂啓元

Revokation　撤銷（異能者）

Rick O'Shea　瑞克・奧謝

Ripple　漣漪

Romerocorp　羅梅羅企業

Rose 羅絲

Roy 羅伊

Rtich 拉提蚩（異能者）

Russian 俄羅斯人

## S

Sacramento 沙加緬度市

Sam 山姆

Scavenger 拾荒者

Schuster Street 舒斯特街

Scotsman 蘇格蘭人

Scottish 蘇格蘭

Secondary Power 次要能力

Self-reincarnation 自我轉世

Shadowbligh 枯影

Shapeshifter
變形者（異能者）

Sharp Tower 鋒銳高塔

Shewbrent Castle 設布倫特堡

Shoving 潮湧

Siberia 西伯利亞

Siegel Street 西格爾街

Slontze 愣仔

Snowfall 雪崩

Soldier Field 軍人球場

Soomi 蘇米

Sourcefield
能源場（異能者）

Spatial distortion 空間畸變

Specks 灰塵啊

Spitfire 噴火式

Spritzer 史賓澤

Spynet 監控網

Spyril 諜眼

St. Joseph 聖約瑟夫

Static 靜電（異能者）

Streambeam 流量波束

Stormwind 風暴（異能者）

Steelheart 鋼鐵心（異能者）

Steelslayer 鋼鐵殺手

Steve 斯蒂芬

Strongtower 強塔（異能者）

Super Reflexes 超快反應

Suzy 蘇西

## T

Tag 標籤

Tavi 塔維

Team Black 黑色小隊

Team Hip 前衛小隊

Team One 第一小隊

Tensor 碎震器

Tensor Suit 碎震器套裝

Terms 術語（異能者）

Texas 德克薩斯

Thang 一串兒

Thaub 托布（異能者）

The Abstract Man
抽象人（異能者）

The Coven 巫師會

The Reeve Playhouse
李維劇場

Tia 蒂雅

Tier System 分層系統

Toronto 多倫多

Transference Epic
能力轉移異能者

Tree Stand 樹架

Trenton 特倫頓

Turtle Bay 海龜灣

## U

Understreets 地下街道

Underwriter 貸款審核員

## V

Valentine（Val）
瓦倫汀（瓦珥）

Vincin 文森

## W

Wales 威爾斯

Waterlog 透水（異能者）

West Virginia 西維吉尼亞

Wipe 塗銷（異能者）

Wire Climbers 攀索器

Wooden Soul 木靈（異能者）

Workshop 廠房

## Y

Yunmi Park 雲美・派克

家圖書館出版品預行編目資料

刂者傳奇3：禍星／布蘭登・山德森
randon Sanderson）著; 李鐳譯 - 初版 - 台北
奇幻基地, 城邦文化出版：家庭傳媒城邦分
刂發行；民105. 10
公分. -（BEST嚴選：088）
澤自：Calamity
SBN 978-986-93504-1-9
.57 105016201



978-986-93504-1-9

d in Taiwan.

BEST嚴選 088

# 審判者傳奇3：禍星（完結篇）

原著書名／Calamity
作　　者／布蘭登・山德森（Brandon Sanderson）
譯　　者／李鐳
企劃選書人／王雪莉
責任編輯／王雪莉
行銷企劃／周丹蘋
業務主任／范光杰
行銷業務經理／李振東
總編輯／楊秀真
發行人／何飛鵬
法律顧問／台英國際商務法律事務所　羅明通律師
出版／奇幻基地出版
城邦文化事業股份有限公司
台北市 104 民生東路二段 141 號 8 樓
電話：(02)25007008　傳真：(02)25027676
網址：www.ffoundation.com.tw
e-mail：ffoundation@cite.com.tw
發行／英屬蓋曼群島商家庭傳媒股份有限公司城邦分公司
台北市 104 民生東路二段 141 號 11 樓
書虫客服服務專線：(02)25007718・(02)25007719
24 小時傳真服務：(02)25170999・(02)25001991
服務時間：週一至週五09:30-12:00・13:30-17:00
郵撥帳號：19863813　戶名：書虫股份有限公司
讀者服務信箱 e-mail：service@readingclub.com.tw
歡迎光臨城邦讀書花園　網址：www.cite.com.tw
香港發行所／城邦（香港）出版集團有限公司
香港灣仔駱克道 193 號東超商業中心 1 樓
電話／(852) 2508-6231　傳真／(852) 2578-9337
e-mail：hkcite@biznetvigator.com
馬新發行所／城邦（馬新）出版集團　Cité (M) Sdn Bhd
41, Jalan Radin Anum, Bandar Baru Sri Petaling, Lumpur,
57000 Kuala Lumpur, Malaysia.
Tel: (603) 90578822　Fax:(603) 90576622
e-mail：cite@cite.com.my

封面設計／莊謹銘
文字編輯／李律
排　　版／極翔企業有限公司
印　　刷／高典印刷有限公司
■2016 年（民 105）9 月 29 日初版
■2021 年（民 110）1 月 18 日初版7.5刷

售價／360元

| 廣 告 回 函 |
| --- |
| 北區郵政管理登記證 |
| 台北廣字第000791號 |
| 郵資已付，免貼郵票 |

104台北市民生東路二段141號11樓

**英屬蓋曼群島商家庭傳媒股份有限公司城邦分公司 收**

請沿虛線對摺，謝謝

奇幻基地

每個人都有一本奇幻文學的啓蒙書

奇幻基地官網：http://www.ffoundation.com.tw
奇幻基地粉絲團：http://www.facebook.com/ffoundation

書號：**1HB088** 書名：審判者傳奇3：禍星（完結篇）

15 annual

# 奇幻基地15周年龍來瘋慶典

**集點好禮獎不完！還可抽未來6個月新書免費看！**

活動期間，購買奇幻基地作品，剪下回函卡右下角點數，集滿點數，寄回本公司即可兌換獎品&參加抽獎！

## 集點兌換辦法

2016年06月起至2017年12月20日前(郵戳為憑)，奇幻基地出版之新書，剪下回函卡右下角點數，集滿點數貼至右邊集點處，寄回奇幻基地，即可兌換贈品(兌換完為止)，並可參加抽獎。

## 集點兌換獎品說明

5點：「奇幻龍」書擋一個（寬8x高15cm，壓克力材質)

10點：王者之路T恤一件 (可指定尺寸S、M、L)

## 回函卡抽獎說明

1.寄回集滿5點或10點的回函卡，皆可參加抽獎活動！回函卡可累計，每張尚未被抽中的回函卡皆可參加抽獎。寄越多，中獎機率越高！

2.開獎日：2016年12月31日(限額5人)、2017年05月31日(限額10人)、2017年12月31日(限額10人)，共抽三次。

## 回函卡抽獎贈書說明

中獎後，未來6個月每月免費提供奇幻基地當月新書一本！

(每月1冊，共6冊。不可指定品項。)

## 特別說明：

1.請以正楷書寫回函卡資料，若字跡潦草無法辨識，視同棄權。

2.本活動限台澎金馬。

**【集點處】**

| | |
|---|---|
| 1 | 6 |
| 2 | 7 |
| 3 | 8 |
| 4 | 9 |
| 5 | 10 |

（點數與回函卡皆影印無效）



## 個人資料：

姓名：____________________ 性別：□男 □女

地址：____________________

電話：________________ email：________________

想對奇幻基地說的話：____________________

請剪下右側點數，貼於背面的集點處，集滿5點以上，即可寄回兌換抽獎

1p 2016

Brandon Sanderson

布蘭登・山德森

Brandon Sanderson

布蘭登・山德森